KB107288

아소무아르 1

L'Assommoir

세계문학전집 441

아소무아르 1

L'Assommoir

에밀 졸라

윤진 옮김

민음사

일러두기

1 이 책은 *L'Assommoir*, in Émile Zola, *Les Rougon-Macquart*, tome 2(Gallimard, Pléiade, 1961)를 저본으로 번역했다.

2 본문의 각주는 모두 옮긴이 주이다.

차례

구트도르 뇌브 거리 지도

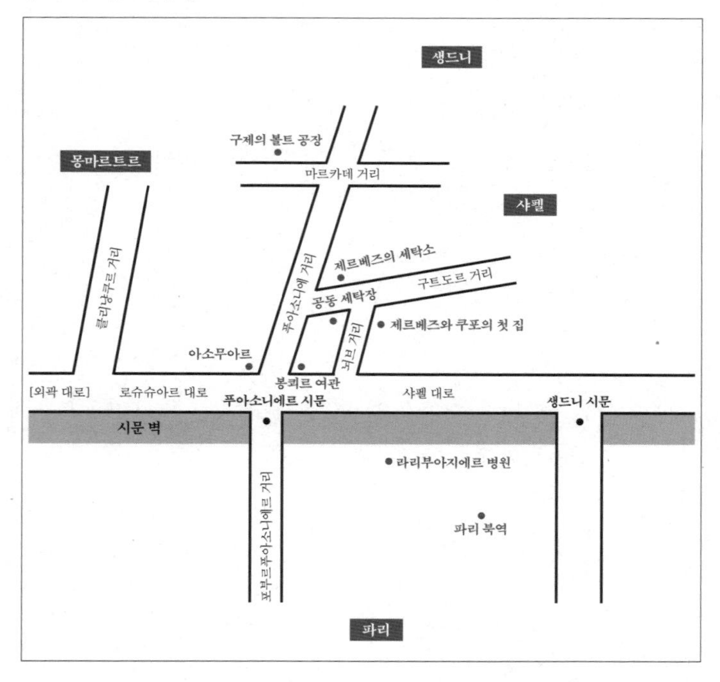
생드니
구제의 볼트 공장
몽마르트르
마르카데 거리
샤펠
클리냥쿠르 거리
푸아소니에 거리
제르베즈의 세탁소
구트도르 거리
공동 세탁장
제르베즈와 쿠포의 첫 집
뇌브 거리
아소무아르
봉쾨르 여관
[외곽 대로]
로슈슈아르 대로
푸아소니에르 시문
샤펠 대로
생드니 시문
시문 벽
라리부아지에르 병원
포부르푸아소니에르 거리
파리 북역
파리

1장

제르베즈는 새벽 2시까지 랑티에를 기다렸다. 그러다가 캐미솔[1] 차림으로 창가에 서서 찬바람을 맞은 탓에 오한이 든 그녀는 열이 나고 두 뺨이 눈물에 젖은 채로 침대에 비스듬히 누워 깜빡 잠이 들었다. 랑티에는 일주일 전부터 '보아되테트'[2] 식당에서 함께 식사한 뒤 자기는 일자리를 알아보러 간다면서 제르베즈를 아이들과 먼저 자라고 들여보내고는 매일 밤 늦게 돌아왔다. 그런데 그날 저녁 랑티에를 기다리며 밖을 살피던 제르베즈는 열 개의 창문에서 화염 같은 빛을 어두운 물줄기처럼 뻗어 있는 외곽 대로[3] 위로 쏟아 내는 댄스홀 '그

---

1) 주로 실내에서 가볍게 걸치던 긴소매의 짧은 웃옷을 말한다.
2) '머리가 두 개 달린 송아지'라는 뜻이다.
3) 이 소설의 배경이 된 1850년대 당시 파리시에는 입시세(入市稅) 징수를

랑발콩'으로 랑티에 같은 남자가 들어가는 것을 보았다. 그리고 그 뒤에 대여섯 발자국 떨어진 곳에, 금속 공장에서 연마공으로 일하고 제르베즈네와 같은 식당을 이용하는 아델이 있었다. 늘어뜨린 그녀의 손은 마치 누군가의 손을 꼭 잡고 있다가 대낮처럼 환한 입구를 함께 지나가지 않기 위해 막 놓은 것처럼 흔들리고 있었다.

제르베즈는 5시경에 허리가 아프고 온몸이 쑤셔서 잠에서 깨어나서 흐느끼기 시작했다. 랑티에가 들어오지 않은 것이다. 외박은 처음이었다. 고리에 끈을 달아 천장에서 늘어뜨린 색바랜 낡은 페르시아 천 아래 침대 모서리에 걸터앉은 그녀는 눈물 가득한 눈으로 초라한 방을 천천히 둘러보았다. 가구라고는 서랍마저 하나 없어진 호두나무 서랍장, 밀짚 의자 세 개, 기름때 낀 탁자 하나가 전부였고, 탁자 위에는 이빨 빠진 물병 하나가 아무렇게나 놓여 있었다. 아이들용으로 들여놓은 철제 침대가 방의 3분의 2를 차지하는 바람에 서랍장을 열기도 힘들었다. 한쪽 구석에는 안에 낡은 남자 모자 하나가 더러운 셔츠들과 양말들에 덮여 있는 제르베즈와 랑티에의 여행 가방이 빈 옆구리를 드러내 보이고 있었다. 가구들 뒤편으로 벽을 따라서 구멍 난 숄, 진흙 묻은 바지, 헌 옷 장수도 안

위해 18세기에 세워진 벽이 있었고, 1860년대에 파리 정비 사업으로 없어질 때까지 벽을 따라 예순 개의 시문(市門)에 입시세 징수소가 있었다. 주인공이 사는 봉쾨르 여관은 당시 그 벽 바깥쪽으로 이어진 외곽 대로 중 한 구역인 샤펠 대로에 위치한다. 이 지역은 20세기에 파리시로 통합되어, 현재 파리 북부 18구에 해당한다.

가져갈 낡은 옷들이 걸려 있고, 벽난로 가운데는 짝이 맞지 않는 아연 촛대 두 개 사이에 연분홍색 전당포 보관증이 잔뜩 쌓여 있었다. 그나마 큰길 쪽으로 창이 난, 이 여관에서는 아주 좋은 방이었다.

아이들은 베개 하나를 같이 베고 나란히 누워 잠들었다. 여덟 살인 클로드는 이불 밖으로 손을 내놓고 느린 숨을 내쉬고, 네 살밖에 안 된 에티엔은 웃음 띤 얼굴로 형의 목에 팔을 걸쳤다. 제르베즈는 한동안 눈물을 글썽이며 아이들을 바라보다가 다시 오열했고, 새어 나오는 작은 탄식 소리를 억누르느라 손수건으로 입을 막았다. 그리고 벗겨진 실내화를 챙겨 신지도 못한 채 맨발로 다시 창가로 다가가서, 지난밤과 똑같이 멀리 길 위를 살피면서 랑티에를 기다렸다.

여관은 푸아소니에르 시문의 왼쪽, 샤펠 대로에 있었다. 삼층짜리 허름한 건물은 꼭대기까지 포도주 찌꺼기 색으로 칠해져 있었고, 덧창들은 비를 맞아 나무가 썩었다. 유리에 금이 간 등 위쪽 창문들 사이로, 석고 벽에 슨 곰팡이 때문에 몇 군데 떨어져 나가기는 했지만 노란색 대문자로 쓰인 '마르술리에의 '봉쾨르'[4] 여관'이라는 상호가 눈에 띄었다. 등불에 가려 거리가 잘 보이지 않자 제르베즈는 여전히 손수건을 입에 댄 채로 까치발을 했다. 오른쪽 로슈슈아르 대로에는 푸주한들이 피 묻은 앞치마를 걸치고 도축장 앞에 모여 있었다. 이따금 찬바람이 불면 지독한 냄새가, 살육당한 짐승들의 악

4) '선량함', '관대함'이라는 뜻이다.

취가 실려 왔다. 제르베즈는 왼쪽으로 고개를 돌려 긴 리본처럼 펼쳐진 넓은 길을 훑어가서는 거의 맞은편에서 공사 중인 라리부아지에르 병원의 흰색 건물에서 눈길을 멈추었다. 그렇게 한쪽 끝에서 다른 쪽 끝까지 천천히 시문 벽을 따라 살폈다. 밤이면 저 벽 너머에서 살해당하는 사람들의 비명이 들려오기도 했다. 돌연 랑티에가 칼에 배를 찔려 죽어 있을지도 모른다는 두려움에 휩싸인 그녀는 인기척 없는 모퉁이, 으슥한 구석, 습기와 쓰레기 때문에 잘 보이지 않는 어두컴컴한 곳을 살폈다. 그러다 다시 눈을 들어 보니, 길고 좁은 사막처럼 이 도시를 둘러싼 긴 회색 벽 너머로 먼지 가득한 여명의 햇빛이 도시를 밝히기 시작했고, 이미 파리의 아침을 여는 소리들이 웅성대고 있었다. 목을 길게 뺀 제르베즈의 눈길은 여전히 푸아소니에르 시문으로 향했다. 그녀는 몽마르트르 언덕과 샤펠에서 내려온 사람들과 짐승들과 수레들이 양쪽 입시세 징수소 사이로 쉼없이 물줄기처럼 흘러가는 광경을 멍하니 바라보았다. 제자리걸음을 하는 짐승들 같은 무리, 갑자기 막힌 길 위에 흥건히 고인 늪을 이룬 군중, 연장을 등에 메고 옆구리에 빵을 끼고 일터로 향하는, 모두 파리로 흘러 들어가서 도시 안에 잠겨 버리는 노동자들의 끝없이 긴 줄이 눈에 들어왔다. 제르베즈는 얼핏 랑티에를 본 것 같아 자칫 밖으로 떨어질 수 있을 정도로 몸을 기울여 창밖을 살폈고, 그러다가 일부러 더 아프고 싶어 하는 사람처럼 입에 댄 손수건을 세게 눌렀다.

그때 뒤에서 젊고 경쾌한 목소리가 부르는 바람에 제르베즈는 창가를 벗어났다.

"랑티에 부인, 주인 양반이 집에 안 계시나 봐요?"

"네, 없어요. 쿠포 씨." 제르베즈가 억지웃음을 지었다.

쿠포는 이 건물 제일 위층에 있는 10프랑[5]짜리 작은 방에 사는 함석공이었다. 그는 연장 가방을 어깨에 메고 있었다. 문에 열쇠가 꽂혀 있는 것을 보고 이웃의 호의로 들어와 본 것이다.

"저 요즘 저기 저 병원에서 일하는 것 아시죠? 그런데 5월이 어째서 이 모양인지 모르겠어요! 오늘 아침은 춥기까지 하네요."

쿠포는 눈물로 벌겋게 된 제르베즈의 얼굴을 보았다. 그리고 누웠던 흔적이 없는 침대를 보고는 가만히 고개를 끄덕였다. 이어 그는 아이들이 천사처럼 발그레한 볼로 잠들어 있는 침대로 다가가서 나지막하게 말했다.

"주인 양반이 속을 썩이나 보죠? 너무 속상해하지 마세요, 랑티에 부인. 정치에 관심이 많은 사람이잖아요. 지난번 선거에서 외젠 쉬,[6] 그래요, 좋은 인물 같죠, 아무튼 그 사람이 당선되었을 때 보니, 완전 열광적이던걸요. 아마 어젯밤에도 친구들과 어울려서 머저리 같은 보나파르트[7]를 욕하고 있었을

---

5) 시대에 따라 물가가 달라지므로 프랑의 가치를 지금의 유로와 직접 비교하기는 어렵다. 당시 고기 1킬로그램이 대략적으로 1프랑, 저렴한 식당에서의 한 끼 식사가 평균 80상팀이었다.(이 소설에서 보면, 쿠포의 함석공 일당이 하루에 5프랑, 쇠를 다루는 구제의 경우는 하루에 10프랑 내외이다.)

6) Eugène Sue(1804~1857). 작가이자 사회주의 정치가로, 1848년 파리의 의원으로 선출되었다.

7) 루이 나폴레옹(Louis Napoléon, 1808~1873)을 말한다. 나폴레옹 황제

겁니다.”

“아니에요, 그런 거 아니에요.” 제르베즈가 나지막하게 말했다. “랑티에가 어디 있는지 알아요……. 그냥 우리도 다른 사람들처럼 조금 문제가 있는 거예요.”

쿠포는 그런 거짓말에 속지 않는다는 듯 눈을 찡긋했다. 그리고 제르베즈에게 밖에 나가고 싶지 않으면 자기가 우유를 사다 주겠다고 말한 뒤 방을 나섰다. 제르베즈는 아름답고 용기 있는 여자였다. 쿠포는 언젠가 그녀가 어려운 처지에 놓인다면 기꺼이 나서 줄 작정이었다. 제르베즈는 쿠포가 가자마자 다시 창가로 다가갔다.

시문에는 새벽 추위 속에서 여전히 사람들이 모여 있었다. 푸른색 작업복을 입은 열쇠 장수들, 가슴까지 올라오는 흰 작업복을 입은 미장이들, 짧은 겉옷 밑으로 긴 작업복이 삐져나온 칠장이들이 보였다. 멀리서 바라보면 마치 석회 덩어리처럼 뿌옇고 물 빠진 파란색과 지저분한 회색이 주를 이루는 생기 없는 색조였다. 이따금 걸음을 멈추고 파이프 담배를 피우는 사람이 보였지만 옆에 있는 동료들은 웃음기 없는 얼굴로 서로 말 한마디 주고받지 않으면서 흙빛 얼굴을 파리 쪽으로 향한 채 걸음을 옮겼다. 파리는 포부르푸아소니에르 거리[8]의 입을 벌려 그들을 하나씩 집어삼켰다. 푸아소니에 거리가 시작

의 조카로, 1848년에 프랑스 제2 공화국의 대통령으로 당선되었다.(삼 년 뒤에 제2 제정을 세워 나폴레옹 3세로 등극한다.)

8) 샤펠 대로를 사이에 두고 시문 밖의 푸아소니에 거리와 연결된 파리 시내의 거리이다.

되는 양쪽 모퉁이에서 덧문을 걷어 올리기 시작한 포도주 가게들 앞에서 발걸음을 늦추는 사람들도 있었다. 그들은 인도 가장자리에 두 팔을 늘어뜨리고 서서, 이미 일 안 하고 하루를 보낼 마음으로 우두커니 파리 쪽을 바라보다가 술집 안으로 들어섰다. 그러고는 북적거리는 카운터 앞에 서서 서로에게 잔을 권했고, 술집을 가득 채워 가며 침을 뱉고 기침을 하면서, 작은 잔을 들이켜 목을 적시면서, 모든 걸 잊고 술을 마셨다.

제르베즈가 길 왼쪽에 있는 콜롱브 영감의 술집에서 랑티에를 본 것 같아서 살피고 있을 때, 길 한복판에서 머리에 아무것도 안 쓰고 앞치마를 걸친 한 뚱뚱한 여자가 제르베즈를 불렀다.

"어머나, 랑티에 부인, 일찍 일어났네요!"

"아, 안녕하세요, 보슈 부인! 오늘 할 일이 아주 많아서요." 제르베즈가 내려다보면서 대답했다.

"정말 그렇죠? 그냥 둬도 저절로 되는 일은 없잖아요."

그렇게 한 사람은 창가에 서고 또 한 사람은 길에 선 채로 대화가 시작되었다. 보슈 부인은 '보아되테트' 식당이 1층에 있는 건물의 관리인이었다. 제르베즈는 식당을 가득 채운 남자들 사이에 혼자 앉기 싫어서 그녀의 관리실에서 랑티에를 기다린 적이 몇 번 있었다. 보슈 부인은 자기 남편이 바로 옆 샤르보니에르 거리에 사는 한 사무원한테 외투 수선 일을 못 얻었다고, 그래서 자기가 그 사람이 나가기 전에 만나러 간다고 했다. 그러더니 어제 자기가 일하는 건물의 세입자 하나가 여자를 데려와서 새벽 3시까지 다른 사람들이 잠도 못 자게 떠들었다는 얘기를 했다. 그렇게 떠벌리는 중에도 보슈 부인은 호기심 가득한 얼굴로 제르베즈의 얼굴을 살폈다. 마치 뭔가를 알아내려고 일부러 창문 밑에 와서 기다린 것 같았다.

"랑티에 씨는 아직 안 일어났나 봐요?" 보슈 부인이 뜬금없이 물었다.

"네, 아직 자고 있어요." 제르베즈는 자기도 모르게 얼굴을 붉히며 대답했다.

그 순간 제르베즈의 눈가에 눈물이 맺히는 것을 본 보슈 부인은 만족한 듯 남자들은 늘 놀고먹으려 한다고 말하면서 멀어져 갔다. 그러다가 곧 다시 돌아와서 큰 소리로 물었다.

"오늘 아침에 세탁장 갈 거죠? 나도 빨래가 있어요. 내 옆에 자리 하나 맡아 둘게요. 얘기나 좀 해요."

그러더니 불현듯 제르베즈가 가여워지기라도 한 듯 한마디를 덧붙였다.

"세상에, 거기 그렇게 서 있지 말아요. 그러다 병나겠네. 얼굴이 시퍼렇게 떴어요."

하지만 제르베즈는 8시가 될 때까지 두 시간이나 더 창가에 서서 끔찍한 시간을 보냈다. 그사이 가게들도 다 문을 열었다. 언덕에서 내려오던 작업복의 물결은 끊겼고, 지각한 노동자 몇 명이 성큼성큼 시문을 지나고 있었다. 술집 안에는 여전히 남자들이 기침을 하고 침을 뱉어 대며 서서 술을 마시고 있었다. 남자 노동자들에 이어 여자 노동자들이, 금속 연마공과 봉제공과 조화 제조공 등이 몸에 꼭 끼는 얇은 옷을 입고 종종걸음으로 걸어갔다. 그녀들은 셋 혹은 넷씩 무리 지어 조그맣게 웃기도 하고 초롱초롱한 눈길로 주위를 바라보기도 하면서 즐겁게 수다를 떨었다. 이따금 얼굴이 창백하고 호리호리한 여공 하나가 군데군데 쌓인 쓰레기 더미를 진지한 표정으로 피해 가며 시문 벽을 따라 걸어갔다. 이어 사무실에서 일하는 사람들이 손가락에 입김을 불어 1수[9]짜리 빵을 뜯어 먹으면서 걸어갔다. 비쩍 마른 젊은이들은 너무 짧은 옷을 입고 미처 잠이 안 깬 듯 게슴츠레한 얼굴로 걸어갔고, 나이 든 사람들은 사무실에서 오래 일하느라 찌들어서 기운 없이 창백한 얼굴로 일 초도 늦지 않기 위해 연방 시계를 보며 걸음을 재촉했다. 시문 벽의 대로들에는 아침의 평화가 되돌아왔다. 일할 필요 없는 근처의 형편 넉넉한 사람들이 아침 햇살 아래에서 산책을 했다. 모자를 안 쓰고[10] 옷이 지저분한 어머니들이 아이를 품에 안고 달래다가 벤치에 내려놓고 기저귀를 가는 모습도 보였다. 옷차림이 허름한 코흘리개 아이들이 웃고 울면서 서로 밀치고 바닥에 기어다니기도 했다. 제르베즈는 불안이 엄습해서 숨도 잘 쉴 수 없었다. 이제 끝이다. 세상이 끝났고, 랑티에는 영영 돌아오지 않을 것 같았다. 제르베즈는 초점 잃은 눈으로 살육의 흔적과 악취로 시커멓게 된 낡은 도살장부터 새로 짓고 있는 희끄무레한 병원까지를 바라보았

---

9) 구체제하에서 사용되던 화폐 단위로, 1940년대까지 5상팀을 1수로 칭했다. 1프랑짜리 동전은 20수, 5프랑짜리 동전은 100수에 해당한다.

10) 여자들이 집 밖에 나가면서 모자를 쓰지 않은 것은 당시 관습으로 볼 때 가난한 서민층임을 나타낸다.

다. 병원 건물은 아직 창문을 끼우지 않은 탓에 구멍들이 줄지어 있고 그 안으로 머지않아 죽음이 자리를 차지하게 될 병실들 내부가 보였다. 정면의 시문 벽 너머로는 청명한 하늘이 펼쳐졌다. 잠에서 깨어나는 도시 위로 떠오르는 태양 때문에 눈이 부셨다. 제르베즈는 이제 울음도 나오지 않았다. 그냥 두 손을 늘어뜨린 채로 의자에 앉아 있었다. 그때 조용히 랑티에가 들어왔다.

"왔네, 왔어!" 제르베즈가 소리를 지르며 랑티에의 목에 매달렸다.

"그래, 왔어. 그래서? 설마 또 멍청이 짓 시작하려는 거 아니지?" 랑티에가 말했다.

이미 제르베즈를 밀쳐 낸 랑티에는 잔뜩 기분 나쁜 표정으로 검은색 펠트 모자를 서랍장 위에 던졌다. 스물여섯 살의 랑티에는 작은 몸집과 짙은 갈색 머리에 얼굴이 예쁘장했고, 손가락으로 가느다란 콧수염을 꼬는 습관이 있었다. 랑티에는 멜빵 달린 긴 작업복 바지에 허리를 조이고 얼룩이 묻은 낡은 프록코트를 걸치고 있었다. 말할 때마다 강한 프로방스 억양이 드러났다.

제르베즈는 의자에 주저앉아 조그맣게 더듬거리며 하소연했다.

"한잠도 못 잤어……. 나쁜 일 생긴 줄 알고……. 어디 갔었어? 어디서 잔 거야? 세상에! 다시는 그러지 마. 미치는 줄 알았잖아……. 어떻게 된 거야? 오귀스트, 어디 갔었어?"

"일이 있어서 갔지, 제기랄!" 랑티에가 어깨를 으쓱하며 대답했다. "8시에 글라시에르[11]에, 모자 공장 세운다는 친구 집에 갔다가 좀 늦어졌어. 그래서 아예 자고 온 거고. 알면서 왜 이래? 난 이렇게 감시당하는 거 싫어. 날 가만히 내버려 둬!"

제르베즈가 울음을 터뜨렸다. 랑티에가 고함을 치고 거친 움직임으로 의자를 넘어뜨리는 바람에 깨어난 아이들이 반쯤 벌거벗은 채 앉아서 조그마한 손으로 머리를 긁적이다가, 어머니가 우는 소리를 듣고는 게슴츠레한 눈으로 귀청이 찢어질 듯이 같이 울기 시작했다.

"아주 난리가 났군!" 화가 난 랑티에가 고함을 쳤다. "분명히 말해 두는데, 그러면 난 다시 나간다! 이번엔 진짜로 나갈 거야……. 다들 조용히 안 할 거지? 좋아, 난 있던 곳으로 다시 가겠어."

랑티에가 서랍장 위의 모자를 집어 들자, 제르베즈가 울먹이며 달려들었다.

"안 돼, 안 돼."

제르베즈는 우는 아이들을 달랬다. 머리카락에 입을 맞추고 다정한 말을 건네면서 다시 자리에 눕혔다. 곧 울음을 그친 아이들은 베개를 베고 누워서 서로 꼬집으며 장난을 쳤다. 랑티에는 밤새 뭘 했는지 얼굴이 허옇게 뜨고 녹초가 돼서 신발도 안 벗고 침대에 드러누웠다. 하지만 잠을 자지는 않았고, 눈을 크게 뜨고 방을 돌아보며 중얼거렸다.

"방 꼬락서니가…… 아주 깨끗하군……."

---

11) 파리 남쪽 13구에 있는 동네이다.

이어 그는 제르베즈를 물끄러미 쳐다보다가 퉁명스레 물었다.

"이젠 세수도 안 하는 거야?"

제르베즈는 겨우 스물두 살이었다. 키가 크고 약간 마른 몸에 선이 고운 얼굴이었지만, 이미 거친 삶에 찌들었다. 머리카락은 헝클어지고, 낡은 실내화를 신은 채, 가구의 먼지와 때가 덕지덕지 묻은 흰색 캐미솔 차림으로 떨고 있는 제르베즈는 더구나 지난밤에 잠도 못 자고 울기까지 한 터라 열 살은 더 들어 보였다. 두려움과 체념에 젖어 있던 제르베즈가 랑티에의 말에 발끈했다.

"어떻게 그런 말을 할 수 있어? 내가 최선을 다하고 있다는 거 당신도 알잖아. 우리가 지금 여기서 지내는 게 내 잘못이야? 당신이 한번 물도 못 데우는 데서 아이 둘 데리고 살아 봐. 그러니까 파리로 올라왔을 때 그렇게 돈을 날리지 말고 약속대로 집부터 구했어야지."

"얼씨구! 그걸 나 혼자 다 썼나? 단물 다 빼먹고 나서 딴소리하면 안 되지."

하지만 제르베즈는 아무 말도 안 들리는 것처럼 계속 말을 이어 갔다.

"그래, 용기를 내면 어떻게든 벗어날 수 있을 거야……. 어제 뇌브 거리에서 세탁소를 하는 포코니에 부인을 만났는데, 월요일부터 일을 준댔어. 당신도 글라시에르에 사는 친구하고 같이 일하게 될 테니까 여섯 달 정도만 고생하면 좋아질 거야. 옷도 좀 사고 어디 허름한 데라도 살 곳을 마련하고…… 아! 일을 해야 해. 정말로 일을 해야 해……."

랑티에는 귀찮다는 듯 벽을 향해 돌아누웠다. 제르베즈가 흥분했다.

“그래, 당신은 일할 생각이 조금도 없지. 부질없는 야심만 가득하고. 신사처럼 차려입고서 실크 치마 입은 행실 나쁜 여자들하고 놀고 싶기만 하잖아. 맞지? 내 옷을 전부 다 전당포에 맡겨 놓고 이제 와서 나더러 별로라니……. 맙소사, 오귀스트. 이 얘긴 정말 안 하려고 했는데, 나중에 말하려고 했는데, 난 당신이 어디서 잤는지 알아. 그 헤퍼 빠진 아델하고 그랑발콩에 들어가는 걸 봤단 말이야. 당신은 여자 보는 눈이 참 좋아! 그래, 그 여잔 아주 깨끗하잖아! 하기야 그렇게 공주처럼 하고 다닐 만도 하지……. 식당에 오는 남자들 전부와 다 자려면 말이야.”

랑티에가 벌떡 몸을 일으키더니 침대에서 뛰어내렸다. 얼굴이 창백해져서 새까만 눈동자를 번득였다. 자그마한 그의 마음속에 폭풍이 몰아친 것이다.

“맞아, 정말이야. 식당에 오는 사람들 다 같이 잔다니까!” 제르베즈가 다시 한번 말했다. “보슈 부인이 그 여자하고 또 꺽다리 언니를 쫓아낼 거라고 했어. 그 둘 때문에 계단에 남자들이 줄을 선다고.”

랑티에가 두 주먹을 치켜들었다. 때리려다 간신히 참고 나서 그는 제르베즈의 두 팔을 거칠게 흔들어 아이들이 누운 침대 쪽으로 밀어 버렸다. 아이들이 다시 울음을 터뜨렸다. 랑티에는 다시 자리에 눕더니 잔뜩 화난 얼굴로 더듬거리며 말했다. 주저하던 일을 드디어 결심한 것 같았다.

"당신은 지금 자기가 무슨 짓을 했는지 모를 거야. 당신 실수한 거야. 두고 봐."

아이들이 한참 동안 훌쩍거렸다.

"아, 불쌍한 것들. 너희만 아니면……. 너희만 아니면……. 너희만 아니면……." 제르베즈는 침대 가장자리에서 몸을 굽혀 두 아이를 함께 끌어안고서 같은 말을 몇 번씩 똑같은 어조로 되풀이했다.

천장에서 늘어뜨린 빛바랜 페르시아 천을 쳐다보며 태평스럽게 드러누운 랑티에는 무언가 골똘히 생각하느라 제르베즈의 말은 듣지도 않았다. 그는 너무 피곤해서 눈꺼풀이 저절로 잠길 정도였지만, 한 시간 동안 자지 않고 버텼다. 그러다가 한쪽 팔꿈치를 침대에 괴고 뭔가 결심이 선 듯 굳은 표정으로 돌아보았을 때, 제르베즈는 방 정리를 마무리하고 있었다. 랑티에는 이미 아이들을 일으켜 옷을 입힌 그녀가 침대를 정리하고 바닥을 비질하고 가구를 닦는 모습을 물끄러미 쳐다보았다. 방은 항상 어두컴컴하고 초라했다. 천장은 그을렸고, 벽지가 습기 때문에 너덜거렸고, 걸레질을 해도 찌든 때가 지워지지 않는 의자 세 개와 서랍장은 모두 비스듬히 기울어졌다. 제르베즈는 랑티에가 창문 손잡이에 매달아 두고 면도할 때 사용하는 거울 앞에 서서 머리를 빗고 물을 흠뻑 써 가며 세수를 했다. 랑티에가 그녀의 팔과 목을, 옷으로 가려지지 않은 부분들을 마치 다른 무언가에 비교라도 하듯이 뚫어져라 바라보다가 입술을 삐죽거렸다. 제르베즈는 오른쪽 다리를 절었다. 원래는 많이 피곤하거나 허리가 아파 제대로 가누지 못하는 날이 아니면 거의 눈에 띄지 않았는데, 밤을 힘들게 보낸 그날은 다리를 끌며 걸었고, 벽에 기대서기도 했다.

침묵이 흘렀다. 랑티에도 제르베즈도 말이 없었다. 랑티에는 무언가를 기다리는 듯했다. 제르베즈는 괴로움을 삭이며 억지로 태연한 척 분주하게 움직였다. 제르베즈가 여행 가방 뒤쪽 구석에 던져 둔 더러운 옷들을 모아 싸려 하자 마침내 랑티에가 입을 열었다.

"뭐 하는 거야……? 어디 가려고?"

제르베즈는 대답하지 않았지만, 랑티에가 화를 내며 다시 묻자 결국 입을 열었다.

"몰라서 물어……? 다 빨랫감이잖아……. 애들을 진흙 구덩이에서 키울 순 없으니까……."

제르베즈가 손수건 두세 개를 주워 드는 동안 랑티에는 아무 말도 하지 않았다. 잠시 침묵이 흐른 뒤에 랑티에가 물었다.

"돈 좀 있어?"

제르베즈는 벌떡 일어서서, 여전히 더러운 셔츠들을 손에 쥔 채 랑티에를 노려보았다.

"돈이라고? 어디 가서 훔쳐 오기라도 할까? 당신도 알다시피 그저께 내 검은색 치마에 3프랑 있던 게 다야. 그걸로 밥 두 번 먹었고, 햄 같은 거 조금 사면 금방 없어져. 그래, 이제 세탁장 갈 4수가 전부야……. 난 그렇고 그런 여자들처럼 돈을 벌 줄은 모르니까."

제르베즈의 빈정거림에도 랑티에는 대꾸하지 않았다. 그냥 침대에서 내려서서 방을 돌아보면서 벽에 걸린 허름한 옷들을 살폈다. 결국 바지 하나와 숄을 집어 들고 서랍장을 열어 여자 속옷 하나와 블라우스 두 개를 꺼낸 뒤 전부 제르베즈의 팔에 던지면서 말했다.

"자, 전당포에 잡히고 와."

"세상에, 아예 아이들을 데려가서 잡히라고 하지? 애들 잡고 돈을 빌려주면, 얼씨구나 하고 아이들도 버릴 텐데 말이야!"

하지만 제르베즈는 결국 전당포로 갔고, 삼십 분 뒤 벽난로 위 촛대들 사이에 접수증과 함께 100수짜리 동전을 내려놓았다.

"이것밖에 못 받았어. 6프랑 달라고 했는데 안 된대. 아! 그놈의 전당포들은 절대 망하지 않을 거야……. 언제나 사람이 우글대는걸!"

랑티에는 곧바로 100수를 집어 들지는 못했다. 잔돈으로 가져왔으면 조금 남겨 주었을 것이다. 그때 서랍장 위에 먹고 남아 종이에 싸놓은 햄과 빵 조각을 보고는 그냥 조끼 주머니에 돈을 집어넣었다.

"우유 사러는 안 갔어. 벌써 일주일치나 돈이 밀렸거든. 금방 나갔다 올 테니까 나 없는 동안 당신이 가서 빵하고 돼지고기 튀김도 좀 사다 놔 줘. 같이 점심 먹게……. 포도주도 1리터 사 오고."

랑티에는 싫다고 말하지 않았다. 화해가 이루어진 듯했다. 그런데 더러운 옷들을 거의 다 챙긴 제르베즈가 여행 가방 바닥에 널려 있던 셔츠들과 양말들을 꺼내려 하자 랑티에가 버럭 소리를 질렀다.

"내 건 그냥 둬, 알았어? 그냥 둬!"

"왜 그러는데?" 제르베즈가 일어서며 물었다. "설마 이 더러운 걸 그대로 입을 거야? 빨아야 해."

제르베즈는 불안해하며 랑티에의 기색을 살폈고, 잘생긴 랑티에의 얼굴은 절대 뜻을 굽히지 않겠다는 듯 단호해 보였다. 그는 화를 내며 제르베즈의 손에서 빨랫감을 빼앗아 다시 트렁크에 던져 버렸다.

"이런, 빌어먹을! 한 번이라도 좀 고분고분 해 봐! 내가 싫다잖아!"

"왜 그러는데?" 끔찍한 의혹에 휩싸여 얼굴이 하얗게 질린 제르베즈가 다시 물었다. "지금 셔츠 입을 일 없잖아. 나갈 것도 아니라면서……. 왜 가져가서 빨면 안 되는데?"

랑티에는 자기를 뚫어져라 바라보는 제르베즈의 타는 듯한 눈길이 거북해서 잠시 주저했다.

"왜냐고? 왜냐고?" 랑티에가 더듬거렸다. "그걸 몰라서 물어? 당신이 날 먹여 살린다고, 빨래도 하고 수선도 한다고 온 동네 다 떠들어 대잖아! 그것 때문에 내가 얼마나 짜증 나는지 알아? 그냥 당신 것만 챙겨. 내 건 내가 알아서 할 테니까……. 세탁부들이 뭐 하러 개새끼들 옷까지 빨아 줘?"

제르베즈는 절대 그런 불평을 하고 다닌 적이 없다면서 랑티에에게 매달렸다. 하지만 랑티에는 거칠게 트렁크를 닫아 버리고는 그 위에 걸터앉아 제르베즈의 얼굴에 대고 소리를 질렀다. 안 돼! 그는 자기 물건은 자기 마음대로 한다고 우겼다.

그런 다음 계속 바라보는 제르베즈의 시선을 피하느라 졸려서 자야겠다고, 더 이상 골치 아프게 하지 말라고 말한 뒤 다시 침대에 누워서 이번에는 정말로 잠이 들었다.

제르베즈는 잠시 망설였다. 빨래 보따리를 발로 차 밀어 놓고 그냥 앉아서 바느질을 하는 게 나을 것 같았다. 하지만 랑티에의 고른 숨소리에 마음이 놓였다. 그녀는 다시 염료 덩어리와 지난번 쓰고 남은 비누 조각을 챙겼고, 창문 앞에서 헌 병마개를 가지고 조용히 놀고 있는 아이들에게 다가가 입을 맞춘 다음 나지막하게 말했다.

"조용히 놀아. 떠들지 말고. 아빠 주무신다."

제르베즈가 방을 나설 때는 어두운 천장 아래에서 클로드와 에티엔이 숨죽이고 웃는 소리밖에 들리지 않았다. 10시였다. 조금 열린 창문으로 햇살이 깃들고 있었다.

제르베즈는 대로에서 왼쪽으로 꺾어 구트도르 뇌브 거리[12]를 따라갔다. 포코니에 부인의 가게 앞을 지날 때는 고개 숙여 인사를 했다. 제르베즈가 가는 공동 세탁장은 뇌브 거리의 중간쯤 오르막이 시작되는 지점에 있었다. 평평한 건물 위편으로 긴 함석통을 볼트로 죄어 놓은 회색의 커다란 원형 물탱크 세 개가 보였다. 건조장은 그 뒤쪽으로 상당히 높은 3층에 있었는데, 바람이 잘 통하도록 사방에 얇은 판자 창살들이 달

---

12) '구트도르의 새로운 거리'라는 뜻이다. 대부분 줄여서 '뇌브 거리'로 나온다. '구트도르'는 거리의 이름이자 그 거리가 속한 구역 이름으로, '황금 방울'이라는 뜻으로, 이 지역의 포도밭에서 백포도주를 생산했던 데서 나온 이름이다.

린 덧창이 있고 그 창살들 사이로 놋쇠 줄에 걸어 놓은 빨래들이 보였다. 물탱크 오른쪽에는 증기로 작동되는 기계가 규칙적이고 거친 숨결로 가느다란 관을 통해 흰 연기를 뱉어 냈다. 물구덩이에 익숙한 제르베즈는 치마를 걷어 올리지도 않고 표백수 병이 가득 놓인 입구로 들어섰다. 유리 칸막이가 설치된 좁은 공간에 비누 덩어리, 염료 병, 중탄산 소다 봉지들이 놓인 선반이 있었다. 장부를 앞에 놓고 앉아 있는, 체격이 작고 눈빛이 병자 같아 보이는 허약한 세탁장 주인 여자와는 이미 아는 사이였다. 제르베즈는 그 앞을 지나가면서 지난번에 맡겨 두고 간 방망이와 솔을 달라고 했다. 그런 다음 번호표를 받아서 안으로 들어갔다.

세탁장은 커다란 창고처럼, 무쇠 기둥들이 떠받치는 평평한 천장에 대들보가 드러나 있었다. 큰 창문들로 우윳빛 안개처럼 가득 서린 더운 김을 뚫고 햇빛이 넉넉히 스며들었다. 어느 구석에선가 수증기가 올라와 퍼져 나가면서 사방이 푸르스름한 베일에 덮인 듯했다. 비누 냄새, 종일 가시지 않는 밋밋하고 축축한 냄새가 가득 실린 무거운 습기가 위에서 쏟아져 내렸고, 이따금 그보다 더 강한 표백수 냄새가 진동했다. 가운데 통로의 양쪽으로 빨래 두드리는 곳에 여자들이 줄지어 서 있었다. 모두 목을 드러낸 채 어깨까지 소매를 걷어 올렸고, 걷어 올린 치마 밑으로 색깔 있는 양말과 투박한 편상화[13]가 드러났다. 여자들은 정신없이 빨래를 두드렸고, 그러다

13) 발목까지 끈을 매는, 목이 조금 긴 구두이다.

가 웃음을 터뜨렸고, 더없이 소란스러운 와중에도 뭔가 얘기를 하기 위해 몸을 뒤로 젖힌 채 소리를 질러 댔고, 몸을 숙여 빨래통을 들여다보기도 했다. 모두 소나기를 맞은 듯 흠뻑 젖어 벌겋게 된 살에서 김이 피어올랐고, 모두 상스럽고 거칠고 어수선했다. 발밑으로 물이 흘러넘쳤고, 여기저기에서 양동이에 받아 온 더운물을 쏟아부었다. 틀어 놓은 찬물 수도꼭지에서는 위에서부터 물이 콸콸 쏟아져 나왔고, 방망이질 때문에 물이 튀어 올랐고, 헹궈 놓은 빨래에서도 물이 떨어졌다. 여자들이 질펀한 늪처럼 고인 물 속을 돌아다녔다. 군데군데 타일이 경사진 곳은 흡사 작은 냇물이 흐르는 것 같았다. 시끄러운 말소리, 박자 맞춰 두드리는 소리, 빗물처럼 웅얼거리는 소리, 모두 습기 찬 천장까지 올라가서 잦아드는 그 폭풍 속에서, 오른쪽 옆으로 여린 이슬 같은 증기가 하얗게 서린 보일러가 쉼 없이 헐떡거리며 코를 골듯 으르렁댔다. 춤추듯이 진동하는 보일러의 핸들이 세탁장 안의 모든 소음을 통제하는 것 같았다.

제르베즈는 좌우로 살피면서 좁은 통로를 따라 종종걸음을 옮겼다. 빨래 보따리를 옆구리에 낀 채로 지나가는 여자들에 떠밀리며 허리를 세우고 걸어가느라 평소보다 많이 절었다.

"여기예요! 여기!" 보슈 부인의 굵은 목소리가 들렸다.

제르베즈가 왼쪽 끝까지 다가가자, 양말을 힘껏 비벼 대던 보슈 부인이 계속 손을 움직이면서 문장을 짧게 끊어 가며 말을 이었다.

"그 자리 써요. 내가 맡아 놨어요……. 아! 난 다 끝나 가요.

우리 집 양반은 옷을 별로 더럽히지 않아서……. 그쪽은 어때요? 오래 걸리진 않겠죠? 보따리도 얼마 안 되네. 12시 되기 전에 다 해치워 버리고 점심 먹으러 갈 수 있겠네……. 난 지금껏 풀레 거리의 세탁부한테 빨래를 맡겼는데, 염소를 쓰고 솔질을 너무 많이 해서 금방 다 상해 버리더라고요. 그래서 내가 직접 하기로 했어요. 돈도 아끼고 좋죠. 비눗값만 있으면 되니까. 그런데 그 셔츠들은 잿물에 좀 담가 둬야겠네요. 세상에, 애들 옷 좀 봐! 어디 검댕에 앉았나 보네!"

제르베즈는 보따리를 풀어 아이들의 셔츠를 펼쳤다. 보슈 부인이 잿물 한 양동이 가져와야 하지 않느냐고 물었다.

"아니에요. 괜찮아요. 더운물만 있으면 돼요. 그냥 할 수 있어요."

제르베즈는 흰색 빨래감을 추린 뒤 색깔 있는 옷 몇 벌은 따로 챙겨 옆에 놓았다. 이어 뒤쪽 수도에서 찬물을 네 양동이 받아 빨래통에 부은 다음 흰색 빨래들을 집어넣었다. 그러고는 치마를 걷어 올려 허벅지 사이에 끼우고 배까지 올라오는 물통 속으로 들어갔다.

"솜씨가 좋네요!" 보슈 부인이 말했다. "고향에 있을 때 세탁부였죠? 맞죠?"

제르베즈가 소매를 걷어 올리자 팔꿈치만 연분홍색의 뽀얀 팔, 아직 젊고 아름다운 팔이 드러났다. 그녀는 빨래를 시작했다. 셔츠 하나를 집어서 이미 물에 닳아서 낡고 허옇게 된 좁은 빨래판 위에 놓고 비누칠을 한 뒤 문지르고 이어 뒤집어서 반대쪽을 문질렀다. 그런 뒤 방망이를 잡고 두드리기 시작하면서, 힘껏 내리치는 방망이질 박자에 맞춰 가며, 보슈 부인의 조금 전 물은 말에 큰 소리로 대답했다.

"맞아요, 맞아요, 세탁부였어요……. 열 살 때부터죠……. 열두 해 전이네요……. 그땐 강가에서 빨래했죠……. 여기보단 냄새가 좋아요……. 나무 아래에서 흐르는 맑은 물에 빨래하니까……. 플라상[14]이에요. 플라상 아세요? 마르세유에서 가까운데."

"세상에, 대단하네!" 보슈 부인이 제르베즈가 힘차게 빨랫방망이를 내리치는 모습에 감탄하며 말했다.

"굉장해! 처녀 같은 가녀린 팔로 무쇠라도 납작하게 하겠네요."

두 여자는 큰 소리로 대화를 이어 갔다. 이따금 보슈 부인은 제르베즈의 말이 잘 들리지 않아 몸을 숙여야 했다. 곧 흰색 빨래가 끝났다. 다 해치웠다! 제르베즈는 그것을 다시 빨래통에 집어넣은 뒤 하나씩 꺼내 재차 비누칠을 하고 비벼 대고 솔질을 했다. 한 손은 빨래판 위에 놓인 옷을 잡고 다른 손에 쥔 짧은 솔로 훑어 내자, 더러운 거품이 길게 흘러내렸다. 솔질 소리는 크지 않아 두 여자는 가까이 다가앉아 좀 더 친밀하게 얘기할 수 있었다.

"아니에요, 우린 결혼하지 않았어요." 제르베즈가 대답했다. "숨기고 싶지 않아요. 랑티에는, 그 사람 아내가 되고 싶을 정

14) '루공 마카르' 총서의 배경이 되는 가상의 도시로, 졸라가 어린 시절에 살았던 남프랑스 엑상프로방스에서 영감을 받은 곳이다.

도로 좋은 사람은 아니에요. 애들만 없었으면 당장 때려치웠을걸요……! 첫애가 태어났을 때 난 겨우 열네 살이었고 랑티에는 열여덟 살이었어요. 사 년 뒤 둘째가 태어났고요. 사연은 남들과 비슷해요. 난 집에 있기 싫었어요. 우리 아버지 마카르가 이래도 저래도 내 허리를 발로 걷어찼거든요. 그러면…… 밖에서 즐기고 싶어지게 되잖아요. 결혼할 수도 있었는데……. 이유는 모르겠는데, 부모님들이 원하지 않았어요."

제르베즈는 벌겋게 된 두 손을 흰 거품 속에 넣고 흔들었다.

"정말 파리는 물이 안 좋아요."

보슈 부인은 이미 빨래 시늉만 할 뿐이었다. 두 주 전부터 궁금해서 미칠 것 같았던 이야기를 듣기 위해 그녀는 손을 멈춘 채 그냥 있기도 하고 비누칠만 하기도 했다. 커다란 얼굴 위에 그녀의 입은 반쯤 벌어져 있고 돌출된 두 눈이 반짝였다. 그녀는 자기 짐작이 맞아 흐뭇했다. 제르베즈가 쉽게 털어놓는 걸 보면 싸운 게 분명하다고 생각했다.

잠시 후 보슈 부인이 목소리를 높였다.

"그러니까 랑티에 씨가 부인한테 잘 못 하는군요?"

"말도 마세요!" 제르베즈가 대답했다. "고향에 있을 때는 참 잘해 주더니 파리에 온 뒤로는 너무 힘들게 하네요. 작년에 그 사람 어머니가 돌아가시면서 꽤 큰돈을 남겼어요. 거의 1700프랑이었죠. 그랬더니 파리로 가자고 하더라고요. 그래서 나도, 어차피 우리 아버지 마카르는 다짜고짜 손부터 올라가니까 매일 따귀 맞기도 싫어서 그러자고 했죠. 그렇게 애들 둘을 데리고 올라온 거예요. 난 세탁부 일을 찾고 랑티에는 원래 하던 모자 만드는 일을 할 생각이었죠. 그랬으면 정말 행복했을 텐데……. 하지만 랑티에는 야심이 너무 커요. 돈도 펑펑 써 대고, 즐길 생각만 했어요. 그러니까 한심한 인간인 거죠……. 어쨌든 처음엔 몽마르트르 거리[15]에 있는 몽마르트르 호텔에 묵었어요. 저녁 사 먹고, 마차 타고 다니고, 연극 보고, 랑티에 시계도 샀어요. 내가 입을 실크 드레스도 샀죠. 랑티에는 돈만 있으면 나쁜 사람은 아니거든요. 그렇게 법석을 떨다 두 달 만에 빈털터리가 된 거예요. 결국 봉쾨르 여관으로 옮겨 왔고, 이런 지긋지긋한 생활이 시작됐죠……."

갑자기 목이 멘 제르베즈가 눈물을 삼키며 말을 잇지 못했다. 솔질은 이미 끝났다.

"더운물을 가져와야겠어요." 제르베즈가 중얼거리듯 말했다.

하지만 이런 속내 이야기가 도중에 끊기는 게 싫었던 보슈 부인이 지나가는 세탁장 급사를 불렀다.

"이봐, 샤를. 이분이 바빠서 그러는데, 더운물 한 양동이만 가져다줄 수 있지?"

급사는 양동이를 들고 가서 한가득 물을 담아 왔다. 제르베즈가 돈을 냈다. 한 양동이에 1수였다. 제르베즈는 더운물을 빨래통에 붓고 나서, 빨래판에 몸을 숙인 채 마지막으로 한 번 더 비누칠을 했다. 사방에 김이 서리면서 그녀의 금발이 잿빛 연기의 그물을 뒤집어쓴 것처럼 보였다.

---

15) 구트도르 인근의 몽마르트르 구역과 관계없는, 파리 시내 2구의 번화가였다.

"자. 이 소다 써요. 내 건 저기 있으니까." 보슈 부인이 친절하게 말했다.

그러면서 자기가 가져온 중탄산 소다를 제르베즈의 세탁통에 털어 넣었다. 표백수도 쓰라고 했지만 제르베즈는 괜찮다고, 표백수는 기름때나 포도주 얼룩을 뺄 때 쓰는 거라고 했다.

"내가 보기에 그 사람은 약간 바람기가 있는 것 같아요." 보슈 부인은 직접 이름을 말하지는 않으면서 다시 랑티에 얘기를 꺼냈다.

허리를 굽히고 듣고 있던 제르베즈가 빨래 안에 담긴 두 손을 불끈 쥐면서 말 대신 고개를 끄덕였다.

"그렇죠, 그래요." 보슈 부인이 말했다. "큰일은 아니지만 내가 한두 번 본 게 있어서……."

그 순간 창백해진 얼굴로 벌떡 일어선 제르베즈의 눈길에 놀라 보슈 부인은 다급하게 수습했다.

"아! 아니에요. 난 아무것도 몰라요……! 그저 그 사람이 잘 웃는다는 거지. 그뿐이에요……. 그러니까 우리 건물에 묵는 두 여자 있잖아요. 왜 부인도 알죠? 아델하고 비르지니. 그 둘하고 농담을 잘하더라고요. 그게 다예요. 정말이에요."

제르베즈가 땀투성이 얼굴로 양팔에 물을 흘리면서 버티고 서서 상대를 뚫어져라 바라보자, 보슈 부인이 화를 내면서 주먹으로 가슴을 두드리며 맹세했다.

"난 아무것도 몰라요. 정말이라고!"

그런 뒤에 조금 침착하게, 어차피 진실이 중요하지 않은 사람에게 말할 때처럼 부드러운 목소리로 말했다.

"눈을 보면 정직한 사람 같아요……. 꼭 부인하고 결혼할 거예요. 내가 장담해요!"

제르베즈는 젖은 손으로 이마를 닦았다. 다시 고개를 끄덕이면서 다른 빨랫감을 물에서 꺼냈다. 두 여자는 잠시 말이 없었다. 세탁장 안도 조금 조용해졌다. 11시가 울렸다. 여자 중 절반 정도는 마개 딴 포도주병을 발밑에 두고 빨래통에 한 다리만 올리고 걸터앉아 소시지 넣은 빵을 먹었다. 가져온 빨랫감이 많지 않은 여자들은 책상 위쪽에 걸린 둥근 벽시계를 쳐다보며 마무리를 서둘렀다. 조그맣게 웃는 소리, 턱을 게걸스레 움직이는 바람에 잘 알아들을 수 없는 말소리 틈에 섞여 드문드문 방망이를 두드리는 소리가 들렸다. 보일러가 쉬지도 멈추지도 않고 계속 진동하고 으르렁대며, 점점 더 커지는 듯한 목소리로 거대한 세탁장을 가득 채웠다. 하지만 여자들 귀에는 들리지 않았다. 그것은 그저 세탁장의 숨결이었다. 그 뜨거운 숨결이 허공에 떠다니는 수증기를 천장 대들보 아래 쌓아 나갔다. 세탁장 안은 점점 더워져서 참기 어려울 정도가 되었다. 젖빛 연기처럼 피어오르는 수증기에는 왼쪽에 높게 난 창문들로 스며드는 햇살 때문에 분홍빛 도는 잿빛과 아주 연한 푸른 기운이 도는 잿빛이 더해졌다. 여기저기서 더워 죽겠다고 하자 급사 샤를이 창문마다 다니면서 두꺼운 천으로 된 발을 내렸다. 그다음엔 다른 쪽, 그러니까 그늘 쪽으로 가서 위쪽 여닫이창을 모두 열었다. 여자들이 박수를 쳤다. 다들 신이 났다. 잠시 후 방망이 소리가 잦아들었다. 동작이라고는 이제 한입 가득 먹을 것을 문 채로 주머니칼을 열어 움직이는 게 전부였다. 한쪽 끝에서 석탄을 퍼서 기계의 화덕에 집어넣는 인부의 규칙적인 삽질 소리가 들릴 정도로 사방이 조용해졌다.

그사이 제르베즈는 아껴 둔 더운물에 비누를 풀어 색깔 있는 옷을 빨았다. 그러고는 나무 삼각대를 가져와서 그 위에 빨래를 전부 걸쳐 두었다. 그러자 바닥에 푸르스름한 물이 고였다. 이제 헹굴 차례였다. 뒤쪽 바닥에 고정해 놓은 커다란 나무통으로 찬물이 쏟아져 내리고, 그 위쪽으로 빨래를 걸칠 수 있도록 나무 봉 두 개, 더 위쪽으로 세탁을 마친 빨래의 물기를 뺄 수 있도록 나무 봉 두 개가 더 있었다.

"다 끝나 가네. 잘됐어요. 나도 남아서 그거 다 짜는 것 도와줄게요." 보슈 부인이 말했다.

"아니에요. 고맙지만, 괜찮아요." 제르베즈가 색깔 있는 옷을 맑은 물에 넣어 주먹으로 두드리고 헹궈 내면서 말했다. "이불 시트가 있는 것도 아닌데요, 뭐."

하지만 제르베즈는 결국 보슈 부인의 도움을 받아들였다. 두 여자는 마주 서서 치마 하나, 그리고 염색이 제대로 되지 않아 누르스름한 물이 빠지는 밤색 모직 옷을 양쪽에서 붙잡고 쥐어짰다. 그러다 갑자기 보슈 부인이 외쳤다.

"세상에! 꺽다리 비르지니가 왔네! 빨랫감이라고 해 봐야 보자기에 싼 헌 옷 몇 벌이 전부인데 뭐 하러 왔을까?"

제르베즈가 고개를 들었다. 그녀와 거의 같은 나이인 비르지니는 갈색 머리카락에 키가 더 컸고, 조금 길긴 하지만 예쁜 얼굴이었다. 비르지니는 밑단 장식이 달린 낡은 검정 치마를 입고, 목에 붉은 리본을 달고, 머리카락을 파란색 망으로 감싸서 제대로 틀어 올렸다. 비르지니는 뭔가 찾는지 잠시 중앙 통로 가운데 서서 눈을 가늘게 뜨고 살피다가 곧 제르베즈 앞을 거만하고 무례한 태도로 엉덩이를 흔들며 지나가서는 같은 줄 빨래통 다섯 개 너머에서 걸음을 멈췄다.

"무슨 변덕이래?" 보슈 부인이 나지막하게 말했다. "소맷부리 한번 제대로 비누칠해 본 적 없으면서! 아! 정말 게을러터진 여자거든요. 내가 알죠! 재봉사라면서 정작 자기 신발 하나 못 꿰맨다니까요. 동생하고 똑같아요. 아델 말이에요. 연마공이라면서 사흘이면 이틀은 공장을 빼먹죠. 아버지도 어머니도 누군지 모르고, 어떻게 먹고사는지도 모르겠어요. 그래서 지금 뭘 문지르나? 속치마죠? 분명 꼬질꼬질할 거예요. 볼 것 못 볼 것 다 본 속치마니까!"

제르베즈의 비위를 맞추려고 이렇게 얘기했지만, 사실 보슈 부인은 아델과 비르지니 수중에 돈이 있는 날이면 함께 커피를 마시기도 했다. 제르베즈는 아무런 대꾸 없이 정신없이 손을 움직이며 서둘렀다. 삼각대 위에 올려놓은 작은 빨래통에 염료를 푼 뒤, 파랗게 물들어 래커 칠을 한 듯 반짝거리는 물 안에 흰 빨래를 넣어 살짝 흔들었다. 그다음 가볍게 짜서 나무 봉에 걸쳐 두었다. 이 일을 하는 내내 그녀는 비르지니한테 등을 돌리고 있었다. 그래도 뒤에서 비르지니가 비웃는 소리가 들렸고, 곁눈으로 자기를 지켜보는 시선이 느껴졌다. 비르지니는 제르베즈를 자극하기 위해 일부러 세탁장에 온 것 같았다. 한순간 제르베즈가 고개를 돌렸고, 눈이 마주친 두 여자가 서로를 노려보았다.

"그냥 둬요. 설마 머리채 잡고 싸울 거 아니죠?" 보슈 부인이 조그맣게 말했다. "정말 아무 일 없었다니까요! 저 여잔 아니에요!"

그런데 제르베즈가 마지막 빨래를 헹궈 널고 있을 때, 세탁장 입구 쪽에서 웃음소리가 들렸다.

"애들 둘이 와서 엄마 찾아요." 샤를이 소리쳤다.

여자들의 눈길이 모두 그쪽을 향했다. 제르베즈가 보니, 클로드와 에티엔이 와 있었다. 엄마를 발견한 아이들은 끈도 제대로 매지 않은 신발 뒤축으로 바닥 돌 위를 내디디며 물구덩이 사이를 달려왔다. 형인 클로드가 동생의 손을 잡고 있었다. 웃는 얼굴이지만 약간 겁을 먹은 듯한 아이들이 지나갈 때 여자들이 큰 소리로 다정한 말을 건넸다. 클로드와 에티엔은 엄마 곁에 와서도 손을 놓지 않았고, 금발이 덮인 고개를 들어 엄마를 쳐다보았다.

"아빠가 보낸 거야?" 제르베즈가 물었다.

그러면서 에티엔의 신발 끈을 묶어 주려고 몸을 굽히던 그녀는 아이의 손가락에서 방 번호가 적힌 구리판이 달린 열쇠가 흔들리는 것을 보았다.

"세상에, 열쇠를 가져왔네!" 놀란 제르베즈가 물었다. "이걸 왜 가져왔어?"

자기 손가락에 열쇠가 있다는 사실을 잊고 있던 아이는 그제야 기억이 났는지 또랑또랑한 목소리로 말했다.

"아빠가 갔어요."

"점심거리 사러 나간 거야. 아빠가 엄마 데려오라고 했니?"

클로드는 무슨 말을 해야 할지 몰라 동생을 힐끗거리며 머뭇거리다가 이내 단숨에 대답했다.

"아빠가 갔어요……. 침대에서 뛰어 내려와서 물건 다 여행 가방에 집어넣어서 마차에 실었어요. 떠났어요."

쪼그리고 앉아 있던 제르베즈가 천천히 일어섰다. 하얗게 질린 얼굴로, 마치 머리가 쪼개지는 소리가 들리기라도 하는 듯이 양손을 볼과 관자놀이에 가져다 댔다. 다른 말이 생각나지 않았다. 스무 번이나 계속 같은 목소리로 같은 말을 되풀이했다.

"아, 어떡해……! 아, 어떡해……! 아, 어떡해……!"

이런 이야기에 끼게 됐다는 사실에 흥분한 보슈 부인이 아이들에게 캐묻기 시작했다.

"제대로 얘기해야지. 아빠가 방문 잠그고 너희한테 이 열쇠를 가져가라고 한 거야? 그래?"

그러고는 목소리를 낮춰 클로드의 귀에 대고 물었다.

"마차 안에 여자가 있었니?"

아이는 다시 당황하더니, 이내 의기양양한 말투로 다시 말했다.

"침대에서 뛰어 내려와서 물건 다 여행 가방에 집어넣고 떠났어요."

보슈 부인이 놓아주자 클로드는 동생을 수도 쪽으로 끌어당겼다. 두 아이는 물장난을 하면서 놀았다.

제르베즈는 눈물도 나오지 않았다. 빨래통에 허리를 기댄 채 얼굴을 두 손에 파묻고서 숨을 잘 쉬지 못했다. 이따금 몸이 떨리고 흔들렸다. 긴 한숨을 쉬기도 했고, 두 주먹으로 눈을 가린 채 망각의 어둠 속으로 사라지려는 듯 몸을 웅크렸다. 그녀는 캄캄한 암흑 속으로 떨어지는 느낌이었다.

"아, 진정해요. 이를 어째……!" 보슈 부인이 중얼거렸다.

"어떻게! 어떻게!" 제르베즈가 나지막하게 되씹었다. "오늘 아침에 내 숄하고 셔츠를 전당포에 맡기고 오라고 한 게 바로 그 마차 삯을 내려고 한 거였어……."

제르베즈가 눈물을 터뜨렸다. 자기가 아침에 왜 전당포로 달려가야 했는지 이유를 알고 나자 눈물이 북받치며 목이 메었다.

아무것도 모르고 달려갔었다는 사실이 끔찍해서 견딜 수가 없었다. 모든 것을 다 빼앗긴 고통이었다. 눈물이 두 손으로 감싼 턱을 다 적시면서 하염없이 흘러내렸지만, 제르베즈는 손수건을 챙길 생각도 하지 못했다.

"정신 차려요. 울지 말아요. 모두 보고 있잖아요." 보슈 부인이 달래려고 애쓰며 말했다. "세상에, 남자 하나 때문에 이렇게 힘들어할 게 뭐 있어요? 정말 그 사람을 사랑했나 보네? 딱해서 어쩌나……. 좀 전엔 그렇게 욕하더니 이젠 그 사람 때문에 마음이 찢어질 듯 슬퍼하다니……. 세상에, 우린 참 바보라니까."

그러더니 어머니 같은 말투로 계속 얘기했다.

"이렇게 예쁜 여자를! 어떻게 그럴 수가 있담! 이젠 다 얘기해도 되겠네요. 그렇죠? 기억해요? 아까 내가 여관 창문 밑으로 지나갈 때, 그때 이미 난 다 짐작하고 있었어요. 알아요? 그날 아델이 들어오는데, 아델 발자국 말고 남자 발소리도 났거든요. 그래서 궁금해서 계단 쪽을 살폈죠. 남자는 벌써 3층으로 올라가고 있었지만, 외투가 분명 랑티에 씨 거였어요. 오늘 아침엔 우리 남편이 살폈는데, 랑티에 씨가 아주 태연하게 내려왔다더군요. 그러니까 아델하고 그런 사이예요. 비르지니는 요새 남자가 생겨서 일주일에 두 번 그 사람 집에 가죠. 하여간 추잡한 얘기예요. 그런데 자매가 한 방에 같이 살고, 그 방엔 알코브[16]도 하나뿐인데, 비르지니는 도대체 어디서 잤을까 모르겠네……."

보슈 부인은 잠시 말을 멈추고 뒤를 돌아보더니 굵은 목소리를 죽여 가며 말했다.

"저 인정머리 없는 여자가 부인이 우는 걸 보고 웃고 있네……. 진짜 빨래하러 온 거면 내 손에 장을 지지지! 두 사람을 마차에 태워 보내고 나서 부인이 어떤 얼굴을 하는지 보러 온 거예요."

제르베즈는 얼굴을 감싸던 손을 떼고 눈을 들었다. 앞쪽에 여자 서넛이 앉아 있고 그 가운데 비르지니가 이쪽을 힐끔거리며 작은 소리로 뭔가를 얘기하고 있었다. 그 모습을 보자 화가 미칠 듯이 치밀어 오른 제르베즈는 몸을 부들부들 떨면서, 제자리에서 이리저리 돌아보며, 두 팔을 앞으로 내밀고서 바닥에서 무언가를 찾았다. 그러고는 몇 걸음 옮겨 양동이 하

---

16) 침대를 놓을 자리로 벽면을 오목하게 파 놓은 곳이다.

나를 번쩍 들어 올리더니 그 안에 가득 찬 물을 단숨에 비르지니에게 쏟아 버렸다.

"이런 망할 년!" 꺽다리 비르지니가 소리를 질렀다.

그녀는 재빨리 뒤로 물러섰기 때문에 신발밖에 젖지 않았다. 조금 전 제르베즈가 울음을 터뜨리면서 뒤숭숭해진 세탁장은 이제 두 여자의 싸움을 구경하려고 부산스러워졌다. 빵을 다 먹은 여자들은 세탁통 위로 올라갔고, 두 손에 비누 거품을 잔뜩 묻힌 채 뛰어오는 여자들도 있었다. 모두 제르베즈와 비르지니를 둘러쌌다.

"망할 년. 왜 지랄이야?" 비르지니가 다시 물었다.

제르베즈는 얼굴에 경련이 일면서 턱을 내밀고 버티고 서 있었지만, 아직 파리 사람들처럼 큰 소리로 욕을 할 줄 몰랐기에 응수하지는 못했다. 비르지니만 계속 떠들어 댔다.

"어쩌라고! 시골에 돌아다니다가 싫증 났나 봐? 열두 살부터 군인들한테 몸뚱이를 굴렸다며? 한쪽 다리는 고향에 두고 왔나 보네……. 아예 썩어 문드러져 떨어져 버렸나……?"

여기저기 웃음소리가 났다. 공격이 성공하자 비르지니는 허리를 세우고 다가와서 목소리를 높였다.

"자! 좀 가까이 와 봐. 내가 손 좀 봐 주게! 왜 와서 우릴 귀찮게 하는데? 너같이 행실 더러운 년을 내가 알기나 한대? 왜, 덤벼 보지 그래? 속치마를 까 줄 테니까. 여러분 좋은 구경 놓쳤네요. 도대체 내가 자기한테 뭘 어쨌는지 말이나 해 보든가……. 말해 봐, 썩을 년아. 내가 뭘 어쨌다고!"

"입 다물어요." 제르베즈가 더듬거리며 말했다. "알잖아요…… 어제 우리 남편을 본 사람이 있는데……. 그러니까 입 닥쳐요. 안 그러면 목을 졸라 버릴 거니까."

"남편? 웃기고 있네! 아, 부인의 남편이세요? 이런 꼴불견 주제에 남편이라니……! 그래, 네년 말대로 남편이 널 버렸으면, 그게 내 잘못이야? 내가 훔치기라도 했냐고. 어디 한번 뒤져 보든지……. 그래, 말해 줄까? 그 남자가 너 때문에 인생 망쳤다던데? 너한텐 과분한 남자였지……. 왜, 남편 목에 끈이라도 묶어 두지 그랬어? 혹시 누가 이 여자 남편 보셨나요? 사례금도 있으려나……."

다시 웃음소리가 들렸다. 제르베즈는 목소리를 높이지 못한 채 중얼거렸다.

"알잖아……. 당신 동생이잖아. 내가 그 여자 목 졸라 버릴 거야."

"그럼 내 동생한테 가서 따지든지!" 비르지니가 비웃었다. "그래! 내 동생이구나! 그럴 수도 있겠네. 내 동생은 너하곤 다르니까. 그런데 말이야. 그렇다 쳐도 그게 나랑 무슨 상관이지? 조용히 빨래나 하게 놔 둬! 가만 내버려 두라고. 알아들어? 지겨워 죽겠네!"

비르지니는 자기가 퍼부어 댄 욕에 취해 흥분한 채로 대여섯 번 방망이를 두드리더니 다시 다가왔다. 그러고는 잠시 말이 없다가, 세 번째로 퍼부어 대기 시작했다.

"그래, 내 동생이다. 이제 시원하냐……? 둘이서 아주 좋아 죽더라. 둘이 키스하는 걸 네가 한번 봐야 하는데……. 그래, 남자는 가고 아비 없는 새끼들만 남았네? 얼굴 가득 부스럼투성이 저 조무래기들 말이야! 저중 하나는 시골 헌병 새끼라면서? 셋이 더 있었는데 전부 없애 버렸고? 올라올 때 짐 싸기 귀찮아서 말이야. 네 남편 랑티에가 그러더라. 아! 별의별 얘기를 다 해 줬는데! 네 몸뚱이도 진절머리 난다고!"

"나쁜 년! 나쁜 년! 나쁜 년!" 화가 치밀어 오른 제르베즈가 온몸을 떨면서 미친 듯이 소리 질렀다.

그러다가 돌아서서 다시 바닥에서 무언가를 찾아보았다. 작은 통밖에 보이지 않자, 제르베즈는 밑부분 받침대를 잡아 그 통을 들었다. 그리고 비르지니의 얼굴에 염료 푼 물을 쏟아 버렸다.

"이런 미친년! 옷을 다 버려 놨잖아!" 비르지니는 어깨가 다 젖고 왼손이 파란색으로 물든 채로 악을 써 댔다. "너, 기다려. 이 빌어먹을 년아!"

이번엔 비르지니가 양동이를 들어 제르베즈한테 퍼부었다. 그렇게 해서 끔찍한 싸움이 시작되었다. 두 여자는 늘어선 빨래통을 따라 뛰어가면서 양동이들을 들고 와서 상대의 머리 위에 쏟았고, 물벼락을 맞을 때마다 마구 악을 써 댔다. 이제 제르베즈도 지지 않았다.

"자, 이 더러운 년! 아주 꼴좋구나. 어때, 엉덩짝이 좀 가라앉지?"

"이 쌍년아! 이걸로 때 좀 벗기지 그래? 평생 한 번은 씻어야지!"

"그래, 그래, 이 꺽다리 갈보야! 내가 정신 차리게 해 주마."

"한 번 더! 그래, 이빨도 닦아야지. 그래야 오늘 밤 벨옴 거리 모퉁이에서 손님을 끌지?"

이제 두 여자는 수도를 틀어 물을 받았고, 물이 채워지는 동안에도 온갖 욕설을 주고받았다. 처음엔 제대로 던지지 못해서 잘 맞지 않던 것이 점차 더 손에 익어 갔다. 비르지니가 먼저 얼굴에 정통으로 물벼락을 맞았고, 목으로 들어간 물이 등과 가슴을 지나 치마 밑으로 흘러내렸다. 그리고 미처 정신도 차리기 전에 두 번째 물벼락이 날아들어서 옆쪽에서 비스듬히 왼쪽 귀를 세게 치는 바람에 뒤로 묶어 올린 머리채가 흠뻑 젖어 끈처럼 흘러내렸다. 제르베즈는 처음에는 다리에 물벼락을 맞았다. 신발을 다 적신 물이 넓적다리까지 튀어 올랐다. 두 번째는 허리까지 젖었다. 시간이 조금 지나자 어디를 맞았는지도 알 수 없었다. 두 여자는 머리부터 발끝까지 흠뻑 젖은 수척한 모습으로 뻣뻣하게 버티고 서 있었다. 블라우스는 어깨까지 말려 올라갔고, 치마도 허리에 달라붙었다. 마치 소나기를 뒤집어쓴 우산처럼 사방에서 물이 줄줄 흘러내렸다.

"장난 아니네!" 누군가 쉰 목소리로 말했다.

세탁장에 모인 여자들은 신나서 어쩔 줄 몰라 했다. 물이 튈까 봐 모두 뒤로 물러서 있었다. 양동이 물이 쏟아지는 소리 사이로 사람들의 함성과 웃음소리가 들렸다. 바닥은 온통 물바다였고, 두 여자는 발목까지 잠기는 물속을 첨벙거렸다. 그때 비르지니가 비열하게도 옆에서 빨래하던 여자가 세제를 풀어 놓은 끓는 물 양동이를 갑자기 주워 들어 던져 버렸다. 비명이 터졌다. 모두 제르베즈가 끓는 물을 그대로 뒤집어쓴 줄 알았다. 하지만 왼쪽 다리만 살짝 데었다. 아파서 화가 난 제르베즈가 양동이를 들어 물도 안 채우고 비르지니의 다리를 향해 힘껏 던졌다. 비르지니가 쓰러졌다.

구경하던 여자들이 모두 떠들어 댔다.

"다리 부러졌나 봐!"

"뭐, 자기가 먼저 끓는 물을 던졌잖아!"

"맞아. 더구나 금발 여자는 남편을 뺏겼다잖아!"

보슈 부인이 소리를 지르며 팔을 치켜들었다. 지금까지 그녀는 빨래통 사이에 숨어 몸을 피하고 있었고, 겁에 질린 클로드와 에티엔이 보슈 부인의 치맛자락에 매달려서 숨이 넘어갈 듯 "엄마! 엄마!" 하면서 울음소리 때문에 잘 들리지 않게 소리를 질렀다. 비르지니가 쓰러진 것을 본 보슈 부인은 달려가서 제르베즈의 치마를 당기면서 말했다.

"그만해요! 정신 차려요! 떨려서 못 보겠네! 이렇게 심하게 싸우는 건 정말 처음 봐요."

하지만 보슈 부인은 아이들을 데리고 다시 빨래통 사이로 몸을 피해야 했다. 비르지니가 제르베즈의 목으로 달려들었기 때문이다. 비르지니는 손에 힘을 주고 제르베즈의 목을 조르려 했다. 격렬하게 발버둥 치며 빠져나온 제르베즈는 아예 비르지니의 머리카락을 다 뽑아 버릴 기세로 붙잡고 늘어졌다. 더 이상 소리도 지르지 않고 욕도 하지 않으면서, 그야말로 침묵 속에서 싸움이 이어졌다. 서로 붙잡고 몸싸움을 하는 게 아니라, 손가락 끝을 구부리고 손바닥을 벌려서 얼굴을 때리고 손에 잡히는 대로 꼬집고 할퀴었다. 키 큰 갈색 머리 비르지니의 빨간 리본과 파란 머리 망사가 뜯겼고, 블라우스 한쪽 목 언저리가 찢겨 나가는 바람에 어깨까지 속살이 드러났다. 금발의 제르베즈는 흰색 캐미솔 한쪽 소매가 언제 그랬는지도 모르게 뜯겼고, 속옷까지 찢어져 허리의 굴곡이 그대로 드러나서 사실상 벗고 있는 것과 마찬가지였다. 찢어진 옷 조각들이 날아다녔다. 비르지니가 제르베즈의 입에서 턱까지 세 줄기로 길게 할퀴는 바람에 제르베즈가 먼저 피를 흘렸다. 그녀는 눈을 다칠까 봐 맞을 때마다 매번 눈을 감았다. 비르지니는 아직 피는 나지 않았다. 제르베즈는 상대의 귀를 노렸지만 제대로 잡지 못해서 화가 났다. 그러다 마침내 배[梨] 모양 유리 귀걸이 한쪽을 잡았다. 귀걸이를 잡아당기자 비르지니의 귀가 찢어지면서 피가 흘렀다.

"이러다 사람 잡겠어. 저 미친 여자들 좀 떼어 놔요." 몇 사람이 고함을 쳤다.

여자들이 다가왔다. 두 편으로 나뉘었다. 한편은 개싸움을 구경하듯 부추겨 댔고, 마음이 약한 다른 쪽은 고개를 돌리고 떨면서, 저러다 둘 다 다치겠다고 걱정하며 이제 그만하기를 바랐다. 결국 구경꾼 사이에서도 싸움이 벌어질 판이었다. 인정머리 없다는 둥, 쓸모없는 인간이라는 둥 고함이 일기 시작했고, 뺨을 때리는 소리도 세 번 들렸다.

보슈 부인이 세탁장 급사 샤를을 찾았다.

"샤를, 샤를……! 도대체 어디 있는 거야?"

샤를은 제일 앞줄에서 팔짱을 끼고 구경 중이었다. 그는 키가 크고 목이 굵은 건장한 청년이었고, 여기저기 두 여자의 맨살이 드러나는 것을 보면서 신나게 웃었다. 작은 금발 여자는 메추라기처럼 통통하니 속치마가 다 찢어지면 정말 볼만하겠다고 생각도 했다.

"저런! 겨드랑이에 반점이 있군." 그가 윙크하며 중얼거렸다.

샤를을 찾아낸 보슈 부인이 소리를 질렀다.

"세상에, 여기 있으면 어떡해! 좀 떼어 놔 봐."

"아니죠! 못 해요! 나 혼자 어떻게 해요." 샤를이 천연덕스럽게 대답했다. "괜히 지난번처럼 눈이나 할퀴라고요? 이런 건 내 일이 아니에요. 그런 것까지 하려면 한이 없죠……. 자, 걱정하지 마세요! 피 조금 나도 괜찮아요. 오히려 더 좋죠. 그래야 좀 누그러진다고요."

보슈 부인은 그렇다면 경찰에 신고라도 해 달라고 했다. 하지만 눈빛에 병색이 돌고 허약해 보이는 세탁장의 젊은 주인 여자가 절대 안 된다고 거듭 말했다.

"그건 안 돼요. 안 돼. 영업에 지장 있어요."

제르베즈와 비르지니는 여전히 바닥에서 뒹굴며 싸웠다. 갑자기 비르지니가 무릎을 꿇고 몸을 일으켰다. 빨랫방망이를 움켜쥔 것이다. 비르지니는 방망이를 휘두르면서 쉬어 버린 목소리로 헐떡였다.

"이런 개 같은 년, 본때를 보여 주마. 더러운 빨래 같은 네년 몸뚱이 한번 내밀어 보렴."

그때 제르베즈도 재빨리 손을 뻗어 빨랫방망이를 잡아서 치켜들고 휘둘렀다. 그녀도 이미 목이 다 쉬었다.

"그래! 제대로 빨래 한번 해 볼까……? 그래, 네년 몸뚱이 좀 내밀어 보렴. 내가 아주 걸레처럼 두들겨 줄 테니까!"

잠시 두 여자는 서로 위협하며 무릎을 꿇고 마주 보고 버텼다. 얼굴은 머리카락으로 뒤범벅이었고, 가슴을 헐떡이고 지저분하게 부어오른 얼굴로 숨을 가다듬으며, 서로 노려보면서 기다렸다. 그러다가 제르베즈가 먼저 한 방을 날렸다. 방망이는 비르지니의 어깨를 스쳤다. 이어 비르지니가 휘두른 방망이는 제르베즈가 옆으로 몸을 던지는 바람에 간신히 엉덩이를 스치고 지나갔다. 이렇게 몽둥이질이 시작되면서 두 여자는 마치 빨래를 두드리듯 박자를 맞춰 가며 거칠게 서로를 두드려 댔다. 몽둥이가 몸에 닿을 때마다 물통 속 빨래를 두들기는 듯한 둔탁한 소리가 났다.

주위를 둘러싼 여자들은 더 이상 웃을 수가 없었다. 몇몇은 너무 가슴 아파서 못 보겠다면서 자리를 떴고, 남은 사람들은 두 여자 정말 굉장하다면서 잔인한 눈빛을 반짝거리며 목을 빼고 지켜보았다. 보슈 부인은 이미 클로드와 에티엔을 데리고 다른 곳으로 갔다. 빨랫방망이 두 개가 두들겨 대는 소리 사이로 반대편 끝 쪽에서 아이들이 울부짖는 소리가 들렸다.

그때 갑자기 제르베즈가 비명을 질렀다. 비르지니가 온 힘을 다해 제르베즈의 팔꿈치 위쪽 맨살이 드러난 곳을 내리친 것이다. 금방 살이 벌게지면서 부어올랐다. 그러자 제르베즈가 덤벼들었다. 상대를 죽여 버릴 기세였다.

"그만해! 그만!" 여자들이 소리쳤다.

하지만 제르베즈의 표정이 너무 무서워서 누구도 다가가지 못했다. 제르베즈는 젖 먹던 힘까지 다 끌어내서 비르지니의 허리를 움켜쥐고 얼굴이 바닥에 처박히도록 위쪽으로 꺾어 버렸고, 발버둥 치는 그녀의 치마를 훌렁 걷어 올렸다. 치마 아래 속바지가 보였고, 제르베즈가 터진 틈으로 손을 집어넣어 속바지를 찢어 버리자 넓적다리와 엉덩이가 그대로 드러났다. 이어 제르베즈는 옛날 플라상에 살 때 세탁장 주인이 군부대에서 받아온 빨랫감을 비오른강[17] 가에서 두들겨 댈 때처럼 방망이로 두들기기 시작했다. 나무 방망이는 물에 젖은 소리를 내면서 살 속에 파고들었다. 한 대 때릴 때마다 하얀 살 위로 빨건 줄이 생겨났다.

"오! 오!" 눈이 휘둥그레진 샤를이 감탄했다.

다시 웃음소리가 터졌다. 하지만 이내 여기저기서 "그만해! 그만해!"라고 고함치기 시작했다. 제르베즈의 귀에는 그 소리가 들리지 않았다. 그녀는 그만두지 않았다. 오히려 고개 숙여 일감을 내려다보면서 마른 부분을 하나라도 남겨 두지 않으려는 듯 살폈다. 제르베즈는 눈앞의 살덩이를 남김없이 두들겨서 수치심으로 뒤덮이게 해 주고 싶었다. 한순간 가혹한 쾌감에 사로잡힌 그녀가 세탁부들의 노래를 떠올렸다.

"퍽! 퍽! 마르고가 빨래를 한다네……. 퍽! 퍽! 방망이질을 한다네……. 퍽! 퍽! 마음을 씻으러 가자꾸나……. 퍽! 퍽! 고통으로 새까매진 마음을……."

그리고 계속 말을 이었다.

"이건 네 몫이고, 이건 네 동생 몫, 이건 랑티에 몫……. 그

---

17) 플라상과 마찬가지로 졸라의 소설에서 엑상프로방스에 흐르는 아르크강이 허구화된 이름이다.

년놈들 만나거든 꼭 전해 주렴……. 자, 한 번 더! 이건 랑티에 몫, 이건 네 동생 몫, 이건 네 몫! 퍽! 퍽! 마르고가 빨래를 한다네. 퍽! 퍽! 방망이질을 한다네."

결국 여자들이 달려들어 간신히 떼어 냈다. 키가 큰 갈색 머리 비르지니는 눈물범벅이 된 채 벌게진 얼굴로 어쩔 줄 몰라 하며 빨래를 들고 도망가 버렸다. 비르지니가 진 것이다. 제르베즈는 캐미솔의 남은 소매에 팔을 제대로 끼우고 치마끈도 다시 묶었다. 팔이 욱신거리고 아파서 보슈 부인에게 빨래를 어깨에 올려 달라고 했다. 보슈 부인은 조금 전 지켜본 싸움 얘기를 하면서 놀라 죽는 줄 알았다고 떠들었고, 몸이 괜찮은지 봐주겠다고 했다.

"어딘가 부러졌을 거예요. 부러지는 소리가 들렸는데……."

하지만 제르베즈는 어서 나가고만 싶었다. 앞치마 차림으로 주위에 둘러선 여자들이 동정의 말을 건넸고 환호하기도 했지만, 그녀는 아무 말도 하지 않았다. 빨랫감을 둘러멘 제르베즈는 아이들이 기다리고 있는 입구 쪽으로 갔다.

세탁장을 나서는데, 어느새 유리 칸막이 안에 들어앉은 주인 여자가 그녀를 불러 세웠다.

"두 시간이니까 2수예요."

2수라고? 왜 내라는 거지? 제르베즈는 어안이 벙벙한 채로 자릿값 2수를 냈다. 물이 줄줄 흐르는 빨래를 어깨에 멘 탓에 다리를 심하게 절었고, 팔꿈치는 시퍼렇게 멍이 들고 뺨에서는 피가 흘렀다. 에티엔과 클로드는 그동안 우느라 얼굴이 엉망이 된 데다가 여전히 몸을 떨면서 훌쩍이면서 종종걸음으로 엄마를 따라갔고, 제르베즈는 맨살이 드러난 팔로 아이들을 잡아끌었다.

밖으로 나서는 제르베즈의 등 뒤로 세탁장은 다시 봇물 터지듯 소란스러워지기 시작했다. 빵을 다 먹고 포도주도 마신 데다 제르베즈와 비르지니의 싸움 구경으로 달아올랐던 여자들은 벌게진 얼굴로 세차게 빨래를 두드려 댔다. 모두 물통을 따라 줄지어 서서 거세게 팔을 휘젓는 모습이 흡사 관절이 매듭으로 만들어진 꼭두각시들이 허리를 접고 어깨를 구부정하게 숙인 채로 격렬하게 몸을 움직이는 광경 같았다. 여기저기서 다시 잡담이 시작됐다. 말소리, 웃음소리, 온갖 상스러운 소리들이 세차게 흘러내리는 물소리에 섞였다. 수도꼭지에서는 물이 쏟아져 나왔고, 양동이들이 물을 쏟아부었고, 빨래판 아래로 강물이 흘렀다. 빨래를 두들기는, 오후의 가장 고단한 시간이었다. 넓은 세탁장 안에 자욱한 김이 적갈색이 되었고, 찢어진 커튼 틈새로 스며든 햇빛 때문에 몇 곳에만 황금 구슬이 만들어졌다. 비누 냄새가 밴 공기는 후덥지근했다. 그때 갑자기 흰 수증기가 쏟아져 나왔다. 잿물 끓이는 통에서 가운데 톱니 판이 달린 중앙축을 따라 자동 개폐되는 거대한 뚜껑이 열리면서 증기가 솟구친 것이다. 벽돌 통의 크게 입 벌린 구리 구멍에서 달콤한 맛이 나는 잿물의 증기가 소용돌이치며 올라왔다. 그러는 동안 옆에서는 탈수기 여러 개가 돌아갔다. 헐떡거리며 돌아가는 무쇠 원통 안에서 산더미처럼 쌓인 세탁물이 연기를 내뿜으며 물기를 내보냈다. 탈수기들이 강철 팔을 움직이면서 일을 해치우는 소리 때문에 세탁장 안은 더욱 거칠게 요동쳤다.

봉쾨르 여관의 통로로 들어설 때 제르베즈는 다시 눈물이 났다. 벽을 따라 도랑에 구정물이 흐르는 어둡고 좁은 길이었다. 그곳의 악취를 맡으니 랑티에와 함께 여관에서 보낸 두 주가 떠올랐다. 돈이 없어 전전긍긍하고 계속 싸워 대기만 한 기억과 함께 쓰라린 회한이 밀려왔다. 이제 그녀는 혼자 버려졌다.

방으로 올라가 보니 열린 창문으로 들어온 햇빛만 가득하고 아무도 없었다. 마치 금가루들이 춤추듯 펼쳐진 햇빛 때문에 시커먼 천장과 벽지가 찢겨 나간 벽이 더 초라해 보였다. 남은 거라곤 벽난로의 못에 실처럼 꼬인 채로 걸려 있는 세모꼴의 숄이 전부였다. 아이들 침대를 방 가운데 당겨 놓은 탓에 서랍이 모두 열린 채로 텅 비어 있는 서랍장이 한눈에 들어왔다. 랑티에는 세수를 한 뒤 카드 통에 받아 놓은 2수어치 포마드도 다 쓰고 갔다. 세면대에 손을 씻고 난 기름때 섞인 물이 남아 있었다. 그는 하나도 잊지 않고 다 가져갔다. 트렁크가 놓여 있던 구석 자리에 거대한 구멍이 뚫린 것 같았다. 심지어 창문 손잡이에 걸어 놓은 작은 둥근 거울도 보이지 않았다. 제르베즈는 문득 불길한 예감이 들어 벽난로 위를 쳐다보았다. 랑티에가 전당포 보관증들도 다 가져갔다. 짝이 맞지 않는 아연 촛대 사이에 놓여 있던 분홍색 종이 뭉치가 다 사라졌다.

제르베즈는 세탁물을 의자 등받이에 걸쳐 놓고는 고개를 돌려 가며 살림살이를 살펴보았다. 놀라움을 가누지 못해 눈물도 나오지 않았다. 세탁장에 가려고 아껴 두었던 4수 중 1수가 남았다. 에티엔과 클로드는 그새 기분이 좋아져서 창가에서 웃었다. 제르베즈는 아이들에게 다가가 머리를 쓰다듬어 주고는, 그날 아침 노동자들이 깨어나는, 파리라는 거대한 일터가 깨어나는 모습을 지켜보았던 창밖의 회색 도로를 다시 멍하니 바라보았다. 시문 벽 너머로 그날의 자질구레한 일들로 달궈진 자갈 포장길이 타오를 듯한 복사열을 뿜어 냈다. 바로 저 길 위에, 화로처럼 뜨거운 공기 속에, 이제 그녀는 아이들과 홀로 던져졌다. 왼쪽으로, 다시 오른쪽으로, 시문 성벽 밖의 큰길을 훑던 제르베즈는 양쪽 끝 눈길이 멈추는 지점에서 소스라치듯 알 수 없는 두려움에 사로잡혔다. 이제부터 자기의 삶이 도축장과 병원 사이를 벗어나지 못할 것만 같았다.

2장

삼 주가 지난 어느 맑은 날 11시 30분쯤에 제르베즈는 함석공 쿠포와 함께 콜롱브 영감의 '아소무아르'[18]에서 술에 절인 자두를 먹고 있었다. 세탁물을 가져다주고 돌아오다가 길을 건너는데 거리에 서서 담배를 피우고 있던 쿠포가 다가와 억지로 데리고 들어온 것이다. 그녀는 세탁물용 커다란 사각

---

18) 술집 이름인 '아소무아르(Assommoir)'는 '때려눕히다'라는 뜻의 동사 assommer에서 파생된 용어로, 18세기 초부터 '사람을 때려눕힐 정도로 힘든 일'을 뜻하는 보통 명사로 사용되었다. 19세기 중엽 파리의 벨빌 지역에 가난한 노동자들을 대상으로 '알코올로 사람을 때려눕히는 곳'이라는 뜻의 아소무아르라는 이름의 술집이 처음 생겼고, 이후 많은 술집이 같은 이름을 내걸었다. 흔히 '목로주점'이라는 제목으로 번역되는 졸라의 소설이 인기를 끌고 난 뒤로 19세기 말쯤에는 assommoir가 '선술집'을 지칭하는 보통 명사로 사용되기 시작했다

바구니를 옆에 있는 조그만 아연 탁자 아래 내려놓았다.

콜롱브 영감의 아소무아르는 푸아소니에 거리와 로슈수아르 대로가 만나는 모퉁이에 있었다. 간판에는 파란 글씨로 '증류주'라고만 쓰여 있었다. 입구에는 반으로 자른 술통들 안에 협죽도들이 뽀얀 먼지를 뒤집어쓴 채 양쪽으로 늘어서 있었다. 입구 왼편으로 넓고 긴 카운터가 있고, 그 위로 가지런히 놓인 유리컵들, 술과 주석으로 만든 계량 용기들이 보였다. 카운터 주위로 넓은 실내는 밝은 노란색으로 칠한, 래커 칠로 번쩍거리고 구리 테두리와 꼭지에서도 광채가 나는 커다란 술통들로 장식되어 있었다. 위쪽 선반에는 리큐어[19] 병, 과실주 병, 온갖 종류의 작은 병 등이 벽이 보이지 않을 만큼 빼곡히 놓여 있고, 파란 사과색, 엷은 금색, 부드러운 래커 색 등 병들의 강렬한 색깔이 카운터 뒤쪽 거울에 그대로 비쳤다. 그렇지만 이 가게에서 제일 신기한 것은 떡갈나무로 만든 칸막이 너머 안쪽 구석의 안마당에 놓인 증류기였다. 기계가 돌아가는 모습을 손님들이 지켜볼 수 있도록 창 유리를 내어놓아, 술에 취한 노동자들이 긴 목이 달리고 뱀처럼 구불거리는 관이 길게 바닥으로 연결된, 마치 악마의 부엌 같은 형상을 멍하니 바라보곤 했다.

점심시간이라 술집은 한산했다. 소매 달린 조끼를 입은 마흔 살의 뚱뚱한 콜롱브 영감이 찻잔에 4수어치 술을 사러 온 열 살쯤 된 여자아이에게 술을 따라 주고 있었다. 얇은 막처

19) 증류주를 바탕으로 당분이 첨가된 술을 가리킨다.

럼 문틈으로 스며든 햇빛이 손님들이 담배를 피우며 수시로 침을 뱉어 댄 탓에 늘 축축한 마룻바닥을 데워 주었다. 카운터에서, 술통에서, 실내 전체에서 술 냄새와 함께 올라온 알코올 증기가 햇빛 속을 떠다니는 먼지들을 더 두껍게 만들고 취기로 적셨다.

쿠포는 새 담배를 말았다. 그는 작업복을 입고 푸른색 천으로 된 작은 챙모자를 쓴 단정한 모습이었다. 웃을 때면 흰 치아가 드러났다. 아래쪽 턱이 튀어나오고 코가 약간 납작하기는 했지만, 밤색의 눈이 예뻤다. 신난 강아지, 혹은 착한 아이 같은 얼굴이었다. 곱슬거리는 굵은 머리카락은 모두 빳빳하게 서 있었고, 스물여섯이라는 나이답게 피부도 보드라웠다. 마주 앉은 제르베즈는 모자는 쓰지 않고 검은색 오를레앙 천으로 된 카라코 재킷[20]을 입고서, 손가락 끝으로 막 다 먹은 자두의 꼭지를 쥐고 있었다. 두 사람은 길가 쪽에 가까운, 카운터 앞쪽에 술통들을 따라 놓인 네 개의 탁자 중 첫 번째 자리에 앉아 있었다.

함석공 쿠포는 담배에 불을 붙인 다음 탁자 위에 팔꿈치를 괴며 얼굴을 내밀었고, 잠시 말없이 제르베즈를 바라보았다. 금발인 제르베즈의 예쁘장한 얼굴은 그날따라 매끈한 도자기처럼 투명한 우윳빛이었다. 쿠포는 이미 그녀와 얘기한 적이 있는, 두 사람만이 알고 있는 일에 대해 나지막하게, 하지만

20) 당시 유행하던, 몸에 딱 맞고 허리 아래로 페플럼이 달린 재킷이다. 오를레앙 천은 모와 면으로 만든 가벼운 옷감이다.

단도직입적으로 물었다.

"자, 안 됩니까? 안 돼요?"

"물론 안 되죠, 쿠포 씨." 제르베즈가 미소 띤 얼굴로 차분하게 대답했다. "설마 지금 그 얘기를 하려는 거 아니죠? 억지 부리지 않겠다고 약속했잖아요. 이럴 거였으면 절대 같이 안 들어왔을 거예요."

쿠포는 입을 다물었다. 그러고는 애정을 가득 담은 대담한 표정으로 얼굴을 내밀며 제르베즈를 계속 살폈다. 그는 특히 제르베즈의 입술 언저리, 연분홍빛으로 촉촉하게 젖어 있다가 살짝 웃을 때면 선명하게 발그스레해지는 입술 끝부분이 좋았다. 제르베즈는 몸을 뒤로 빼지 않고 여전히 차분히 있었다. 한동안 침묵이 흐른 뒤에 결국 제르베즈가 먼저 입을 열었다.

"절대 안 돼요. 난 이미 늙어 버린걸요. 여덟 살짜리 아들이 있고요. 우리가 뭘 같이 할 수 있겠어요?"

"그런 말이 어디 있어요! 남들이 하는 걸 우리도 하는 거죠!" 쿠포가 눈을 깜박거리면서 나지막하게 말했다.

제르베즈는 답답하다는 몸짓을 했다.

"아! 정말 언제나 즐겁기만 한 줄 알아요? 쿠포 씨는 아직 가정을 꾸려 본 적이 없어서 그래요. 안 돼요. 난 이제 심각한 일들을 생각해야 한다고요. 그냥 웃고 즐기는 건 아무 소용이 없어요. 알아들어요? 집에 먹여 살려야 할 입이 둘이나 있다고요. 하물며 엄청나게 먹어 대죠. 내가 쓸데없는 짓이나 하고 놀면 어떻게 그 어린것들을 키우겠어요? 그게 아니라도, 내 말 좀 들어 봐요. 난 불행을 겪으면서 아주 제대로 배웠어요. 이제 정말 남자는 관심 없어요. 남자와 또 얽히진 않을 거예요."

제르베즈는 화내지 않고 현명하게, 아주 냉정하게, 마치 일 얘기를 하듯이, 엉망이 된 직물을 다시 깨끗하게 풀 먹이는 게 왜 불가능한지 설명했다. 누가 들어도 깊이 생각하고 내린 결론이 분명했다.

쿠포가 애처롭게 되풀이해서 말했다.

"당신 때문에 너무 힘들어요. 너무 힘들다고요……."

"그래요, 나도 알아요." 제르베즈가 대답했다. "그래서 정말 미안해요. 쿠포 씨. 상처받지 마세요. 혹시라도 내가 언젠가 다시 말도 안 되는 생각을 받아들이게 된다면, 절대 다른 사람 아닌 쿠포 씨와 함께일 거예요. 쿠포 씨가 좋은 사람이라는 거 알아요. 친절하죠. 서로 마음도 잘 맞을 것 같아요. 그렇죠? 웬만하면 헤쳐 나갈 수 있을 거예요. 내가 뭐라고 잘난 척하겠어요? 절대 안 되는 일이라는 말도 아니에요. 단지 나한테 그럴 마음이 없는데 다 무슨 소용이 있겠어요? 두 주 전에 포코니에 부인의 세탁소에 일자리를 구했어요. 아이들도 학교에 다니고요. 일할 수 있게 되었으니 이제 만족해요. 지금 이대로가 제일 좋아요."

제르베즈는 바구니를 집으려고 몸을 숙였다.

"얘기가 너무 길어졌네요. 포코니에 부인이 기다리겠어요……. 그러니까 다른 여자를 찾아보세요. 아셨죠? 쿠포 씨? 나보다 더 예쁘고 애가 둘 딸려 있지 않은 여자로 말이에요."

쿠포는 유리 틀에 들어 있는 둥근 벽시계를 보고 나서 제르베즈를 다시 앉히면서 큰 소리로 말했다.

"기다려요. 아직 11시 35분이잖아요……. 이십오 분 남았다고요. 내가 바보 같은 짓을 할까 봐 걱정하진 않아도 돼요. 사이에 탁자가 있잖아요. 잠시 얘기를 나누지도 못할 정도로 내가 싫은 건 아니죠?"

제르베즈는 쿠포의 마음이 상할까 봐 다시 바구니를 내려놓았다. 두 사람은 좋은 친구로 이야기를 나누었다. 제르베즈는 빨래를 가져다주러 가기 전에 이미 밥을 먹었고, 쿠포는 제르베즈가 언제 돌아오는지 살피기 위해 서둘러 수프만 먹고 나온 터였다. 제르베즈는 상냥하게 대답하면서도 증류주에 담근 과일 병들 사이로, 유리 너머로, 거리를 오가는 사람들을 구경했다. 점심시간이 되자 여기저기서 사람들이 쏟아져 나왔다. 다들 건물이 빽빽이 늘어선 양쪽 길 위에서 팔을 저으며 서둘러 발길을 옮기면서, 걷는 동안 서로 팔꿈치를 스치기도 했다. 일이 늦게 끝난 일꾼들은 배가 고파서 당장 쓰러질 것 같은 얼굴로 성큼성큼 길을 건너 맞은편 빵집으로 들어갔다가, 빵을 옆구리에 끼고 나와서는 문 세 개를 더 지나 늘 먹는 6수짜리 메뉴를 먹으러 보아되테트 식당에 들어갔다. 빵집 옆 야채 가게에서는 감자튀김과 파슬리 얹은 홍합을 팔았다. 긴 앞치마를 걸친 여공들이 끝이 보이지 않을 정도로 길게 줄을 서서 원뿔 모양의 봉투에 담긴 감자튀김과 잔에 담긴 홍합을 받아 들었다. 그 옆에서는 모자를 쓰지 않은 우아하고 예쁘장한 여자들이 단으로 묶인 작은 무를 사고 있었다. 제르베즈가 몸을 옆으로 기울여 보니, 아이들이 돼지고기튀김, 소시지, 따뜻한 순대를 담은 기름종이를 들고 문을 나서는 돼지고기 가공품 상점이 사람들로 북적였다. 그사이에 이미 식사를 마친 노동자들이 삼삼오오 몰려나와서는 날씨가 좋아도 시커먼 진흙투성이인 길 위를 걷는 군중 틈에 섞여 들었다. 모두 포만감에 흡족해서 손바닥으로 넓적다리를 치면서 태평스럽고 느린 걸음을 옮겼다.

아소무아르 앞에는 벌써 사람이 많이 모여 있었다.

"이봐, 비비라그리야드,[21] 독주 한 잔 돌릴 거지?" 쉰 목소리가 들려왔다.

다섯 명의 노동자가 술집 안으로 들어섰다.

"아, 콜롱브, 도둑 영감님!" 조금 전과 같은 목소리였다. "아시죠? 오래 묵은 걸로 주세요. 속 빈 호두 껍질 같은 것 말고, 진짜 제대로 된 걸로!"

콜롱브 영감은 아무렇지도 않은 듯 태연하게 술을 따라 주었다. 이어 세 명이 더 들어왔다. 그 뒤로도 길모퉁이에 조금씩 모여든 작업복 차림의 남자들이 잠시 주춤거리며 서 있다가는 결국 먼지가 자욱하게 내려앉아 색도 제대로 보이지 않는 협죽도 사이로 밀려 들어왔다.

"당신은 참 바보 같아요! 왜 그렇게 지저분한 것만 생각해요?" 제르베즈가 말했다. "그래요, 그 사람을 사랑했겠죠……. 하지만 날 어떤 식으로 버렸는지 생각하면……."

---

21) 비비(Bibi)는 당시에 누군가를 친근하게 지칭할 때 사용된 이름이었고, '주정뱅이'라는 뜻으로 쓰였다. 라그리야드(la grillade)는 원래 '구운 고기'를 뜻하지만, '급하게 먹기'의 뜻으로 사용되었다.

그들은 랑티에 얘기를 하는 중이었다. 제르베즈는 그날 이후 랑티에를 다시 보지 못했다. 글라시에르에서 공장을 마련한다는 친구 집에서 비르지니의 동생과 함께 살고 있으리라 생각했고, 굳이 찾아 나서고 싶지도 않았다. 처음엔 무척 힘들었다. 강물에 뛰어들어 죽고 싶기까지 했다. 하지만 이제는 마음을 고쳐먹었고, 모든 일이 다 잘되고 있었다. 아마도 랑티에와 함께 살면서는, 그가 끝없이 돈을 먹어 치울 테니, 아이들을 제대로 키우기 힘들 터였다. 제르베즈는 랑티에가 찾아와서 클로드와 에티엔을 안아 주는 건 상관없다고, 문전박대를 하지는 않을 거라고 말했다. 하지만 자기 몸에 손끝이라도 대려 한다면 온몸이 부서질지언정 절대 가만있지 않을 거라고 했다. 이 모든 이야기를 하는 동안 제르베즈는 인생의 확실한 목표를 정하고 굳은 결심이 선 여자 같았다. 하지만 그녀를 갖고 싶은 욕망을 포기할 수 없었던 쿠포는 계속 농담을 하면서 랑티에에 대해 노골적인 질문을 던져 화제를 외설스러운 쪽으로 몰고 갔다. 제르베즈는 쿠포가 흰 치아를 드러내면서 너무도 쾌활하게 말했기 때문에 마음이 상하지는 않았다.

"당신이 그 사람도 때린 거 아니에요? 그래! 당신은 착한 여자가 아니로군요. 이 사람 저 사람 다 때려 버리니까."

제르베즈는 쿠포의 말을 가로막으며 길게 웃음을 터뜨렸다. 맞는 말이었다. 비르지니의 커다란 몸뚱이를 두들겨 패지 않았는가. 그날 제르베즈는 설사 상대가 착한 사람이었다 해도 목을 졸라 버리고 싶었을 것이다. 쿠포는 볼 것 못 볼 것 다 보여 준 비르지니가 창피해서 동네를 떠났다고 했고, 그 말을 들은 제르베즈는 더 크게 웃었다. 하지만 제르베즈의 얼굴에는 어린애처럼 보드라움이 남아 있었다! 제르베즈는 통통한 두 손을 내밀면서 자기는 원래 파리 한 마리도 못 죽인다고 여러 번 말했다. 남을 때릴 줄 아는 건 살면서 워낙 많이 맞았기 때문이라면서, 플라상에서 살던 때 얘기를 꺼냈다. 난 남자들을 따라다닌 적 없어요. 남자들이 귀찮게 했죠. 그러다 열네 살에 랑티에에게 몸을 주었을 때는, 그가 자기가 남편이라고 하니까 꼭 소꿉놀이하는 것 같고 신나더라고요. 내 잘못은 딱 한 가지예요. 마음이 약하고, 모든 사람을 사랑하고, 결국엔 날 비참하게 만드는 그런 남자한테 빠진 거. 결국 남자를 사랑하면서 나쁜 일은 생각 안 하고 영원히 행복하게 사는 꿈만 꾼 거죠. 제르베즈의 말을 듣고 난 쿠포가 키득거리면서 그럼 아이 둘은 베개 밑에서 알을 까고 나왔느냐고 물었다. 제르베즈는 손을 내밀어 쿠포의 손가락을 살짝 때리면서, 물론 자기도 다른 여자들과 다르지 않다고, 하지만 여자들이 그 일에만 매달린다고 생각하지는 말라고, 여자들은 살림을 생각하고 온몸이 부서지도록 집안일을 하고 밤에는 녹초가 돼서 눕자마자 잠이 든다고 말했다. 그러면서 이십 년 넘게 짐승처럼 억척스럽게 일하면서 아버지 마카르의 시중을 들다가 고생만 하고 죽은 어머니를 닮았다고 덧붙였다. 아직 날씬한 편인 자기와 달리 어머니는 어깨가 넓어서 지나가다가 문에 부딪히면 그 문짝이 부서질 정도였다고, 하지만 사람 좋아하는 건 자기와 똑같았다고 했다. 그러면서 자기가 다리를 조금 저는 건 어머니 탓이라고 덧붙였다. 어머니는 늘 아버지한테 맞고 살았고, 어머니한테 수도 없이 듣기를, 아버지는 술에 취해 들어오면 어머니의 팔다리가 부러질 정도로 난폭하게 애정 행각을 벌였다고, 자기는 분명 그중 어느 밤에 다리 한쪽이 늦게 나온 상태로 생겨났을 거라고 했다.

"오! 아무렇지도 않은데요, 뭘. 눈에 잘 띄지도 않아요." 쿠포가 아부하듯 말했다.

제르베즈는 턱을 흔들었다. 금방 눈에 띈다는 것을 알고 있었다. 마흔 살이 되면 완전히 뒤뚱거리며 절게 될 터였다.

"다리 저는 여자를 좋아하다니 쿠포 씨는 참 이상한 사람이에요." 제르베즈는 살짝 웃으며 말했다.

여전히 탁자에 팔꿈치를 괸 쿠포는 얼굴을 앞으로 더 내밀고는 마치 상대를 취하게 만들려는 듯이 이 말 저 말 찬사를 늘어놓았다. 제르베즈는 고개를 저으며 끝까지 유혹을 뿌리쳤지만, 다정한 목소리에 마음이 흔들리기도 했다. 그녀는 귀로는 쿠포의 말을 듣고 있었지만, 거리에 사람들이 점점 늘어나는 모습을 신기해하며 눈은 계속 바깥을 보고 있었다. 사람들이 빠져나간 가게들 안에서는 비질을 시작했다. 야채 가게 주인도 마지막 팬의 감자튀김을 건졌고, 돼지고기 가공품 상점에서는 카운터 위에 널린 접시들을 정돈하는 게 보였다. 식당들에서도 노동자들이 무리 지어 나왔다. 수염이 덥수룩한 남자들이 신나서 손바닥으로 서로 밀쳐 댔고, 어린애처럼 징 박힌 커다란 구두로 길 위를 긁어 대며 미끄럼질 쳤다. 주머니에 두 손을 찔러 넣고 해를 향해 두 눈을 깜박이다 무언가 깊은 생각에 빠진 듯한 표정으로 담배를 피우기도 했다. 여기저기

문이 열리면서 사람들이 느릿느릿 흘러나와 인도 위, 찻길 위, 도랑 위를 가득 채웠다. 인파는 마차 사이에서 멈춰 서기도 했다. 마치 얇은 막처럼 거리를 감싸는 황금빛 햇살 아래 색이 흐려지고 바랜 얇은 작업복, 두꺼운 작업복, 낡은 웃옷들이 긴 띠를 이루며 지나갔다. 멀리 공장에서 종이 울리는 소리도 들려왔다. 노동자들은 서두르는 기색 없이 파이프 담배에 불을 붙였고, 구부정한 자세로 이 술집 저 술집에서 서로를 불러 댄 뒤에야 겨우 작정한 듯 발을 끌며 일터로 향했다. 제르베즈는 특히 그중 세 명한테 눈길이 갔다. 한 명은 키가 크고 두 명은 작았다. 그들은 열 발짝 옮길 때마다 뒤를 돌아보더니, 결국 되돌아와서 아소무아르 안으로 들어섰다.

"저 세 사람은 정말 일하기 싫은가 봐요."

"어, 저기 키 큰 사람은 내가 압니다. 동료인 메보트[22]죠."

아소무아르에는 이미 빈자리가 없었다. 쉰 목소리로 제대로 알아듣기 힘들게 웅얼거리는 소리들 틈에서 이야기를 주고받으려면 목소리를 높여야 했고, 누군가 카운터를 주먹으로 내리치는 바람에 잔들이 부딪히기도 했다. 남자들은 팔짱을 끼거나 뒷짐을 지고 여러 무리로 나뉘어 서서 술을 마셨다. 자리가 좁아 서로 바짝 붙어 있었고, 술통들 가까이에도 모여

---

22) '나의'를 뜻하는 mes에 이어진 bottes는 여러 가지 해석이 가능하다. 우선 사전적 의미로는 '장화'라는 뜻과 식물의 '다발'이라는 뜻이 있다. 속어로 '많은 양'을 지칭하기도 하고, '여자를 유혹하기'와 '돈을 빌리기'라는 뜻도 있다. 또한 당시 노동자들의 속어로 '잔'을 의미했다. 실제 메보트는 술을 좋아하는 엄청난 대식가로 나온다.

있었다. 콜롱브 영감한테 주문하려면 그렇게 십오 분은 기다려야 했다.

"이런! 우리 잘나신 카데카시스[23]가 와 있네!" 메보트가 거칠게 쿠포의 어깨를 치면서 큰 소리로 말했다. "담배를 종이로 말아 피우고 말끔하게 입은 신사분……! 이렇게 놀라게 만들 작정이면 근사한 걸로 한잔 사야지?"

"귀찮게 하지 마!" 쿠포가 몹시 난감한 표정으로 대답했다.

하지만 메보트는 계속 놀려 댔다.

"집어치워! 거만하게 굴기는……. 그래 봐야 촌놈은 결국 촌놈이지……!"

남자는 거친 눈빛으로 제르베즈를 흘겨보고는 돌아섰다. 제르베즈는 조금 겁이 나서 움찔했다. 파이프 담배의 연기, 남자들이 풍기는 강한 악취가 알코올에 젖은 공기 속으로 올라갔다. 제르베즈는 숨이 막혀서 잔기침을 했다.

"아! 술은 정말 마실 게 못 돼요!" 그녀가 나지막하게 말했다.

그러면서 이전에 플라상에서 어머니하고 아니스[24] 술을 마신 얘기를 했다. 그러다 한번 죽을 뻔했고, 그러고 나니 진절머리가 나서 다시는 술을 돌아보지도 않는다고 했다.

"자, 봐요, 자두는 먹었어요." 그러면서 제르베즈는 유리잔을 내보였다. "술은 그대로 남겼고요. 괜히 먹어 봐야 힘들기

---

23) '카데'는 '막내'라는 뜻이고, '카시스'는 아페리티프용의 '까막까치밥나무 술'이다. 쿠포가 독한 술을 마시지 않고 카시스만 마신다고 해서 붙은 별명이다.

24) 지중해 지역에 많이 나는 식물로, 열매가 향료로 사용된다.

만 하거든요."

쿠포 역시 사람들이 증류주를 가득 부어 몇 잔씩 삼킬 수 있다는 걸 이해하지 못했다. 가끔 자두주를 마시는 건 나쁘지 않지만, 황산염을 섞은 술이나 압생트,[25] 그런 비슷한 것들은 정말 싫었다! 쿠포는 자기는 절대 그런 술을 마시지 않을 거라고 했다. 동료들이 거나해져 싸구려 술집에 들어가면서 있는 대로 놀려 대도 자기는 문 앞에서 꼼짝 않고 버틴다고도 했다. 사실 아들과 마찬가지로 함석공이던 쿠포의 아버지는 어느 날 술에 취해 코크나르 거리 25번 빗물받이 홈통에서 떨어지는 바람에 머리가 길바닥에 부딪혀 박살 나고 말았다. 그날 이후 식구들은 모두 신중해졌다. 쿠포는 코크나르 거리를 지나며 그 장소를 볼 때마다 아버지 생각을 했다. 그는 술집에서 공짜로 주는 포도주라도 그것을 삼키느니 차라리 도랑물을 마실 거라고 덧붙였다. 그리고 마지막으로 이렇게 말했다.

"우리 일은 다리가 튼튼해야만 할 수 있거든요."

제르베즈는 이미 바구니를 챙겼다. 아직 일어서지는 않았지만, 바구니를 무릎 위에 얹고 있었다. 쿠포의 말을 듣는 동안 그녀는 오래전에 생각했던 삶의 모습을 떠올리기라도 했는지 꿈꾸는 듯 멍한 눈길이었다. 그리고 천천히, 마치 쿠포의 말을 이어 가듯 자기 이야기를 시작했다.

---

25) 아니스, 향쑥 등의 혼합물을 증류한 술로, 값이 싸고 독해 노동자들이 즐겨 마셨다.

"세상에! 난 정말 욕심 같은 거 없어요. 큰 걸 바라지도 않고요. 내가 꿈꾸는 건 그저 아무 일 없이 일하고, 먹을 게 떨어지지 않고, 몸 누일 수 있는 조금 깨끗한 구석 자리 하나만 있으면 돼요. 그러니까 침대 하나, 탁자 하나에 의자 두 개, 그거면 더 바라는 게 없어요. 아! 난 아이들을 키워 낼 거예요. 가능하면 훌륭한 사람으로 키우고 싶어요. 아, 그러고 보니 꿈이 더 있네요. 혹시라도 언젠가 다시 가정을 꾸리게 된다면, 맞지 않고 살고 싶어요. 정말이에요. 절대 맞지 않을 거예요……. 그래요, 이게 다예요."

제르베즈는 자기가 또 뭘 바라는지 찾아보았지만, 별다른 게 생각나지 않았다. 잠시 머뭇거리던 제르베즈가 다시 말을 이었다.

"맞아요, 자기 침대에 누워서 죽고 싶다는 게 꿈이 될 수도 있죠. 나처럼 평생 죽도록 일만 한 사람들은 기꺼이 내 집 내 침대에 누워서 죽고 싶어요."

제르베즈가 일어섰다. 쿠포가 그 역시 시간이 신경 쓰여 일어서다가 전적으로 옳은 말이라며 동감을 표했다. 하지만 그들은 곧바로 밖으로 나가지 않았다. 제르베즈가 떡갈나무 칸막이 뒤쪽 창유리 너머의 안마당에서 돌아가고 있는 커다란 적동(赤銅) 증류기를 궁금해하며 다가갔기 때문이다. 뒤따라간 쿠포가 기계의 여러 부분을 손가락으로 가리키면서 알코올이 투명한 실처럼 흘러내리고 있는 증류기가 어떻게 작동되는지 설명해 주었다. 제르베즈의 눈에는 이상한 형태의 용기들이 달리고 끝없이 긴 관이 휘감겨 있는 증류기가 왠지 음산한 얼굴처럼 보였다. 증기는 전혀 나오지 않고, 안에서 뭔가가 숨 쉬는 것 같은 소리, 땅 밑에서 웅웅거리며 코를 고는 듯한 소리만 희미하게 들려왔다. 흡사 엄청나게 힘센 일꾼이 말없이, 음울하게, 밤에 할 일을 대낮에 해내고 있는 것 같았다. 메보트와 동료 두 명도 카운터에 자리가 나기를 기다리는 동안 다가와서 칸막이 위에 팔꿈치를 괴고 있었다. 메보트는 술 취하게 만드는 기계를 넋이 나간 듯 멍한 눈으로 바라보며 고개를 끄덕였고, 기름칠 안 된 도르래 같은 소리로 웃어 젖혔다. 정말 굉장해! 정말 멋진 기계야! 저 뚱뚱한 구리 배 속에 일주일 동안 거나하게 마실 수 있는 술이 들어 있잖아! 난 정말, 저 나선관 끝을 내 이 사이에 용접해서 따듯한 독주가 몸속을 퍼져 나가게 하고 싶어. 술이 작은 개울처럼 흘러 발뒤꿈치까지 온몸에 영원히, 영원히 흘러가게! 멋지잖아! 얼마나 좋겠어! 그럼 저 짭새 같은 콜롱브 영감이 겨우 골무만 한 잔에다 따라 주는 술 따위는 필요도 없지! 옆에서 듣고 있던 동료들이 짐승 같은 놈이 말 하나는 참 잘한다면서 놀렸다. 증류기에서는 소리도 나지 않고 불꽃도 일지 않았다. 구리는 광택 없이 칙칙해 보였다. 느리게, 하지만 고집스레 물을 내보내는 샘처럼 계속 돌아가며 땀을 흘렸고, 그 알코올 땀이 술집 전체를 채우고 바깥 큰길로 흘러나가 마침내 파리라는 거대한 구멍을 다 채워 버릴 것만 같았다. 제르베즈는 갑자기 오싹한 기분이 들어서 뒤로 물러섰다. 그리고 억지로 웃음을 지어 보이며 중얼거렸다.

"바보 같죠. 저 기계를 보니까 괜히 오싹해져요……. 술 생각을 하면 늘 그래요."

그러더니 조금 전 마음속에 품었던 완전한 행복에 대한 생각으로 돌아왔다.

"그렇죠? 정말 좋아요. 일하고, 먹을 게 있고, 몸 누일 곳 있고, 아이들 키울 수 있고, 자기 침대에 누워 죽을 수 있으면……."

"그리고 맞지 말아야죠." 쿠포가 한 가지를 추가했다. "전 절대 때리지 않을 겁니다. 제르베즈 부인……. 걱정하지 않아도 돼요. 난 술도 안 마시고, 무엇보다 당신을 너무 사랑하니까요. 자…… 그럼 오늘 밤에 오붓하게 같이 지내 볼까요?"

쿠포가 목소리를 낮추어 속삭였다. 제르베즈가 바구니를 앞으로 내밀며 사람들 사이를 헤치고 나가는 동안에도 쿠포는 그녀의 목덜미에 대고 얘기를 계속했다. 그때마다 제르베즈는 안 된다고 대답했지만, 쿠포가 술을 마시지 않는다는 사실을 알게 되어 기쁜지 뒤돌아보고 미소를 짓곤 했다. 다시는 남자를 가까이하지 않겠다고 다짐하지만 않았더라면 쿠포한테 분명 좋다고 대답했을 것이다. 그들은 드디어 입구를 지나 밖으로 나섰다. 등 뒤의 아소무아르는 여전히 만원이었고, 크게 떠드는 쉰 목소리들과 싸구려 독주 냄새가 밖으로 흘러나왔다. 메보트가 콜롱브 영감이 잔을 반밖에 채워 주지 않았다며 사기꾼 취급을 하면서, 자기는 선량하고 멋지고 건강한 남자라고도 외치는 소리가 들렸다. 아, 제길! 작업반장이 아무리 뒤지고 돌아다녀 보라지. 난 일하러 돌아가지 않을 테니까. 오늘은 일할 마음이 안 나는데 어쩌라고! 그는 동료들에게 생드니 시문[26]에 있는 술집 '프티본옴키투스'[27]에 가서 제대로 된 술로 한잔하자고 했다.

"아, 밖에 나오니 숨 좀 쉬겠네요." 제르베즈가 말했다. "그럼 안녕히 가세요. 감사했어요. 쿠포 씨……. 전 빨리 가 볼게요."

제르베즈가 대로 쪽으로 걸음을 옮기려는데, 쿠포가 잡은 손을 놓아주지 않고 고집을 부렸다.

"나하고 좀 돌아봐요. 구트도르 거리 쪽으로 가요. 별로 도는 것도 아니잖아요. 작업장에 가기 전에 누이 집에 들러야 해서 그래요. 같이 가요."

제르베즈는 결국 받아들였다. 두 사람은 손은 잡지 않고 나란히 서서 천천히 푸아소니에 거리를 올라갔다. 도중에 쿠포가 자기 가족 얘기를 꺼냈다. 그의 어머니는 조끼를 만드는 재봉사였는데 눈이 나빠지는 바람에 이 집 저 집 다니며 가정부로 일하는 중이었고, 지난달 3일이 예순두 번째 생일이었다. 쿠포는 자기는 막내이고 누이가 둘이라고, 하나는 서른여섯 살 난 과부로 바티뇰[28]의 무안 거리에 살면서 조화 만드는 일을 하는 르라 부인이고, 서른 살인 다른 누이는 목걸이 줄 만드는 남자와 결혼했다고, 매형인 로리외가 좀 냉소적인 사람이라고 했다. 그들이 걷고 있는 구트도르 거리 왼편의 커다란 건물에 그 누이가 살고 있고, 보통 때는 세 사람 모두 절약하

---

26) 샤펠 대로의 서쪽 끝에 푸아소니에르 시문이 있고, 생드니 시문은 동쪽 끝이다.

27) '기침하는 친구'라는 뜻이다.

28) 당시 파리 북부의 외곽 지역으로, 구트도르의 서쪽에 위치한다.

기 위해서 자기도 그 집에서 같이 저녁을 먹는다고, 그런데 그날은 저녁에 친구 집에 가기로 해서 들러서 기다리지 말라고 말해야 한다고 덧붙였다.

쿠포의 얘기를 듣고 있던 제르베즈가 말을 자르면서 웃음 띤 얼굴로 물었다.

"쿠포 씨 이름이 카데카시스예요?"

"그냥 별명이죠. 동료들이 그렇게 불러요. 억지로 술집에 데려가면 내가 맨날 카시스를 마신다고요. 메보트보다는 카데카시스가 낫잖아요. 안 그래요?"

"물론이죠. 카데카시스란 이름은 상스럽지 않아요." 제르베즈가 단호하게 말했다.

그러면서 쿠포가 하고 있는 일에 대해 물었다. 그는 여전히 시문 벽 너머에 새로 짓는 병원에서 일하는 중이었다. 오! 일이 떨어지는 법은 없죠! 그러면서 쿠포는 자기가 올해 내내 그 병원에서 일할 거라고, 홈통을 한없이 만들어야 한다고 덧붙였다.

"아세요? 병원에 올라가서 일할 때면 봉쾨르 여관이 보인답니다. 어제는 당신이 창가에 서 있더군요. 내가 손을 흔들었는데 못 보더군요."

두 사람은 어느새 구트도르 거리에 100발짝 정도 들어서 있었다. 쿠포가 걸음을 멈추고 위를 올려다보며 말했다.

"저 집이에요……. 조금 더 가면 내가 태어난 22번지이고……. 이 건물은 벽돌이 어마어마하게 쓰였을 거예요! 안마당이 거의 운동장 같죠!"

제르베즈는 고개를 들어 건물의 앞면을 살폈다. 거리 쪽에서 보면 6층이었다. 층마다 늘어선 열다섯 개의 창은 검은색 덧창의 나무 창살이 부서져 있고, 거대한 벽에는 폐허의 기운이 감돌았다. 1층에는 네 개의 상점이 있었다. 건물 입구 오른쪽으로 기름때가 꼬질꼬질한 싸구려 식당이, 왼쪽으로는 석탄 가게, 잡화 가게, 그리고 우산 가게가 있었다. 안 그래도 큰 건물이 양옆의 나지막하고 허름한 건물들 탓에 더 커 보였다. 모르타르를 대충 이겨 만든 벽돌처럼 네모반듯한 건물은 군데군데 비 때문에 삭아 부스러진 상태였다. 그렇게 거대한 육면체 몸통이, 초벽도 바르지 않고 감옥의 벽처럼 밋밋한 흙빛 옆구리가 양옆의 지붕 위로 솟아올라 그 벽에서 삐져나온 돌들 때문에 마치 이가 얼마 남지 않은 입이 허공을 향해 하품하고 있는 모습 같았다. 특히 건물의 입구가 제르베즈의 눈길을 끌었다. 3층 높이까지 닿는 커다란 아치문을 열자 구멍이 뚫린 듯 깊숙한 현관이 보였고, 그 끝에 희끄무레한 빛에 잠긴 안마당이 있었다. 현관은 도로처럼 돌로 포장되고, 가운데 도랑에 연분홍색 물이 흘렀다.

"자, 들어가요. 안 잡아먹어요." 쿠포가 말했다.

그냥 길에서 기다리려고 했다. 하지만 자기도 모르게 이미 현관으로 들어서서 오른쪽에 관리인 거처가 있는 곳까지 갔고, 그곳에 서서 다시 한번 눈을 들어 건물을 쳐다보았다. 안에서 보니 칠 층이고, 사방 똑같은 벽이 정사각형의 넓은 안마당을 둘러싸고 있었다. 회색의 벽은 군데군데 벗겨져 누렇게 변했고, 지붕에서 흘러내리는 빗물 때문에 생긴 줄무늬 얼룩들이 있었다. 바닥에서 지붕까지 이어진 밋밋한 벽에는 쇠시리[29] 하나 없이 오로지 지붕에서 내려오는 빗물받이 관들뿐이었고, 층마다 달린 뚜껑 없고 녹슬고 얼룩진 납통의 관이 그 빗물받이 관으로 연결되어 있었다. 창문에는 덧창은 없이 탁한 물처럼 청록색이 도는 창유리가 보였다. 창문이 열린 곳에는 파란 바둑판무늬의 침대 요를 바람 쐬게 하려고 걸어 두었고, 줄을 매달아 빨래를 말리는 집도 있었다. 남자 셔츠, 여자 웃옷, 아이들 반바지 등 한 세대의 빨래 전부가 나와 있고, 4층의 한 집에 널어 놓은 아이의 요에는 오줌 자국이 보였다. 위에서 아래까지, 모든 집이 좁아서 하나같이 밖으로 삐져나온 채로 가난의 흔적을 적나라하게 드러냈다. 사방의 벽 제일 밑에는 각기 판자도 안 대고 회칠만 한 높고 좁은 문이 있고, 그 문을 열고 들어가면 여기저기 벽이 갈라진 현관이 나오고, 제일 안쪽으로 철제 난간에 바닥이 온통 진흙투성이인 계단이 있었다. 그러니까 건물에는 전부 네 개의 계단이 있었고, 각기 벽에 알파벳의 첫 네 글자가 적혀 있었다. 1층을 차지한, 유리문이 온통 먼지에 절어 시커메진 넓은 작업장 안에서는 열쇠를 만드는 화덕이 활활 타올랐다. 멀리서 목수가 대패질하는 소리도 들렸고, 관리인 거처에서 가까운 염색장에서 나오는 물줄기가 현관 밑 분홍색 도랑으로 흘러들었다. 색이 물든 물구덩이가 있고 대팻밥과 석탄재로 지저분한, 포석

29) 건축 용어로, 면의 표면을 도드라지거나 오목하게 깎아 모양을 내는 것을 말한다.

사이로 잡초가 올라오는 안마당은 따가운 햇볕이 멈추는 선을 따라 완전히 반으로 잘렸다. 해가 들지 않는 쪽은 급수장의 수도꼭지에서 떨어지는 물 때문에 늘 질퍽거렸고, 발이 진흙 범벅이 된 작은 암탉 세 마리가 땅을 쪼면서 벌레를 찾고 있었다. 건물의 규모에 넋이 나간 제르베즈는 계속 두리번거렸다. 그녀의 눈은 7층에서 바닥까지 훑어 내려갔다가 다시 올라갔다. 너무 신기했다. 마치 거인 앞에 서 있는 것 같았다. 살아 있는 생물체의 배 속에, 도시의 심장에 들어와 있는 기분이었다.

"누굴 찾아왔어요?" 관리인 여자가 궁금한 듯 자기 거처의 문턱에 서서 물었다.

제르베즈는 사람을 기다리고 있다고 대답한 뒤 길 쪽으로 돌아섰다가, 쿠포가 내려오지 않자 다시 건물 쪽으로 눈길을 돌렸다. 제르베즈의 눈에는 건물이 그리 흉해 보이지 않았다. 창문에 누더기가 걸려 있지만 그 틈새로 즐거움이 환하게 웃고 있고, 화분에 심어 놓은 꽃무는 꽃을 피웠으며, 새장에서는 카나리아가 지저귀고, 건물 안은 어두컴컴했지만 면도용 작은 거울들이 둥근 별처럼 반짝였다. 밑에서는 규칙적인 대패 소리에 맞춰 목수의 노랫소리가 들렸고, 열쇠간에서는 박자를 맞춰 두드리는 망치가 쇳소리를 내며 울려 퍼졌다. 창문이 열려 있는 곳마다 비참한 가난이 엿보였지만, 그래도 아이들이 꾀죄죄한 얼굴로 웃고 있었고, 고개를 숙이고 한가로이 바느질하는 여자들의 옆모습도 보였다. 점심시간이 끝나고 다시 일을 시작할 시각이 되자 남자들이 다시 일하러 나가면서 건물은 간간이 작업장에서 들리는 소리와 몇 시간 동안 같은 후렴구를 흥얼거리는 노랫소리 외에는 평화를 되찾았다. 다만 안마당은 여전히 습했다. 제르베즈는 만일 자기가 이곳에 살게 된다면 해가 드는 쪽으로 제일 안쪽이 좋을 것 같았다. 대여섯 걸음 옮겨서자 케케묵은 먼지 냄새, 역한 쓰레기 냄새가 풍겼다. 하지만 물감 섞인 물에서 나는 냄새가 제일 강했다. 제르베즈에게는 그 냄새가 봉쾨르 여관의 냄새보다 훨씬 나았다. 어느새 제르베즈는 자기가 살 집의 창문을 고르고 있었다. 작은 상자 안에 스페인 콩을 심어 놓은, 그 통을 고정한 끈 위로 줄기가 감아 올라가기 시작한, 왼쪽 구석의 창문이었다.

"너무 오래 기다렸죠?" 쿠포가 불쑥 나타났다. "저녁을 안 먹는 날은 얘기가 길어지거든요. 더구나 오늘은 누이가 소고기를 사 놓았네요."

제르베즈가 놀라워하는 것을 본 터라, 쿠포도 건물을 쳐다보며 말했다.

"집 구경하고 있었군요. 여긴 늘 꼭대기부터 밑에까지 빈집이 없죠. 세 들어 사는 사람이 300명은 될걸요? 나도 만일 가구만 딸려 있었다면 저 꼭대기 작은 방을 알아봤을 거예요. 여기 살면 좋겠죠?"

"그래요, 참 좋을 것 같아요." 제르베즈가 나지막하게 대답했다. "플라상에서 살던 동네에는 사람이 많지 않았어요……. 저기 좀 봐요. 예쁘죠? 저기 6층 창문, 강낭콩 있는 곳……."

그 말에 쿠포는 다시 고집을 부리며 제르베즈에게 정말 안 되느냐고 물었다. 그는 침대만 마련해서 저 방을 얻자고 했다.

제르베즈는 도망치듯 건물 입구로 달려가면서 왜 바보 같은 소리를 또 시작하느냐고 책망했다. 저 집이 무너질 수는 있어도 우리가 한 이불을 덮고 자는 일은 없을 거예요. 하지만 포코니에 부인의 가게 앞에서 두 사람이 헤어질 때 쿠포는 잠시 그녀의 손을 잡을 수 있었고, 제르베즈는 친구로서 손을 내맡기고 가만히 있었다.

젊은 여인과 함석공은 한 달 내내 사이가 좋았다. 쿠포는 제르베즈가 무척 용기 있는 여자라고 생각했다. 허리가 휘도록 일하고, 아이들을 돌보고, 밤이면 닥치는 대로 바느질감을 찾아 일하지 않는가. 지저분한, 흥청거리며 먹고사는 여자들도 있는데, 세상에, 제르베즈는 그런 여자들과 달랐다! 그녀는 너무도 진지하게 살아갔다! 쿠포의 말을 듣던 제르베즈는 웃음 띤 얼굴로 조심스럽게 그렇지 않다고 말했다. 불행히도 자기는 얌전하게 살지만은 않았다면서, 이미 열네 살에 첫 아이를 낳았다는 사실을 넌지시 언급했다. 어머니와 함께 아니스술을 몇 병이나 비운 얘기도 다시 꺼냈다. 산전수전 겪다 보니 조금 좋아진 것뿐이라고, 특별히 의지가 굳다고 생각하진 말라고, 오히려 자기는 굉장히 약하다고, 누군가 자꾸 밀어 대면 그 사람을 힘들게 하지 않으려고 그냥 밀려가곤 했다고 말했다. 그러면서 제르베즈는 자기 꿈은 정직한 사회에서 사는 거라고, 나쁜 사회는 몽둥이질로 머리를 박살 내서 여자들을 무너뜨린다고 덧붙였다. 앞날을 생각하면 식은땀이 나요. 난 공중에 던져져서, 땅에 떨어질 때 앞면이 나올지 뒷면이 나올지 알 수 없는 동전 신세니까요. 그녀는 자기가 지금까지 보아 온 것들 때문에, 그러니까 나쁜 예들을 너무 많이 본 덕분에 잊지 못할 교훈들을 얻었을 뿐이라고 덧붙였다. 하지만 쿠포는 명랑한 목소리로 그렇게 어두운 생각만 하지 말고 힘을 내라고 말하면서 제르베즈의 허리를 안으려 했다. 그러자 제르베즈가 손을 때리면서 쿠포를 밀쳐 냈다. 쿠포는 웃으면서 약한 여자치고는 꽤 손이 맵다고 비명을 질렀다. 농담을 좋아하는 쿠포는 미래에 대한 근심이 별로 없었다. 어차피 오늘이 지나가면 내일이 오는 거죠, 뭐! 어디엔들 몸뚱이 누일 구석 없고 입에 풀칠할 거리 없겠어요? 여기도 시궁창에서 주정뱅이들을 반만 몰아내면 그런대로 깨끗한 동네잖아요. 쿠포는 성격이 까다롭지 않았고, 때로 조리 있게 얘기할 줄도 알았다. 약간 멋도 낼 줄 알아서 가르마를 정성껏 옆으로 탔고, 일요일에 신을 에나멜 구두도 가지고 있었다. 그러면서도 원숭이처럼 교활하고 뻔뻔스러울 때도 있고, 파리의 노동자들이 그렇듯이 젊고 매력적인 얼굴로 빈정거리듯 익살스러운 말도 잘했다.

두 사람은 봉쾨르 여관에서 서로를 위해 많은 일을 해 주었다. 쿠포는 제르베즈의 우유를 사 왔고 심부름을 해 주었으며 빨랫감을 날라 주었다. 저녁에도 먼저 퇴근할 때가 많아서 제르베즈의 아이들을 데리고 대로로 산책을 나가기도 했다. 제르베즈는 그에 대한 보답으로 쿠포의 다락방에 올라가서 옷을 살펴보고 작업복의 단추를 달아 주고 웃옷을 꿰매 주었다. 두 사람은 그렇게 가까워졌다. 쿠포가 옆에 있으면 그가 노래를 불러 주고 파리 변두리에 떠도는, 처음 듣는 우스갯소리들을 듣는 게 재미있어서 제르베즈는 지겨운 줄 몰랐다. 쿠포는 제르베즈의 치맛자락에 몸을 스칠 때마다 점점 달아올랐다. 제르베즈에게 마음을 빼앗겨 옴짝달싹 못 하게 된 것이다! 결국 쿠포는 더 이상 기쁘지 않았다. 여전히 웃고 있어도 속이 불편하고 답답해서 즐겁지 않았다. "언제 되는데요?" 쿠포가 물어보면 제르베즈는 무슨 말인지 잘 알면서도 "일주일에 목요일이 네 번인 때"[30]가 오면 된다고 대답했다. 쿠포는 아예 이사를 오겠다는 듯이 실내 슬리퍼를 들고 제르베즈의 방으로 들어오며 짓궂은 장난을 치기도 했고, 그러면 그녀도 같이 장난을 쳤다. 제르베즈는 쿠포가 너무 거칠게 굴지만 않으면 웬만한 건 다 받아 주었다. 언젠가 그가 강제로 키스하려고 하면서 머리칼을 잡아당겼을 때를 제외하고는 화를 낸 적도 없었다.

6월이 끝나 갈 무렵 쿠포는 쾌활함을 다 잃었다. 넋이 나간 사람처럼 멍해 보였다. 그의 눈빛이 너무 이상해서 제르베즈는 밤이 되면 문을 잠갔다. 결국 일요일부터 심통이 나 있던 쿠포가 화요일 밤 11시쯤 갑자기 찾아와 문을 두드렸다. 제르베즈는 문을 열어 주지 않을 생각이었지만, 쿠포의 목소리가 워낙 부드럽기도 했고 너무 심하게 떨렸기 때문에 결국 문 앞에 끌어다 놓은 서랍장을 치우고 말았다.

방으로 들어온 쿠포는 눈에 벌건 핏발이 서고 얼굴이 울긋

---

30) 일어날 가능성이 없는 좋은 일을 가리키는 표현이다. 목요일이 종교적인 금식을 앞두고 마음 놓고 먹을 수 있는 날이어서 생긴 표현이라는 설이 있고, 프랑스의 학교가 이전에는 목요일에 쉬었기 때문에 생긴 표현이라는 설도 있다.

불긋한 모습이 흡사 병든 사람 같았다. 그는 선 채로 고개를 흔들며 더듬거렸다. 아니, 아니에요. 아프지 않아요. 사실 쿠포는 방에 틀어박혀 두 시간 동안, 어린애처럼, 옆방에 들리지 않도록 베개를 물어뜯으며 울었다. 이미 사흘째 잠도 자지 못했다. 계속 이런 식으로 지낼 수는 없었다.

"내 말 좀 들어 봐요, 제르베즈 부인." 쿠포가 당장이라도 울음이 터질 듯한 목멘 소리로 말했다. "이제 좀 그만해요. 그러면 안 돼요……? 자, 이제 결혼해요. 난 해야겠어요. 결심했어요."

제르베즈는 많이 놀란 표정으로 더없이 진지해졌다.

"아, 쿠포 씨, 도대체 왜 이래요? 알잖아요, 난 정말 그럴 마음이 없어요……. 나한테 안 맞는 일이라고요. 그뿐이에요……. 아! 안 돼요. 안 돼요. 진심이에요. 제발 좀 잘 생각해 봐요."

하지만 쿠포는 결의에 찬 얼굴로 단호하게 고개를 저었다. 충분히 생각했다고, 이제 잠 좀 잘 자고 싶어서 내려왔다고 했다. 제발 다시 혼자 올라가서 울게 내버려 두진 말아 달라면서, 자기 말대로 하겠다고만 해 주면 더 이상 괴롭지 않겠다고, 그러면 제르베즈 역시 마음 편히 잘 수 있지 않느냐고, 나머지 얘기는 내일 하고 우선 그러겠다고 대답만 해 달라고 했다.

"말도 안 돼요. 이런다고 받아들일 수는 없어요. 멍청한 일을 하게 만들었다고 나중에 날 원망하게 될 거예요……. 내 말 좀 들어 봐요. 쿠포 씨. 고집만 피우지 말고요. 자기 마음을 몰라서 그러는 거예요. 나와 일주일만 얼굴 안 보고 지내면 아무렇지도 않을 거예요. 분명해요. 남자들은 하룻밤을 위해,

그러니까 첫날밤을 위해 결혼을 하죠. 이어지는 다른 밤들은, 평생 이어지는 날들은 따분해서 어쩔 줄 모르고요……. 자, 좀 앉아 봐요. 아예 지금 얘기를 해 봐요."

그렇게 해서 두 사람은 어두운 방에서, 심지 자르기를 잊어 그을음이 핀 초의 불빛에 의지해서, 새벽 1시까지 결혼에 대해 얘기했다. 베개 하나를 같이 베고 쌔근거리는 클로드와 에티엔이 깨지 않도록 작은 목소리로 말했다. 제르베즈의 얘기는 매번 아이들로 돌아왔다. 잠든 아이들을 보여 주며, 이것이 바로 자기가 가져갈 말도 안 되는 지참금이라고, 당신한테 저 아이들을 짊어지게 할 수는 없다고 했다. 자기 때문에 창피해질 거라고도 했다. 동네 사람들이 뭐라고 하겠어요? 전에 랑티에하고 산 걸 모두 알고 있고 사연도 다 알잖아요. 그런데 두 달도 채 안 돼서 결혼을 한다니……. 분명 보기 좋은 일이 아니잖아요. 제르베즈가 아무리 그럴듯한 이유를 대도 쿠포는 어깨를 한 번 들썩거리고 말았다. 동네 사람들이 무슨 상관이냐고, 자기는 남한테 신경써 봐야 괜히 자기만 더러워지기 때문에 일절 관심 갖지 않는다고, 다른 사람들이 뭐라든 상관없다고 했다. 그래요, 당신은 랑티에하고 살았어요. 그게 뭐가 문제죠? 멋대로 즐기면서 산 것도 아니고, 남자를 집에 데려오지도 않았잖아요. 요새 돈 많은 여자들이 그런 짓을 얼마나 많이 하는데……. 그러면서 쿠포는 앞으로 더 용기 있고 착하고 훌륭한 여자를 절대 만나지 못할 거라고, 하지만 꼭 그래서는 아니라고, 설사 그녀가 거리에서 몸을 굴렸다 해도, 얼굴이 아무리 못생겼더라도, 게으르고 혐오스러운 여자였어도 상관

없다고, 흙투성이 아이가 줄줄이 달려 있어도 중요하지 않다고, 무조건 제르베즈를 원한다고 했다.

"그래요, 난 당신을 원해요." 쿠포가 주먹으로 무릎을 내리쳐 가며 다시 한번 말했다. "알아들어요? 당신을 원한다고요……. 그런데 또 뭐가 필요하죠?"

제르베즈는 조금씩 흔들렸다. 거친 욕정에 휩싸여 마음과 감각이 느슨해졌다. 손을 치마 위로 늘어뜨린 채로, 감미로운 기운에 흠뻑 젖은 얼굴로 소심한 저항의 표시를 할 뿐이었다. 아름다운 6월의 밤이 열린 창틈으로 들여보낸 더운 숨결로 심지 끝이 붉어지고 그을음이 핀 촛불이 펄럭거렸다. 동네는 전부 잠이 들어 고요했고, 술에 취해 길 한가운데 드러누운 주정뱅이의 어린애 같은 울음소리만 들려왔다. 멀리 어느 레스토랑에서 늦게까지 결혼 파티가 이어지는지 하모니카 소리처럼 맑고 분명한 가냘픈 바이올린이 연주하는 천박한 춤곡이 이어졌다. 제르베즈가 더는 안 된다고 강하게 말하지 않고 조용히 알 듯 말 듯한 미소를 띤 것을 본 쿠포가 그녀의 손을 잡아당겼다. 제르베즈는 자신이 그토록 경계해 오던 상태에 결국 빠지고 말았고, 마음을 빼앗기고 자신을 내맡겨 버렸다. 그녀는 너무 큰 감동에 취해 더 이상 그 어떤 것도 거절할 수 없고 그 누구도 아프게 할 수도 없는 상태가 되었다. 하지만 정작 쿠포는 그녀가 몸을 내주고 있음을 알아채지 못했다. 그는 그저 그녀를 소유하기 위해 부서지도록 손목을 잡았다. 그렇게 두 사람 모두 옅은 고통으로 한숨을 내쉬었고, 그 한숨 속에 그들의 애정이 아주 조금 충족되었다.

"승낙하는 거죠?" 쿠포가 물었다.

"아, 쿠포 씨 때문에 정말 힘들어요!" 제르베즈가 조그맣게 말했다. "정말 원하는 거예요? 좋아요. 세상에. 우린 진짜 미친 짓을 하는 거예요."

이미 벌떡 일어서서 제르베즈의 허리를 감싸 안은 쿠포가 제르베즈의 얼굴에 키스를 퍼부었다. 그러다가 키스 소리가 커지자 먼저 소리를 낮추고 클로드와 에티엔을 살피면서 살금살금 걸음을 옮겼다.

"쉿, 조용히 합시다. 애들을 깨우면 안 되죠……. 내일 봐요."

그리고 자기 방으로 돌아갔다. 제르베즈는 떨림이 가시지 않은 채로 거의 한 시간 동안 옷 벗는 것도 잊고 침대에 걸터앉아 있었다. 가슴이 뭉클했고, 쿠포가 정말로 올바른 사람이라고 생각했다. 조금 전 제르베즈는 모든 게 끝났다고, 쿠포가 자기와 자고 갈 거라고 생각했던 것이다. 창문 아래에서 술에 취한 사람이 더 심하게 쉰 목소리로 길 잃은 짐승처럼 애처롭게 울어 댔고, 멀리서 들려오던 바이올린의 천박한 무도곡 소리는 잦아들었다.

그 뒤 며칠 동안 쿠포는 제르베즈에게 저녁때 구트도르 거리의 누이 집에 한 번만 같이 가 달라고 졸랐다. 숫기 없는 제르베즈는 로리외 부부를 찾아가기가 두려웠다. 그녀는 쿠포가 말은 안 하지만 분명 누이 부부를 무서워한다는 것을 눈치챘다. 쿠포는 누이가 집안의 맏이도 아니고, 자기는 누이에게 의존해서 살지도 않는다고 했다. 그러면서 자기 어머니는 보나 마나 쌍수 들어 이 결혼을 환영할 거라고, 절대 아들 뜻에 반대하지 않을 거라고 덧붙였다. 단지 로리외 내외는 하루에 10프랑까지 버는 것 때문에 가족 안에서 제일 큰 권위를 지녔다고, 만일 로리외 부부가 자기 아내를 거부했다면 결혼할 엄두를 내지 못했을 거라고 했다.

"당신 얘기 벌써 다 했어요. 우리 계획도 알고 있고요. 참나, 애들처럼 왜 이래요? 오늘 저녁에 갑시다……. 내가 이미 말했잖아요. 누이는 좀 퉁명스러워 보일 거예요. 매형도 상냥한 사람은 아니죠. 무엇보다 결혼하게 되면 내가 그 집에서 저녁을 먹지 않을 거고, 그러면 그만큼 아낄 수 있는 돈이 줄어들 테니까 그것 때문에 좀 못마땅해하고 있어요. 그렇다고 당신을 쫓아내진 않겠죠……. 날 위해서 한 번만 가 줘요. 꼭 해야만 하는 일이에요."

쿠포의 말에 제르베즈는 더 겁이 났다. 하지만 결국 토요일 저녁에 들르기로 했다. 8시 30분에 쿠포가 데리러 왔다. 제르베즈는 옷을 차려입고 기다렸다. 검은 치마를 입고, 날염한 모슬린 천에 노란 종려 무늬가 그려진 숄을 두르고, 작은 레이스가 달린 흰색 천 모자를 썼다. 지난 육 주 동안 일하고 받은 돈에서 저축을 해서 7프랑짜리 숄과 2프랑 50상팀짜리 보닛[31]을 샀고, 치마는 입던 옷을 세탁하고 수선했다.

"누이 부부가 당신이 오길 기다리고 있어요." 푸아소니에 거리를 돌아서며 쿠포가 말했다. "오! 둘 다 이제 내가 결혼한다는 사실에 익숙해지고 있어요. 오늘 저녁엔 아주 상냥했죠.

---

31) 여자들이 턱 밑에서 끈을 묶어 쓰던 헝겊 모자를 말한다.

참, 금으로 목걸이 줄 만드는 거 본 적 없죠? 구경하면 재미있을 거예요. 안 그래도 요일까지 끝내야 하는 급한 주문이 있다더군요."

"그럼 집에 금이 있어요?" 제르베즈가 물었다.

"그렇죠. 벽에도 있고 바닥에도 있고, 사방에 금이랍니다."

얘기를 나누는 동안 두 사람은 위쪽이 둥근 대문을 지나 안마당을 가로질렀다. 로리외 부부의 집은 계단 B 입구로 들어가서 7층이었다. 쿠포가 웃으면서 난간을 잘 잡고 올라오라고 했다. 제르베즈는 눈을 깜박거리며 위쪽을 쳐다보았다. 안이 비어 있는 높은 탑처럼 계단이 꼭대기까지 연결되어 있고, 한 층 걸러 하나씩 전부 세 개의 가스등이 있었다. 제일 위의 등은 캄캄한 하늘에서 흔들리는 별 같았고, 나머지 두 개의 등에서 나오는 빛이 끝없이 나선형으로 이어진 계단을 따라 기이한 형태의 길쭉한 빛을 던졌다.

"뭐야?" 2층 층계참에 올라서면서 쿠포가 말했다. "양파 수프 냄새로군. 분명 양파 수프를 먹은 거예요."

거무튀튀하고 지저분한, 난간과 계단이 때에 절고 벽은 여기저기 긁힌 자국과 함께 회칠이 드러난 계단 B에는 정말로 아직 음식 냄새가 진동했다. 층마다 층계참에서 뻗어 나간 긴 복도에서 시끄러운 소리가 울려 퍼졌고, 열어 놓은 노란색 문들은 자물쇠 자리가 손때로 시커멓게 절어 있었다. 층계참 창문 바로 밑에 놓인 오수 통[32]에서 악취 나는 습기가 뿜어 나

---

32) 하수 시설이 정비되기 전에는 층계참에 각 층의 주민들이 더러워진 물

왔고, 그 냄새가 익힌 양파의 진한 냄새와 섞여 떠다녔다. 제일 아래층부터 7층까지 설거지하는 소리, 프라이팬을 씻는 소리, 냄비를 숟가락으로 긁어 가며 닦는 소리가 들려왔다. 2층에서 굵은 글씨로 '도안사'라고 적힌 문이 열려 있어 그 틈으로 들여다보니 음식을 다 치운 방수 식탁보가 덮인 탁자에 남자들이 둘러앉아 자욱한 담배 연기 속에서 열띤 대화를 이어가고 있었다. 3층과 4층은 별로 시끄럽지 않고, 요람이 흔들리는 소리, 희미한 아기 울음소리가 문틈으로 새어 나왔다. 굵은 여자 목소리도 들렸지만 흐르는 물소리에 섞여 잘 알아들을 수 없었다. 이어 못으로 박아 놓은 표시판에 "마담 고드롱, 소모[33]일 함"이라고 쓰여 있고, 다음엔 "므슈 마디니에, 종이 상자 제작장"이라고 쓰여 있었다. 5층에서는 사람들이 싸우고 있었다. 누군가 발을 구르는 바람에 바닥이 흔들렸고 가구가 넘어졌다. 괴성을 지르며 욕을 하고 때리기도 했다. 하지만 맞은편 집에서는 환기하느라 문을 열어 놓은 채 아무렇지도 않게 카드를 치고 있었다. 지금껏 별로 높은 층을 올라가 본 적이 없는 제르베즈는 6층에 올라갈 즈음에는 숨이 차서 헉헉거렸다. 빙글빙글 돌아가며 이어진 벽을 따라 이 집 저 집 들여다보았더니 머리도 아팠다. 중간에 층계참을 가로막고 일하는 사람들도 있었다. 아버지가 오수 통 옆에서 흙으로 만든 화로에 걸터 앉아 접시를 닦고, 어머니는 난간에 기대서서 아이

을 버리는 대야 형태의 납 통이 놓여 있었다.

33) 방적 과정 중에 양털의 긴 섬유를 골라 가지런하게 다듬는 작업을 말한다.

를 재우려고 씻기고 있었다. 쿠포는 제르베즈에게 조금만 더 힘을 내라고 말했다. 다 와 가요. 드디어 7층에 도착했을 때 그는 제르베즈의 힘을 북돋우느라 돌아서서 빙그레 웃었다. 제르베즈는 계단에 처음 들어섰을 때부터 들리던, 여러 소리 중에서도 유독 또렷이 들려오던 맑고 낭랑한 목소리가 어디에서 나는지 찾느라 고개를 들었다. 그것은 지붕 밑 방에 사는 한 늙은 여자가 13수짜리 싸구려 인형의 옷을 입히면서 부르는 노랫소리였다. 잠시 뒤 키 큰 아가씨 하나가 양동이를 들고 그 옆 방으로 들어갈 때는 흐트러진 침대에 셔츠 바람으로 멍한 눈길로 앉아 있는 남자가 보였고, 문이 닫히자 "마드무아젤 클레망스, 다림질함"이라고 손으로 써서 붙인 명함이 보였다. 마침내 꼭대기까지 올라온 제르베즈는 다리가 끊어질 것 같고 턱밑까지 숨이 차올랐다. 하지만 모든 게 신기했다. 난간에 기대 아래쪽을 보니, 이번엔 제일 아래쪽 가스등이 6층 깊이의 좁은 우물 밑바닥에서 반짝이는 별 같았다. 어두운 구렁텅이 위에 선 듯 위태로워 보이는, 불안이 깃든 제르베즈의 얼굴을 향해 건물 안의 냄새들, 요란하고 거대한 생명의 숨결이 열기를 토해 냈다.

"아직 더 가야 해요." 쿠포가 말했다. "아주 먼 길이죠!"

쿠포는 왼쪽의 긴 복도로 들어섰다. 한 번은 왼쪽으로, 또 한 번은 오른쪽으로, 두 번 꺾었다. 벽에 금이 가고 회칠이 벗겨진 좁은 복도는 그 뒤에도 이어지며 길이 갈라졌다. 뜨문뜨문 가느다란 가스등 불빛이 외롭게 떨고 있었다. 감옥 혹은 수도원처럼 똑같이 생긴 문들이 늘어서 있고, 대부분은 활짝 열려서 빈곤과 노동으로 얼룩진, 후덥지근한 6월 저녁의 열기 때문에 적갈색 김이 서린 실내를 드러내 보였다. 마침내 복도 끝까지 왔다. 정말 아무것도 보이지 않을 만큼 어두웠다.

"다 왔어요." 쿠포가 말했다. "조심해요. 벽에 붙어서 와요. 계단이 세 칸 있거든요."

제르베즈는 어둠 속에서 조심조심 열 발짝을 더 옮겼다. 그러다가 뭔가에 발이 걸리자 세 칸을 세어 가며 계단을 올라갔다. 쿠포가 복도 끝까지 가서 노크도 없이 문을 열었고, 그 순간 복도 바닥에 강한 불빛이 퍼졌다. 두 사람은 안으로 들어섰다.

복도가 그대로 이어진 것 같은, 흡사 창자처럼 생긴 좁고 긴 방이었다. 한가운데 색 바랜 모직을 늘어뜨려 공간을 둘로 나눈 뒤 커튼을 가는 끈으로 걷어 올려 놓고 있었다. 커튼 앞쪽은 지붕 밑 비스듬한 천장 아래 구석으로 밀어 넣은 침대, 저녁때 사용하고 미처 식히지 못한 주물 난로, 의자 두 개와 탁자 하나, 튀어나온 장식을 톱으로 잘라 내서 침대와 문 사이에 끼워 넣은 옷장이 있었다. 커튼 뒤쪽 공간은 작업장이었다. 제일 안쪽으로 풀무가 달린 좁은 화덕이 있고, 오른쪽으로 벽에 바이스로 고정한 선반에 고철이 널려 있었다. 창문 왼쪽으로는 아주 작은 작업대가 있고 기름때에 절어 지저분한 핀셋, 쇠 자르는 가위, 작은 톱이 보였다.

"우리 왔어요." 쿠포가 모직 커튼이 있는 곳까지 들어가서 외쳤다.

대답이 없었다. 제르베즈는 쿠포의 뒤에 서서 어찌할 바를 몰랐고, 무엇보다도 금이 널려 있는 집에 들어간다는 사실에 마음이 진정되지 않았다. 인사를 하려고 중얼거렸고, 고개를 이리저리 흔들기도 했다. 안 그래도 안절부절못하던 그녀는 작업대 위에서 타오르듯 밝은 램프, 화덕 속에서 이글거리는 시뻘건 석탄을 보자 더 당황했다. 잠시 후 마침내 로리외 부인이 보였다. 키가 작고 붉은 머리에 상당히 다부진 모습의 그녀는 바이스에 고정된 철사 제조용 선반의 구멍 속에 검은색 금속사를 넣은 뒤 그 짧은 팔에 집게를 잡고 온 힘을 다해 잡아당기고 있었다. 아내와 비슷하게 작달막한 키에 어깨는 더 연약해 보이는 로리외 씨는 작업대 앞에 앉아 핀셋을 들고, 뭘 하는지 마디 굵은 손가락들밖에 보이지 않을 만큼 원숭이처럼 민첩한 손놀림으로 정밀한 작업을 하고 있었다. 남편이 먼저 고개를 들었다. 머리카락이 별로 없었고, 얼굴이 길고 오래된 밀랍처럼 누르스름하고 핏기가 없어서 병자 같았다.

"아! 왔네. 그래그래! 우리가 좀 바쁘니까……. 작업장에 들어오지 말고, 거치적거릴 테니까, 그냥 방에 있는 게 낫겠어……."

그러고는 다시 정밀한 작업을 시작했다. 램프의 강한 불빛이 액체가 담긴 둥근 유리 기구를 통과해서 작업대 위를 동그랗게 비추고, 반사된 푸르스름한 빛이 로리외의 얼굴을 비췄다.

"의자에 앉아." 이번엔 로리외 부인이 큰 소리로 말했다. "아, 이분이구나. 그렇지? 그래, 그래!"

그러면서 그녀는 금속사를 감아 화덕으로 가져갔다. 그러고는 커다란 나무 부채로 바람을 내서 불을 붙인 뒤 그 안에 집어넣었다 꺼내서 다시 드로플레이트[34]의 마지막 구멍으로 밀어 넣었다.

쿠포는 의자를 앞으로 꺼내서 칸막이 커튼 옆에 제르베즈를 앉혔다. 그러고는 방이 너무 좁아 나란히 앉을 수가 없었기 때문에 그냥 그녀의 뒤에 앉아 어깨 위로 고개를 내민 채 누나 내외가 하는 일을 설명해 주었다. 제르베즈는 무엇보다 로리외 부부가 자기를 맞는 태도가 놀라웠고 더구나 일하면서도 계속 힐끗대는 그들의 눈길 때문에 불편해서, 귀가 멍해진 듯 쿠포의 말이 귀에 들어오지 않았다. 로리외 부인은 서른 살이라고 하기엔 너무 나이 들어 보였다. 몹시 까탈스러운 사람 같고, 풀어 헤친 캐미솔 위로 소꼬리처럼 늘어진 머리카락이 지저분해 보였다. 역시나 가느다란 입술이 심술궂어 보이는 남편은 셔츠 바람에 맨발로 낡은 슬리퍼를 신고 있었고, 아내보다 겨우 한 살 위라는데 거의 노인 같았다. 제르베즈는 생각보다 작업장이 너무 좁다는 게 놀랍기도 했고, 지저분한 벽, 형편없는 고철 같은 연장들, 고물상처럼 여기저기 뒹구는 잡동사니들도 뜻밖이었다. 게다가 끔찍하게 더웠다. 로리외의 푸르스름한 얼굴에 땀방울이 맺혔고, 로리외 부인은 결국 캐미솔을 벗어 맨팔과 속옷이 달라붙은 늘어진 젖가슴을 드러냈다.

"금은 어디 있어요?" 제르베즈가 나지막하게 물었다.

제르베즈의 불안한 눈길이 꿈속에서 본 찬란한 빛을 찾아

---

34) 금속사 제조에 쓰이는 철판. 굵기에 따른 구멍들이 뚫려 있다.

지저분한 물건들 틈을 뒤졌다. 쿠포가 웃음을 터뜨렸다.

"금이요? 저기 있잖아요. 저기도 있고. 그리고 당신 발밑에도 있어요!"

쿠포가 가리킨 것은 누이가 만지고 있는 가는 금속사들, 그리고 바이스 옆 벽에 걸려 있는 철사 같은 줄 뭉치였다. 이어 그는 바닥에 내려가더니 나무 발이 깔린 곳 밑을 뒤져서 녹슨 바늘 끝처럼 생긴 부스러기를 긁어모았다. 제르베즈가 놀라서 외쳤다. 이게 무슨 금이에요! 시커멓고 그냥 싸구려 쇠 같아요. 쿠포는 그 쇠를 깨물어 잇자국이 번쩍거리는 걸 보여 주어야 했다. 그리고 다시 설명했다. 업자들이 합금 상태의 금속사를 보내오면 누이가 드로플레이트를 써서 원하는 굵기로 만든다고, 그러자면 아주 공을 들여 대여섯 차례 화덕에 넣었다가 빼야 나중에 끊어지지 않는다고 덧붙였다. 그러면서 손힘도 세야 하고 숙련된 기술이 필요한 일인데, 매형은 기침을 하기 때문에 누이가 드로플레이트는 절대 못 만지게 한다고, 누이는 팔 힘이 아주 세서 힘껏 잡아당겨 머리카락처럼 가는 금줄을 만드는 것도 본 적 있다고 했다.

그때 갑자기 기침이 난 로리외가 등받이 없는 의자에 앉은 채로 몸을 웅크렸다. 그는 숨이 넘어갈 듯 기침을 하면서 말을 이어 갔다. 하지만 제르베즈에게는 여전히 눈길도 주지 않은 채로 혼잣말처럼 말했다.

"난 '콜론'[35]을 만들지."

---

35) 콜론(colonne)은 뒤에 나오는 자즈롱(jaseron), 포르사(forçat), 구르메트

쿠포가 가까이 다가가서 보라고, 그러면 알 거라면서, 제르베즈를 억지로 일으켜 세웠다. 로리외도 퉁명스럽게 그러라고 했다. 그는 아내가 준비한 금줄을 강철로 된 가는 원형 막대에 감았고, 그런 뒤 그가 톱에 가벼운 힘을 줄 때마다 고리가 생겨났다. 그러고 나면 용접을 할 차례였다. 고리들을 커다란 숯덩이에 올린 다음, 옆에 놓여 있는 깨진 컵의 바닥에 담긴 붕사[36] 녹인 물 한 방울을 고리에 적시고, 그런 뒤 땜질용 램프 옆에 붙은 대롱 같은 관에서 나오는 불로 달구었다. 그렇게 고리를 100개 정도 만들고 난 뒤에 로리외는 손길에 닳아 반질반질해진 작은 판에서 다시 세공 작업을 시작했다. 핀셋으로 한쪽 끝을 잡아 휘게 해서 미리 놓여 있는 다른 고리에 집어넣고, 그런 뒤에 송곳으로 다시 벌려야 했다. 로리외가 어찌나 날렵하게 규칙적인 동작을 이어 가는지, 제르베즈는 눈앞에서 고리가 줄줄이 이어지는 광경을 지켜보면서도 작업이 어떤 순서로 어떻게 진행되는지 알아챌 수 없었다.

"콜론이에요. 자즈롱, 포르사, 구르메트도 있지만, 저건 콜론이죠. 매형은 콜론만 만들어요"

로리외는 흡족한 듯 히죽거렸다. 그러고는 시커먼 손톱으로 고리들을 주워 들면서 목소리를 높였다.

"이봐, 카데카시스! 오늘 아침에 세어 봤는데 말이야. 내가 열두 살 때 이 일을 시작했으니까 오늘까지 콜론을 얼마나 만

(gourmette)와 함께 목걸이, 팔찌 등에 사용되는 귀금속 줄을 그물코의 모양에 따라 분류한 것이다.

36) 용접, 납땜할 때 융제(融劑)로 사용되는 광물이다.

들었을 것 같아?"

그러고는 창백한 얼굴을 들더니 벌겋게 된 눈꺼풀을 깜박거리며 말했다.

"자그마치 8000미터야! 2리외[37]라고! 어때? 콜론을 2리외 늘어놓는다고 생각해 봐! 이 동네 여자들 목에 전부 감아 줄 수 있지. 길이는 앞으로 계속 늘어날 거야. 파리에서 베르사유까지 가겠군."

제르베즈는 자리에 돌아와 앉았다. 기대했던 것과 너무 달라 실망스러웠고 모든 게 추해 보였다. 하지만 로리외 부부를 기쁘게 해 주려고 미소를 지어 보였다. 무엇보다 가장 거북했던 건 아무도 결혼 얘기를 꺼내지 않는다는 것이었다. 자기한테는 너무나 중요한 일이었고, 그 일이 아니었으면 절대 찾아오지도 않았을 터였다. 로리외 부부는 제르베즈를 쿠포가 데려온 성가신 구경꾼으로 대했다. 다시 대화가 시작되었지만, 이번에는 같은 건물에 사는 사람들의 얘기를 늘어놓았다. 올라오는 길에 5층 사람들이 싸우는 소리를 못 들었니? 베나르 부부인데 매일같이 싸워 대는구나. 남편이 매일 고주망태가 돼서 들어오거든. 하지만 부인도 잘한 건 없지. 입에 담기 힘든 말을 퍼붓거든. 그런 뒤에는 2층에 사는 도안사 얘기를 꺼냈다. 보드켕이라는 그 꺽다리는 빚더미에 앉아서도 허풍만 떨고 담배를 피워 대지. 툭하면 친구들과 싸우고. 이어 마디니

37) 미터법 이전에 프랑스에서 사용되던 거리의 단위로, 1리외는 4킬로미터 정도이다.

에 씨의 작업장이 궁지에 몰렸다는 얘기도 했다. 어제 또 여공 두 명을 내보냈다더구나. 결국 망하고 말 거야. 다 말아먹은 거지. 애들도 제대로 입히지 못하는걸. 고드롱 부인 얘기도 나왔다. 그 여자는 자기 매트리스에다가는 솔질을 아주 희한하게 하나 봐. 또 임신을 하다니 말이다. 그 나이에 정말 볼썽사나운 일이잖니. 그런 뒤에는, 집주인이 6층 사는 코케 부부한테 나가라고 했다는 말도 했다. 세 번이나 집세가 밀렸다고, 그런데도 고집을 피우면서 층계참 바닥에 화덕을 피워 댄다고 흉을 보았다. 글쎄 지난번 토요일에는 꼬마 랭그로가 온몸을 델 뻔한 걸 마침 7층 사는 노처녀 르망주가 인형을 가지고 내려가다가 구해 줬잖니. 이어 그녀는 다림질하는 클레망스가 왜 그렇게 엉망으로 사는지 모르겠다고도 했다. 뭐, 그래도 뭐라고 욕할 수는 없지만……. 동물을 좋아하고 마음씨가 고운 여자인데……. 그것참! 아쉽기도 하지! 그렇게 예쁘게 생긴 아가씨가 이 남자 저 남자하고 뒹굴다니! 그러면서 로리외 부인은 클레망스가 결국 거리에 나가 서 있게 될 거라고 덧붙였다.

"자, 하나 더 완성! 이제 다듬어도 돼!" 로리외가 점심 식사 후 내내 붙들고 있던 줄 하나를 아내에게 넘겨주며 말했다.

그러면서 우스갯소리를 쉽게 포기하지 못하는 사람들이 늘 그렇듯이 고집스레 다시 말했다.

"또 4.5피에[38] 보탰군. 베르사유에 가까워지고 있어."

38) 미터법 이전 프랑스에서 사용하던 길이의 단위이다. 1피에는 현재 영미에서 사용하는 1피트와 거의 비슷하게 약 0.3미터이다.

로리외 부인은 남편이 건네준 줄을 다시 달구어 제조기에 넣고 다듬고 나서 긴 손잡이가 달린 구리 냄비에 넣어 화덕에 얹었다. 냄비에 가득 든 묽은 산 용액으로 줄을 씻는 것이다. 쿠포가 떠미는 바람에 제르베즈는 그 마지막 과정 역시 지켜봐야 했다. 냄비에서 꺼낸 줄은 짙은 적색으로 변해 있었다. 쿠포는 이제 모든 과정이 끝나서 가져다주기만 하면 된다고 했다.

"여기선 저 상태로 넘겨요. 헝겊으로 문질러서 광택을 내는 사람이 따로 있고요." 쿠포가 말했다.

제르베즈는 기진맥진했다. 점점 더 더워져서 숨이 막힐 것 같았다. 로리외 부부는 바람이 조금만 들어와도 기침을 하는 남편 때문에 항상 문을 닫고 지냈다. 아무리 기다려도 결혼 얘기는 나오지 않았다. 제르베즈는 이제 그만 나가고 싶었다. 쿠포의 웃옷을 살짝 당기자, 쿠포도 눈치를 챘다. 그 역시 누이 내외가 이렇게 딴전 부리며 결혼 얘기를 피하는 모습이 당황스럽기도 하고 짜증이 난 상태였다.

"갈게요. 일하세요."

그런 뒤에 잠시 머뭇거리면서 무슨 말이든, 넌지시 비치는 말이라도 나오기를 기다렸다. 하지만 결국 그가 먼저 얘기를 꺼내야 했다.

"저, 매형. 매형만 믿을게요. 아내의 증인이 되어 주세요."

로리외는 놀란 척하며 고개를 들더니 빈정거리는 눈길을 던졌다. 로리외 부인은 일을 멈추고 작업장 한가운데 말뚝처럼 서 있었다.

"진짜 하겠다는 거네?" 로리외가 중얼거렸다. "그것참, 우리 카데카시스 말은 농담인지 진담인지 알 수가 없단 말이야."

로리외 부인도 제르베즈를 살펴보면서 말했다.

"아, 바로 부인이로군요. 어쩌겠어요! 사실 우리가 별로 해 줄 말은 없어요. 물론 갑자기 결혼하겠다는 게 이상하기는 하지만……. 두 사람 마음이 맞는다면 됐죠. 성공하지 못한다면 결국 자기들 탓일 테고. 사실 성공하지 못하는 때가 많죠. 많아요, 정말 많아요."

쿠포의 누이는 이 마지막 말을 아주 천천히 내뱉었다. 그러더니 고개를 끄덕거리면서, 마치 벗은 속살을 살피기라도 할 것처럼 제르베즈의 머리끝부터 발끝까지 훑었다.

"내 동생 마음이죠, 뭐." 그녀는 더 시큰둥해진 어조로 말했다. "물론 가족으로서야 흡족하진 않죠. 우리 나름의 계획이 있었으니까요. 전혀 예기치 않은 방향으로 가네요. 어쨌든 난 이 일로 다투고 싶지 않아요. 아무리 형편없는 여자를 데려와도 난 어차피 동생한테 '결혼하든 말든 마음대로 해. 날 귀찮게 하지 말고.' 이렇게 말했을 거예요. 동생은 그동안 우리하고 잘 지내 왔어요. 꽤 살도 붙었죠. 식사를 거른 적이 없으니까. 저 애의 수프는 언제나 따뜻하게 시간에 맞춰 데워 줬거든요. 그런데, 여보, 어때요? 이분 꼭 우리 앞집에 살던 테레즈 닮지 않았어요? 왜 그때 폐가 나빠 죽은 여자 있잖아요."

"그래, 비슷하네." 남편이 대답했다.

"참, 아이가 둘 있다면서요. 아! 모르겠어요. 동생한테도 얘기했죠. 어떻게 애가 둘 딸린 여자하고 결혼할 수가 있느냐고요. 내가 동생 생각만 한다고 언짢아하지는 말아요. 당연한 거니까. 그리고 부인은…… 튼튼해 보이진 않네요. 그렇죠, 여보? 별로 튼튼해 보이지 않죠?"

"그래, 그렇군."

직접 다리 얘기를 꺼내지는 않았지만 두 사람이 자기를 곁눈질하면서 입을 삐죽이는 것을 보고 제르베즈는 금방 알아차렸다. 그녀는 노란색 종려 무늬가 그려진 얇은 숄을 양손으로 당기면서, 마치 판사 앞에 선 사람처럼 네, 아니오, 하고 짧게 대답했다. 제르베즈가 힘들어하는 것을 본 쿠포가 결국 소리를 질렀다.

"그 얘긴 그만둬요! 누나하고 매형이 말하는 건 전부 아무 의미도 없어요. 결혼식은 7월 29일 토요일이에요. 달력 확인하고 날짜를 잡았어요. 괜찮죠? 문제없죠?"

"우리야 언제든 상관없어." 로리외 부인이 말했다. "우리한테 물어볼 필요도 없지, 뭐. 저이가 증인을 서는 것도 상관없고. 그러니까 이제 날 좀 그냥 내버려 둬."

제르베즈는 안절부절못하며 고개를 숙이고 작업장 바닥 위에 깔아 놓은 나무 발의 마름모꼴 속으로 발끝을 밀어 넣었다. 다시 발을 빼내면서 혹시라도 다른 걸 건드렸을까 걱정되어서 몸을 숙이고 손으로 더듬었다. 그러자 재빨리 로리외가 램프를 들이대면서 의심스러운 눈길로 제르베즈의 손을 살폈다.

"조심해야 하거든요." 로리외가 말했다. "작은 금 조각들이 신발 바닥에 달라붙어요. 그래서 본의 아니게 가져가게 되죠."

그들에게는 아주 중요한 문제였다. 이 집 주인들은 단 1밀리

그램의 손실도 허용하지 않았다. 로리외는 작업 판에 남은 금 조각을 쓸어 내는 작은 솔과 무릎 위에 펼쳐 놓고 그것을 받는 가죽을 보여 주었다. 일주일에 두 번 이렇게 작업장을 살살 쓸어서 찌꺼기를 모아 두었다가 불태우고 그 재를 채로 걸러 낸다고, 그렇게 한 달이면 25프랑이나 30프랑어치의 금을 얻을 수 있다고 했다.

로리외 부인은 계속 제르베즈의 신발을 살폈고, 상냥하게 미소 지으며 속삭이듯 말했다.

"기분 나쁘게 생각하지 말아요. 그냥 신발 바닥 한번 확인해 봐요."

제르베즈는 얼굴이 빨개져서 다시 자리에 앉았고, 발을 들어 아무것도 없는 것을 보여 주었다. 문을 열고 기다리던 쿠포가 복도에서 "갈게요!" 하고 갑자기 큰 소리로 인사하며 제르베즈를 불렀다. 제르베즈는 한 번 다시 뵙고 얘기를 나눴으면 좋겠다고 더듬더듬 인사를 한 뒤 밖으로 나갔지만, 이미 로리외 내외는 마치 불꽃을 피우며 허옇게 변해 가는 마지막 탄 조각처럼 난로가 번쩍이는 어두운 작업장 구석에서 다시 일을 시작한 뒤였다. 속옷 끈이 어깨까지 흘러내리고 화로의 열기 때문에 살이 시뻘게진 로리외 부인이 새 줄을 힘껏 당길 때마다 목이 불룩해지면서 근육이 밧줄처럼 꿈틀거렸다. 남편은 공처럼 생긴 유리에서 나오는 푸르스름한 빛을 받으며 작업판 위로 고개를 숙이고 고리들을 만들었다. 핀셋으로 고리를 접고, 한쪽을 오므리고, 위의 고리에 집어넣고, 다시 송곳으로 벌리는 일을 쉬지 않고 기계적으로 반복했다. 땀을 닦는

라 시간을 허비하지도 않았다.

7층 복도를 벗어나 층계참까지 내려왔을 때 눈물을 글썽이던 제르베즈가 참지 못하고 내뱉었다.

"저런다고 행복해질까요."

쿠포도 화가 나서 고개를 저었다. 매형은 오늘 저녁 일을 꼭 후회하게 될 거예요! 이제껏 저렇게 인색한 인간은 본 적이 없어요! 그 잘난 금가루를 누가 가져간다고! 그러면서 모든 게 지독한 욕심 때문이라고, 누이는 그가 저녁 식사비 4수를 절약하기 위해 절대 결혼하지 못할 거라고 생각했을지도 모른다고 덧붙였다. 그는 결혼식은 7월 29일이라고, 누이 부부가 뭐라 하든 상관없다고 외쳤다.

하지만 제르베즈는 계단을 내려오는 내내 마음이 아팠고, 두려운 짐승이 노리고 있는 것 같은 느낌 때문에 점점 커 가는 난간의 그림자를 계속 살폈다. 아무도 지나가지 않는 이 시간이면 계단은 3층의 가스등 불빛만 받으며 잠들어 있었다. 불길이 잦아든 희미한 야등이 깊은 암흑의 우물 바닥으로 빛의 방울을 내려보냈다. 닫혀 있는 문들 너머에는 노동자들이 저녁을 먹자마자 피로에 절어 잠들어 있었다. 다림질하는 여자의 방에서는 부드러운 웃음소리가 들렸다. 이 시간까지 가위 소리를 내며 13수짜리 인형 옷을 만드는 르망주의 방에서도 열쇠 구멍으로 가는 빛이 새어 나왔다. 아래쪽 고드롱 부인의 방에서는 아이 울음소리가 그치지 않았다. 어둡고 조용한 평화 속에서 오수 통들은 더 심해진 악취를 쏟아 냈다.

두 사람은 안마당으로 나왔다. 쿠포가 관리인에게 노래 부르는 듯한 목소리로 대문을 열어 달라고 하는 사이 제르베즈는 돌아서서 마지막으로 한 번 더 건물을 쳐다보았다. 달도 없는 하늘 아래 우뚝 솟은 건물이 더 커 보였다. 누런 자국을 씻어 내고 어둠으로 치장한 정면의 회색 벽이 더 크고 더 높아 보였고, 낮에 햇빛에 널어 두었던 누더기들을 치우고 나니 더 밋밋하고 헐벗어 보였다. 닫힌 창문들은 잠이 들었다. 그 사이사이로 환하게 불 밝힌 창들은 마치 구석구석 살피려고 부릅뜬 눈들 같았다. 사방 벽의 입구마다 아래쪽에서 위쪽까지 흐릿한 불빛으로 하얗게 보이는 여섯 곳의 층계참 창유리들이 좁고 긴 탑을 만들었다. 3층의 종이 상자 작업장에서 내려오는 불빛이 1층 작업장들을 감싼 어둠에 구멍을 내면서 안마당에 길고 노르스름한 흔적을 만들었다. 그리고 이 암흑 제일 깊숙한 곳, 적막에 잠긴 습기 찬 구석에서는 다 잠기지 않은 펌프 꼭지에서 물방울이 떨어지고 있었다. 제르베즈는 불현듯 등 뒤의 건물이 얼음 같은 냉기로 자기 어깨를 덮치면서 짓누르는 것 같았다. 그녀를 자주 사로잡는 공포라는 짐승, 어린애들이나 느끼는 공포였기에, 제르베즈는 이내 웃고 말았다.

"조심해요!" 쿠포가 외쳤다.

제르베즈는 대문을 나서면서 염색장에서 흘러나와 흥건히 고인 물구덩이를 뛰어넘어야 했다. 그날 여름밤 하늘의 깊은 쪽빛 그대로인 물속에서 관리인 거처에 달린 작은 야등 불빛이 별처럼 반짝였다.

3장

제르베즈는 결혼식을 올리고 싶지 않았다. 뭣 때문에 그런 일에 돈을 쓴단 말인가? 사실 조금 창피하기도 했다. 동네방네 결혼식을 알릴 필요는 없지 않은가. 하지만 쿠포는 완강했다. 모여서 뭐라도 같이 먹어야지, 그것도 없는 결혼은 말도 안 된다고 했다. 난 동네 사람들 신경 안 써요! 오! 그냥 간단하게 하자고요. 오후에 잠시 바람 쐬고 와서 그냥 작은 식당 어디든 가서 토끼나 한 마리 먹읍시다. 쿠포는 후식 때 음악을 연주하지는 않을 거라고, 괜히 클라리넷 소리로 똥만 가득 찬 여자들 엉덩이를 흔들게 하지는 않을 거라고 했다. 그러면서 그냥 건배나 한번 하고 각자 집에 들어가서 자면 된다고 덧붙였다.

쿠포는 농담과 장난을 섞어 가며 말했지만, 그가 절대로 홍청대고 즐기지 않겠다고 맹세하자 제르베즈도 결국 받아들였다. 쿠포는 많이 마셔서 취하는 사람이 없도록 신경 쓰겠다고도 했다. 그렇게 샤펠 대로에 있는 오귀스트의 '물랭다르장'[39]에서 1인당 100수짜리 식사를 하기로 했다. 그곳은 그리 비싸지 않은 술집으로, 가게 안으로 들어가면 뒤쪽 안마당에 아카시아 세 그루 아래에서 춤도 추고 작은 파티를 열 수도 있도록 연회장이 마련되어 있었다. 2층이 안성맞춤이었다. 쿠포는 구트도르 거리에서 누이와 같은 건물에 사는 사람 중 누구를 초대할지 열흘 동안 고민한 후 마디니에 씨, 르망주 양, 고드롱 부인과 그 남편을 골랐다. 그리고 동료인 비비라그리야드와 메보트를 초대하는 것도 제르베즈의 동의를 받았다. 메보트는 술을 좋아하기는 하지만 식성이 워낙 좋아 인원수대로 식사비용이 정해진 회식에는 늘 초대를 받았다. 그가 밑 빠진 독에 물을 붓듯 빵을 12리브르[40]나 먹어 치우는 모습을 보면서 식당 주인이 놀라는 게 재미있었기 때문이다.

제르베즈는 우선 자기가 일하는 세탁소의 주인 포코니에 부인을 초대하기로 했고, 정말 좋은 사람들인 보슈 부부도 초대하겠다고 했다. 전부 더하니 열다섯 명이었다. 제르베즈는 그 정도면 충분하다고, 사람이 너무 많으면 싸움만 난다고 했다.

그런데 쿠포는 돈이 없었다. 허세 부릴 마음은 없었지만, 번듯하게 일을 치르고 싶었다. 결국 그는 공장 주인에게 50프랑

39) '은(銀) 방앗간'이라는 뜻이다.

40) 미터법 이전에 사용되던 무게의 단위로, 1리브르가 0.5킬로그램으로 계속 사용되고 있다.

을 빌렸다. 그 돈으로 우선 결혼 반지를 샀다. 원래 12프랑 하는 금반지를 로리외가 공장에서 직접 9프랑에 사 주었다. 그 다음 미라 거리의 양복점에서 양복과 바지와 조끼를 주문하고 선금 25프랑만 주었다. 에나멜 구두와 실크해트는 가지고 있는 게 아직 쓸 만했다. 그리고 아이들 식사값은 치지 않을 테니 자기와 제르베즈의 몫으로 10프랑을 따로 떼어 놓았다. 그러고 나니 6프랑이 남았다. 그 돈은 가난한 사람들의 혼배 미사를 위해 내야 했다. 쿠포는 헌금을 해야 한다는 게 탐탁지 않았다. 6프랑이나 그 돈 없이도 편안히 먹고사는 게으름뱅이 사제들에게 바쳐야 한다니 속이 쓰렸다. 하지만 미사 없는 결혼은 제대로 된 결혼이 아니었다. 그는 돈을 깎아 보려고 직접 성당에 찾아가서 꾀죄죄한 사제복을 입은 늙은 신부를 한 시간 동안 붙잡고 늘어졌다. 신부는 과일 가게 여자만큼이나 지독했다. 몇 대 갈겨 주고 싶을 정도였다. 쿠포는 농담으로 혹시 신부님 가게에 중고품 미사는 안 파느냐고, 너무 엉망은 말고 선량한 부부가 그런대로 쓸 만한 미사가 없겠냐고 물었다. 결국 신부는 하느님이 이 결혼을 그다지 흡족한 마음으로 축복하시지는 않을 거라고 투덜거리면서 5프랑에 해 주기로 했다. 20수를 절약한 것이다. 그렇게 수중에 20수가 남았다.

제르베즈 역시 어떻게든 아끼려고 애썼다. 결혼이 정해지자 저녁에 평소보다 몇 시간씩 일을 더 해서 30프랑을 모았다. 포부르푸아소니에르 거리에 13프랑에 판다고 붙어 있는 것을 보며 꼭 마음에 들었던 실크 케이프를 샀고, 포코니에 부인의 세탁소에서 일하다 죽은 어느 세탁부의 짙은 파랑색 모직 드레스를 그 남편한테 10프랑에 사서 몸에 맞게 고쳤다. 남은 7프랑으로는 면장갑, 보닛에 꽂을 장미, 맏이인 클로드가 신을 신발을 샀다. 다행히 아이들 셔츠는 그대로 입을 만했다. 제르베즈는 나흘 밤 동안 옷들을 다 빨았고, 양말과 셔츠의 작은 구멍까지 다 꿰맸다. 중요한 날 바로 전날 밤, 그러니까 금요일 저녁에도 제르베즈와 쿠포는 일을 마치고 돌아와서 밤 11시까지 계속 준비해야 했다. 그리고 마침내 일들이 다 해결된 데 흡족해하면서 제르베즈의 방에서 한 시간을 같이 보낸 뒤 헤어졌다. 사실 그들은 동네 사람들을 신경 쓰느라 허리가 휘는 일은 없을 거라고 다짐했지만, 결국 하나하나 챙기느라 녹초가 되고 말았다. 쿠포가 자기 방으로 돌아갈 때 두 사람은 거의 선 채로 졸면서 인사를 했다. 어쨌든 그들은 안도의 한숨을 내쉬었다. 준비가 끝났다. 쿠포의 증인은 마디니에 씨와 비비라그리야드였고, 제르베즈는 로리외와 보슈에게 부탁했다. 시청과 성당에는 줄줄이 몰려갈 필요 없이 여섯 명만 조용히 다녀오기로 했다. 신랑의 누이들도 자기들이 꼭 참석할 필요는 없어 보인다며 집에 있기로 했다. 하지만 쿠포의 어머니는 제일 먼저 가서 구석에 숨어 있겠다면서 눈물을 흘리는 바람에 결국 함께 가기로 했다. 다 같이 모이는 건 1시에 물랭 다르장으로 정했다. 만나서 생드니 평원으로 가서 출출해질 때까지 놀고 오기로, 갈 때는 기차를 타고 돌아올 때는 큰길을 따라 걸어오기로 했다. 흥청망청 노는 게 아니라 재미있게 즐기고 유쾌하면서도 점잖게 놀 생각이었다.

토요일 아침에 옷을 입던 쿠포는 남은 20수짜리 동전을 보는 순간 문득 불안해졌다. 증인을 서 준 사람들을 저녁 식사 때까지 그냥 둘 수는 없지 않은가. 예의상 포도주 한 잔과 햄 한 조각 정도는 내야 했다. 그게 아니라도 예기치 못한 지출이 생길지도 모르는 일이었다. 20수로는 어림없었다. 쿠포는 아이들을 저녁때 식당에 같이 데려와 주기로 한 보슈 부인에게 맡긴 뒤, 용기를 내서 구트도르 거리로 달려갔다. 그리고 로리외에게 10프랑만 빌리기로 했다. 로리외가 인상을 쓸 게 뻔했기 때문에 목에 가시가 걸린 것처럼 말이 잘 나오지 않았다. 사나운 짐승 같은 표정으로 투덜거리던 로리외는 마지못해 100수짜리 동전 두 개를 내놓았다. 누이가 조그맣게 투덜거리는 소리가 들렸다. "시작부터 꼴 좋네."

시청 결혼식은 10시 30분이었다. 태양이 거리를 뜨겁게 달구는 화창한 날이었다. 신랑 신부와 쿠포 마나님, 그리고 네 명의 증인은 사람들의 눈길을 끌지 않기 위해 두 무리로 나누어 걸었다. 제르베즈가 로리외의 팔을 잡고, 마디니에 씨가 쿠포 마나님을 챙기며 앞쪽에서 걷고, 쿠포, 보슈, 비비라그리야드는 스무 발자국쯤 뒤로 건너편 인도로 걸었다. 검은색 프록코트 차림의 세 남자는 구부정한 자세로 늘어뜨린 두 팔을 건들거렸다. 보슈는 노란색 바지를 입었고, 비비라그리야드는 조끼를 입지 않고 목까지 단추를 채운 프록코트 위로 끈처럼 목에 두른 넥타이 끝이 삐져나와 있었다. 마디니에 씨 혼자만 제대로 된 정장 예복을, 그러니까 네모반듯한 연미복을 갖추어 입었다. 붉은 리본 달린 검은 보닛을 쓰고 녹색 숄을 걸친 쿠포 마나님을 부축하는 그의 모습을 보기 위해 지나가던 사람들이 걸음을 멈추기도 했다. 제르베즈는 푸른색 드레스가 빳빳하고 케이프가 어깨에 꽉 끼었지만 그래도 온화하고 즐거운 표정을 잃지 않았다. 더운 날씨에도 자루 같은 팰토[41]를 입은 로리외가 빈정거리는 말도 상냥하게 받아 주었다. 이따금 길모퉁이를 돌 때, 햇빛에 반짝거리는 새 옷을 입고 불편해하는 쿠포를 향해 살짝 고개를 돌려 미소를 짓기도 했다.

아주 천천히 걸었는데도 삼십 분 넘게 일찍 도착했다. 더구나 시장이 늦게 오는 바람에 11시가 되어야 차례가 올 터였다. 제르베즈 일행은 한쪽 구석에 앉아 기다리는 동안 높은 천장과 장식 없는 벽을 쳐다보면서 소근거렸다. 급사가 지나갈 때마다 필요 이상으로 친절하게 의자를 뒤로 빼곤 했다. 그러면서도 시장이 너무 게으르다고 수군거렸다. 보나 마나 그 금발 여자한테 가서 통풍 든 몸을 마사지받고 있을 거야. 예식용 어깨 띠까지 다 팔아먹었을걸. 하지만 시장이 나타나자 모두 공손히 일어섰다. 앉아도 좋다는 말에 다시 자리에 앉은 뒤에도 그들은 앞 순서의 결혼식 세 건을 지켜봐야 했다. 그들은 흰옷을 입은 신랑 신부, 곱슬머리 소녀들, 핑크색 벨트를 맨 들러리 아가씨들, 멋진 옷을 빼입은 신사 숙녀들이 등장하는 부르주아들의 결혼식을 넋 놓고 바라보았다. 마침내 쿠포의 이름이 불렸지만, 하마터면 결혼식을 못 할 뻔했다. 비비라그리야드가 보이지 않았기 때문이다. 보슈가 내려가 찾아보니

---

41) '프록코트', 즉 '르댕고트(redingote)'가 셔츠와 조끼 위에 입는 길이가 긴 재킷이라면, '펠토', 즉 '팔토(paletot)'는 넉넉하게 걸치는 외투를 가리킨다.

그는 광장에서 파이프 담배를 피우고 있었다. 안에 있는 놈들은 하나같이 멍청해. 사람을 무시하지. 버터 색깔 나는 깨끗한 장갑을 코앞에 들이밀지 않는다고 말이야. 잠시 뒤 몇 가지 형식적 절차를 진행한 뒤 민법 조항을 낭독하고 신랑 신부에게 묻고 서류에 서명을 하고, 그야말로 일사천리로 진행되었다. 어찌나 빨리 지나가는지, 모두 결혼식 절차의 절반을 도둑맞은 기분으로 어리둥절해서 서로를 바라보았다. 제르베즈는 얼떨떨하면서도 마음이 벅차올라 손수건을 입술에 가져다 댔다. 쿠포 마나님은 뜨거운 눈물을 흘렸다. 그런 뒤에 모두 기록부 앞에 서서 비뚤비뚤한 큰 글씨로 자기 이름을 썼다. 글을 모르는 신랑만 십자가를 그었다. 그리고 그들은 가난한 사람들을 위해 각자 4수씩 냈다. 급사한테 혼인 증명서를 받아 든 쿠포는 제르베즈가 팔꿈치를 찌르자 큰맘을 먹고 5수를 꺼냈다.

시청에서 교회까지 가는 길은 즐거웠다. 도중에 남자들은 맥주를 마셨고, 쿠포 마나님과 제르베즈는 물에 탄 카시스를 마셨다. 그러고는 햇볕이 내리쬐는 그늘 한 점 없는 길을 걸어가야 했다. 도착해 보니 성당은 비어 있었다. 성당 관리인이 이렇게 늦게 오다니 종교를 무시하는 거냐며 화를 내면서 일행을 재촉해서 성당 안 옆쪽에 있는 작은 예배소로 데려갔다. 그리고 지저분한 제의 차림에 제대로 얻어먹지도 못한 사람처럼 핏기 없고 음산한 얼굴의 사제가 종종걸음 치는 복사를 앞세워 성큼성큼 다가왔다. 그는 라틴어 기도문들을 입속에서 웅얼거렸다가 고개를 숙였다가 팔을 벌렸다가 하면서, 신랑 신부를 곁눈질로 살피며 서둘러 미사를 진행했다. 제단 앞에 선 신랑 신부는 언제 무릎을 꿇어야 하고 일어서고 앉아야 하는지 몰라 안절부절못하며 복사의 신호를 기다렸다. 증인들은 예의를 지키느라 내내 서 있었다. 다시 눈물이 솟구쳐 오른 쿠포 마나님은 이웃 여자에게 빌려 온 미사책에 얼굴을 파묻고 울었다. 그러는 사이 정오의 종이 울렸고, 마지막 미사가 끝나자마자 성당 안은 성물 관리자들의 바쁜 발걸음 소리, 웅성거리는 말소리, 의자를 정리하는 소리로 가득 찼다. 막을 치기 위해 못을 박는 소리가 들리는 것으로 보아 무언가 중요한 축일 행사로 주제단을 준비하는 것 같았다. 교회지기가 비질을 해 대는 바람에 일행이 있는 쪽까지 먼지가 일었다. 제일 안에서 있던 음울한 얼굴의 사제가 제르베즈와 쿠포의 머리 위로 메마른 손을 이리저리 움직였다. 마치 한 미사를 마치고 다른 미사로 옮겨 가는 사이, 하느님이 잠시 자리를 비운 틈을 타서 두 사람을 맺어 주려는 것 같았다. 성물 보관소에서 한 번 더 결혼 기록부에 서명한 후 햇볕이 내리쬐는 현관으로 나왔을 때, 숨차게 끌려다니다 풀려난 사람들은 모두 정신이 멍했다.

"끝!" 쿠포가 어색한 웃음을 지으며 말했다.

그는 몸을 건들거렸다. 모든 게 도무지 마땅치 않았다. 그래도 이렇게 말했다.

"그래! 질질 끌지 않아서 좋네! 금방 해치웠어. 치과에 다녀온 기분이잖아. 아프다고 소리 지를 시간도 없었고. 아프지도 않게 결혼을 시켜 주는군."

"그래, 맞아, 아주 멋지게 해치웠어." 로리외가 중얼거리며 빈정댔다. "오 분이면 묶여 버리고, 그런 뒤에 평생 가야 하지.

자! 불쌍한 카데카시스! 잘해 봐!"

네 명의 증인이 움츠린 쿠포의 등을 두드렸다. 제르베즈는 옆에서 미소를 띠었지만 눈가가 젖은 얼굴로 쿠포 마나님을 껴안았다. 제르베즈는 노인네가 더듬거리며 묻는 말에 대답했다.

"너무 걱정하지 마세요. 최선을 다할게요. 혹시 잘 안 될 수도 있겠지만 적어도 저 때문에 그러는 일은 없을 거예요. 그래요. 정말 간절하게 행복해지고 싶어요……. 이제 됐네요. 그렇죠? 그이와 제가 마음을 맞춰서 노력하는 일만 남았어요."

일행은 곧바로 물랭 다르장으로 갔다. 쿠포는 이미 아내와 팔짱을 끼었다. 두 사람은 하늘을 나는 기분으로 웃으면서 빨리 걸었고, 그렇게 일행보다 이백 걸음은 앞서가는 신혼부부는 거리의 집도 차들도 눈에 들어오지 않았다. 변두리의 요란한 소음마저 종소리처럼 들렸다. 물랭 다르장에 도착한 뒤 쿠포는 곧바로 1층에 유리 칸막이를 만들어 놓고 접시나 식탁보 없이 간단하게 먹을 수 있게 해 놓은 곳에서 포도주 2리터와 빵, 햄을 시켰다. 하지만 보슈와 비비라그리야드가 워낙 잘 먹는 바람에 포도주 1리터와 브리 치즈 한 조각을 더 시켜야 했다. 쿠포 마나님은 별로 배고프지도 않았고, 목이 메어 도저히 먹을 수가 없었다. 제르베즈는 심하게 허기가 져서 포도주를 아주 조금 탄 물을 여러 잔 들이켰다.

"이건 내가 냅니다." 쿠포가 바로 계산대에 가서 4프랑 5수를 치렀다.

그러는 사이 1시가 되었고, 손님들이 왔다. 뚱뚱하지만 여전히 아름다운 포코니에 부인이 꽃무늬가 그려진 베이지색 드레스에 분홍색 목도리를 하고 꽃이 잔뜩 장식된 보닛을 쓰고 제일 먼저 도착했다. 잠시 후 잠잘 때도 벗지 않을 법한 검은 치마 차림의 르망주 양이 오고 고드롱 부부도 도착했다. 짐승처럼 둔중한 몸집의 고드롱 씨는 조금만 움직여도 갈색 재킷이 찢어질 듯했고, 임신한 그 아내는 보라색 치마 때문에 배가 더 튀어나와 보였다. 메보트는 생드니로 가는 길에 합류하기로 했으니 기다리지 않아도 된다고 쿠포가 말했다.

그때 르라 부인이 들어서며 큰 소리로 말했다.

"어쩌면 좋아! 소나기가 쏟아질 것 같네요! 골치 아프게 됐어요."

그러면서 그녀는 사람들에게 문 쪽으로 와서 좀 보라고, 잉크 색처럼 시커먼 비구름이 남쪽에서 빠르게 올라오고 있다고 말했다. 쿠포의 큰누이로 말할 때 콧소리를 내는 르라 부인은 키가 크고 마른 체격에 꼭 남자 같았고, 너무 큰 적갈색 드레스에 긴 술 장식까지 달려 있어서 꼭 물에 빠졌다 나온 마른 털복숭이 강아지 같았다. 그녀는 막대기를 휘두르듯 양산을 이리저리 돌렸다. 이어 제르베즈에게 키스를 하고 나더니 다시 한번 비 얘기를 했다.

"밖이 대단해요! 불덩이가 얼굴에 날아오는 것 같더라니까요."

그러자 너도나도 안 그래도 아까부터 소나기가 올 것 같았다고 한마디씩 거들었다. 마디니에 씨는 성당을 나설 때부터 그럴 줄 알았다고 했고, 로리외는 안 그래도 티눈이 쑤셔서 지난 밤 새벽 3시까지 잠을 못 잤다고 했다. 누군가 벌써 사흘째 후덥지근하게 더웠으니 비가 올 수밖에 없다고도 했다.

"정말 한바탕 뿌리겠는걸." 쿠포가 문 앞에 서서 하늘에 직접 묻기라도 하려는 듯 초초한 시선으로 올려다보며 말했다. "이제 작은누님만 오면 돼요. 오면 바로 떠나야겠네요."

로리외 부인이 아직 안 왔다. 르라 부인이 같이 오려고 들렀는데, 그때까지 코르셋을 입는 중이라 두 사람이 다퉜다고 했다. 르라 부인이 쿠포의 귀에 대고 소근거렸다.

"그냥 두고 혼자 와 버렸어. 지금 기분이 아주 엉망일걸? 오거든 한번 봐. 가관일 거다!"

결국 일행은 십오 분을 더 기다려야 했다. 그들은 카운터에서 한잔하려고 들어오는 사람들 틈에서 팔꿈치에 치이고 밀리기도 하면서 서 있었다. 보슈 씨나 포코니에 부인 혹은 비비라그리야드는 이따금 밖으로 나가 하늘을 쳐다보기도 했다. 아직 빗방울이 떨어지지는 않았다. 하지만 햇빛이 약해졌고, 땅을 긁어 가며 불어오는 바람이 뿌연 먼지 소용돌이를 일으켰다. 첫 천둥소리에 르망주 양이 성호를 그었다. 모두 초조한 눈빛으로 거울 위쪽에 걸린 벽시계를 쳐다보았다. 벌써 1시 40분이었다.

"자! 드디어 천사들이 울기 시작하네." 쿠포가 큰 소리로 말했다.

거센 비바람이 밀려오자 거리에서 여자들이 모두 치마를 부여잡았다. 그 첫 소나기를 맞으며 로리외 부인이 헐레벌떡 도착해서, 가게 입구에서 우산이 잘 안 접혀 씨름했다.

"세상에, 무슨 이런 일이 다 있어!" 그녀가 더듬거리며 말했다. "막 나서는데 소나기가 내리잖아. 다시 올라가서 옷을 벗어 버릴까 했다니까. 차라리 그럴 걸 그랬어……. 결혼식 한번 신나겠네! 내가 그랬지? 다음 토요일로 미루자고……. 내 말 안 들으니까 비가 오잖아! 아주 꼴좋다! 아예 하늘이 무너져 버리라지!"

쿠포가 누이를 진정시키려 애썼다. 하지만 로리외 부인은 내 옷이 엉망이 되면 네가 새로 사 줄 것도 아니지 않느냐며 쏘아붙였다. 그녀는 숨쉬기 힘들 정도로 꽉 끼는 검은색 실크 드레스 차림이었다. 가슴 품이 너무 좁아 단춧구멍이 벌어지고 어깨가 꽉 끼었고, 몸에 붙는 치마는 허벅지 부근이 너무 죄어 종종걸음으로 걸을 수밖에 없었다. 로리외 부인의 옷차림을 본 여자들은 기막혀하며 입술을 깨물었다. 로리외 부인은 자기 어머니 옆에 앉아 있는 제르베즈가 아예 눈에 들어오지도 않는 듯이 굴었다. 남편을 불러 손수건을 달라고 하고는 구석으로 가서 실크 위에 굴러다니는 빗방울을 꼼꼼히 닦아 냈다.

그사이 소나기가 그쳤다. 하지만 날은 더 어두워져서 거의 밤처럼 컴컴했고, 이따금 납덩이같이 파리한 어둠 속으로 굵은 번개가 지나갔다. 비비라그리야드가 웃으면서 곧 제대로 퍼붓겠다고 되풀이해서 말했다. 그리고 정말로 세찬 폭우가 쏟아지기 시작했다. 삼십 분 동안 천둥이 쉬지 않고 우르릉거리면서 하늘에 구멍이라도 뚫린 듯 억수 같은 비가 쏟아졌다. 남자들은 문 앞에 서서 잿빛 베일처럼 시야를 가리는 굵은 빗줄기를, 불어난 도랑물을, 물구덩이 속에 누군가 첨벙거릴 때마다 튀어 오르는 물보라를 바라보았다. 자리에 앉은 여자들은 겁에 질려 손으로 눈을 가렸다. 모두 목이 메어 아무 말도 할 수가 없었다. 보슈가 하늘에서 베드로 성자가 재채기를 하나 보다고 농담을 했지만, 아무도 웃지 않았다. 하지만 천둥소리가 좀 뜸해지고 멀어지자 너도나도 짜증을 내기 시작했다. 왜 이렇게 비가 많이 오느냐고 격분하기도 했고, 구름에 대고 주먹질을 하면서 욕을 하기도 했다. 잿빛 하늘에서는 가는 빗줄기가 하염없이 떨어졌다.

"2시가 지났어." 로리외 부인이 외쳤다. "기약 없이 여기서 이러고 있을 수는 없잖아!"

르망주 양이 성벽[42]의 해자 정도에서 멈추더라도 교외로 나가자고 하자, 일행은 안 된다고 소리를 질렀다. 보나 마나 길이 엉망이고, 풀 위에 앉지도 못할 거고, 더구나 소나기가 또 올 수도 있지 않느냐고 했다. 거리에서 물에 흠뻑 젖은 채로 태연하게 비를 맞으며 걷는 한 노동자를 물끄러미 바라보던 쿠포가 중얼거렸다.

"메보트 녀석이 생드니 가는 길에서 우릴 기다릴 텐데, 더위 먹을 일은 없겠군."

그러자 모두 웃음을 터뜨렸다. 하지만 기분은 점점 더 언짢아졌다. 계속 이렇게 있다가는 폭발해 버릴 것 같았다. 어떻게

---

42) 나폴레옹이 파리 전투에서 패배한 뒤 파리를 보호할 성벽의 필요성이 대두되었고, 7월 왕정 시대인 1840년대에 파리를 에워싼 군사적 목적의 성벽이 세워졌다. 곳곳에 요새가 설치되었고, 생드니 지역에도 요새가 있었다.

든 결정을 해야 했다. 저녁 먹을 때까지 서로 얼굴만 보고 있을 수는 없었다. 모두 끈질기게 내리는 부슬비를 바라보며 머리를 쥐어짰다. 비비라그리야드는 카드를 치자고 했고, 짓궂고 음흉한 성격의 보슈 씨는 아주 재미있는 고해 사제 게임을 알고 있다고 했다. 고드롱 부인은 클리냥쿠르 거리에 양파 파이를 먹으러 가자고 했고, 르라 부인은 그냥 여기서 재미있는 얘기나 하자고 했다. 고드롱은 자기는 별로 짜증 나지 않는다고, 그냥 있어도 괜찮고 아니면 차라리 바로 식사를 하자고 했다. 매번 누군가 의견을 낼 때마다 다른 누군가가 바로 같다, 졸릴 거다, 우리가 무슨 어린애냐 하면서 토를 달고 화를 냈다. 잠시 후 로리외가 그냥 큰길을 따라 페르라셰즈 묘지[43]까지 산책을 하자고, 시간이 되면 엘로이즈와 아벨라르[44]의 무덤도 볼 수 있을 거라고 했다. 마침내 로리외 부인이 터져 버렸다. 난 그냥 집에 갈래! 정말 갈 거야! 사람 놀리는 거야? 옷 챙겨 입고 비도 맞았는데, 이렇게 술집에 처박혀 있으라고? 싫어, 싫어. 이런 결혼식은 지긋지긋해. 난 차라리 집에 갈 거야. 쿠포와 로리외가 문을 막아섰다. 로리외 부인은 같은 말을 되풀이했다.

"비켜서. 난 갈 거라니까!"

로리외가 아내를 달래는 데 성공한 뒤, 쿠포는 여전히 구석

---

43) 벨빌 남쪽에 위치한, 파리에서 가장 큰 공동묘지이다.

44) 아벨라르는 12세기 프랑스의 신학자로 제자인 엘로이즈와 사랑에 빠진다. 이들이 비밀리에 결혼한 것에 분노한 엘로이즈의 가족 때문에 아벨라르는 거세당한 뒤 생드니 수도원의 수사가 되고 엘로이즈는 수녀원에 들어간다. 이들의 묘지는 19세기 파리 페르라셰즈로 이장된다.

에 조용히 앉아 시어머니, 포코니에 부인과 이야기를 나누고 있는 제르베즈에게 다가갔다.

"별로 제안할 게 없나 보죠?" 쿠포는 아직 제르베즈에게 편하게 말을 놓지 못했다.

"아! 뭐든 괜찮아요." 제르베즈가 웃으며 대답했다. "난 별로 까다롭지 않거든요. 나가도 되고 그냥 있어도 돼요. 이대로 아주 편안해서 더 바라는 게 없어요."

실제로 제르베즈의 얼굴은 평화로운 기쁨으로 가득 차서 광채가 날 정도였다. 손님들이 모두 도착한 다음부터 그녀는 한 사람 한 사람과 나지막하게, 하지만 감격에 찬 목소리로 얘기를 나누었다. 논쟁에는 끼어들지 않고 계속 차분하게 이야기했다. 폭우가 쏟아지는 동안에는 번개 치는 광경을 가만히 바라보았다. 마치 먼 훗날 닥칠 중요한 일을 응시하고 있는 것 같았다.

마디니에 씨는 아직 아무 제안도 하지 않았다. 그는 연미복 뒷자락을 벌리고 제일 높은 상관처럼 위엄 있는 모습으로 카운터에 팔꿈치를 괴고 기대서 있었다. 그가 길게 침을 뱉고 나더니 커다란 눈을 굴리면서 입을 열었다.

"맞아! 미술관에 가는 것도 좋겠네요……."

그는 턱을 쓰다듬으며 눈짓으로 일행의 의견을 물었다.

"고대 유물, 데생, 회화, 볼거리가 한가득 있죠. 배울 게 많아요……. 아직 못 가 보셨을 텐데, 오! 한 번 정도는 꼭 가 볼 만하죠."

일행은 서로 눈치를 살폈다. 맞는 말이었다. 제르베즈는 한 번도 미술관에 가 본 적이 없었고, 포코니에 부인도, 보슈도, 다른 사람들도 마찬가지였다. 쿠포는 언젠가 일요일에 한 번 가 보긴 했지만 기억이 가물가물했다. 모두 망설이고 있는데, 마디니에 씨의 위엄 있는 태도에 감명을 받은 로리외 부인이 나서서 아주 적절하고 훌륭한 제안이라고, 어차피 오늘 하루 다른 일을 할 수도 없고 옷까지 차려입고 나왔으니 뭔가 배울 거리가 있는 곳에 가자고 했다. 그러자 모두 찬성을 했다. 여전히 부슬비가 내렸기 때문에 술집 주인한테 우산을 빌렸다. 손님들이 놓고 간 파란색, 녹색, 밤색의 낡은 우산들이었다. 그렇게 다같이 미술관으로 향했다.

일행은 길을 오른쪽으로 꺾어서 포부르생드니 거리를 지나 파리로 향했다. 이번에도 쿠포와 제르베즈가 앞장서서 걸었다. 쿠포 마나님은 다리가 아파서 식당에 남아 있기로 했고, 로리외 부인이 마디니에 씨와 팔짱을 끼고 걸었다. 그 뒤로 로리외와 르라 부인, 보슈와 포코니에 부인, 비비라그리야드와 르망주 양, 그리고 제일 뒤에 고드롱 부부가 걸었다. 전부 열두 명이었다. 보도 위에 꽤 긴 줄이 만들어졌다.

"우린 상관없이 자기들끼리 결정했어요. 정말이에요." 로리외 부인이 마디니에 씨에게 설명했다. "우린 쿠포가 도대체 어디서 저 여자를 만났는지도 몰라요. 아니에요. 너무 잘 알고 있지만, 우리 입으로 말하고 싶지 않아요. 결혼 반지도 제 남편이 샀답니다. 오늘 아침엔 일어나기 무섭게 10프랑을 빌려줘야 했고요. 그러지 않았다면 아무것도 안 될 뻔했죠. 결혼식을 하는데 신부 쪽 일가친척이 단 한 명도 나타나지 않다니 무슨 일이랍니까? 언니가 파리에서 돼지고기를 판다는데 왜 초대를 안 했을까요?"

쿠포의 누이는 갑자기 말을 끊고 제르베르를 가리켰다. 제르베즈는 경사진 길을 지나느라 다리를 저는 게 평소보다 많이 표가 났다.

"저것 좀 보세요. 저럴 수가……! 세상에! 쩔룩이[45]라니!"

그녀의 입에서 나온 '쩔룩이'라는 단어가 일행 사이로 퍼져나갔다. 로리외는 빈정거리며 이제 그렇게 부르면 되겠다고 했다. 그러자 포코니에 부인이 제르베즈의 역성을 들며 말했다. 놀리면 안 되죠. 올바른 사람이고, 맡은 일을 늘 열심히 해내는데요. 그러자 외설스러운 농담을 즐기는 르라 부인이 제르베즈의 다리는 '사랑의 핀'이라고 했다. 저런 걸 좋아하는 남자들이 많다는 말도 덧붙였지만, 더 이상 설명하지는 않았다.

생드니 거리를 벗어난 일행은 대로를 건너가야 했다. 그러느라 줄지어 지나가는 마차들 앞에서 기다렸고, 폭우로 진흙탕이 된 찻길을 걷느라 고생도 했다. 다시 비가 내리는 바람에 우산도 펴야 했다. 남자들의 손에서 흔들리는 초라한 우산 아래에서 여자들은 치마를 걷어 올렸다. 진창을 걷느라 간격이 벌어지면서 줄이 길게 이어졌다. 그때 불량스러운 아이 둘이 지나가다가 가장 행렬이라며 호들갑스럽게 떠들어 댔다. 길 가던 사람들이 달려왔고, 가게 주인들도 재미있다는 듯 진열창

45) 원어는 banban이다. 19세기에 다리를 저는 사람을 가리키는 속어로 쓰였다.

뒤에서 발돋움하며 구경했다. 그렇게 두 명씩 짝을 지은 행렬이 군중의 시선을 받으며 지나는 동안에, 제르베즈의 볼품없는 파란 드레스, 포코니에 부인의 베이지색 꽃무늬 드레스, 보슈의 카나리아 색 노란 바지가 습기 찬 외곽 대로의 잿빛 바탕 위에 강렬한 원색의 점들을 그렸다. 모두 한껏 차려입은 모습이 어찌나 부자연스러운지 번쩍거리는 쿠포의 프록코트와 뒷자락이 네모난 마디니에 씨의 연미복은 사육제의 가장 행렬처럼 우스꽝스러웠고, 잔뜩 멋을 낸 로리외 부인의 차림새와 르라 부인의 드레스 장식 술과 르망주 양의 구겨진 치마까지, 온갖 맵시가 뒤섞인 채로 가난뱅이들이 멋을 낼 때 입을 만한 요란한 헌 옷들이 줄줄이 펼쳐졌다. 그중에도 행인들을 가장 즐겁게 한 것은 옷장 구석에 처박아 두었다가 꺼내 쓴 남자들의 윤기 없고 낡은 모자였다. 높은 모자, 나팔처럼 벌어진 모자, 뾰족한 모자로 모양이 다양했고, 테 역시 위로 젖혀진 것, 납작한 것, 너무 넓은 것, 너무 좁은 것 등 그야말로 온갖 우스꽝스러운 모자가 전부 등장했다. 그리고 행렬의 제일 뒤에 고드롱 부인이 선명한 보라색 드레스를 입고 임부의 배를 내밀고 걷는 모습에 사람들의 웃음소리가 더 커졌다. 하지만 일행은 걸음을 재촉하지 않았다. 천진난만한 아이들처럼 사람들의 시선을 받는 게 기분 좋았고 자기들을 놀리는 말을 들으면서도 즐거웠다.

"저기! 저쪽! 저 여자가 신부인가 봐!" 건달 중 하나가 고드롱 부인을 가리키며 소리 질렀다. "세상에, 배 속에 든 애가 뚱땡이로군!"

그 말에 모두가 웃음을 터뜨렸다. 꼬마가 한 방 제대로 날렸는걸. 비비라그리야드가 돌아보며 말했다. 고드롱 부인이 제일 크게 웃으면서 배를 내밀었다. 창피할 게 뭐가 있어! 난 아무렇지도 않아. 그녀는 지나가면서 자기한테 눈 흘기는 부인네들도 있다고, 자기가 부러운 거라고 주장했다.

일행은 이미 클레리 거리까지 왔고, 다시 마이유 거리로 들어섰다. 빅투아르 광장에서는 신부의 왼쪽 신발 끈이 풀어지는 바람에 잠시 멈춰야 했다. 제르베즈가 루이 14세 동상 밑에서 끈을 매는 동안 일행이 바짝 다가와서 치마 아래 드러난 제르베즈의 장딴지에 대해 이러쿵저러쿵 농담을 해 댔다. 마침내 크루아데프티샹 거리를 내려와 루브르에 도착했다.

마디니에 씨가 정중하게 자신이 앞장서겠다고 했다.

굉장히 넓은 곳이라서 길을 잃을지도 모르고, 더구나 자기는 아는 화가와 함께 자주 와 봤기 때문에 어디를 보면 좋을지 알고 있다고, 그 화가는 아주 똑똑한 청년이며 큰 종이 상자 제조 공장에서 그의 그림을 사서 상자에 붙인다고도 했다. 아래층의 아시리아관으로 들어서면서 일행은 살짝 오한을 느꼈다. 뭐야, 여긴 안 덥잖아! 방이 아예 동굴 같군! 그들은 두 명씩 짝을 지어 턱을 치켜들고 눈을 깜빡거리면서 양쪽의 조각상들, 거대한 돌기둥들, 엄숙한 표정으로 말없이 앉아 있는 검은 대리석 신(神)들, 코가 가늘고 입술이 부풀어 오른 사자(死者)의 얼굴을 한 반은 고양이이고 반은 여자인 괴물들 사이를 지나갔다. 그들이 보기에는 전부 별로였다. 작품들이 뭐 이래. 석공 작업은 요즘이 더 잘하는 것 같아. 페니키아 쐐기

문자 앞에서는 모두 경악을 했다. 말도 안 돼. 무슨 마법서도 아니고 누구보고 읽으라는 거야? 그때 이미 로리외 부인과 함께 2층 층계참에 올라서 있던 마디니에 씨가 둥근 천장 밑에서 큰 소리로 일행을 불렀다.

"이쪽으로 와요. 거기 있는 것들은 별것 아니에요……. 2층을 봐야 합니다."

장식 없는 계단을 오르는 동안 모두 숙연해졌다. 붉은색 조끼를 입고 금줄 쳐진 제복을 입은 멋진 수위가 자기들을 기다리기라도 한 듯 층계참에 서 있는 것을 보면서 감동은 더욱 커졌다. 모두 아주 정중하게, 최대로 조심조심 걸음을 옮기면서 프랑스관으로 들어섰다.

일행은 황금 테의 액자를 보며 눈이 휘둥그레졌고, 끝없이 이어진 작은 진열실들을 중간에 멈춰 서지도 않고 지나쳤다. 그림이 너무 많아 제대로 볼 수가 없었다. 제대로 이해하려면 그림 하나를 한 시간은 바라봐야 했을 것이다. 빌어먹을! 무슨 그림이 이렇게 많아! 보고 또 봐도 끝이 나지 않았다. 돈으로 치면 엄청날 것 같았다. 거의 끝까지 갔을 때 돌연 마디니에 씨가 일행을 세우더니 「메두사호의 뗏목」 앞에서 그림의 주제를 설명했다. 다들 얼어붙은 듯이 아무 말도 하지 못했다. 보슈가 모두의 감정을 한마디로 요약했다. 굉장하군.

아폴로관에서는 무엇보다 바닥 때문에 모두 얼이 빠진 상태가 되었다. 중간에 놓인 의자 다리가 비칠 정도로 바닥이 거울처럼 반들반들했다. 르망주 양은 물 위를 걷는 것 같은 느낌에 눈을 감아 버렸다. 너도나도 몸이 무거운 고드롱 부인에게 신발을 바닥에 잘 붙이고 걸으라고 말했다. 마디니에 씨가 천장의 금칠과 그림들을 보라고 했지만, 모두 목이 너무 아프기도 하고 어차피 올려다봐도 뭐가 뭔지 알 수가 없었다. 살롱 카레[46]로 들어서기 전에 마디니에 씨가 창문 하나를 가리키며 말했다.

"여기가 샤를 9세가 백성들에게 발포한 자립니다."[47]

마디니에 씨는 일행의 후미를 살폈다. 그런 뒤에 살롱 카레의 한가운데서 다 멈춰 세우고는, 마치 교회 안에서처럼 작은 목소리로 이제부터 하나하나가 다 걸작들이라고 말했다. 그렇게 다 같이 전시실을 돌아보았다. 제르베즈는 「가나의 결혼식」이 무엇을 그린 거냐고 물었다. 그런 내용을 액자에 써 놓으면 좋을 것 같았다. 쿠포는 「모나리자」 앞에서 걸음을 멈추고는 자기 숙모 중 한 사람과 닮았다고 생각했다. 보슈와 비비라그리야드는 그림 속에 벗고 있는 여자들을 눈짓으로 가리키면서 히죽거렸다. 특히 안티오페의 허벅지가 충격적이었다. 제일 뒤에서는 무리요의 성모 마리아 그림 앞에서 넋이 나간 고드롱 부부가, 남자는 입을 벌리고 여자는 두 손을 배에다 얹고서 감동에 젖어 있었다.

한 바퀴 돌고 나서 마디니에 씨가 이 방은 한 번 더 돌아보자고, 그럴 만한 가치가 있는 곳이라고 했다. 마디니에 씨는 특히 실크 드레스를 입은 로리외 부인을 신경 써서 챙겼고, 그

46) 루브르의 진열실 이름이다. '정사각형 모양의 방'이라는 뜻이다.

47) 16세기 프랑스의 왕 샤를 9세가 성 바돌로매 축일에 신교도들을 학살한 것을 말한다.

녀가 뭐든 물어볼 때마다 근엄하고 진지하게 대답했다. 로리외 부인이 티치아노의 그림에 있는 여자의 노란 머릿결이 자기와 비슷하다고 하자, 고드롱 씨는 앙리 4세의 애첩이던 벨 페로니에르라고, 얼마 전 앙비귀 극장[48]에서 저 여인의 이야기가 공연된 적이 있다고 말했다.

이어 이탈리아파와 플랑드르파의 그림이 전시된 긴 회랑이 나타났다. 이번에도 그림이 끝없이 이어졌다. 성자들, 누군지 알 수도 없는 남녀들, 거무죽죽한 풍경들, 그저 누렇게 보이는 짐승들, 서로 다른 색깔의 사람들과 물건들이 줄지어 나타났다. 모두 정신이 하나도 없고 머리가 아파 왔다. 마디니에 씨는 말없이 앞장서기만 했고, 줄지어 그 뒤를 따라가는 사람들은 연신 목을 비틀어 허공을 쳐다보았다. 르네상스 초기 화가들의 섬세한 차가움, 베네치아파의 화려함, 네덜란드파의 풍요하고 아름다운 빛의 생명력 등 수 세기 동안의 예술이 무지한, 그리고 거의 넋이 나간 사람들 앞을 지나갔다. 하지만 정작 일행의 관심을 끈 것은 관람객들 사이에 작업대를 펼쳐 놓고 태연히 그림을 그리고 있는 모사 화가들이었다. 그중에서도 꽤 나이 든 여자 하나가 커다란 사다리에 올라가 이리저리 붓을 놀리며 엄청나게 큰 캔버스에 옅은 하늘을 그리는 모습은 놀랍기 그지없었다. 그사이 제르베즈 행렬에 관한 소식이 조금씩 퍼져 나갔는지, 입가에 웃음이 가득한 화가들이 모여

48) 18세기에 부르주아 관객을 대상으로 유행하기 시작한 통속극 공연을 위한 극장들이 파리의 대로에 세워졌다. 앙비귀 극장은 탕플 대로에 있었다.

들었고, 호기심 많은 사람들은 이미 긴 의자를 차지하고 앉아 행렬을 구경하려고 기다렸다. 수위들은 머릿속에 떠오른 재치 있는 농담을 간신히 억누르느라 입술을 깨물었다. 정작 일행은 기진맥진해져서 경건한 마음 따위는 잊은 지 오래였다. 징 박힌 구두를 질질 끌었고, 소리가 울리는 바닥을 뒤꿈치로 차기도 했다. 마치 조용한, 그야말로 조금도 더럽혀지지 않은 깨끗한 전시실 한가운데 짐승 떼를 풀어놓은 것 같았다.

마디니에 씨는 곧바로 루벤스의 「시골 마을 결혼식」 쪽으로 걸어갔다. 일행을 놀라게 하려고 일부러 미리 아무 말도 안 했다. 그는 외설스러운 눈짓으로 그림을 가리키기만 했다. 바싹 다가가 그림을 본 여자들은 나지막하게 외마디 소리를 지른 뒤 이내 얼굴을 붉히며 뒤로 물러섰고, 남자들은 그런 여자들을 붙잡고 농담하면서 구석구석 음란한 장면들을 찾아냈다.

"여기 좀 봐요." 보슈가 계속 말했다. "돈값을 하는군, 여기 이놈은 토하고 있고, 이놈은 오줌 갈기고 있네. 그리고 이놈, 또 이놈은……. 세상에, 아주 다들 난리가 났군."

"자, 이제 갑시다." 마디니에 씨가 기대했던 그대로의 반응에 흡족해하면서 말했다. "이쪽엔 더 볼 게 없어요."

일행은 지나온 길을 되돌아가며 다시 살롱 카레와 아폴로관을 지났다. 르라 부인과 르망주 양이 다리가 끊어질 것 같다며 투덜댔다. 하지만 마디니에 씨는 로리외한테 옆쪽 작은 방 제일 안쪽에 있는 옛날 보석들을 보여 주고 싶었다. 그런데 눈 감고도 찾아갈 수 있다던 마디니에 씨가 그 방을 제대로 찾지 못했고, 결국 일행은 일곱 개 혹은 여덟 개의 전시실을 헤매고 다녔다. 구경하는 사람들도 없고, 깨진 항아리들과 기이하게 생긴 입상들이 놓인 진열장만 끝없이 이어진 삭막한 방들이었다. 일행은 몸이 떨렸고 지루해서 미칠 것 같았다. 출구를 찾아 헤매다가 다시 데생 전시실로 돌아왔다. 가도 가도 끝이 없는 길이 다시 이어졌다. 그림들이 한도 없이 걸려 있고, 전시실도 끝없이 이어졌다. 흥밋거리는 아무것도 없고, 벽에 달린 전시장 안에 낙서 같은 종이들뿐이었다. 마디니에 씨는 차마 길을 잃었다고 고백할 수가 없어서 애간장이 탔고, 다시 계단으로 올라가 일행을 위층으로 데려갔다. 이번에는 해양 진열관이었다. 각종 기구와 대포, 모형도, 장난감 크기의 선함 사이를 지났다. 십오 분 동안 걷고 나니 멀리 다시 계단이 보였고, 그 계단을 내려서니 다시 데생 전시실이 나왔다. 체념한 사람들은 이 방 저 방 되는대로 돌아다녔다. 여전히 두 명씩 짝을 지어 마디니에 씨 뒤를 따라갔고, 마디니에 씨는 연신 땀을 닦으면서 미술관을 관리하는 사람들이 도대체 왜 문 위치를 바꿔 놓았는지 이해할 수 없다며 격분했다. 수위들과 다른 관람객들은 모두 의아한 얼굴로 이들을 바라보았다. 이십 분도 안 되는 사이에 살롱 카레와 프랑스 전시실에서 이들을 보았고, 또 동방의 신들이 잠들어 있는 진열장을 따라가는 모습을 보았기 때문이다. 제르베즈는 이러다 평생 갇혀 있을지 모른다는 생각이 들었다. 다리가 끊어질 것 같았고, 그야말로 자포자기 상태였다. 무거운 몸으로 따라오는 고드롱 부인도 이미 안중에 없이, 다들 소란스레 떠들기 시작했다.

그때 수위들이 큰 소리로 외쳤다. "폐관합니다! 폐관합니다!"

정말 그대로 갇힐 뻔했다. 수위 한 명이 앞장서서 일행을 입구까지 데려다주었다. 루브르의 안마당으로 와서 물품 보관소에 맡겼던 우산을 찾은 뒤에야 그들은 숨을 쉴 수 있었다. 마디니에 씨도 평온을 되찾았다. 왼쪽으로 돌았어야 한다고, 생각해 보니 보석들은 왼쪽에 있었다고 했다. 나머지 사람들은 미술관을 구경해서 기쁜 척했다.

4시를 알리는 종이 울렸다. 저녁을 먹으려면 아직 두 시간을 기다려야 했다. 일행은 시간도 보낼 겸 근방을 한번 돌아보기로 했다. 이미 기진맥진한 여자들은 그만 앉아 있고 싶었지만, 차 한잔 사겠다고 나서는 사람이 아무도 없었으므로 다시 걷기 시작했다. 강변의 길을 따라 걷던 중 다시 소나기가 쏟아졌다. 빗줄기가 워낙 거세서 우산을 쓰고 있는데도 여자들의 옷이 엉망이 되었다. 빗방울이 드레스를 적실 때마다 시름이 깊어진 로리외 부인이 퐁루아얄 다리 밑으로 피하자고, 안 가겠다면 자기 혼자서라도 가겠다고 했다. 일행은 퐁루아얄 다리 밑으로 갔다. 썩 괜찮았다. 아주 좋은 생각이었다. 여자들은 바닥 돌 위에 손수건을 펼쳐 놓고 다리를 뻗고 앉아서 쉬었다. 전원에 나와 있는 기분으로 돌 사이에 난 풀을 뜯으면서, 흘러가는 시커먼 강물을 바라보았다. 남자들은 크게 소리를 질러 앞쪽의 다리 아치에 메아리를 울리게 하면서 재미있어했다. 보슈와 비비라그리야드는 번갈아 허공에 대고 "돼지새끼!"라고 고함을 치고는 그 소리가 메아리로 돌아오는 것을 들으며 신나게 웃어 댔고, 그러다가 목이 쉬자 납작한 돌을 주워 물수제비를 했다. 소나기가 그쳤다. 하지만 그렇게 있는 것이 너무 좋아서 아무도 움직일 생각을 안 했다. 센강 위에 기름에 찌든 식탁보, 낡은 병마개, 야채 찌꺼기가 떠다녔다. 쓰레기 더미는 강물이 소용돌이치는 곳, 다리의 아치가 둥근 지붕처럼 덮고 있는 어두컴컴하고 웬지 불길한 지점에서 잠시 멈추었다가 흘러갔다. 다리 위로는 덜그럭거리는 승합 마차와 삯마차들, 파리의 혼잡을 실은 소리들이 지나갔다. 하지만 다리 밑에서는, 마치 구덩이 밑에서 올려다보는 것처럼, 오른쪽 왼쪽 모두 건물의 지붕들밖에 보이지 않았다. 르망주 양이 한숨을 내쉬었다. 그녀는 나무 그늘만 조금 있으면 옛날, 1817년 경에, 지금도 눈물 나게 그리운 한 남자하고 자주 가던 옛날 마른강[49] 가의 한구석을 떠올릴 수 있었을 거라면서 아쉬워했다.

마디니에 씨가 출발 신호를 했다. 일행은 튈르리 공원을 지났고, 그곳에서 굴렁쇠와 공을 가지고 노는 아이들 때문에 두 명씩 짝지은 행렬이 흐트러지기도 했다. 잠시 후 방돔 광장에서는 다들 원주형 기념탑[50]을 바라보았다. 여자들한테 친절을 베풀고 싶었던 마디니에 씨가 올라가서 파리를 한번 구경하자고 했다. 무척 재미있을 겁니다. 그래요. 올라가야 해요. 오랫동안 웃을 일이 생길 테니까요. 그러면서 그는 한 번도 땅을

---

49) 파리 동남쪽에서 센강으로 흘러드는 긴 강이다.

50) 나폴레옹이 아우스터리츠 전투 승전을 기념하여 방돔 광장에 세운 청동 기념탑이다.(이후 파리 코뮌 때 '가짜 영광'의 상징으로 무너뜨리고, 19세기 말에 다시 재건된다.)

떠나 본 적이 없는 사람들에게는 아주 재미있는 경험이 될 거라고 덧붙였다.

"설마 쩔룩이가 저 다리를 하고서 올라가겠다고 하진 않겠죠?" 로리외 부인이 수근댔다.

"난 좋아요. 하지만 내 뒤에 남자가 올라오는 건 안 돼요." 르라 부인이 말했다.

그렇게 다 함께 오르기 시작했다. 열두 명이 한 줄로 벽 쪽으로 바짝 붙어 서서 좁은 나선형 층계를 올라갔다. 도중에 낡은 계단에 발이 걸렸고, 캄캄해서 아무것도 안 보일 때면 웃음이 터졌다. 여자들이 짧게 비명을 지르기도 했다. 남자들이 간지럽히고 다리를 꼬집은 것이다. 물론 그렇다고 대놓고 말할 수는 없었다! 그냥 생쥐가 나와서 그런 척했다. 사실 대단한 일도 아니었다. 그저 장난일 뿐 모두 예의상 지켜야 하는 선을 넘지는 않았다. 그때 보슈가 생각해 낸 농담 하나가 곧 일행들의 입에서 입으로 옮겨졌다. 그러면서 고드롱 부인이 중간에 멈춰 있기라도 한 것처럼 그 배로 지나갈 수 있느냐고 물었다. 거참! 중간에 배가 끼어서 올라가지도 내려가지도 못하면 어쩌지, 그대로 막히는 거잖아. 나갈 방법이 없겠네. 모두 임부의 배를 가지고 농담을 하면서 신나게 웃어 대는 바람에 기념탑이 흔들릴 것 같았다. 잠시 후 흥이 오른 보슈가 이러다간 이 굴뚝 속에서 늙어 버리겠다고 했다. 도대체 왜 끝이 안 나지? 하늘까지 가는 거야, 뭐야? 그러면서 탑이 흔들린다고 고함을 쳐서 여자들을 겁주었다. 쿠포는 말이 없었다. 그는 제르베즈 뒤에서 올라가며 아내의 허리를 잡아 주었고, 제르베즈가 몸을 맡기는 것을 느꼈다. 쿠포가 아내의 목에 키스를 하고 있을 때, 갑자기 사방이 밝아졌다.

"잘하는 짓이네. 신경 쓰지 말고 맘대로 해!" 로리외 부인이 성난 얼굴로 말했다.

비비라그리야드는 잔뜩 심술이 나 있었다. 이를 악물고 같은 말을 되풀이했다.

"아 정말 시끄럽게 구네! 계단이 전부 몇 갠지 도무지 셀 수가 없잖아."

마디니에 씨는 어느새 관람대에 올라서서 유명한 장소들을 가리키고 있었다. 포코니에 부인과 르망주 양은 절대 밖으로 나가지 않겠다고 했다. 아래에 펼쳐질 길들을 생각만 해도 피가 거꾸로 도는 것 같았다. 그냥 작은 문으로 힐끔거리며 보는 것으로 족했다. 좀 더 담력이 센 르라 부인은 돔 지붕의 청동에 바짝 붙은 채로 좁은 테라스를 한 바퀴 돌았다. 하지만 한 발 삐끗하면 어찌 될지를 생각하면 그야말로 아찔했다. 세상에, 여기서 떨어졌다간! 광장을 내려다보는 남자들도 얼굴이 조금 창백했다. 허공에서 떨어져 나와 떠 있는 느낌이었고 배속이 얼어붙은 것 같았다. 눈을 들어 앞쪽 멀리 바라보는 게 좋아요. 그러면 현기증이 안 날 겁니다. 마디니에 씨는 이렇게 말하며 손가락으로 앵발리드, 팡테옹, 노트르담 성당, 생자크 탑, 몽마르트르 언덕을 가리켰다. 그러자 로리외 부인이 갑자기 생각난 듯 잠시 후 밥 먹으러 갈 샤펠 대로의 물랭 다르장이 보이느냐고 물었다. 그 말에 다들 십 분 동안 찾아 헤맸고, 제각기 자기가 찾은 곳이 식당이라고 우기면서 말다툼까지 벌였다. 멀리 푸르스름한 곳까지 사방으로 거대한 잿빛의 파리가 펼쳐져 있고, 깊은 계곡처럼 첩첩이 쌓인 지붕들이 너울거렸다. 센강 우안은 커다란 누더기처럼 펼쳐진 구릿빛 구름에 가려 컴컴했지만, 그 구름 가장자리로 금빛 술 장식이 달린 듯 넓은 햇살이 뻗어 나가 센강 좌안의 수많은 창유리들에 반짝반짝 반사되었다. 같은 도시인데도 좌안 쪽은 태풍이 깨끗이 쓸고 지나간 맑은 하늘 아래 환한 모습이었다.

"이렇게 싸워 댈 거면 뭐 하러 여기까지 올라온 거야." 화가 난 보슈가 화를 내며 다시 내려가기 시작했다.

모두 짜증이 난 얼굴로 말없이 걸음을 옮겼다. 내려가는 동안에는 쿵쾅거리며 걸음을 옮기는 소리밖에 들리지 않았다. 마디니에 씨가 관람료를 내려 했다. 쿠포가 그럴 순 없다며 한 사람에 2수씩, 전부 24수를 수위의 손에 쥐어 주었다. 5시 반이 다 되었다. 시간이 빠듯했다. 그래서 대로들로 걸었고, 푸아소니에르 구역을 지났다. 문득 쿠포는 산책을 이렇게 끝낼 수는 없다는 생각이 들어 가까운 술집으로 일행을 데려갔고, 모두 베르무트[51]를 마셨다.

식사가 6시로 예약되어 있었기에, 물랭 다르장에서는 이십 분째 일행이 도착하기를 기다리고 있었다. 보슈 부인은 관리실을 같은 건물에 사는 다른 부인한테 부탁한 다음 이곳 2층에 차려진 식탁 앞에 앉아서 쿠포 마나님과 이야기를 나누고 있었다. 클로드와 에티엔도 데려왔다. 아이들은 신나게 식탁

---

51) 백포도주에 허브를 첨가한 술로, 식전에 마시는 이탈리아 포도주이다.

밑으로 뛰어다니면서 의자들을 흩뜨려 놓았다. 식당에 들어서며 온종일 떨어져 있던 아이들을 본 제르베즈는 두 아이를 무릎에 앉히고 다정하게 입을 맞추며 안아 주었다.

"애들이 말 잘 들었나요? 너무 힘드시진 않았죠?" 제르베즈가 보슈 부인에게 물었다.

보슈 부인은 오늘 오후 내내 저 콩알만 한 애들이 무슨 말을 해서 자기를 웃게 했는지 얘기해 주었고, 제르베즈는 벅차오르는 애정을 주체하지 못하며 다시 아이들을 안아 주었다.

"난 아무리 생각해도 쿠포가 이상해요." 구석에서 로리외 부인이 다른 여자들한테 말했다.

사실 제르베즈는 오전에는 내내 미소 띤 얼굴로 평온했지만, 산책하러 나간 뒤로는 이따금 우울해졌다. 깊은 생각에 젖은 침착한 시선으로 남편과 로리외 부부를 응시하곤 했다. 쿠포가 누이 앞에서 비겁하다는 생각이 든 것이다. 전날만 해도 쿠포는 아무 말이나 독하게 해 대는 두 사람이 자기를 다시 건들면 그냥 두지 않겠다고 소리치며 맹세했었다. 하지만 정작 그들 앞에서는 개처럼 굽신거렸다. 누이 부부가 무슨 말을 할지 계속 눈치를 살폈고, 화가 난 것 같으면 쩔쩔맸다. 그런 모습만으로도 제르베즈는 앞날에 먹구름이 낀 기분이었다.

모두 아직 오지 않은 메보트를 기다렸다.

"이런! 그냥 앉죠. 곧 나타날 겁니다." 쿠포가 큰 소리로 말했다. "원래 개코라서 멀리서도 음식 냄새를 잘 맡거든요. 설마 아직도 생드니 가는 길에서 죽치고 기다리고 있다면 정말 웃기는 일이죠."

모두 신나서 의자 끄는 소리를 내며 자리에 앉았다. 제르베즈는 로리외와 마디니에 씨 사이에 앉았고, 쿠포는 포코니에 부인과 로리외 부인 사이에 앉았다. 다른 손님들은 괜히 자리를 정해 주면 시샘이 일고 말다툼이 날 수도 있기 때문에 각기 맘에 드는 곳에 앉게 했다. 보슈는 르라 부인 곁으로 끼어들었고, 비비라그리야드는 르망주 양과 고드롱 부인 사이에 앉았다. 보슈 부인과 쿠포 마나님은 제일 끝에 자리를 잡고 아이들을 챙겼다. 고기를 잘라 주고 마실 것을 따라 주었으며, 특히 포도주를 많이 마시지 못하게 했다.

"식사 기도를 하는 사람 없나요?" 보슈가 여자들이 옷에 뭐가 묻을까 봐 냅킨을 치마 위에 깔고 있을 때 물었다.

로리외 부인은 그런 농담을 좋아하지 않았다. 베르미첼리[52) 수프는 거의 다 식어 버렸다. 모두 스푼을 입에 넣고 후루룩대며 금방 먹어 치웠다. 웃옷이 기름때에 절고 흰색을 알아보기 힘들 정도로 뭐가 많이 묻은 앞치마를 한 종업원 두 명이 식사를 내왔다. 안마당의 아카시아 나무 쪽으로 난 네 개의 창문을 통해 햇빛이 가득 들어왔다. 폭우가 지나간 오후 끝자락은 비가 열기를 씻어 낸 뒤였음에도 여전히 무더웠다. 습기 찬 구석의 나무들 그림자가 담배 연기 자욱한 방에 녹색 기운을 드리웠고, 잎의 그림자들이 흐릿한 곰팡내에 절어 있는 식탁보 위에서 춤추듯 움직였다. 방 양쪽으로 파리똥이 들러붙은

52) 이탈리아 파스타의 일종으로, 스파게티 면보다 조금 굵다. 수프용으로 많이 쓰인다.

거울이 하나씩 있어서 마치 식탁이 끝없이 길게 이어진 것처럼 보였고, 그 위에 놓인 두꺼운 접시들은 누렇게 변색된 데다 나이프에 긁힌 자국에는 까맣게 물때가 끼어 있었다. 주방에서 종업원이 올라올 때마다 안쪽에서 요란한 문소리가 나면서 기름 타는 냄새가 코를 찔렀다.

모두 접시에 코라도 박을 태세로 말없이 먹고 있을 때 보슈가 말했다.

"이런, 이러다가 다 한꺼번에 말을 시작하진 맙시다!"

이어 양념한 고기를 얹은 투르트[53] 두 접시를 내오는 종업원들을 주시하면서 막 포도주 첫 잔을 마시는데, 메보트가 들어오며 소리를 질렀다.

"도대체 뭐 하자는 거야! 전부 사기꾼들이잖아! 발바닥이 닳도록 세 시간 동안 길거리에서 헤매게 만들고! 심지어 경찰한테 신분증 검문까지 당했다고……. 어떻게 친구한테 이런 짓을 할 수 있지? 심부름꾼이라도 시켜서 마차를 보내 줘야 하는 거 아냐? 농담 아니야. 정말 너무하잖아! 비까지 억수같이 쏟아지는데……. 주머니 안까지 물이 다 찼다고……. 정말이야, 물고기 하나 건져서 튀겨 먹을 수도 있겠어."

모두 배를 쥐고 웃었다. 메보트는 얼굴이 벌게진 상태였다. 이미 두 병을 마신 것이다. 사람들은 메보트를 두고 술은 좋고 폭풍우가 팔다리에 밸어 놓은 빗물은 싫었나 보다고 농담

---

53) 파이처럼 생긴 둥근 과자로 고기나 생선 혹은 야채를 얹어 구워서 주로 앙트레로 먹는다.

을 했다.

"이봐. 지고팽[54] 백작! 저기 고드롱 부인 옆에 가서 앉아." 쿠포가 말했다. "자, 봐. 우리도 안 먹고 기다렸잖아."

메보트는 그건 상관없다고, 먹는 건 금방 따라잡을 수 있다고 했다. 그는 수프와 베르미첼리를 세 번이나 더 달라고 했고, 심지어 빵을 큼지막하게 잘라서 넣어 먹었다. 고기 투르트를 먹을 때는 모두 입을 다물지 못했다. 정말로 그는 게걸스럽게 먹어 댔다! 하얗게 질린 종업원들이 연거푸 빵을 내오면, 메보트는 얇게 잘린 빵 조각들을 한입에 삼켜 버렸다. 그러더니 짜증을 내면서 아예 자기 앞에 빵을 하나 가져다 놓으라고 했다. 잠시 후 입구 쪽에 주인이 초조한 얼굴로 나타났다. 모두 기다리던 순간인지라 다시 한번 배꼽을 잡고 웃어 댔다. 주인 나부랭이가 놀라서 완전 얼이 빠졌군! 메보트는 정말로 기가 막힌 놈이라니까! 정오에 시계가 열두 번 울리는 사이에 삶은 달걀 열두 개와 포도주 열두 잔을 해치운 적도 있지. 메보트만큼 먹어 대는 사람은 쉽게 보기 힘들었다. 르망주 양은 그가 음식을 우물거리는 모습을 측은하다는 듯이 보았고, 마디니에 씨는 거의 존경스러운 시선을 던지며 그의 능력에 감탄했다.

한순간 사방이 조용해졌다. 소스에 넣어 익힌 토끼 고기가 샐러드 그릇처럼 움푹하고 넓은 접시에 담겨 등장한 것이다. 농담을 좋아하는 쿠포가 한마디 던졌다.

---

54) '부드러운 양의 넓적다리'라는 뜻이다.

"이봐요, 이건 홈통 토끼[55]인가요? 아직 야옹거리는걸?"

정말로 요리에서 고양이 울음소리가 나는 것 같았다. 쿠포가 입술은 안 움직이고 목으로만 소리를 냈기 때문이다. 이 재주는 언제나 반응이 좋았기 때문에 쿠포는 식당에서 먹을 때면 늘 토끼 요리를 시키곤 했다. 쿠포는 고양이처럼 가르릉거리는 소리도 냈다. 너무 많이 웃어 댄 여자들이 냅킨을 들어 얼굴을 닦았다.

포코니에 부인이 자기는 토끼 고기 머리만 먹는다며 달라고 했다. 르망주 양은 돼지 기름 조각을 원했다. 보슈가 자기는 노릇노릇하게 구운 잔양파가 좋다고 하자 르라 부인이 입술을 오므리며 말했다.

"왜 그런지 알겠네요."

마치 포도나무를 받치는 막대기처럼 비쩍 마른 몸으로 매일매일의 노동에 갇혀 살아가는 르라 부인은 과부가 된 후 집 안에서 남자를 구경해 본 적이 없었다. 그녀는 늘 외설스러운 말들에 집착했고, 이중의 의미가 있는 모호한 단어들과 음탕한 분위기를 환기하는 단어들을 이상하리만큼 좋아했다. 그런데 그 말들이 워낙 의미심장해서 자기 혼자만 이해할 수 있었다. 보슈가 몸을 굽혀 르라 부인의 귀에다 대고 나지막하게 조금 전에 한 말이 무슨 뜻이냐고 묻자 르라 부인은 이렇게 대답했다.

---

55) 빗물받이 홈통을 돌아다니는 토끼라는 뜻의 lapin de gouttière가 속어로 '고양이(chat de gouttière)'를 뜻하는 데서 만들어진 말장난이다.

"그러니까 잔양파들은……. 아니에요, 그만두죠."

어느덧 진지한 대화가 시작됐다. 각기 자기 직업에 대해 말했다. 마디니에 씨는 종이 상자 만드는 일이 얼마나 멋진지 얘기했다. 그는 진짜 예술가 중에도 이 일을 하는 사람들이 있다면서, 새해 첫날의 선물용으로 쓰는 상자들에 대해 이야기했다. 모양이 아주 여러 가지 있어요. 아주 화려한 것들도 있답니다. 하지만 옆에서 로리외가 빈정거렸다. 그는 금을 다룬다는 사실 때문에, 마치 자기 손가락과 온몸에 금이 번쩍거리기라도 하는 것처럼 허세를 부렸다. 로리외는 옛날에는 보석 세공하는 사람들이 칼을 차고 다녔다는 말도 자주 했다. 잘 알지도 못하는 베르나르 팔리시[56]의 이름까지 들먹였다. 쿠포도 지지 않고 자기가 아는 동료 하나가 걸작품 풍향계를 만들었다고, 기둥이 있고 꽃다발과 과일 바구니와 깃발 장식이 달려 있는데 그걸 다 함석만 가지고 자르고 이어서 근사하게 만들었다고 했다. 르라 부인은 앙상한 손가락 사이로 나이프의 손잡이를 돌리면서 장미의 꽃자루를 어떻게 만드는지 비비라그리야드에게 보여 주었다. 점차 말소리들이 커지고 뒤엉켰다. 시끌벅적한 가운데 포코니에 부인이 목소리를 높였다. 데리고 있는 세탁부들이 맘에 들지 않는다고, 전날만 해도 일을 배우는 새파란 여자애 하나가 시트 두 벌을 태워 버렸다고 했다.

그때 로리외가 주먹으로 탁자를 치면서 큰 소리로 말했다.

---

56) Bernard Palissy(1509~1590). 16세기의 공예가로, 에나멜, 도자기, 유리 등을 다루었다. 특히 유약으로 채색된 도기가 18, 19세기까지 명성이 높았다.

"아무리 그래 봐야 금을 이길 건 없죠."

모두 할 말이 없게 만드는 진리였다. 르망주 양만이 가냘픈 목소리로 이야기를 계속했다.

"그런 다음에 치마를 걷어 올려서 안을 꿰매요……. 머리에 핀을 꽂아서 보닛을 고정하고요. 그러면 다 된 거예요. 그렇게 해서 13수 받죠."

그녀는 메보트에게 인형 만드는 작업을 설명하고 있었다. 메보트의 턱은 맷돌처럼 천천히 돌아가고 있었다. 그는 상대의 말을 듣는 둥 마는 둥 고개만 끄덕이면서 눈으로는 혹시라도 종업원들이 아직 음식이 남은 접시를 내갈까 봐 지켜보고 있었다. 이미 송아지 넓적다리찜과 강낭콩을 먹었고, 이제 구운 고기 차례였다. 오븐 안에서 시들해진 물냉이 위에 살이 별로 없는 닭 두 마리가 놓인 접시가 나왔다. 밖에서는 높다란 아카시아 가지 위로 해가 기울고 있었다. 실내로 스며든 푸르스름한 햇살이 탁자에서 올라오는 김과 뒤엉키면서 더 짙어졌다. 포도주와 소스를 흘린 자국으로 탁자가 얼룩졌고, 식기들도 여기저기 흩어졌다. 종업원들이 벽 쪽에 치워 놓은 빈 접시와 빈 술병이 흡사 쓰레기 더미 같았다. 무척 더웠다. 남자들은 프록코트를 벗고 셔츠 바람으로 식사를 계속했다.

"보슈 부인. 애들 그렇게 많이 먹이지 말아 주세요." 지금껏 별다른 말 없이 멀리서 클로드와 에티엔을 살피던 제르베즈가 말했다.

그녀는 이어 아이들 의자 뒤로 가서 잠시 얘기를 나누었다. 아이들은 생각이 없어요. 온종일 주는 대로 받아먹을걸요. 하지만 제르베즈는 그렇게 말하면서도 아이들에게 닭고기 흰 살을 조금 뜯어 주고 백포도주도 따라 주었다. 쿠포 마나님이 옆에서 한 번쯤은 탈이 나도록 먹어도 괜찮다고 했다. 보슈 부인은 남편에게 왜 르라 부인의 무릎을 꼬집느냐면서 나지막한 소리로 힐책했다. 세상에! 어떻게 그렇게 엉큼해? 홍청망청 신이 나셨군. 그녀는 남편의 손이 사라지는 걸 똑똑이 보았다고, 한 번 더 그랬다가는 물병을 머리에 던져 버리겠다고, 하나 못하나 두고 보라고 으름장을 놓았다.

조용해지자 마디니에 씨가 정치 얘기를 시작했다.

"그자들이 만들어 낸 5월 31일 자 법령[57]은 아주 가증스럽습니다. 이제 이 년간 같은 선거구에 거주를 해야 하죠. 그 때문에 300만 명이 선거인 명부에서 이름이 사라집니다. 보나파르트도 사실은 아주 곤란해한다더군요. 국민을 사랑하는 사람이니까요. 증거도 몇 번 보여 줬었죠."

마디니에 씨는 공화파이면서도 황족의 후예인 보나파르트를 존경했다. 불세출의 위인인 그 삼촌 때문이었다. 그러자 비비라그리야드가 화를 냈다. 자기가 엘리제궁[58]에서 일한 적이 있는데, 그때 지금 맞은편에 앉은 메보트를 보는 것처럼 가까

57) 1850년 5월 31일 자 법령은 정권을 잡은 보나파르트파가 파리를 중심으로 한 사회당의 우세를 견제하기 위해서 보통 선거의 자격 조건을 강화한 법령이다.

58) 18세기에 지어져 루이 15세의 애첩 퐁파두르 부인의 거처로 쓰이다가 이후 나폴레옹 보나파르트가 머물렀다. 제2 공화국의 대통령이 된 루이 나폴레옹 보나파르트가 집무실로 썼고, 곧 쿠데타로 황제가 된 후 대대적인 보수 공사를 해서 궁으로 사용했다.(현재도 대통령 궁으로 사용된다.)

이서 보나파르트를 보았다고 했다. 그 멍청한 대통령이 꼭 짭새처럼 생겼던데, 뭘. 리옹 쪽을 순회 방문한다던데, 도랑에 빠져서 목이나 부러지면 아주 속이 시원하겠구먼. 이야기가 점점 고약한 곳으로 흐르자 쿠포가 끼어들었다.

"그만둬요! 정치 얘기로 다투다니 아직 순진하군요! 정치 얘기는 그냥 농담거리일 뿐이죠. 우리한테 정치가 무슨 상관이랍니까……? 왕이든 황제든 맘대로 내세우라죠. 아무 상관 없습니다. 난 그저 하루에 5프랑을 벌고 먹고 자고 할 뿐이에요. 안 그래요……? 이러쿵 저러쿵 해 봐야 다 바보짓이죠."

로리외가 고개를 끄덕였다. 로리외는 자기가 1820년 9월 20일, 그러니까 샹보르 백작[59]과 같은 날 태어났다는 것을 무척 신기해했다. 막연한 꿈처럼 왕이 프랑스로 돌아오는 것과 자기의 운명이 무슨 연관이라도 있을 것만 같았다. 그래서 구체적으로 어떤 일인지 말하지는 못해도 장차 뭔가 아주 굉장히 좋은 일이 일어나리라고 암시하곤 했다. 그는 자기 능력으로 가질 수 없는 것을 얻고 싶어질 때마다 나중에 "왕이 돌아올 때"로 미루었다.

"참, 난 언젠가 저녁때 샹보르 백작을 본 적 있어요……." 로리외가 말했다.

모두 로리외 쪽으로 고개를 돌렸다.

"정말이에요. 짧은 외투를 입고 있는데 좀 뚱뚱하고 착해

---

59) Comte de Chambord(1820~1883). 7월 혁명으로 유배를 간 샤를 10세의 손자. 왕당파들이 앙리 5세로 추대하려 했다.

보였어요. 친구가 일하는 샤펠 대로의 가구점에 갔는데……
샤보르 백작이 전날 우산을 놓고 갔다더군요. 그는 가게에 들
어와서 딱 한마디 했어요. 내 우산 돌려주겠소? 정말이에요.
분명 샤보르 백작이에요. 페키뇨가 맹세했어요."

아무도 의문을 제기하지 않았다. 이제 후식을 먹을 차례였
다. 종업원들이 식탁을 정리하느라 그릇 소리가 시끄러웠다. 그
때까지 귀부인처럼 앉아 있던 로리외 부인의 입에서 갑자기 욕
이 튀어나왔다. "이런, 빌어먹을 놈!" 종업원이 접시를 치우다가
로리외 부인의 목덜미에 즙 같은 걸 흘린 것이다. 로리외 부인은
실크 드레스에도 묻은 게 분명하다고 했다. 마디니에 씨가 등을
살펴보면서 아무것도 없다고, 정말 없다고 맹세를 했다. 달걀 흰
자 후식이 담긴 샐러드 그릇과 양옆으로 치즈 두 접시와 과일
두 접시가 탁자에 놓였다. 거품 낸 흰자를 단단하게 익혀서 노
란색의 크림 위에 띄운 후식을 보면서 모두 숙연해졌다. 기대를
넘어선 메뉴였다. 정말 멋지네! 메보트는 여전히 먹어 대고 있
었다. 이미 빵도 더 주문해 놓았다. 그는 치즈를 두 개 먹어 치
웠고, 크림이 바닥에 남아 있는 후식 그릇을 달라고 하더니 수
프를 먹을 때처럼 큼직하게 자른 빵으로 닦아 가며 먹었다.

"정말 대단하신 분이로군요." 마디니에 씨가 다시 한번 감탄
했다.

파이프 담배를 피우려고 자리에서 일어난 남자들이 지나가
다가 멈춰 서서 메보트의 어깨를 두드리며 괜찮으냐고 물었
다. 비비라그리야드는 의자째 그를 들어 올렸다. 세상에, 이럴
수가! 이 자식 몸무게가 두 배로 늘었네. 쿠포도 이제 시작일

뿐이라고, 밤새도록 빵을 먹어 댈 거라고 농담을 했다. 종업원들이 겁에 질려 모습을 감춰 버렸다.

보슈가 아래층에 내려갔다 오더니 주인 상태가 가관이라고 했다. 주인은 카운터 앞에 앉아 얼굴이 하얗게 질려 있고, 그 아내가 허겁지겁 빵집이 아직 열려 있는지 가 보라고 심부름을 보냈다고, 고양이까지 다 망했구나 하는 표정이었다고 했다. 아, 정말 너무 재미있어. 이렇게 저녁을 먹으면 돈이 아깝지 않다니까. 정말 1인당 밥값을 정해 놓고 먹을 땐 닥치는 대로 삼키는 우리 메보트가 꼭 있어야 해. 남자들은 파이프를 입에 물고서 시샘 어린 눈길로 메보트를 바라보았다. 저만큼 먹어 대려면 그만큼 튼튼해야 하지 않겠는가!

"당신을 먹여 살리는 일은 절대 맡으면 안 되겠군요." 고드롱 부인이 말했다. "절대 안 되겠어요!"

"왜 이러십니까, 아주머니. 농담하지 마십쇼." 메보트가 옆에 앉은 고드롱 부인의 배를 힐끗거리며 대답했다. "나보다 더 많이 드셨구만, 뭐."

모두 박수 치며 '브라보'를 외쳤다. 제대로 한 방 날렸는걸! 어느덧 날이 완전히 저물었고, 가스등 세 개의 흐릿한 불빛이 들어와 자욱한 담배 연기 사이에서 흔들렸다. 종업원들이 커피와 코냑을 내온 다음 식탁 위에 산더미처럼 쌓인 마지막 접시들을 치웠다. 아래에서는 아카시아 세 그루 아래에서 음악이 흐르기 시작했다. 후덥지근한 밤공기 속에 코넷[60] 하나와

---

60) 트럼펫과 비슷하게 생긴 금관 악기의 일종이다.

바이올린 두 대가 연주하는 시끄러운 음악이 약간 쉰 목소리의 여자들 웃음소리와 함께 퍼져 나갔다.

"화주로 한잔합시다." 메보트가 외쳤다. "독한 브랜디 2리터 주쇼! 레몬 많이, 설탕은 너무 많이 넣지 말고!"

하지만 앞에 앉은 제르베즈가 불안해하는 것을 본 쿠포가 일어나서 만류했다. 이미 25리터나 마셨다고, 애들을 어른하고 같이 치면 일인당 1.5리터를 마신 셈이라고 했다. 같이 모여 밥 먹자고 한 건 시끌벅적하게 놀자는 게 아니고 친한 사람들끼리 자리를 만들어 보자는 뜻이었다. 그러니 서로를 존중하고 가족처럼 오붓하게 즐긴 걸로 충분하다. 지금까지 분위기도 좋고 즐거웠다. 여자들한테 무례해지면 안 된다. 마구 마시면 안 된다. 다시 한번 말하지만, 결혼을 축하하러 모인 거지 질펀하게 취하려고 모인 게 아니다. 쿠포가 한 문장이 끝날 때마다 주먹으로 가슴을 치면서 워낙 확신에 찬 목소리로 말했기에, 그의 짧은 연설은 로리외와 마디니에 씨의 강력한 지지를 얻어 냈다. 하지만 다른 남자들, 그러니까 보슈, 고드롱, 비비라그리야드, 그리고 특히 메보트, 이미 얼굴이 불그스레해진 이 네 사람은 빈정거렸다. 이미 혀도 잘 돌지 않는 목소리로 빌어먹을 술이 너무 당긴다고, 아무래도 좀 흥건히 적셔 줘야겠다고 했다.

"마시고 싶은 사람은 마시는 거야. 마시기 싫은 사람은 안 마시고." 메보트가 말했다. "됐지? 이제 화주를 주문할까? 누가 억지로 마시래? 우아하신 분들을 위해서는 설탕물을 가져오라면 되잖아."

쿠포가 다시 설교를 시작하려 하자 일어서 있던 메보트가 자기 엉덩이를 치면서 소리를 질렀다.

"그만! 넌 와서 여기나 핥아! 자, 여기요……! 잘 묵힌 걸로 2리터만 더 가져오쇼!"

쿠포가 정 그렇다면 맘대로 하라고 했다. 단 지금 바로 식사비를 계산하겠다고 했다. 그렇다면 이러쿵저러쿵 싸움 날 일이 없다고, 점잖은 사람들이 주정뱅이들 술값까지 같이 내줄 필요는 없다고도 했다. 그런데 한참 동안 여기저기 뒤적거리던 메보트가 자기는 3프랑 7수밖에 없다고 했다. 누가 날 샌드니 가는 길에서 그렇게 오래 기다리게 하래? 비를 쫄딱 맞고 있을 수는 없는 거잖아. 100수짜리를 헐 수밖에 없었어. 그는 자기 잘못이 아니라면서, 내일 담배 살 돈 7수를 챙긴 뒤 3프랑을 냈다. 쿠포가 화를 냈다. 겁이 난 제르베즈가 사정을 하며 옷을 잡아당기지 않았더라면 메보트한테 달려들었을 것이다. 쿠포는 결국 로리외한테 2프랑을 빌리기로 했다. 처음에는 거절하던 로리외가 싫어할 게 분명한 아내의 눈을 피해 몰래 돈을 건넸다.

그사이에 마디니에 씨가 접시를 가져다 놓았다. 우선 짝 없이 온 여자들 먼저, 그러니까 르라 부인, 포코니에 부인, 르망주 양이 조심스레 돈을 놓았다. 이어 남자들이 한 구석으로 가서 계산을 했다. 전부 열다섯 명이니까 75프랑이었다. 그들은 75프랑을 만든 뒤 종업원 두 명에게 줄 팁으로 각자 5수를 더 넣었다. 자그마치 십오 분 동안 꼼꼼히 따진 뒤에 아무도 불만 없는 계산이 마무리되었다.

하지만 정작 마디니에 씨가 계산을 하려고 주인을 불렀을 때는 모두 깜짝 놀라 할 말을 잃었다. 주인이 싱글싱글 웃으면서 말했다. 계산이 맞지 않습니다. 추가 비용이 있거든요. '추가 비용'이라는 말에 모두 격분해서 소리를 질러 대자 주인이 자세히 설명했다. 원래 약속된 건 20리터인데 25리터를 드셨습니다. 후식이 너무 초라한 것 같아서 제가 달걀 흰자 후식을 추가했고요. 마지막으로 커피와 함께 럼주 한 병이 나갔습니다. 혹시나 좋아하시는 분이 있을까 해서요. 그러자 격렬한 싸움이 벌어졌다. 특히 쿠포가 나서서 따졌다. 우선 20리터라는 얘기는 한 적 없고, 달걀 흰자 후식은 시키지도 않았는데 알아서 내온 거니까 당연히 후식값에 포함된다고 주장했다. 또 럼주 병을 그렇게 슬그머니 테이블에 올리는 건 계산을 올리려는 속임수나 다름없다고 항의했다.

"커피 쟁반 위에 있었잖아요!" 쿠포가 큰 소리로 따졌다. "그렇다면 커피값에 포함되는 거지……. 그만하고 돈을 가져가요. 이놈의 식당에 다시는 발을 들여놓지 않을 테니까!"

하지만 주인은 지지 않았다.

"6프랑 더 내셔야 합니다. 6프랑 내십시오. 저분이 먹은 빵 세 바구니는 치지도 않은 겁니다!"

일행이 모두 달려들어 식당 주인을 둘러싸고는 분노에 찬 몸짓을 하며 고래고래 소리를 질렀다. 화가 나서 목소리도 잘 안 나왔다. 특히 여자들은 체면 따위 아랑곳없이 단돈 1상팀도 더 낼 수 없다고 악을 썼다. 나 참, 결혼식이 아주 가관이네! 이렇게 모이는 자리는 다시는 안 갈 거야. 르망주 양이 말했다. 포코니에 부인은 오늘 제대로 먹지도 못했다고, 집에서는 40수만 있어도 손가락을 핥아 가며 아주 맛있게 먹을 수 있다고 했다. 고드롱 부인은 식탁 구석에 메보트 옆자리에 앉았던 것 때문에, 그런데도 그가 한 번도 신경 써 주지 않아서 상당히 불만이 많았다. 이런 식으로 모이면 늘 끝이 안 좋아. 결혼식에 사람들을 모으려면 돈 안 내도 되게 초대를 해야지! 창문 쪽 쿠포 마나님 곁에 마치 숨듯이 앉은 제르베즈는 아무 말도 하지 않았다. 모든 비난이 자기한테 하는 말 같아서 창피하기만 했다.

결국 마디니에 씨가 식당 주인과 함께 내려갔다. 밑에서 두 사람이 떠드는 소리가 들렸고, 삼십 분쯤 지난 후에 올라온 마디니에 씨가 3프랑 더 주는 걸로 얘기를 끝냈다고 했다. 하지만 여전히 분을 삭이지 못한 사람들은 흥분하며 추가 요금에 대한 불만을 쏟아냈다. 그때 갑자기 소란을 일으킨 보슈 부인 때문에 더 시끌벅적해졌다. 남편의 행동을 계속 주시하던 그녀가 마침내 구석에서 그가 르라 부인의 허리를 움켜쥐는 것을 본 것이다. 보슈 부인은 바로 물병을 집어 들어 던져 버렸고, 벽에 부딪힌 물병은 박살이 났다.

"당신 남편이 재단사라는 건 금방 알겠네요." 키가 큰 과부 르라 부인이 아리송한 표정으로 입술을 깨물면서 말했다. "여자 치마 만드는 데[61] 일인자이겠어요. 탁자 밑으로 내가 아주

61) juponnier는 '치마를 만드는 사람'이라는 뜻과 동시에 '여자를 따라다니는 바람둥이'라는 뜻이 있어서, 재단사이며 바람둥이인 보슈를 함께 표현하는 말장난이다.

한 방 날려 줬어요."

연회는 엉망이 되었다. 모두 점점 더 기분이 나빠졌다. 마디니에 씨가 노래를 부르자고 했지만 목청 좋은 비비라그리야드는 이미 사라진 뒤였다. 창가에 팔꿈치를 괴고 기대 서 있던 르망주 양이 비비라그리야드가 아카시아 나무 아래에서 모자를 쓰지 않은 뚱뚱한 여자와 춤을 추고 있는 것을 보았다. 코넷 하나와 두 대의 바이올린이 연주하는 「겨자 장수」라는 카드릴[62] 곡에 맞춰 사람들이 손뼉을 치며 파스투렐[63]을 추고 있었다. 결국 일행은 멋대로 흩어졌다. 메보트와 고드롱 부부가 내려갔고, 보슈도 없어졌다. 창밖으로 나뭇잎 사이로 남녀가 짝을 지어 돌아가는 광경이 보였다. 가지에 매달린 등불이 원색의 강렬한 초록색 배경을 만들었다. 찌는 듯한 열기에 지쳤는지 밤은 숨소리도 없이 잠들었다. 안에서는 로리외와 마디니에 씨가 뭔가 심각한 이야기에 빠져 있고, 여자들은 여전히 씩씩거리면서 옷에 뭐가 묻은 게 없는지 이리저리 살폈다.

르라 부인은 술 장식이 커피에 빠졌던 것 같았고, 포코니에 부인의 베이지색 드레스에는 온통 소스가 묻어 있었다. 의자에 걸쳐 놓았던 쿠포 마나님의 녹색 숄도 바닥에 떨어져서 이리저리 밟힌 채로 구석에 처박혀 있었다. 특히 로리외 부인이 등에 얼룩이 묻었다며 화를 삭이지 못했다. 옆에서 절대 아니라고 말해도 그녀는 느낄 수 있다고 했고, 결국 거울 앞에서

62) 19세기에 무도회에서 유행하던 춤으로, 네 사람씩 짝을 지어 춘다.

63) 카트리유 춤의 한 동작으로, 남자가 여자와 잡은 한 손을 들어 올린 상태에서 여자가 제자리에서 한 바퀴 도는 것을 말한다.

몸을 꼬아 돌아보면서 등의 얼룩을 확인했다.

"내가 뭐랬어?" 로리외 부인이 소리를 질렀다. "닭고기즙이네. 종업원한테 옷값을 물어내라고 해야겠어. 아니면 소송을 할까? 아, 정말 종일 엉망진창이야. 차라리 집에 누워 있을걸……. 난 가겠어요. 이런 잘난 결혼식 아주 지긋지긋해."

화를 삭이지 못한 로리외 부인이 쾅쾅거리면서 계단을 내려갔다. 그녀는 따라오는 남편에게 같이 가겠다면 밖에서 딱 오 분만 기다려 주겠다고 했다. 아까 소나기 그친 다음에 그냥 갔어야 했어. 쿠포한테 오늘 하루를 꼭 물어내라고 할 거야. 쿠포는 누이가 많이 화가 난 것을 보고 안절부절못했다. 제르베즈는 쿠포가 곤란해지지 않도록 우리도 그만 가자고 했다. 모두 인사를 나눴다. 마디니에 씨가 쿠포 마나님을 집에 바래다주기로 했다. 클로드와 에티엔은 부부의 첫날밤을 위해 보슈 부인이 데려가 재우기로 했다. 엄마가 걱정할 것도 없어요. 달걀 흰자 후식을 잔뜩 먹고 나더니 벌써 의자 위에서 잠들었네요. 그렇게 나머지는 좀 더 남아 있고 신혼부부와 로리외 내외는 먼저 식당을 나섰다. 그때 아래층에서 이쪽 일행과 다른 일행 사이에 싸움이 일어났다. 보슈와 메보트가 여자를 껴안고 있다가 원래 그 여자들의 짝인 군인들한테 돌려보내려 하지 않은 것이다. 코넷과 두 대의 바이올린이 연주하는 폴카곡 「진주」가 요란스럽게 울려 퍼지는 가운데 보슈와 메보트는 다 덤벼 보라며 으름장을 놓았다.

막 11시가 되었다. 보름치 급료가 나오는 날이 토요일과 겹치면서, 샤펠 대로와 구트도르 구역 일대는 술 취한 사람들로 요란했다. 로리외 부인은 물랭 다르장에서 스무 걸음쯤 떨어진 가스등 아래에서 기다리고 있었다. 그녀는 남편의 팔을 잡더니 뒤도 돌아보지 않고 앞으로 걸어갔다. 어찌나 걸음이 빠른지 제르베즈와 쿠포가 따라가느라 헉헉거릴 정도였다. 도중에 몇 번은 술 취해 길바닥에 뻗은 사람들을 피해 길에서 내려서야 했다. 로리외는 어떻게든 사태를 수습해 보려고 쿠포 부부 쪽으로 돌아보며 말했다.

"데려다줄게 같이 가요."

하지만 로리외 부인이 갑자기 목소리를 높여 고함을 쳤다. 지저분한 봉쾨르 여관 구석방에서 첫날밤을 보내다니 참 꼴 좋구나. 그러게 결혼을 미뤄서 돈 좀 모으고, 첫날밤은 자기 집으로 들어갔어야지! 그녀는 바람도 통하지 않는 10프랑짜리 좁아터진 지붕 밑 방에서 자려면 아예 둘이 겹쳐 누워야겠다면서 계속 빈정거렸다.

"내 방은 뺐어요." 쿠포가 눈치를 보며 말했다. "제르베즈 방에서 살 건데, 거기가 조금 더 커요."

로리외 부인이 더는 참지 못하고 홱 돌아섰다.

"보자 보자 하니까!" 그녀가 악을 썼다. "그래서 절룩이 방에서 잔다고?"

제르베즈의 얼굴이 하얗게 질렸다. 처음으로 면전에서 자기 별명을 말하는 것을 듣는 순간 마치 뺨을 얻어맞은 느낌이었다. 제르베즈는 시누이가 외친 말이 무엇을 의미하는지 알 수 있었다. 절룩이의 방이란 바로 자기가 한 달 동안 랑티에하고 같이 산 방, 과거의 누더기 같은 삶이 아직도 널려 있는 방을 뜻했다. 쿠포는 알아채지 못했다. 그저 제르베즈의 별명을 불렀다는 사실에 상처를 받아 신경질을 부렸다.

"그렇게 별명을 부르면 안 되죠. 누님은 모르겠지만 동네에선 다 누나를 소꼬리라고 불러요. 그 머리카락 때문에요. 어때요, 듣기 싫죠? 우리가 2층 그 방을 쓴다 해서 안 될 게 뭐죠? 오늘 밤엔 애들도 없으니까 아주 좋을 거예요."

로리외 부인은 더 이상 말하지 않았다. 자기를 소꼬리라고 부른다는 말에 미치도록 짜증이 났지만 의연하게 대처하기로 했다. 쿠포는 제르베즈를 달래려고 팔을 꽉 붙잡았다. 바지 주머니에 손을 넣고 큰 동전 세 개와 작은 동전 하나를 딸그락거리면서 우리는 딱 7수를 가지고 살림을 시작한다고 귓속말을 해서 제르베즈의 기분을 돌려놓는 데도 성공했다. 봉쾨르 여관 앞에서 서먹해진 상태로 인사를 해야 했다. 쿠포가 왜 이렇게 바보같이 구느냐면서 아내와 누이의 목을 끌어당겨 서로에게 떠밀었다. 그런데 바로 그때 술 취한 남자 하나가 왼쪽으로 가는 듯하다가 갑자기 오른쪽으로 돌아서며 두 여자 사이로 뛰어들었다.

"뭐야, 바주즈 영감이잖아! 오늘 돈 생겼구먼." 로리외가 말했다.

제르베즈는 겁에 질려 여관 문에 바짝 붙어 섰다. 쉰 살 정도 된 장의사 일꾼인 바주즈 영감은 한쪽 어깨에 걸치는 검은색 망토를 입었고 바지는 흙투성인 데다 검은색 가죽 모자는 어디서 넘어졌는지 찌그러져 있었다.

"겁낼 것 없어요. 나쁜 사람 아니에요." 로리외가 말했다.

"이웃에 사는 사람이죠. 같은 복도에, 우리 집 오기 전 세 번째 문에 삽니다. 영감, 장의사 윗사람들이 이 꼴을 봤다간 제대로 경을 치겠군."

바주즈 영감은 제르베즈가 자기를 무서워하는 걸 보더니 벌컥 화를 냈다.

"뭘, 어쨌다고 그래! 우린 아무도 안 잡아먹어……. 난 그런 사람 아니야……, 알겠지? 그래, 조금 마셨어! 일해서 돈을 받았으니까 바퀴에 조금 기름칠을 해 줘야지! 자그마치 300킬로그램이나 나가는 걸 둘이 들어 올려서 5층에서부터 길까지 아주 곱게 내려놓는 일을 당신이나 같이 계신 분들이 하진 못할 테니까……. 난 말이야, 재미있는 사람들이 좋아."

하지만 제르베즈는 출입구 구석으로 몸을 더 움츠렸다. 눈물이 당장이라도 쏟아져서 나름 즐거웠던 하루를 다 망쳐 버릴 것 같았다. 그녀는 시누이와 포옹하며 인사하는 것도 잊은 채로 쿠포에게 제발 저 술 취한 사람을 가게 하라고 했다. 바주즈는 비틀거리면서 철학적인 경멸이 가득 담긴 손짓을 했다.

"아무리 그래도 당신도 가야 하는 길인걸……. 언젠가는 아주 기쁜 마음으로 가게 될 거야……. 내가 아는 여자들 중엔 데려다주면 고맙다고 말할 사람들도 있지."

결국 로리외 부부가 바주즈를 데려가기로 했다. 바주즈는 연신 딸꾹질을 해 대면서 뒤를 돌아보고 더듬거렸다.

"죽고 나면…… 그래…… 죽고 나면, 오래오래 아주 가는 거야……."

4장

사 년 동안 고되게 일했다. 동네 사람들 사이에 제르베즈와 쿠포는 아주 사이좋은 부부로 통했다. 사람들과 많이 어울리지도 싸우지도 않았고, 일요일마다 생투앙[64] 쪽으로 산책을 나갔다. 아내는 포코니에 부인의 세탁소에서 하루에 열두 시간씩 일했고, 그러면서도 집을 깨끗이 치우고 또 아침저녁으로 식구들의 식사를 챙겼다. 남편은 술에 취하는 법 없이 보름치 급료를 집에 가져다주었으며, 잠들기 전 창가에서 담배를 피우며 바람을 쐬곤 했다. 부부가 다 상냥하기까지 해서 동네 사람들의 화제가 되었다. 둘이 일해서 하루에 9프랑 가까이 벌 테니 아마도 꽤 많은 돈을 저축했을 거라며 계산해 보는

64) 파리 북쪽 생드니와 인접한 지역이다.

사람도 있었다.

초기에는 구멍 난 돈을 메우느라 정말 힘들게 일해야 했다. 결혼식 때문에 진 200프랑의 빚 때문이었다. 그런 뒤에는 봉쾨르 여관에 살기가 싫어졌다. 지저분한 사람들이 들락거리는 그곳이 견딜 수 없이 싫어졌고, 자신들의 집에서 직접 마련한 가구를 정성껏 간수하면서 살고 싶었다. 그러자면 얼마가 필요할지 스무 번은 계산해 보았다. 가진 물건들이 그런대로 다 들어가고 필요할 때 냄비나 작은 프라이팬이라도 쓸 수 있는 곳을 구하려면 어림잡아 350프랑이 필요했다. 아끼고 또 아껴도 적어도 이 년 동안 모아야 한다는 사실에 낙심하고 있을 때, 행운이 찾아왔다. 플라상에 사는 한 노신사가 맏이인 클로드를 데려가 학교에 보내 주겠다고 한 것이다. 그림 애호가이고 전에 클로드가 사람들을 그려 놓은 것을 보며 놀란 적이 있는 그 괴짜 노인네가 갑자기 너그러운 호의를 베풀었다. 안 그래도 클로드에게 돈이 많이 들어가는 중이었다. 둘째인 에티엔한테만 돈을 쓰게 되면서 일곱 달 반 만에 350프랑을 모을 수 있었다. 벨옴 거리의 중고 가구점에서 가구를 사던 날, 쿠포와 제르베즈는 집으로 돌아가기 전에 터질 듯이 부풀어 오른 마음을 안고 대로들을 따라 산책했다. 침대 하나, 침대 옆 협탁, 대리석 상판의 서랍장, 식기장, 둥근 식탁과 방수 천 식탁보, 그리고 의자 여섯 개를 사기로 했다. 모두 오래된 마호가니 제품이었다. 침구는 물론이고 리넨 제품들, 속옷, 부엌용품들도 거의 새것으로 바꾸었다. 그것은 두 사람에게 새로운 삶에 발을 내딛는 진지하고 결정적인 시작이었다. 그 물건들을 소유하면서 제르베즈와 쿠포는 이웃의 제대로 된 사람들 사이에 당당히 낄 수 있게 되었다.

부부는 두 달 전부터 열심히 방을 골랐다. 처음엔 구트도르 거리의 큰 건물에 방을 얻고 싶었다. 하지만 빈방이 없었고, 오랫동안 간직했던 꿈을 포기할 수밖에 없었다. 사실 제르베즈는 속이 많이 상하지는 않았다. 어차피 로리외 부부와 한 건물에 산다는 생각만 해도 겁이 났기 때문이다. 그들은 다른 곳에 방을 알아보러 다녔다. 무엇보다 쿠포는 아내가 틈날 때마다 집에 와 있을 수 있도록 포코니에 부인의 세탁소에서 멀지 않은 곳을 원했다. 마침내 제법 큰 방 하나를 찾아냈다. 뇌브 거리의 세탁장과 거의 맞은편으로 쪽방과 부엌이 딸린 방이었다. 이 층짜리 작은 건물에 가파른 계단을 올라가면 오른쪽에 하나 왼쪽에 하나, 두 집뿐이었다. 1층에는 마차 대여점이 있고, 거기서 쓰는 온갖 물건이 길을 따라 길게 난 넓은 안마당 안의 창고에 보관되어 있었다. 제르베즈는 마치 시골로 돌아온 것 같다며 좋아했다. 이웃 여자들이 수군댈까 봐 걱정할 것도 없고, 마치 플라상의 성곽 뒤편 골목길처럼 아주 조용해서 좋았다. 더구나 일터에서 다림질하면서 목만 길게 빼면 바로 자기 방 창문이 보였다.

4월 집세 날짜에 맞춰 이사를 했다. 제르베즈는 임신 8개월째였다. 그래도 그녀는 의연하게 계속 일했다. 일할 때는 아기가 도와준다고, 배 속에서 고사리 같은 손을 뻗고 엄마한테 힘을 주는 걸 느낄 수 있다고 웃으면서 말했다. 쿠포가 좀 쉬라고 눕히려 해도 말을 듣지 않았다. 많이 아프면 누울게. 가능한 한 버텨야지. 입이 하나 더 늘어나면 그만큼 더 부지런히 일해야 해. 제르베즈는 집 안을 청소한 뒤 남편이 가구를 들여놓는 것을 도왔다. 그 가구들은 그녀에게 종교적 숭배의 대상이었다. 자식을 대하는 마음으로 정성껏 닦았고, 조금만 흠집이 생겨도 가슴이 찢어질 것 같았다. 비질을 하다가 가구에 부딪히기라도 하면 마치 자기가 얻어맞은 것처럼 깜짝 놀라 멈춰 서곤 했다. 그녀는 특히 예쁘고 단단한, 엄숙해 보이는 서랍장을 아꼈다. 그리고 말은 못 했지만, 언젠가 대리석 상판 위에 놓을 멋진 추시계를 사겠다는 꿈을 품었다. 얼마나 멋질까. 태어날 아기만 아니었으면 덜컥 사 버렸을 것이다. 제르베즈는 한숨을 쉬면서 그 꿈을 뒤로 미루었다.

새집에 살게 된 부부는 하늘을 날듯이 기뻤다. 작은 방에는 에티엔의 침대를 놓고 아기용 침대 하나를 더 들여놓을 수 있었다. 부엌은 정말 손바닥만 하고 어두웠지만 문을 열어 두면 그런대로 밝았다. 어차피 서른 명 먹을 식사를 준비할 것도 아니니까 수프 냄비 하나 놓을 자리만 있으면 충분했다. 큰 방은 부부의 자랑거리였다. 알코브 안에 침대를 들여놓고 흰 광목 커튼을 달아서 아침에 일어나자마자 커튼을 치면 식당으로 쓸 수 있었다. 가운데 식탁을 두고, 양쪽에 장과 서랍장이 마주 보게 했다. 벽난로를 피우려면 하루에 15수 정도의 탄이 필요했기에 그냥 막아 버렸다. 많이 추운 날에는 주철로 만든 작은 난로를 대리석 상판 위에 올려놓으면 7수만 들여도 따뜻하게 보낼 수 있었다. 쿠포는 벽을 예쁘게 꾸미겠다며 정성스럽게 장식을 했다. 우선 거울 자리에 프랑스 기병 장교가 말

위에서 지휘봉을 들고 대포와 포탄 더미 사이를 달려가는 장면이 담긴 고상한 판화를 걸었다. 서랍장 위에 황금빛 도자기로 만든 오래된 성수반을 놓고 그 안에는 성냥을 넣어 두었고, 양쪽에 가족 사진들을 두 줄로 늘어놓았다. 옷장의 꼭대기 돋을새김 장식 위에는 짝을 맞추어 파스칼과 베랑제[65]의 흉상을 놓았다. 한쪽은 진지한 얼굴로 또 한쪽은 웃는 얼굴로 바로 옆에서 똑딱거리는 뻐꾸기시계 소리를 듣고 있는 듯했다. 정말 아름다운 방이었다.

"여기 집세가 얼만지 맞혀 보세요." 제르베즈는 찾아오는 모든 사람에게 물었다.

상대방이 집세를 높게 말하면, 이렇게 적은 돈으로 이렇게 좋은 곳에 산다는 게 벅차도록 좋아서 의기양양하게 말했다.

"150프랑이에요. 한 푼도 더 안 내요. 어때요. 공짜나 다름없죠?"

제르베즈와 쿠포는 뇌브 거리 자체가 마음에 들었다. 제르베즈는 쉬지 않고 집과 포코니에 부인의 가게를 오갔다. 쿠포는 저녁이면 건물 입구로 내려가서 파이프 담배를 피웠다. 뇌브 거리는 포석이 망가지고 인도도 없는 오르막길이었다. 위쪽 구트도르 거리 방향으로는 유리창이 더럽고 어두컴컴한 가게들, 구두 가게와 통[66] 가게, 평이 좋지 않은 식품점, 망해서 몇 주 전부터 닫힌 채로 창문 위에 광고지들이 덕지덕지 붙어

65) 피에르 장 드 베랑제(Pierre Jean de Béranger, 1780~1857). 19세기 프랑스의 시인이자 대중가요 작가이다.

66) 포도주나 맥주를 저장하기 위한 커다란 나무통을 말한다.

있는 술집이 있었다. 반대편, 그러니까 파리 쪽은 오 층짜리 건물들이 하늘을 가렸고, 건물마다 1층은 세탁소였다. 소도시풍 가발 가게[67] 하나만이 녹색으로 칠해진 진열장에 가득한 연한 색의 작은 병들과 깨끗하게 닦아 반짝거리는 구리 접시들로 어두운 동네에 활기를 불어넣었다. 하지만 이 거리에서 가장 즐거운 곳은 뭐니 뭐니 해도 제일 건물이 뜸하고 낮아서 바람이 통하고 햇빛이 잘 드는 중간 지점이었다. 마차 대여점의 창고, 그 옆에 젤테르수(水)[68] 제조장, 맞은편에 공동 세탁장이 있는, 공터처럼 넓고 조용한 곳이었다. 세탁부들이 수군거리는 소리와 보일러에서 나오는 규칙적인 숨소리마저 그 곳의 조용한 분위기에 기여했다. 지대가 낮은 데다가 벽 사이로 이어진 작은 골목길들이 마치 자그마한 마을 같았다. 드물게 지나가는 행인들은 늘 비눗물이 흘러 개천처럼 된 곳을 뛰어넘어 가곤 했는데, 그 모습이 재미있었는지 쿠포는 다섯 살 때 삼촌을 따라 가 본 적이 있는 동네 얘기를 했다. 제르베즈는 특히 창문 왼쪽으로 안마당에 가지 하나가 길게 뻗어 있는 아카시아 나무가 좋았다. 녹음이 우거지지는 않았어도, 그 나무 하나만으로도 거리 전체가 매력을 지닐 수 있었다.

제르베즈는 4월 마지막 날에 아기를 낳았다. 오후 4시경에 포코니에 부인의 가게에서 커튼을 다리고 있을 때 산통이 시

67) 남자들의 가발을 만들고 파는 곳으로 이발소를 겸했다.

68) 독일의 젤테르에서 나는 천연 탄산수가 18세기 후반 유럽에서 인기를 끌었다. 1832년 파리에 콜레라가 퍼진 뒤 인공 탄산수를 만들기 시작했고, 원래의 이름 그대로 젤테르수라고 불렸다.

작되었다. 하지만 그녀는 곧바로 집으로 돌아가지 않고 의자에 앉아 온몸을 꼬면서 참아 내다가 통증이 조금 가라앉으면 다시 다리미질을 했다. 급한 커튼이었기 때문에 꼭 마쳐야 했다. 제르베즈는 잠시 통증이 왔을 뿐이라고, 배 좀 아프다고 쉴 수는 없다고 했다. 그러면서 남자 셔츠들을 다리기 시작할 때 갑자기 얼굴이 창백해졌다. 세탁소를 나서 길 건너편으로 가기 위해 허리도 제대로 펴지 못한 채 벽을 붙잡고 걸음을 옮겼다. 세탁부 하나가 집에 데려다주겠다고 했지만, 제르베즈는 괜찮다고, 옆 샤르보니에르 거리의 산파한테만 들러 달라고 부탁했다. 아직 발등에 불이 떨어진 것도 아니고, 밤새도록 걸릴지도 모르는 일이었다. 제르베즈는 들어가서 쿠포의 저녁 준비는 할 수 있으리라고, 그런 뒤에 옷은 벗지 말고 그냥 침대에 누워야겠다고 생각했다. 계단에서 다시 진통이 왔다. 도저히 참을 수가 없어서 그대로 주저앉아 버렸다. 제르베즈는 소리를 지르지 않기 위해 두 손을 움켜쥐고 입을 막았다. 혹시라도 남자들이 보게 되면 정말 창피할 것 같았다. 진통이 조금 가라앉자 그녀는 이번에도 진짜가 아니었다고 마음을 놓으며 다시 일어서서 계단을 올라가 문을 열었다. 그날 저녁은 양고기 갈비살 라구[69]였다. 감자를 깎는 동안은 문제가 없었다. 갈비살도 프라이팬에서 노릇노릇 구워지고 있었다. 그런데 다시 진땀이 흐르며 진통이 시작되었다. 제르베즈는 화덕 앞

69) 지방이 많은 고기를 채소와 함께 익힌 스튜의 일종으로, 소스로 맛을 낸다.

에서 발을 구르면서, 굵은 눈물이 흘러내려 앞이 잘 보이지도 않는 상태로 계속 루[70]를 저었다. 아이를 낳는다고 쿠포를 굶길 수는 없었다. 마침내 재가 덮인 불 위에서 양고기 스튜가 천천히 익어 갔다. 그녀는 식탁 한쪽에 식기 한 벌을 차릴 시간은 있으리라 생각했다. 재빨리 포도주 한 병도 꺼내 놓아야 했다. 다 마치고 나니 도저히 침대까지 갈 기운이 없었다. 그대로 쓰러졌고, 그렇게 바닥 매트 위에서 아이가 나오기 시작했다. 십오 분 후 도착한 산파는 그 자리에서 아이를 받았다.

쿠포는 여전히 병원에서 일하고 있었다. 제르베즈는 남편이 일하는 데 방해된다며 알리지 못하게 했다. 7시에 돌아온 쿠포는 이불로 온몸을 감싸 덮고 핏기 없이 파리한 얼굴로 누워 있는 아내를 보았다. 엄마의 발치에서는 숄에 싸 놓은 아기가 울고 있었다.

"세상에! 불쌍한 내 아내! 한 시간 전 당신이 아파서 비명을 지르는 동안 난 시시덕거리고 있었네." 쿠포가 제르베즈를 안아 주며 말했다. "그래도 힘들진 않았지? 재채기 한번 하듯이 금방 쑥 나왔지?"

제르베즈는 희미하게 웃어 보이면서, 작은 목소리로 말했다.

"딸이야."

"그러니까!" 쿠포는 아내가 기운을 차릴 수 있도록 일부러 농담을 했다. "내가 딸을 주문했잖아. 그래, 내 말대로 해 줬

---

70) '다갈색'이라는 뜻으로 소스가 진해지도록 밀가루와 버터를 섞어 가열한 것이다.

네. 내가 원하는 건 다 들어주는 건가?"

쿠포는 아이를 안아 들며 계속 떠들었다.

"자, 우리 꾀죄죄한 아가씨, 얼굴 좀 볼까요……? 조막만 한 얼굴이 까무잡잡하네. 하얘질 거니까 걱정할 것 없지요. 자, 내 말 잘 들으렴. 아무렇게나 살면 안 되고, 아빠 엄마처럼 바르게 살아야 한단다."

진지한 표정으로 딸을 바라보던 제르베즈의 큰 눈이 조금씩 슬퍼지며 어두워졌다. 그녀는 고개를 저었다. 아들이었으면 좋았을 텐데……. 파리에서 사내아이들은 큰 위험 없이 살아 나갈 수 있지 않은가. 산파가 쿠포한테서 아기를 빼앗았다. 제르베즈에게도 그만 말하라고 했다. 산모 주변이 시끄러우면 좋지 않다고도 했다. 그러자 쿠포는 어머니와 누이 내외한테 알려야겠다고 했고, 하지만 배가 너무 고프니까 우선 저녁부터 먹겠다고 했다. 침대에 누운 제르베즈는 먹을 준비를 하는 남편을 보니 안타까웠다. 부엌에서 라구를 들고 오고, 그걸 오목한 수프 접시에 덜고, 빵이 어디 있는지 잘 찾지 못하는 모습을 보니 속상했다. 산파가 안 된다고 하는데도 자꾸 이불 속에서 몸을 움직였다. 바보같이 식탁 준비를 다 못 마쳤다고, 진통 때문에 몽둥이로 얻어맞은 것처럼 쓰러졌다고 했다. 불쌍한 남편은 제대로 챙겨 먹지도 못하는데 자기만 편안히 누워 있어서 원망스럽지 않으냐고도 했다. 그녀는 감자가 다 익었는지 모르겠고, 소금을 넣었는지도 잘 기억나지 않았다.

"말 좀 그만하라니까요." 산파가 소리를 질렀다.

"아! 아무리 그러셔도 계속 안달할 겁니다!" 쿠포가 입안에 음식을 가득 넣은 채로 말했다. "이렇게 와 계시지 않았으면 분명 자리에서 일어나서 빵을 잘라 줬을걸요. 바보같이 고집 부리지 말고 그냥 누워 있어! 몸 간수 잘해야지. 안 그러면 보름 동안 꼼짝 못 하고 누워 있게 될걸? 라구는 아주 맛있어. 저분도 같이 드셔도 되겠네. 그렇죠?"

산파는 거절했다. 그러면서 제르베즈가 가엾게도 아기와 함께 바닥 매트에 누워 있는 모습이 너무 마음 아팠다고, 그래서 포도주 한 잔만 마시면 좋겠다고 했다. 쿠포는 가족에게 소식을 전하러 갔다. 그리고 삼십 분 후에 모두를 데리고 나타났다. 쿠포 마나님, 로리외 부부, 그리고 마침 로리외네 집에 와 있던 르라 부인까지 모두 왔다. 로리외 부부는 쿠포와 제르베즈의 살림살이가 나날이 좋아진 뒤로 상당히 상냥해졌고, 제르베즈에 대해 과도한 찬사를 늘어놓았다. 하지만 진짜 판단은 뒤로 미루겠다는 듯, 미세하게 턱을 끄덕거리거나 눈을 깜빡거렸다. 그러니까 생각이 바뀐 건 아니었다. 단지 동네 사람들의 의견을 무시할 수 없었던 것이다.

"내가 완전 대부대를 끌고 왔지." 쿠포가 큰 소리로 말했다. "할 수 없었어. 모두 당신을 보겠다는 걸 어떻게 해. 입은 다물고 있어. 절대 안 돼. 모두 조용히 당신을 보기만 할 거야. 인사할 것도 없어. 그렇죠? 내가 커피를 내올게. 아주 근사하게."

쿠포가 부엌으로 사라졌다. 쿠포 마나님은 제르베즈를 안고 인사한 뒤 아이가 어떻게 이렇게 크냐면서 좋아했다. 다른 두 여자도 산모의 뺨에 키스했다. 그리고 세 여자가 모두 침대 앞에 서서 아이 낳는 일에 대해 온갖 이야기를 늘어놓았고,

신기한 일이라고, 이 하나 뽑는 것과 비슷하다고 했다. 르라 부인은 아기를 이리저리 살피더니 아주 튼튼한 아이라고 단언했고, 모종의 의도를 가지고 아기가 앞으로 대단한 여자가 되겠다고 덧붙였다. 그런 뒤에는 머리가 좀 뾰족해 보인다며 가볍게 눌렀고, 아기가 울어 대는데도 머리를 둥글게 만들어야 한다면서 계속했다. 그러자 로리외 부인이 갓 태어나서 머리뼈가 아직 굳지도 않은 아기를 그렇게 눌러 대면 안 좋다고 화를 내며 아기를 빼앗았다. 그런 다음 다들 아기가 누구를 닮았는지 살펴보기 시작했고, 그러다 싸움이 날 뻔했다. 여자들 뒤에서 목을 빼고 보던 로리외가 쿠포는 하나도 안 닮았다고 했다. 코가 조금 비슷한가? 엄마를 그대로 빼닮았네. 특히 저 눈 좀 봐. 이쪽 집안엔 없는 눈이잖아.

그런데 부엌에 간 쿠포가 감감무소식이었다. 부엌에서 화덕을 만지고 커피 주전자를 만지면서 씨름하는 소리가 들렸다. 제르베즈는 피가 거꾸로 도는 것 같았다. 커피를 만들다니, 저건 남자가 할 일이 아니지 않은가. 제르베즈는 어떻게 해야 하는지 계속 쿠포에게 큰 소리로 말했다. 옆에서 산파가 크게 말하면 안 된다며 쉿쉿거렸지만 소용이 없었다.

"야단 좀 쳐 줘요." 쿠포가 커피 주전자를 들고 들어오면서 말했다. "왜 저렇게 말을 안 듣는지. 뭐가 그렇게 걱정이 많을까. 자, 그냥 유리잔에 커피를 마셔야겠네요. 보시다시피 커피 잔들은 아직 상점에 모셔져 있답니다."

모두 식탁에 둘러앉았다. 쿠포가 직접 커피를 따르겠다고 했다. 향기가 무척 짙고 제법 그럴싸했다. 산파는 훌쩍거리며 커피를 마신 다음 그만 가 보겠다고 했다. 별다른 문제는 없고 자기가 더 할 일도 없다고, 혹시라도 밤에 몸이 안 좋으면 연락하라고 했다. 산파가 미처 계단을 다 벗어나기도 전에 로리외 부인이 산파를 두고 술만 좋아하고 쓸모없는 여자라고 욕하기 시작했다. 커피에 설탕을 네 조각이나 넣다니! 혼자 애 낳게 두고서 15프랑이나 받다니! 하지만 쿠포가 산파의 편을 들면서 자기는 15프랑을 기꺼이 낼 수 있다고, 어쨌든 산파들은 젊을 때 공부를 한 거니까 조금 비싸게 받을 수 있다고 했다. 이어 로리외와 르라 부인 사이에 싸움이 났다. 로리외가 침대 머리를 북쪽으로 놓아야 아들을 낳을 수 있다고 주장하자, 르라 부인은 어깨를 으쓱하면서 그건 유치한 짓이고 다른 방법이 있다고, 양지바른 곳에서 싱싱한 쐐기풀을 한 줌 뜯어서 임부한테는 말하지 말고 침대 매트 아래에다 넣어 두면 된다고 했다. 이미 탁자는 침대 곁에 옮겨 와 있었다. 10시까지 제르베즈는 베개 위로 고개를 돌리면서 웃음을 띠고 식구들을 바라보았지만, 형언할 수 없는 피로감에 짓눌렸다. 눈도 보이고 귀도 다 들렸지만 꼼짝도 할 수 없고 한마디도 할 수가 없었다. 자기가 죽은 것 같았다. 편안히 누워서, 살아 있는 다른 사람들을 행복하게 바라보는 감미로운 죽음이었다. 지난밤 샤펠 대로 반대편 끝에 있는 봉퓌 거리에서 일어난 살인 사건에 대해 이야기하는 어른들의 큰 목소리들 사이로 이따금 아기의 울음소리가 들렸다.

잠시 후 모두 돌아갈 채비를 할 때쯤 세례 얘기가 나왔다. 로리외 내외는 아기의 대부, 대모가 되어 주기로 했다. 어쩔 수 없이 승낙하긴 했지만, 뒤로는 투덜거렸다. 그래도 쿠포네가 막상 그 일을 다른 사람한테 부탁했다면 분명 화를 냈을 것이다. 쿠포로서는 뭐 하러 세례를 받게 하는지 이해가 가지 않았다. 세례를 받으면 1만 리브르[71] 연금이 나오는 것도 아니지 않은가. 괜히 감기라도 들면 골치만 아프지. 사제들은 만나지 않고 살수록 더 좋은 건데. 그러자 쿠포 마나님이 아들을 이교도 취급했다. 로리외 부부는 자기들이 영성체 받으러 가지는 않지만 종교는 간직하고 있다고 뻐기듯 말했다.

"괜찮으면 일요일에 합시다." 로리외가 말했다.

제르베즈가 좋다고 끄덕거렸고, 모두 제르베즈에게 잘 쉬어야 한다고 충고하면서 인사를 건넸다. 아기한테도 인사를 했다. 파르르 떨고 있는 가엾은 작은 몸을 향해 몸을 숙여, 마치 아기가 알아듣기라도 하듯이, 모두 웃으며 다정한 말을 건넸다. 아이의 이름은 대모를 따라 '안나'라고 했고, 애칭인 '나나'로 불렀다.

"안녕, 나나……. 자, 나나야, 예쁘게 자라거라."

모두 떠나자 쿠포는 자기 의자를 침대 쪽으로 끌어당겼다. 그는 제르베즈의 손을 잡고 파이프 담배를 피웠다. 한마디를 하고 다시 한 모금 빨아들여 천천히 피웠고, 감회에 젖었다.

"다들 너무 성가셨지? 이해해 줘. 못 오게 할 수가 없었어. 어쨌든 당신한테 친절을 베푸는 거잖아. 다 가고 나니까 좋군.

---

71) 중세 때 사용되던 화폐 단위로, 18세기경부터는 '프랑'과 같은 의미로 사용되었다.

그렇지? 난 정말 이렇게 당신하고 단둘이 있고 싶었어. 아, 불쌍한 어미 닭 같으니! 정말 아팠지? 애새끼들은 정작 자기들이 이 세상에 태어나면서 엄마를 얼마나 아프게 하는지 알지도 못할 텐데……. 허리가 끊어지는 것처럼 아프지? 아픈 데가 어디야? 내가 키스해 줄게."

쿠포는 이미 손바닥을 펼쳐 아내의 등 뒤로 밀어 넣었고, 그 큰 손으로 그녀의 허리를 올리면서 배를 덮은 시트 위에 입을 대고 키스를 했다. 쿠포는 무뚝뚝한 남자였지만, 아이를 낳고 여전히 아파하는 아내가 너무나 불쌍해 보였다. 내가 지금 아프게 하는 건 아니지? 아픈 곳을 호호 불어서 낫게 해 주고 싶은데. 제르베즈는 무척 행복했다. 이제 정말로 하나도 안 아프다고 했다. 하지만 빨리 몸을 추스르고 일어서고 싶다고, 아무것도 안 하고 빈둥거리기 싫다고 했다. 그러자 쿠포가 그녀를 안심시켰다. 내가 아기 먹을 것 하나 못 벌어올 것 같아서 그래? 이 아이 몫까지 당신한테 짊어지게 한다면 정말 비겁한 놈이지. 그러면서 쿠포는 아이를 만들 줄 아는 게 다가 아니라고, 먹여 살리는 게 중요하다고 말했다.

그날 밤 쿠포는 거의 한잠도 못 잤다. 난로의 불이 오래가도록 재를 덮어야 했고, 한 시간에 한 번씩 일어나서 아기에게 미지근한 설탕물을 한 수저씩 떠먹여 주어야 했다. 그리고 이튿날 아침에 여느 때와 똑같이 출근을 했다. 심지어 점심 시간을 이용해서 구청에 가서 출생 신고도 했다. 쿠포는 보슈 부인한테 낮 동안 제르베즈를 보살펴 달라고 부탁했다. 하지만 열 시간 동안 달게 자고 난 제르베즈는 그만 일어나고 싶어서 몸살이 났다. 계속 누워 있다가는 오히려 병이 날 것 같았다. 저녁에 남편이 돌아오자 그녀는 너무 힘들다고 하소연을 했다. 물론 보슈 부인을 믿지만, 남이 집에 들어와 있는 게, 서랍을 맘대로 열고 물건을 만지는 게 정말 싫다고 했다. 이튿날 보슈 부인이 일 때문에 잠시 외출을 하고 돌아와 보니 제르베즈는 일어나서 옷을 챙겨 입고 남편의 저녁 식사를 준비하고 있었다. 그리고 절대 다시 침대에 누우려 하지 않았다. 그녀는 사람들이 수군댄다 해도 상관없었다. 잘나가는 집의 마나님들이라면 아파 죽겠다고 누워 있을 수 있겠지만, 부자가 아니라면 그럴 시간이 어디 있단 말인가! 결국 제르베즈는 아이를 낳은 지 사흘 만에 포코니에 부인의 세탁소에서 화덕의 열기로 땀에 흠뻑 젖어서는 속치마들을 다렸다.

토요일 저녁에 로리외 부인이 대모의 선물을 가져왔다. 35수짜리 보닛 모자와 재고품이라 6프랑에 산 작은 레이스가 달리고 주름이 잡힌 세례복이었다. 다음 날은 대부인 로리외가 산모에게 3킬로그램의 설탕을 가져왔다. 어쨌든 도리는 다 한 것이다. 그들은 그날 저녁에 쿠포네 집에 저녁 식사를 하러 올 때도 빈손으로 오지 않았다. 남편은 마개를 밀봉한 좋은 포도주를 양팔에 한 병씩 끼고 들고 왔고, 아내는 클리냥쿠르 거리의 유명한 과자점에서 커다란 플랑[72]을 사 왔다. 문제는 자신들이 얼마나 후한 선물을 했는지를, 나나 때문에 자그마치 20프랑이나 썼다면서 온 동네 떠들고 다녔다는 것이

72) 향료를 친 크림 과자이다.

다. 나중에 그 사실을 알게 된 제르베즈는 기가 막혔고, 그날 이후 로리외네가 어떤 친절을 베풀든 조금도 고마워하지 않았다.

아이의 세례를 기념하는 저녁 식사에서 쿠포 부부는 같은 층의 이웃과 가까워졌다. 이 작은 건물 안 또 다른 집에는 구제네, 그러니까 어머니와 아들 두 식구가 살았다. 그동안 계단이나 길거리에서 이웃을 만나면 인사를 나누는 게 전부였다. 구제 모자는 무뚝뚝한 성격 같았다. 하지만 제르베즈가 아이를 낳고 난 다음 날 구제 부인이 물 한 양동이를 날라다 주었고, 제르베즈는 감사의 뜻으로 두 사람을 식사에 초대하기로 했다. 어머니와 아들 모두가 좋은 사람 같았다. 두 가족은 자연스럽게 가까워졌다.

구제네는 노르[73] 출신이었다. 어머니는 레이스 수선을 했고 아들은 원래는 대장장이인데 지금은 볼트 공장에서 일했다. 그들은 제르베즈네 옆집에서 오 년째 살고 있었다. 모자가 소리 없이 평온하게 살아가는 듯했지만, 그 이면에는 과거의 짙은 슬픔이 숨어 있었다. 릴에 살 때 어느 날 구제의 아버지가 술에 취한 상태에서 분노를 참지 못하고 쇠막대기로 때려 친구를 죽였고, 그 일로 감옥에 가 있는 동안 수건으로 목을 매 자살을 한 것이다. 남편을 잃은 구제 부인은 어린 아들을 데리고 파리로 왔지만, 여전히 비극이 머리 위를 떠돌았다. 두 사람은 비극을 이겨 내기 위해 엄격할 정도로 성실하게 살았

73) 릴(Lille)을 중심으로 한 프랑스 북부 지방이다.

고, 어떤 경우에도 온화함과 용기를 잃지 않았다. 심지어 그렇게 살다 보니 오히려 우월감을 갖게 되면서 약간의 자부심까지 생겨났다. 구제 부인은 언제나 검은색 옷을 입고 수녀 같은 모자를 쓰고 있었고, 레이스의 흰색과 세밀한 손가락 작업이 평정심을 불어넣어 주기라도 하는 듯 창백한 얼굴에는 기품이 서려 있었다. 반면 아들은 발그레한 얼굴에 파란 눈을 가진 스물세 살의 멋진 청년으로, 덩치가 크고 헤라클레스처럼 힘이 장사였다. 노란 수염 때문에 일터에서 동료들은 그를 '필도르'[74]라고 불렀다.

제르베즈는 곧 구제네와 친해졌다. 구제의 집에 처음 들어가 본 날, 그녀는 집 안이 너무나 깨끗해서 입을 다물지 못했다. 입김을 불어도 온 집 안에 먼지 하나 날리지 않을 것 같았고, 바닥도 반짝거려서 마치 얼음 위를 걷는 듯했다. 구제 부인은 제르베즈에게 아들 방을 보여 주었다. 여자아이 방처럼 앙증맞고 깨끗했다. 모슬린 커튼이 달린 작은 철제 침대, 탁자, 세면대가 있고 작은 책꽂이 하나가 벽에 걸려 있었다. 그리고 위부터 아래까지 사람 모습을 오린 것, 네 귀퉁이를 못으로 붙여 놓은 색채 판화들, 신문에서 오려 낸 온갖 얼굴들이 빼곡했다. 아들은 크기만 했지 아직 어린애랍니다. 구제 부인이 미소 띤 얼굴로 말했다. 저녁에는 피곤해서 책을 읽을 수 없으니까, 저렇게 그림을 붙여 놓고 바라보죠. 구제 부인이 창가에 앉아 레이스를 뜨기 시작하자, 제르베즈는 거의 한 시간

74) '황금색의 입'이라는 뜻이다.

동안 넋 놓고 그 모습을 바라보았다. 레이스에 사용하는 수백 개의 바늘이 신기하기도 했고, 그런 세밀한 작업 때문에 더욱 조용한 느낌이 도는 깨끗한 집의 냄새가 좋았다.

구제 모자는 사귈수록 좋은 사람이었다. 어머니와 아들은 열심히 일했고, 보름에 한 번 급료를 받으면 4분의 1 이상을 저축 금고[75)]에 저금했다. 동네 사람들은 구제 모자를 만나면 모두 인사를 했고, 그들이 절약하며 사는 얘기도 화제가 되었다. 구제는 구멍 난 옷을 입은 적 없이 언제나 아무것도 묻지 않은 깨끗한 작업복을 입고 다녔다. 그는 무척 예의 바르고, 어깨가 벌어진 모습과 달리 약간 소심하기까지 했다. 거리 끝에서 일하는 세탁부들은 구제가 지나가면서 고개를 숙이는 모습을 보며 재미있어했다. 하지만 그는 여자들이 하는 천박한 말들을 좋아하지 않았다. 저렇게 더러운 말을 입에 달고 산다는 게 너무 싫었다. 언젠가 그가 술에 취해 돌아온 날이 있기는 했다. 그날 어머니는 아들을 질책하는 대신 옷장 깊숙이 소중하게 간직해 온, 조악하게 그린 남편의 초상화를 보여 주었다. 그 가르침 이후로 구제는 술을 항상 적당히 마셨다. 사실 그는 포도주를 싫어하지 않았다. 포도주는 노동자에게 꼭 필요했다. 구제는 일요일이면 어머니의 팔짱을 끼고 외출을 했다. 대부분은 뱅센[76)] 쪽으로 갔고, 가끔은 극장에도 갔다. 구제는 아직도 어머니를 아주 많이 좋아했다. 어머니 앞에서는

---

75) 1835년 서민들이 돈을 모을 수 있도록 국가가 만든 저축은행 '케스 데 파르뉴(Caisse d'Epargne)'를 말한다.

76) 파리 동쪽 교외 지역으로, 큰 숲이 있다.

여전히 어린애 말투로 말했다. 네모난 얼굴에 고된 망치질로 몸이 단련된 그는 덩치 큰 짐승 같았다. 그러니까 그는 머리는 좀 둔하지만 선량한 사람이었다.

구제는 처음에는 제르베즈를 볼 때마다 거북해했다. 하지만 몇 주가 지나면서 익숙해지기 시작했다. 그는 혹시 제르베즈가 들어오는지 살피다가 보따리를 방까지 올려 주었고, 급속도로 친해진 뒤로 누이처럼 대하면서 제르베즈가 원하는 그림들을 오려 주기도 했다. 하지만 어느 날 노크도 없이 문을 열었다가 제르베즈가 웃옷을 벗은 채로 목을 씻는 광경을 보고는 일주일 동안 상대를 제대로 쳐다보지 못했고, 그 바람에 제르베즈까지 얼굴을 붉혀야 했다.

파리 사람 특유의 입심을 가진 카데카시스는 꾈도르를 바보라고 말하곤 했다. 술에 진탕 취하지 않는 것도 좋고, 거리에서 여자들을 희롱하지 않는 것도 좋아. 그래도 자고로 남자는 남자다워야지. 그게 아니라면 차라리 치마를 입고 다니든가. 쿠포는 제르베즈 앞에서도 구제에게 왜 동네 여자들 전부한테 눈길을 주느냐면서 짓궂게 장난을 쳤고, 그러면 고적대 대장같이 풍채 좋은 구제는 쩔쩔매며 절대 그러지 않는다고 항변했다. 어쨌든 두 남자도 친해졌다. 아침이면 서로 불러서 함께 출근을 했고, 일이 끝난 뒤에는 집에 가기 전에 맥주 한잔을 같이 마시기도 했다. 그들은 나나의 세례식 날 함께 저녁 식사를 한 뒤로 서로 말을 놓았다. 매번 존칭을 쓰다 보면 문장이 길어진다는 게 이유였다. 두 사람 사이에 그 정도의 우정이 이어질 즈음, 꾈도르가 카데카시스에게 평생 잊지 못할 훌륭한 일을 해 주었다. 바로 12월 2일[77]이었다. 그날 쿠포는 구경 삼아 소요 사태를 보러 나갔다. 물론 그는 공화국이든 보나파르트든 아무 관심 없었고, 어떤 소동이 벌어지든 그에게는 상관없는 일이었다. 단지 화약이 좋았고, 총 쏘는 게 재미있어 보였다. 하지만 그날 쿠포는 영락없이 바리케이트 뒤에 갇힐 위기에 빠졌고, 그때 우연히 만난 구제가 그 큰 몸으로 막아 준 덕분에 무사히 빠져나올 수 있었다. 포부르푸아소니에르 거리를 올라가며 구제는 진지한 표정으로 빠르게 걸었다. 사실 그는 정치에 관심이 있었고, 올바르게, 정의와 모두의 행복을 위해 공화주의를 지지했다. 하지만 총을 쏜 적은 없었다. 그에게는 나름의 이유가 있었다. 민중은 직접 몸을 던져 희생하고 정작 단물은 전부 부르주아들 차지가 되는 데 지친 것이다. 2월과 6월의 일[78]이 제대로 가르쳐 주지 않았는가. 그는 변두리의 노동자들은 빠지고, 파리 시내에 사는 부르주아들이 알아서 하도록 내버려 두는 게 낫다고 했다. 지대가 높은 푸아소니에 거리에 들어선 뒤 구제는 고개를 돌려 파리를 바

---

77) 제2공화국의 대통령이던 루이 나폴레옹이 쿠데타를 일으킨 1851년 12월 2일을 말한다. 분노한 공화주의자들이 거리로 몰려나왔고, 진압 과정에서 많은 사상자가 발생했다. 나폴레옹은 이듬해 제2제정을 선포하면서 나폴레옹 3세로 등극했다.

78) 1848년 2월 22일부터 사흘간 이어진 2월 혁명은 왕정복고 이후 프랑스를 지배하던 루이 필리프의 7월 왕정을 무너뜨렸다. 임시 정부가 수립되고 노동자들에게 최소한의 일자리를 마련해 주기 위한 작업장들이 세워졌지만, 이후 첫 선거에서 보수적 의원들이 의회를 장악한 뒤 작업장들을 폐쇄했다. 6월 22일부터 나흘 동안 노동자들의 폭동이 일어나고, 결국 유혈 진압된다.

라보았다. 아무튼 저기선 힘든 일을 하고 있지. 민중이 팔짱 끼고 쳐다보기만 한 걸 언젠가 후회하게 될지도 몰라. 그러자 쿠포가 하는 일 없이 빈둥거리기만 하는 의회 의원들한테 25프랑씩 주고 싶어서 목숨을 걸다니 너무 멍청하지 않으냐고 빈정거렸다. 그날 저녁 쿠포 부부가 구제를 저녁 식사에 초대했다. 후식을 먹으면서 카데카시스와 필도르는 뺨에다 두 번씩 키스를 했다. 그렇게 쿠포와 구제는 생사를 함께하는 친구가 되었다.

층계참 양쪽에 살아가는 두 가족의 삶은 삼 년 동안 특별한 사건 없이 이어졌다. 제르베즈는 일주일에 이틀까지 일을 쉴 수 있는 방법을 찾아내어 딸을 키웠다. 이제 뛰어난 세탁부로 인정받아 하루 3프랑까지 벌었다. 그래서 그녀는 곧 여덟 살이 되는 에티엔을 샤르트르 거리에 있는 기숙 학교에 넣기로 하고 100수를 냈다. 부부는 두 아이를 키우면서도 매달 20프랑, 30프랑씩 저축을 했다. 저축한 돈이 600프랑에 이르자 제르베즈는 야심 찬 꿈을 품게 되었다. 그리고 그 꿈을 생각하다 보면 잠을 이루지 못했다. 그러니까 그녀는 독립해서 작은 가게를 얻어서 일꾼들을 데리고 자기 일을 꾸리고 싶었다. 계산은 이미 마쳤다. 성공한다면 이십 년 뒤에는 연금을 받으며 시골 어디든지 가서 먹고살 수 있을 터였다. 하지만 덥석 위험한 일을 벌일 엄두는 나지 않았다. 좀 더 시간을 두고 생각을 해 보기 위해 제르베즈는 좋은 가게가 날 때까지 기다리기로 했다. 저축 금고에 넣어 둔 돈은 조금도 걱정할 필요가 없었다. 오히려 이자가 붙어 늘어났다. 그녀는 지난 삼 년 동안 그동안의 소원들 중 한 가지를 실현했다. 바로 추시계였다. 자단나무로 만든 추시계는 양쪽에 나선형으로 꼬인 기둥이 있고 가운데 금도금을 한 청동 추가 달려 있었다. 제르베즈는 일 년 동안 매주 월요일에 20수씩 내야 했다. 그녀는 쿠포가 시계의 태엽을 감으려고 하면 화를 냈다. 뚜껑을 열고 기둥들을 경건하게 닦는 것은 자기만 할 수 있는 일이었다. 시계를 얹어 둔 서랍장의 대리석 상판은 거의 교회의 제단과 같았다. 제르베즈는 시계 덮개 안쪽 시계추 뒤에 저축 금고의 통장을 숨겨 두었다. 그리고 시계 문자판 앞에 서서 바늘이 돌아가는 것을 뚫어져라 바라보면서, 무언가 결단을 내리기 위해 장엄하고 특별한 순간을 기다리는 사람처럼 생각에 잠기곤 했다.

쿠포 부부는 일요일이면 거의 매번 구제 가족과 외출을 했다. 기분 좋은 나들이였고, 생투앙에 가서 튀김 요리를, 혹은 뱅센에 가서 토끼 고기를 먹었다. 식당에 마련된 나무 그늘에 앉아 차분하게 먹었다. 남자들은 목을 축일 정도로만 술을 마셨고, 취하는 일 없이 여자들의 팔짱을 끼고 기분 좋게 집으로 돌아왔다. 그리고 하루를 마치기 전 두 집이 함께 지출을 계산해서 반씩 부담했다. 1수가 많으니 적으니 문제가 생긴 적이 단 한 번도 없었다. 로리외 내외는 구제 모자를 질투했다. 카데카시스와 절뚝이가 가족을 두고 남하고 뻔질나게 돌아다니는 게 우습지 않느냐며 화를 냈다. 그렇잖아! 가족은 안중에 없어! 돈 좀 모았다고 거들먹거리기는! 로리외 부인은 동생이 자기의 영향력을 벗어났다는 사실을 받아들일 수 없어서 다시 제르베즈를 흉보기 시작했다. 반면 르라 부인은 제르베즈 편이었다. 오히려 말도 안 되는 이야기들까지 늘어놓으며 올케의 역성을 들었다. 예를 들어, 어느 날 저녁에 대로를 지나는 제르베즈를 남자들이 희롱했고, 그러자 비열하게 추근대는 그놈들을 제르베즈가 마치 연극의 주인공처럼 한 대씩 갈겨 주었다는 것이다. 한편 쿠포 마나님은 자식들 모두의 비위를 맞추면서 잘 지내려고 애썼다. 이제 눈도 점점 나빠지고 청소 일도 한 집밖에 남지 않은 그녀로서는 자식들이 번갈아 보태 주는 100수가 소중했기 때문이다.

나나가 세 살 되던 날이었다. 집에 돌아온 쿠포는 아내가 정신이 나간 사람처럼 멍하게 있는 것을 보았다. 왜 그러냐고 물어도 대답이 없고 아무것도 아니라고만 했다. 하지만 그녀는 식탁도 제대로 차리지 못했고, 접시를 들고 중간에 우두커니 서서 딴생각에 빠지기도 했다. 결국 쿠포가 꼭 이유를 알아야겠다고 했다.

"그래. 알았어." 마침내 제르베즈가 입을 열었다. "구트도르 거리의 잡화점을 세놓는대. 한 시간 전에 실을 사러 가는 길에 봤는데, 그러고 나니까 마음이 뒤숭숭해서 그래."

두 사람이 살고 싶어 했던 건물 일층의 아주 깨끗한 가게였다. 가게와 뒷방 말고도 왼쪽에 하나 오른쪽에 하나, 방이 두 개 더 딸려 있었다. 제르베즈 부부에게 안성맞춤이었다. 방들이 작긴 해도 배치가 아주 좋았다. 문제는, 너무 비쌌다. 제르베즈는 주인이 500프랑을 들먹이더라고 했다.

"그러니까 벌써 살펴보고 얼마인지 물어보기도 했네?" 쿠포가 말했다.

"오! 그냥 궁금하니까……." 제르베즈는 일부러 무관심한 척 하면서 대답했다. "가게를 찾고 있으니까, 세 준다고 써 붙여 놓은 곳이 보이면 들어가 보는 거야. 그냥 보기만 해. 어쨌든 이건 너무 비싸. 어쩌면 가게를 낸다는 게 어리석은 생각일지도 모르고."

하지만 제르베즈는 저녁을 먹고 난 뒤 다시 가게 얘기를 꺼냈다. 신문 여백에 가게가 어떻게 생겼는지 그려 보였고, 조금씩 자기 말에 빠져들면서 당장 내일이라도 실행에 옮길 사람처럼 들여놓을 가구들의 치수를 가늠해 보고, 안을 어떻게 꾸밀지 계속 말을 이어 갔다. 제르베즈가 간절히 원하고 있음을 알아차린 쿠포가 그렇다면 그 가게를 얻자고 했다. 어차피 500프랑 이하로는 제대로 된 걸 못 구해. 조금 깎을 수도 있겠지. 한 가지 맘에 안 드는 건 누나네와 같은 건물이라는 거야. 당신이 참기 힘들 테니 말이야. 하지만 제르베즈는 말도 안 되는 소리라며 자기는 아무도 미워하지 않는다고 했다. 그 가게를 얻고 싶은 일념에 심지어 로리외 부부를 옹호하기까지 했다. 원래 나쁜 사람들은 아니잖아. 같이 잘 지낼 수 있어. 자리에 누운 쿠포는 금방 잠이 들었지만, 제르베즈는 아직 세를 얻기로 완전히 정하지도 않은 가게를 어떻게 꾸밀지 궁리하느라 잠을 이루지 못했다.

다음 날 쿠포가 나간 뒤 제르베즈는 참지 못하고 결국 추시계의 덮개를 열어 저축 금고의 통장을 들여다보았다. 그러니까 그녀의 가게는 서툰 글씨들이 적혀 있는 바로 그 꾀죄죄한 통장 안에 들어 있었다! 제르베즈는 일하러 가기 전 구제 부인과 상의를 했다. 구제 부인은 가게를 내는 건 아주 좋은 생각이라고, 쿠포 씨처럼 술도 안 마시는 성실한 사람하고 같이 살면 무슨 일이든 잘될 거라고, 가게가 망할 일은 없으리라 확신한다고 말했다. 제르베즈는 점심때는 로리외 부부에게 의견을 물었다. 식구들한테 숨기는 것처럼 보이기 싫었기 때문이다. 로리외 부인은 깜짝 놀랐다. 세상에! 절룩이가 가게를 낸다고! 시누이는 쓰린 속을 달래면서 더듬거렸다. 꽤 괜찮은 가게니까 얻는 게 좋겠다고 말했고, 어쨌든 기뻐하는 척할 수밖에 없었다. 하지만 잠시 후 흥분이 가라앉고 나자 남편과 그 건물 안마당의 습기에 대해, 해가 잘 안 드는 1층의 방들에 대해 숙덕거렸다. 오! 류머티즘 걸리기 딱 좋은 곳이지. 부부는 제르베즈가 이미 마음을 정한 거면 할 수 없지 않느냐고, 자기들이 말해 줘 봐야 마음이 바뀌진 않을 거라고 말했다.

그날 저녁 제르베즈는 웃으면서 속마음을 털어놓았다. 당신이 말렸으면 난 아마 병이 났을 거야. 제르베즈는 남편에게 그래도 완전히 결정하기 전에 한 번만 가서 살펴봐 달라고, 세도 조금 깎아 봐 달라고 했다.

"알았어. 그럼 내일 같이 가." 쿠포가 대답했다. "6시까지 내가 일하는 나시옹 거리의 건물로 와. 집에 들어오기 전에 구트도르 거리에 들려 보지, 뭐."

쿠포는 사 층짜리 새 건물의 지붕 작업을 마무리하는 중이었다. 이튿날 마지막 함석판만 깔면 끝이었다. 거의 평평한 지붕이라서, 발판 두 개 위에 넓은 판을 얹은 작업대를 지붕 위에 설치했다. 5월의 태양이 기울어 갈 즈음 굴뚝들이 황금빛으로 물들었다. 쿠포는 맑은 하늘 높은 곳에서 작업대 위로 몸을 숙인 채 마치 재단사가 바지를 자르듯 큰 가위로 함석을 잘라 내고 있었다. 금발에 호리호리한 열일곱 살짜리 조수는 옆 건물의 벽에 붙어 서서 화덕의 불이 꺼지지 않도록 커다란 풀무로 바람을 불어넣는 중이었다. 풀무질을 할 때마다 불꽃이 튀었다.

"이봐, 지도르. 인두를 넣어!" 쿠포가 고함쳤다.

조수가 한낮 땡볕 아래에서 희미한 분홍색으로 타오르는 숯불 안으로 용접 인두를 밀어 넣었다. 쿠포는 지붕 끝부분의 빗물받이 홈통 옆에 댈 마지막 함석판을 들고 있었다. 그곳은 갑자기 경사가 가팔라지는 지점이라서, 쿠포의 발밑으로 펼쳐진 길이 마치 입을 벌린 구덩이처럼 보였다. 집에 있을 때처럼 천으로 된 실내화를 신은 쿠포는 발을 끌어 걸음을 옮기면서 휘파람을 불었다. 랄라라, 어린 양들아! 구덩이 앞까지 미끄러지듯 내려간 그는 한쪽 무릎을 굴뚝의 벽돌에 기댄 채로 버텼다. 반대쪽 다리는 허공에 떠 있었다. 게으름뱅이 지도르를 부르기 위해 몸을 젖힐 때는 발아래 까마득한 길 때문에 굴뚝 모퉁이에 달라붙다시피 했다.

"야, 이 느림보야, 뭐 해! 빨리 인두를 가져오라고. 이 말라깽이야! 계속 그렇게 하늘만 쳐다보고 있으면 종달새가 구워져서 떨어지기라도 하냐?"

하지만 지도르는 서둘지 않았다. 옆 건물들의 지붕을 쳐다봤고, 그르넬[79] 방면에서 굵은 연기가 솟아오르자 불이 났다

79) 파리 15구에 있는 구역이다.

며 구경하느라 신이 났다. 그러다가 마침내 배를 깔고 엎드린 채 기어와서 허공 위로 고개를 내밀며 쿠포에게 인두를 건넸다. 쿠포는 함석판을 붙이기 시작했다. 그는 몸을 쭈그렸다 폈다 하면서도 균형을 잃지 않았다. 한쪽 엉덩이로 앉고, 한쪽 발끝으로 서고, 손가락 하나로 몸을 지탱했다. 침착하고 배짱 좋고 숙달된 함석공 쿠포는 위험 같은 건 개의치 않았다. 이 일은 눈 감고도 훤하지. 오히려 저 밑의 길이 날 무서워할걸. 그는 파이프를 입에 문 채로 일하다가 이따금 돌아보면서 아무렇지도 않게 길에다 침을 뱉기까지 했다.

"어! 보슈 부인!" 쿠포가 갑자기 소리를 질렀다. "여기요, 보슈 부인!"

보슈 부인이 길을 건너고 있었다. 그녀는 고개를 들어 쿠포를 쳐다보았다. 그렇게 지붕과 인도 사이에서 대화가 이루어졌다. 보슈 부인은 손을 앞치마 밑에 넣은 채로 코를 하늘로 쳐들었다. 쿠포는 일어서서 굴뚝을 왼팔로 감아 지탱하면서 몸을 아래쪽으로 기울였다.

"제 아내 못 보셨어요?"

"아뇨, 못 봤는데? 가까이 있어요?"

"절 데리러 오겠다고 했거든요. 식구들 다 잘 지내죠?"

"물론이에요. 내가 제일 시원치 않죠. 양고기 좀 사려고 클리냥쿠르 거리에 가는 길이에요. 물랭루주[80] 옆에 있는 정육

80) '빨간 풍차'라는 뜻으로, 원이름은 '프티물랭루주'이다. 콩스탕탱페케르 광장에 있었고, 뒤에 '퐈예드몽마르트르'로 이름이 바뀌었다. 1889년에 몽마르트르 언덕 입구에 세워진 카바레 물랭루주와 다른 곳이다.

점에선 16수밖에 안 하거든요."

마차 한 대가 지나가는 바람에 두 사람은 목소리를 더 높였다. 널찍한 나시옹 거리에는 지나는 사람이 보이지 않았다. 두 사람이 목청껏 내지르는 소리가 자그마한 노파 하나를 창가로 끌어낸 게 전부였다. 창틀에 팔꿈치를 괸 노파는 맞은편 지붕 위에 있는 남자를 마치 그가 떨어지기를 기다리기라도 하듯 잔뜩 흥분한 눈길로 빤히 바라보았다.

"그럼 그만 가 볼게요." 보슈 부인이 큰 소리로 인사했다. "괜히 나 때문에 일 방해되겠어요."

쿠포는 다시 돌아서서 지도르가 건네주는 인두를 받아 들었다. 그런데 막 멀어지던 보슈 부인이 건너편 인도에서 나나의 손을 잡고 다가오는 제르베즈를 보았다. 곧바로 쿠포에게 말해 주려고 고개를 들자, 제르베즈가 재빨리 다가와서 보슈 부인의 입을 막았다. 그러고는 위에서는 들리지 않도록 작은 목소리로 자기가 갑자기 나타나면 남편이 놀라서 떨어질까 봐 무섭다고 했다. 지난 사 년 동안 남편이 일하는 곳에 딱 한 번 왔어요. 오늘이 두 번째죠. 무서워서 쳐다보지도 못하겠어요. 제르베즈는 남편이 하늘과 땅 사이에, 참새들도 무서워서 잘 올라가지 못하는 높은 곳에서 일하는 것을 보면 가슴이 철렁한다고 했다.

"맞아요. 힘든 일이죠." 보슈 부인이 우물거렸다. "우리 남편은 재단사니까 그렇게 떨리는 일은 없어요."

"처음엔 아침부터 저녁까지 온종일 걱정하느라 얼마나 힘들었는지 몰라요." 제르베즈가 계속 이야기했다. "그이가 머리가 깨져서 들것에 실려 올 것만 같은 거예요. 그래도 요즘엔 거의 생각 안 나요. 뭐든 익숙해지게 마련인가 봐요. 먹고살아야 하니까요. 정말 귀하게 얻는 거죠. 필요 이상으로 여러 번 목숨을 걸어야 하잖아요."

제르베즈는 혹시라도 나나가 소리를 지를까 봐 아이를 치마폭에 숨겼다. 하지만 그러면서 창백한 얼굴로 자기도 모르게 고개를 들어 지붕 위를 쳐다보았다. 쿠포는 홈통 빗물받이 옆에서 함석판 제일 끝부분을 용접하는 중이었다. 팔을 다 뻗어도 손이 닿지 않자 노동자다운 느긋하고 육중한 동작으로 천천히 움직이며 위험한 자세를 취했다. 한순간, 아무것도 잡지 않은 채로 길 위로 몸을 내민 것이다. 밑에서 올려다보니, 용접을 하느라 하얀 불꽃이 튀었다. 제르베즈는 아무 말도 할 수 없었고, 너무 불안해서 숨도 제대로 쉬지 못했다. 자기도 모르게 두 주먹을 불끈 쥐고 애원하듯이 들어 올렸다. 그녀는 쿠포가 아무렇지도 않게, 심지어 길 위에 마지막으로 침까지 뱉은 후에 다시 지붕으로 올라가는 것을 보고서야 깊게 숨을 내쉬었다.

"뭐야, 왜 숨어서 보는 거야!" 제르베즈를 발견한 쿠포가 즐거운 목소리로 외쳤다. "보슈 부인, 저 사람 또 바보같이 굴었죠? 그죠? 일부러 날 안 불렀죠? 조금만 기다려. 십 분만 더 하면 돼."

이제 굴뚝 위에 삿갓 모양의 덮개를 씌우는 일만 남았다. 식은 죽 먹기였다. 제르베즈와 보슈 부인은 계속 길 위에 서서, 나나가 작은 물고기를 잡는다고 도랑으로 들어가 첨벙거리지 못하도록 지켜보면서 동네 사람들 얘기를 이어 갔다. 제르베즈는 중간중간 고개를 들어 웃음 띤 얼굴로 지붕을 쳐다보았다. 하나도 안 급하니까 천천히 하라고 말하려는 것 같았다. 맞은편 창가의 노파는 여전히 무언가를 기다리듯 쿠포 쪽을 지켜보고 있었다.

"도대체 저 할멈은 뭘 살피는 걸까요? 생기기도 이상하게 생겼네." 보슈 부인이 말했다.

지붕 위에서 쿠포가 노래를 불렀다. 아, 즐거워라. 딸기를 따자! 그는 마치 예술가처럼 작업대 위로 고개를 숙이고 함석판을 잘랐다. 컴퍼스를 돌려 선을 긋고 아치형 큰 가위를 사용해서 커다란 부채 모양으로 오려 냈다. 이어 망치로 가볍게 두드리며 부채를 뾰족한 버섯 모양으로 구부렸다. 지도르는 화덕에 다시 풀무질을 했다. 해가 건물 뒤로 넘어가면서 사방이 분홍색이 되었다가 서서히 엷어지며 라일락처럼 희미한 자홍색이 번져 나갔다. 하루가 저물어 가는 조용한 시간이었다. 하늘 한복판 투명한 대기 위에, 엄청나게 커진 두 일꾼의 그림자와 작업대의 검은 횡목, 그리고 기묘한 형태의 풀무 윤곽선이 또렷이 드러났다.

굴뚝 덮개를 다 자르고 난 쿠포가 조수를 불렀다.

"지도르! 인두 줘!"

하지만 지도르가 보이지 않았다. 쿠포는 욕을 하면서 지도르를 찾아 두리번거렸고, 열려 있는 천창 쪽을 보면서 계속 이름을 불렀다. 마침내 두 건물 건너 지붕 위에 지도르가 보였다. 숱이 많지 않은 금발을 바람에 휘날리면서 지붕 위를 거닐

다가 눈을 꿈벅이며 거대한 도시 파리를 내려다보고 있었다.

“저런 게으름뱅이 같으니! 여기가 무슨 시골 들녘인 줄 알아!” 쿠포가 화를 냈다. “네놈이 베랑제라도 되냐? 왜 시 한 편 짓지 그래? 인두 들고 당장 안 와? 저런 놈은 본 적이 없어! 누가 지붕 위에서 그렇게 어슬렁거리고 다니랬어? 애인이라도 데려와서 사랑 노래라도 읊어 주고 싶냐? 멍청한 놈, 빨리 인두 가져와!”

함석판을 다 붙인 쿠포가 제르베즈를 보며 외쳤다.

“자, 이제 끝났어. 내려갈게.”

덮개를 씌울 굴뚝은 지붕 한가운데 있었다. 이제 마음을 놓고 남편의 움직임을 쳐다보는 제르베즈의 얼굴에 미소가 번졌다. 그때 지붕 위가 잘 보이도록 길바닥에 앉아 있던 나나가 아빠 모습을 발견하고 신이 나서 갑자기 고사리손으로 손뼉을 쳤다.

“아빠! 아빠!” 나나가 목청껏 소리 질렀다. “아빠, 여기!”

쿠포는 몸을 굽히려고 했다. 하지만 발이 미끄러져 버렸다. 그리고 갑자기, 어이없게도, 완만하게 경사진 지붕 위를 구르기 시작했다. 마치 발이 엉켜 허우적거리는 고양이 같았다. 붙잡고 매달릴 만한 게 아무것도 없었다.

“제기랄!” 쿠포가 숨죽인 목소리로 외쳤다.

그리고 떨어졌다. 부드러운 곡선을 그리며 두 번 회전한 몸이, 위에서 던진 빨래 보따리처럼 둔탁한 소리를 내며 길 한가운데로 떨어졌다.

넋이 나간 제르베즈가 두 팔을 허공으로 치켜들고서 목이 찢어질 듯한 비명을 내질렀다. 길 가던 사람들이 달려와서 쿠포를 둘러쌌다. 화들짝 놀란 보슈 부인이 무릎을 굽혀 나나를 안으면서 사고 광경을 보지 못하도록 얼굴을 가렸다. 맞은편 창문에서 내다보던 늙은 여자는 이제 됐다는 표정으로 조용히 창문을 닫았다.

남자 넷이서 쿠포를 푸아소니에 거리 모퉁이에 있는 약국으로 옮겼다. 사람들이 라리부아지에르 거리의 병원으로 들것을 가지러 간 사이 한 시간 정도 쿠포는 바닥에 깐 담요 위에 누워 있었다. 아직 숨은 쉬고 있었지만, 약제사는 조용히 머리를 저었다. 넋이 나간 제르베즈는 바닥에 주저앉았다. 눈물범벅이 된 얼굴로 계속 흐느끼는 바람에 눈앞에 아무것도 보이지 않았다. 그녀는 자기도 모르게 손을 앞으로 내밀어 남편의 팔다리를 부드럽게 더듬어 보았다. 약제사가 그렇게 만지면 안 된다고 하자 제르베즈는 눈치를 보며 손을 뺐지만, 몇 초도 안 돼서 다시 만지기 시작했다. 남편의 몸이 아직 따뜻한지 확인하지 않고는 견딜 수 없었다. 그렇게 문질러 주는 게 좋을 것 같기도 했다. 마침내 들것이 왔고, 사람들이 병원으로 가자고 했다. 하지만 제르베즈는 벌떡 일어서며 격렬하게 외쳤다.

"안 돼요! 안 돼! 병원은 안 돼요.[81] 우리 집은 구트도르 뇌브 거리예요."

집에서 치료를 하다가는 돈이 아주 많이 들 거라는 말을

---

81) 병원(hôpital)은 현대식 의료 체계가 정비되기 전까지는 치료 목적이라기보다는 갈 곳 없는 환자를 수용하는 시설에 가까웠다.

듣고도 제르베즈는 막무가내였다. 계속 고집을 부리며 같은 말만 되풀이했다.

"뇌브 거리예요. 내가 같이 가서 집을 알려 줄게요. 왜 그러고 있어요? 돈 있어요……. 내 남편이잖아요. 안 그래요? 내 사람 일이라고요. 내가 원하는 일이고요."

결국 쿠포를 집으로 데려갈 수밖에 없었다. 약국 앞에 몰려든 사람들 사이로 들것이 지나갈 때 동네 여자들이 너도나도 제르베즈 얘기를 쏟아 냈다. 저 극성스러운 여자는 절름발이이긴 하지만 은근히 매력이 있다고, 분명 남편을 살려 낼 거라고 했다. 사실 저렇게 많이 다친 사람들은 병원에 데려다 놓아 봤자 죽건 말건 의사들이 신경도 안 쓰잖아요. 애써 살리려 하지도 않죠. 나나를 집에 데려다 놓은 후 다시 돌아온 보슈 부인은 놀란 가슴이 진정되지 않아 벌벌 떨면서도 시시콜콜 자초지종을 떠벌렸다.

"난 양고기를 사러 가는 길이었어요. 바로 저기 있었죠. 떨어지는 걸 직접 봤다니까요." 그녀는 몇 번이고 되풀이했다. "딸 때문이에요. 그 애를 보려다가 그만! 아! 세상에 어쩌면 좋아! 정말 두 번 다시 그런 광경을 보고 싶지 않아……. 어쨌든 이제는 양고기 사러 가야겠어요."

쿠포는 일주일 동안 거의 가망 없어 보였다. 가족과 이웃 모두 조만간 쿠포가 숨이 끊어지리라 생각했다. 한 번 왕진 오는 데 100수나 받는 비싼 의사가 살펴보더니 장기가 손상된 것 같다고 했다. 그 말에 모두 겁을 먹었다. 동네에서는 떨어질 때 충격으로 쿠포의 심장이 내려앉았다고 했다. 오직 제르베즈만이 신중하면서도 단호하게, 연이어 밤을 새우느라 창백해진 얼굴로 어깨를 들썩이며 말했다. 오른쪽 다리가 부러졌어요. 다 알잖아요. 치료만 하면 다시 붙을 거예요. 그뿐이에요. 제르베즈는 그 외 다른 것, 그러니까 심장이 내려앉은 것쯤은 문제되지 않는다고, 자기가 제자리에 다시 놓을 수 있다고 했다. 그녀는 어떻게 하면 심장을 제자리에 보낼 수 있는지 알고 있었다. 정성껏 보살피고 깨끗하게 해 주고 변치 않는 애정이 있으면 된다. 또 그녀는 열이 나면 곁에서 손으로 부드럽게 만져 주기만 해도 나을 수 있다고 철석같이 믿었다. 단 한순간도 의심하지 않았다. 일주일 내내 남편의 발치에 앉아서 아무 말도 없이 오직 남편을 살릴 생각만 했다. 자식들도 잊고, 거리도 잊고, 도시 전체를 잊었다. 아흐레째 되던 날 저녁에 드디어 의사가 환자가 살 수 있다고 장담했다. 그 말을 듣는 순간 제르베즈는 허리가 부러지고 다리의 힘이 다 빠진 것처럼 더 이상 서 있을 수 없었다. 얼굴은 눈물범벅이었다. 그날 밤 처음으로 제르베즈는 침대 발치에 머리를 대고서 두 시간 동안 잠을 잤다.

쿠포의 사고로 온 집안이 뒤숭숭했다. 쿠포 마나님은 밤에 제르베즈와 함께 쿠포를 간호했지만, 9시만 되면 의자에 앉은 채로 잠들어 버렸다. 르라 부인은 매일 일을 끝내고 집으로 돌아갈 때마다 동생의 상태를 확인하려고 먼 길을 돌아서 들렀다 갔다. 로리외 부부 역시 처음엔 하루에 두세 번씩 들렀다. 환자 곁에서 밤을 새워 주겠다고도 했고, 제르베즈에게 안락의자를 가져다주기도 했다. 하지만 이내 간호하는 방법에 대해 생각이 달라서 싸움이 났다. 로리외 부인은 자기가 환자 돌보는 법을 잘 알아서 지금까지 여러 사람의 목숨을 구했는데 그것도 모르고 제르베즈가 자꾸 밀어낸다고, 동생 침대에 다가가지 못하게 한다고 비난했다. 그래, 나도 알아요. 쩔룩이가 당연히 쿠포를 낫게 하고 싶겠지. 자기가 나시옹 거리에 가서 쿠포를 방해하지만 않았어도 떨어지지 않았을 테니까. 그러면서 로리외 부인은 제르베즈처럼 간호하다가는 환자가 살기 힘들 거라고 주장했다.

쿠포가 고비를 넘긴 뒤로 제르베즈는 전처럼 악착같이 쿠포의 침대에 붙어 있지는 않았다. 남편이 죽지 않는다는 것을 알았기에 사람들이 다가오는 것을 경계하지도 않았다. 가족들도 방에 들락거렸다. 하지만 회복하려면 멀었다. 의사는 넉 달 정도를 잡았다. 로리외 부부는 쿠포가 오래 잠들어 있는 틈을 이용해서 제르베즈에게 어쩌자고 그런 어리석은 짓을 했느냐며 몰아세웠다. 집에 데려다 놓고 얻은 게 뭐가 있느냐고, 병원에 있었으면 두 배는 빨리 나았을 거라고 했다. 로리외는 차라리 자기가 병이 나거나 어디라도 다치면 좋겠다고, 그러면 일 초도 망설이지 않고 라리부아지에르로 들어가는 걸 보여 주겠다고 했다. 다시 로리외 부인이 자기가 아는 한 부인이 그 병원에서 다 회복되어 나왔다고, 아침저녁으로 닭고기를 먹으며 치료받았다고 덧붙였다. 로리외 내외는 쿠포가 회복할 때까지 넉 달 동안 동생 부부한테 얼마나 돈이 들지 스무 번도 넘게 계산해 보았다. 우선 일을 하지 못하니 돈을 못 벌 테고, 의사한테 들어가는 돈과 약값이 필요하고, 또 조금 있으면 좋은 포도주하고 고기를 먹어야 할 것이다. 알량한 저금만 까먹고 만다면 그나마 다행이지만, 아마도 빚을 얻어야 하지 않겠는가. 오! 우리와 상관없는 일이지, 뭐! 가족에게 손 벌리려 하기만 해 봐. 환자를 먹여 살릴 만큼 부자는 아니잖아. 쩔룩이가 딱하기는 하지만 할 수 없지. 안 그래? 그들은 제르베즈가 다른 사람들처럼 환자를 병원에 데려갔어야 한다고, 왜 쓸데없이 잘난 척을 했는지 모르겠다고 했다.

어느 날 저녁에 로리외 부인이 제르베즈에게 불쑥 짓궂은 질문을 던졌다.

"참! 가게는 언제 얻어?"

"그래. 관리인이 아직 기다리고 있던데." 옆에서 그 남편이 빈정거렸다.

제르베즈는 숨이 막힐 것 같았다. 가게 일을 까맣게 잊고 있었다! 그녀는 로리외 부부가, 그 나쁜 사람들이 가게가 결국 날아가 버렸다는 생각에 하물며 자기 앞에서 즐거워하는 것을 보았다. 로리외 부부는 그 뒤로도 틈만 나면 제르베즈의 물거품이 된 꿈을 우스갯소리로 들먹였다. 이루어질 수 없는 희망 얘기가 나올 때면 제르베즈가 길 쪽으로 난 멋진 가게의 주인이 되는 날에 비유하곤 했다. 그러고는 뒤에서 계속 비웃었다. 제르베즈는 너무 야비한 추측을 하고 싶지는 않았지만, 어쩌면 로리외 부부가 쿠포의 사고를, 그 바람에 구트도르 거리의 세탁소를 낼 수 없게 되었으니, 아마도 잘된 일로 여길지 모른다는 생각까지 들었다.

그러자 제르베즈도 로리외 내외를 골려 주고 싶었다. 자기가 남편을 치료하기 위해 기꺼이 돈을 쓰고 있다는 걸 보여 주고 싶었다. 그래서 그녀는 로리외 부부 앞에서 추시계 안의 통장을 꺼냈고, 그때마다 즐거운 목소리로 말했다.

"나갔다 올게요. 가게를 계약해야겠어요."

제르베즈는 돈을 한꺼번에 많이 찾지는 않았다. 너무 많은 돈을 서랍장에 넣어 두는 일이 없도록 매번 100프랑씩만 찾았다. 조만간 기적이 일어나서 남편이 갑자기 회복될지 모른다는, 그러면 이 돈을 다 찾지 않을 수 있으리라는 막연한 희망도 있었다. 그녀는 저축 금고에 다녀올 때마다 종이 쪽지 위에 남은 액수를 적어 가며 계산해 보았다. 그저 정확히 정리하고 싶었다. 그동안 모아 둔 돈이 아무리 크게 축나도 제르베즈는 침착한 표정으로 편안한 미소를 띠고서, 무너져 가는 저축을 계산했다. 이 돈을 이렇게 유용하게 쓴다는 것, 불행이 닥쳤을 때 이만한 돈을 가지고 있었다는 것 자체가 다행이지 않은가. 제르베즈는 아쉬움 없이, 조심스럽게 추 뒤쪽 둥근 몸체 밑으로 통장을 다시 밀어 넣었다.

쿠포가 누워 있는 동안 구제 가족은 아주 친절했다. 구제 부인은 늘 제르베즈를 도와주었다. 밖에 나갈 일이 있을 때마다 설탕과 버터, 혹은 소금이 필요하지 않은지 물어보았고, 포토프[82]를 끓이는 날이면 언제나 제일 먼저 덜어서 가져다주었다. 제르베즈가 너무 바빠 보이면 부엌일도 대신 해 주고 설거지까지 도와주었다. 구제는 아침마다 제르베즈의 양동이를

82) 야채 국물에 소고기를 넣고 약한 불로 오래 삶은 음식이다.

가져가서 푸아소니에 거리의 공공 급수터에서 물을 받아다 주었다. 그러면 제르베즈는 2수를 절약할 수 있었다. 저녁을 먹고 난 뒤 가족이 찾아오지 않는 시간에 구제 모자는 쿠포 부부의 벗이 되어 주었다. 구제는 10시가 될 때까지 두 시간 동안 파이프 담배를 피워 가며 제르베즈가 남편을 간호하는 모습을 지켜보았다. 저녁 내내 말은 채 열 마디도 하지 않았다. 황금빛 얼굴을 건장한 두 어깨 사이에 파묻은 구제는, 찻잔에 탕약을 따르고 설탕을 넣어 소리 없이 스푼으로 젓는 제르베즈를 애틋한 마음으로 지켜보았다. 그녀가 쿠포의 이불을 매만져 주고 다정한 목소리로 힘내라고 말할 때는 옆에서 마음이 울컥하기까지 했다. 그는 지금까지 제르베즈처럼 의연한 여자를 본 적이 없었다. 다리를 전다 한들 무슨 흠이 되겠는가. 남편 곁에서 저렇게 온종일 고생할 수 있다는 게 훨씬 더 소중하지 않은가. 정말로 제르베즈는 밥 먹는 약 십오 분 외에는 아예 자리에 앉을 틈이 없었다. 늘 뛰어서 약국을 오갔고, 더러운 것들을 조심스럽게 치웠고, 그러면서도 모든 일이 이루어지는 그 방이 늘 깨끗이 정돈되어 있을 정도로 허리가 휘도록 일했다. 불평 한마디 없었고, 심지어 뜬눈으로 서서 잠이 들 정도로 피곤한 날에도 늘 상냥했다. 그처럼 놀라운 헌신을 지켜보며, 가구 위에 널려 있는 약들을 보며, 남편을 진심으로 사랑하고 간호하는 제르베즈를 향해 구제는 깊은 애정을 느꼈다.

"어때? 이제 괜찮지?" 구제가 어느 날 점차 회복되어 가는 쿠포에게 말했다. "난 별로 걱정 안 했어. 자네 부인은 정말 훌륭한 분이야."

구제는 결혼을 앞두고 있었다. 어머니가 적당한 아가씨를 찾아주었다. 자기처럼 레이스 일을 하는 여자였고, 아들이 꼭 그 여자와 결혼하기를 바랐다. 구제는 어머니의 뜻을 거스르지 않으려고 결혼을 받아들였다. 결혼식은 9월 초로 잡혔다. 신접 살림을 차릴 돈도 이미 오래전부터 저축 금고에 넣어 둔 상태였다. 그렇지만 제르베즈가 결혼 얘기를 꺼내면 구제는 느릿느릿하게 말했다.

"모든 여자가 부인 같지는 않죠, 쿠포 부인. 만일 다 부인 같기만 하다면 난 열 사람하고도 결혼할 수 있어요."

두 달이 지나자 쿠포가 마침내 일어설 수 있게 되었다. 멀리까지 움직이지는 못해도 제르베즈가 부축을 해 주면 침대에서 창문까지 걸어가서, 로리외네가 가져다준 안락의자에 앉아 오른발은 등받이 없는 낮은 의자에 얹었다. 그는 원래는 장난기가 많아서 얼음에 미끄러져 다리가 부러진 동료가 있으면 일부러 찾아가서 놀려 주곤 했지만, 정작 자기가 사고가 나자 계속 짜증이 났다. 그에게는 철학이 없었다. 결국 두 달 동안 침대에 누워 욕을 하고 사람들을 괴롭혔다. 이렇게 다리를 소시지처럼 칭칭 처맨 채로 누워 있어야 한다니, 이게 사는 거야? 천장이 어떻게 생겼는지 구석구석 다 알겠어. 침대 위쪽 모퉁이에 갈라진 틈까지 눈 감고 그릴 수 있단 말이야. 얼마 후 일어나서 의자에 앉아 지내게 되자 불평의 내용이 변했다. 언제까지 이렇게 꼼짝 말고 앉아 있으라고? 내가 무슨 미라야? 길을 쳐다본들 뭐 재미있는 게 있어야지……. 사람 코빼기도 안 보이고, 온종일 표백액 냄새만 나잖아. 정말 이대로 폭삭 늙어 버리겠어. 파리의 성벽 공사가 어떻게 돼 가고 있는지라도 한 번 볼 수 있으면 십 년 일찍 죽어도 괜찮을 것 같아. 그러면서 쿠포는 운명을 저주했다. 자기 사고는 있을 수 없는 일이라고, 다른 사람이라면 모를까 자기처럼 게으르지 않고 술도 안 마시는 선량한 노동자한테 일어나서는 안 되는 일이라고 주장했다.

"우리 아버지도 목이 부러지긴 했지만, 그건 고주망태가 되었을 때였어. 그래서 마땅하다는 건 아니지만, 그래도 그럴 만하잖아. 하지만 난 술 한 방울도 입에 안 댔단 말이야. 바티스트처럼 얌전했다고.[83] 내 몸속에 술 한 방울도 안 들어가 있는데, 나나한테 한번 웃어 주려고 돌아보기만 했는데, 그런데 그렇게 떨어지다니! 우리를 돌보는 신이 정말로 존재한다면 말도 안 되는 일을 한 거야! 절대 말도 안 돼!"

마침내 다시 걸을 수 있게 되었을 때 쿠포는 말은 안 했지만 일하는 게 싫어졌다. 허구한 날 고양이처럼 지붕 위 홈통을 따라다니는 직업이 끔찍했다. 영악한 부르주아 놈들! 우릴 죽으라고 내몰잖아! 자기들은 겁쟁이라서 사다리도 못 올라가고 맨날 방구석에 불 피워 놓고 버티고 앉아 있으면서! 가난한 사람들이야 어떻게 되든 신경도 안 쓰지! 쿠포는 누구든 자기 집 지붕의 함석은 알아서 깔아야 한다고 주장했다. 그렇

---

83) "바티스트처럼 얌전하다."는 18, 19세기의 공연에서 사람들이 때려도 그대로 맞고만 있는 바보의 이름이 '바티스트(Baptiste)'였던 데서 비롯된 표현이다.

고말고! 그래야 맞지! 빗물에 젖기 싫으면 자기들이 알아서 가리라고! 이어 쿠포는 자기가 왜 좀 더 멋지고 덜 위험한 다른 직업을, 예를 들면 고급 가구를 세공하는 일 같은 걸 배우지 않았는지 모르겠다고 후회했다. 모두 아버지 때문이라고, 자고로 아버지들이란 자식을 자기와 같은 직업에 쑤셔 박으려 한다고 투덜댔다.

쿠포는 두 달 더 목발을 짚어야 했다. 처음에는 밖으로 나가 대문 앞에 서서 담배를 피웠고, 다음엔 샤펠 대로까지 나가 이리저리 거닐다가 벤치에 앉아 몇 시간이고 햇볕을 쬤다. 그는 전처럼 명랑해졌고 입심도 되살아났다. 그리고 삶의 즐거움과 함께, 손발을 늘어뜨리고 온몸의 근육을 달콤한 잠 속에 젖게 하는 무위도식의 즐거움을 알게 되었다. 몸이 회복되는 동안 서서히 그를 덮친 게으름이 피부 속으로 파고들어서 살살 간질이며 그를 마비시켜 버린 것이다. 되살아난 쿠포는 빈정거리면서, 인생이 이렇게 아름다운데 그런 아름다운 인생이 계속되지 못할 이유가 어디 있느냐고 우겼다. 그러다가 목발 없이도 걸을 수 있게 되자 좀 더 멀리 산책을 나갔고, 동료들을 만나러 작업장을 돌아다녔다. 공사판에 가서는 팔짱을 끼고 바라보면서 이죽거리고 고개를 저었다. 힘겹게 일하고 있는 노동자들을 향해 우스갯소리를 던지면서, 그렇게 안달해 봐야 결국 이 꼴이라는 뜻으로 자기 다리를 뻗어 보였다. 그렇게 힘들게 일하는 이들을 비웃다 보면 노동에 대한 원한이 조금 풀리는 것 같았다. 물론 그는 다시 일을 시작하게 될 테고, 그래야만 했다. 하지만 늦을수록 좋았다. 할 수 없지! 그런 일을 겪고 나서 어떻게 열심히 일할 마음이 남아 있겠어! 쿠포는 조금 빈둥거리며 지내는 게 싫지 않았다.

오후가 되고 무료해지면 그는 로리외네로 올라갔다. 누이 내외는 쿠포를 무척 안쓰러워하면서 온갖 상냥한 말로 마음을 달래 주었다. 사실 결혼 이후 몇 년 동안 제르베즈 때문에 쿠포는 누이 부부에게서 벗어나 있었다. 이제 그들은 왜 그렇게 아내를 무서워하느냐고 놀리면서 쿠포를 되찾았다. 그러면 남자도 아니지! 하지만 용의주도하게, 제르베즈가 정말 훌륭하다며 지나칠 정도의 찬사를 늘어놓는 것도 잊지 않았다. 쿠포는 제르베즈한테 누이가 당신을 너무 좋아한다고, 맹세할 수 있다고, 그러니까 조금만 더 잘해 주라고 했다. 그때까지만 해도 싸움은 나지 않았다. 어느 날 저녁 결국 에티엔이 발단이 되어 첫 싸움이 일어났다. 오후에 로리외네 집에 가 있다가 돌아온 쿠포가 저녁이 미처 준비되어 있지 않은 것을 보며 심술이 났고, 그런데 아이들이 수프를 빨리 달라며 시끄럽게 보챈 것이다. 쿠포는 버럭 화를 내며 에티엔에게 따귀를 두 번 제대로 날렸다. 그런 뒤에 한 시간 내내 불평을 했다. 저 자식은 내 애가 아니잖아. 내가 왜 키우고 있는지 모르겠어. 두고 봐, 꼭 쫓아낼 거니까. 여태껏 문제 없이 에티엔을 받아들였던 쿠포였다. 이튿날 쿠포는 자기의 권위를 들먹이기 시작했다. 사흘 후부터는 아침저녁으로 어린 에티엔의 엉덩이를 걷어찼다. 문밖에서 쿠포가 계단을 올라오는 소리가 들리면 에티엔이 재빨리 구제네 집으로 도망갈 정도였다. 구제의 어머니는 아이를 탁자 구석에 숨겨 주고 그곳에서 숙제를 하게 했다.

제르베즈는 이미 한참 전에 일을 다시 시작했다. 추시계의 덮개를 뺐다 끼웠다 할 일도 더는 없었다. 모아 놓은 돈을 다 써 버렸기 때문이다. 이제 먹는 입이 넷이나 되니 네 사람 몫으로 일해야 했다. 제르베즈 혼자 모두를 먹여 살렸다. 누군가 너무 힘들겠다고 말하면 그녀는 곧바로 쿠포를 위한 변명을 늘어놓았다. 생각해 보세요. 정말 큰 고생을 했잖아요. 성격이 좀 괴팍해질 수밖에 없죠. 몸이 나으면 좋아질 거예요. 상대가 이미 다 낫지 않았냐고, 일을 시작해도 되지 않느냐는 뜻으로 말하려 하면 제르베즈는 펄쩍 뛰었다. 아니에요, 아니에요. 아직 안 돼요. 다시 병이 나면 어쩌게요. 보나 마나 의사도 그렇게 말할걸요? 실제로 제르베즈가 나서서 쿠포가 일하는 것을 말리기도 했다. 아침마다 남편에게 천천히 생각하라고, 억지로 애쓰지 말라고 했다. 남편의 조끼 주머니에 20수짜리 동전을 넣어 주기까지 했다. 그러면 쿠포는 그 돈을 당연하게 받았다. 그러면서 응석 부리듯이 여기가 아프니 저기가 아프니 계속 투덜댔다. 여섯 달이 지나도 쿠포는 여전히 회복 중이었다. 이제 친구들의 일터에 구경 가는 날이면 거리낌 없이 술집에 들어가 어울려 술을 마셨다. 술집도 꽤 괜찮아. 잠시 들어가서 재미있게 즐기는 건데 뭐. 그 정도가 흠이 되진 않지. 가식적인 놈들이나 술집 문 앞에서 목말라 죽겠다고 인상을 쓰지. 옛날에 친구들이 날 놀려 댄 것도 다 이해가 간다니까. 포도주 한잔 마셨다고 사람이 죽는 것도 아닌데 말이야. 그러면서 쿠포는 가슴을 치며 자기는 절대 포도주밖에 안 마신다고 거들먹거렸다. 난 포도주만 마셔, 독주는 절대 안 마시지. 포도주를 마시면 오히려 오래 살 수 있거든. 기분이 좋아지고, 취하지는 않아. 쿠포는 그렇게 계속 빈둥거리며 이 작업장에서 저 작업장으로 이 술집에서 저 술집으로 돌아다녔다. 취해서 돌아오기도 했다. 그런 날이면 쿠포가 떠들어 대는 말도 안 되는 소리가 구제의 집에 들리지 않도록, 제르베즈는 머리가 아프다는 핑계로 문을 닫아 두었다.

그러는 사이 제르베즈는 점점 풀이 죽었다. 그녀는 아직 세가 나가지 않은 가게를 보러 아침저녁으로 구트도르 거리로 향했다. 하지만 마치 해서는 안 되는 유치한 짓을 하는 사람처럼, 사람들의 눈을 피해 몰래 지켜보았다. 그 가게가 제르베즈의 머릿속을 다시 어지럽혔다. 밤에 불을 끄고 누워서도 눈을 뜬 채 가게를 생각하면서 금지된 쾌락의 매력을 즐겼다. 계산도 다시 해 보았다. 첫 세를 낼 250프랑, 필요한 도구들과 설비를 들여놓는 데 150프랑, 첫 보름 동안의 생활비 100프랑, 다 합해서 적어도 500프랑이 필요했다. 그렇지만 제르베즈는 세탁소에 대해 단 한 번도 제대로 말을 꺼내지 못했다. 모아 둔 돈을 쿠포가 다치는 바람에 다 써 버린 것을 아쉬워하는 것처럼 보이기 싫었기 때문이다. 어쩌다 자기도 모르게 세탁소 얘기가 나올라치면 마치 무슨 나쁜 생각이라도 한 것처럼 얼굴이 창백해져서는 바로 말을 삼켜 버렸다. 이제 그렇게 많은 돈을 모으기 위해서는 다시 사 년이나 오 년 동안 열심히 일해야 했다. 그녀는 당장 가게를 낼 수 없다는 게 못내 아쉬웠다. 가게를 낼 수만 있다면 쿠포가 다시 일하고 싶어질 때까지 몇 달 더 기다리면서 혼자서 생활을 꾸려 갈 수 있지 않겠는가. 제르베즈는 정말 그렇게만 된다면 쿠포가 노래를 흥얼거리며 돌아와서 메보트 놈한테 술 한잔 사 줬다고 신나서 떠드는 말을 들을 때의 알 수 없는 공포감에서도 벗어날 수 있을 것 같았다. 그러면 앞날에 대한 두려움 없이 마음도 평화로워지지 않겠는가.

어느 날 제르베즈가 집에 혼자 있을 때 구제가 찾아왔다. 그는 평소처럼 금방 나가지 않고 한참 동안 앉아 있었다. 뭔가 꺼내기 어려운 얘기가 있는 듯 파이프 담배를 입에 물고 제르베즈를 바라보았다. 어떻게 말해야 할지 이리저리 돌려보고 궁리를 하면서 한참 말없이 있던 구제가 마침내 결심을 했다. 그는 입에 물었던 파이프를 빼면서 단숨에 말해 버렸다.

"제르베즈 부인, 제가 돈을 좀 빌려드려도 될까요?"

행주를 찾느라 서랍장 위로 몸을 숙이고 있던 제르베즈는 깜짝 놀라 몸을 일으켰다. 얼굴이 벌겋게 달아올랐다. 내가 아침마다 가게 앞에 서서 십 분 동안 넋을 놓고 있는 모습을 본 걸까? 구제는 마치 상대방에게 상처를 주는 제안을 하기라도 한 것처럼 난감한 얼굴로 미소를 지어 보였다. 제르베즈는 절대 안 된다며 거절했다. 언제 갚을 수 있을지 모르면서 돈을 빌릴 수는 없다고, 그렇게 빌리기에는 너무 큰 돈이라고 했다. 그런데도 구제가 계속 뜻을 굽히지 않자 제르베즈는 결국 큰 소리로 말했다.

"결혼은 어떻게 하려고 그래요? 결혼 때문에 모아 둔 돈을 내가 쓸 수는 없어요. 말도 안 돼요!"

"걱정하지 마세요." 이번에는 구제의 얼굴이 벌겋게 달아올랐다. "결혼은 안 할 겁니다. 그러니까…… 그냥 생각이…….
아무튼 그냥 돈을 빌려줄게요."

구제도 제르베즈도 고개를 들지 못했다. 두 사람 사이에는 말할 수는 없지만 무언가 따뜻한 기운이 흘렀다. 결국 제르베즈가 받아들였다. 구제는 이미 어머니와 이야기를 마쳤다고 했다. 제르베즈는 구제를 따라 층계참 맞은편의 구제 부인에게로 갔다. 차분한 얼굴로 고개를 숙여 심각한 표정으로 수틀을 바라보는 구제 부인은 조금 슬퍼 보였다. 그녀는 아들의 뜻에 반대할 생각은 없지만, 제르베즈의 계획에는 찬성할 수 없다고 했다. 그러면서 그 이유를 분명하게 말했다. 쿠포가 점점 이상해지고 있잖아요. 가게를 잃게 될지도 몰라요. 구제 부인은 무엇보다 몸이 회복되는 동안에 글을 배우라는 조언을 쿠포가 거절한 것을 용납하지 못했다. 구제가 나서서 가르쳐 주겠다고 했는데도 쿠포는 잠시 망설이지도 않고 싫다고 했다. 지식이라는 건 결국 사람들을 좀스럽게 만든다는 게 그의 논리였다. 이 일 때문에 대장장이와 함석공은 모두 기분이 상했고, 결국 서먹한 사이가 되었다. 하지만 구제 부인은 다 큰 아들이 애원하는 눈길로 부탁을 하자 결국 친절을 베풀기로 했다. 제르베즈 부부한테 500프랑을 빌려주기로 한 것이다. 돈은 매달 20프랑씩, 기한을 정하지 않고 나누어 갚아 나가기로 했다.

"오호라! 그 대장장이 녀석이 당신한테 마음이 있나 보군!" 소식을 들은 쿠포가 웃으면서 말했다. "뭐, 나야 상관없지! 워낙 얼간이 같은 놈이니까. 우리야 당연히 돈을 갚겠지만, 만일 나쁜 놈들한테 그런 식으로 했다간 완전히 사기당하고 말지."

쿠포 부부는 이튿날 가게를 얻었다. 제르베즈는 온종일 뇌브 거리와 구트도르 거리 사이를 뛰어다녔다. 너무 기쁘고 날아갈 듯이 즐거워서 다리를 절지도 않았다. 그 모습을 보며 동네 사람들은 제르베즈가 수술을 받았나 보다고 수근거렸다.

5장

때마침 4월에 보슈 부부가 푸아소니에 거리를 떠나 구트도르 거리의 큰 아파트로 일터를 옮겼다. 기가 막히게 맞아떨어졌다! 뇌브 거리에서 관리인 없이 편하게 살다가 앞으로 심술궂은 누군가의 눈치를 봐야 한다는 게 제르베즈의 걱정거리 중 하나였기 때문이다. 물을 조금 엎지른다든가 저녁에 문 닫을 때 시끄러운 소리가 난다든지 하는 문제로 실랑이를 할지 모르는 일이었다. 관리인들이란 참으로 귀찮은 존재가 아닌가! 하지만 보슈 부부라면 좋았다. 제르베즈는 그들과는 잘 아는 사이이니 마음이 잘 맞을 거라고, 가족처럼 친하게 지낼 수 있을 거라고 생각했다.

쿠포 부부가 임대 계약서에 서명하러 간 날, 큼지막한 대문을 들어서는 순간 제르베즈는 불현듯 마음이 심란해졌다. 이제 이리저리 만나고 갈라지는 계단과 복도가 끝없이 이어지는, 거의 작은 도시 하나만 한 이 큰 건물에서 앞으로 살아가야 했다. 창문마다 햇볕에 말리느라 널어 놓은 누더기 같은 옷들, 거리의 광장처럼 포석이 내려앉은 희끄무레한 안마당, 작업장에서 새어 나오는 웅웅대는 소리가 제르베즈를 더 불안하게 만들었다. 고대하던 꿈에 마침내 다가갔다는 기쁨이 있었지만, 그와 동시에 성공하지 못할지도 모른다는, 굶주림이라는 괴물, 지금 자기 귀에 숨결을 뿜어 내고 있는 괴물에 맞서 치러 내야 할 엄청난 싸움에 짓눌리게 될지도 모른다는 두려움이 스멀거렸다. 1층의 작업장들에서 열쇠공이 망치를 두드리는 소리, 가구 세공을 하느라 대패질하는 소리를 들으며 제르베즈는 어쩌면 자기가 지나치게 과감하게 일을 벌이고 있다는 생각을 했다. 한창 돌아가는 기계 속에 발을 들여놓는 느낌이 들었다. 그날 현관 밑으로 흐르는 염색장의 물은 밝고 연한 연두색이었다. 제르베즈는 가벼운 미소를 지으며 그 물을 건너면서, 그 색깔이 행운의 징조라고 생각했다.

그들은 보슈 부부의 거처에서 집주인과 만났다. 집주인 마레스코 씨는 거리를 돌아다니면서 칼 가는 일을 하다가 라페 거리에 커다란 칼 가게를 열었다. 소문에 따르면 재산이 몇백만 프랑에 이른다고 했다. 삐쩍 말랐지만 기운이 센 쉰다섯 살의 남자는 훈장을 달고 있었고, 노동자 출신다운 큼지막한 손을 일부러 내보이곤 했다. 그는 세입자들의 칼이나 가위를 가져가서 직접 갈아 주는 게 자기의 낙이라고 했다. 주위의 평판에 따르면, 별로 거만하지 않은 사람이었다. 그가 몇 시간이고 관리인 거처의 어둠 속에서 할 일을 하기 때문이었다. 마레스코 씨는 모든 일을 그곳에서 처리했다. 쿠포 부부가 들어섰을 때 그는 기름때 묻은 탁자 앞에 앉아 보슈 부인의 말을 듣고 있었다. 보슈 부인은 계단 A의 3층에 사는 재봉사 여자가 집세를 못 내겠다며 입에 담기 힘든 욕을 했다고 했다. 쿠포 부부의 계약서에 서명이 끝나자 주인이 악수를 청했다. 난 노동자들이 좋아요. 옛날엔 나도 고생 많이 했지요. 열심히 일하면 좋은 날이 올 겁니다. 집주인은 첫 반년 집세인 250프랑을 받아 들고 세어 본 뒤 커다란 주머니에 넣었다. 그런 다음 자기가 그동안 어떻게 살아왔는지를 이야기하면서 훈장을 보여 주기도 했다.

그런데 이야기를 듣는 내내 제르베즈는 보슈 부부의 태도가 거슬렸다. 왜 자기들을 모르는 척하는 걸까? 보슈 부부는 집주인 곁에 서서 거의 허리가 접힐 듯이 조아리며 굽신거렸고, 그의 입에서 말이 떨어지기가 무섭게 머리를 끄덕이며 옳은 말씀이라고 했다. 밖에서 아이들이 수돗물을 크게 틀어 포석이 젖도록 진창을 튀기며 놀자, 보슈 부인이 급히 나가서 모두 쫓아냈다. 그러고는 치맛자락 속에 몸을 곧게 세우고, 마치 이 집의 질서가 제대로 잡혀 있는지 확인이라도 하듯 엄격한 표정으로 창문 하나하나를 천천히 살피면서, 이제 300명의 세입자를 관리하는 몸이니 어떤 권위를 갖게 되었는지 보여 주겠다는 듯이 입술을 꽉 깨물고, 그렇게 안마당을 지나 관리인 거처로 돌아왔다. 보슈는 다시 3층의 재봉사 이야기를 꺼내면서 그 여자를 쫓아내는 게 나을 것 같다고 했다. 그는 자신의 직무에 흠집이 났다고 생각하는 관리인들이 흔히 그러듯이 거들먹거리며 밀린 집세를 계산해 보였다. 마레스코 씨도 쫓아내는 데 찬성이었다. 하지만 중간 납부일까지만 기다려 보자고 했다. 사람들을 거리로 내쫓는 건 좀 가혹한 일이기도 하고, 굳이 쫓아내 봐야 집주인 주머니에 동전 하나 들어오는 것도 아니라고 덧붙였다. 제르베즈는 가벼운 전율을 느꼈다. 자기도 만일 불행이 닥쳐서 집세를 낼 수 없게 되는 날이 온다면 저렇게 거리로 쫓겨나겠구나 하는 생각이 들었다. 담배 연기가 자욱하고 검은색 가구가 빼곡히 들어선 방은 동굴 속처럼 습기 차고 어두어둑했다. 창문 쪽으로 수선을 마쳐서 돌려보낼 낡은 프록코트 한 벌이 놓인 재단대 위로만 빛이 들어왔다. 구석에는 보슈의 딸, 붉은 머릿결의 네 살짜리 폴린이 익어 가는 소고기의 냄새에 신나 하며 프라이팬 앞에 쪼그려 앉아 있었다.

마레스코 씨가 다시 쿠포에게 악수를 청했고, 쿠포는 다시 수리 얘기를 꺼냈다. 주인이 나중에 얘기하자고 약속했던 문제였다. 하지만 마레스코 씨는 화를 내면서 자기는 아무 약속도 한 적이 없다고 했다. 누가 가게를 세주면서 수리까지 해 주느냐고도 했다. 어쨌든 그는 직접 보러 가자는 말에 동의했고, 쿠포와 보슈를 따라 가게로 갔다. 잡화상을 하던 사람이 나가면서 선반과 계산대를 모두 뜯어 갔다. 시커먼 천장 아래 군데군데 갈라진 벽에 낡은 누런 벽지만 너덜거렸다. 격한 언쟁이 오가며 텅 빈 가게 안에 말소리가 울려 퍼졌다. 마레스코 씨는 가게를 꾸미는 건 장사할 사람이 할 일이라고 큰 소리로 말했다. 장사할 사람이야 사방 번쩍거리게 금칠을 하고 싶겠지만, 집주인이 왜 그러겠어요? 난 라페 거리에 가게를 낼 때 2만 프랑도 넘게 들여서 설비를 갖췄어요. 하지만 제르베즈는 여자들 특유의 고집으로 상대가 절대 반박할 수 없는 말로 보이는 주장을 되풀이했다. 세입자가 사는 곳이라면 당연히 벽지를 해 주실 거잖아요. 그런데 왜 가게는 세입자가 사는 곳이라고 생각하지 않으시죠? 그러면서 제르베즈는 다른 건 필요 없으니, 천장에 회칠을 새로 하고 벽지 바르는 것만 해 달라고 했다.

그러는 동안 보슈는 자기와 상관없는 일이라는 듯 천연덕스럽게 구경만 하고는, 아무 말 없이 고개를 돌려 허공만 쳐다보았다. 쿠포가 눈짓을 해도 헛일이었다. 마치 집주인에 대한 자신의 영향력을 함부로 쓰고 싶지 않다고 말하는 것 같았다. 하지만 보슈는 결국 아주 조금 표정을 바꾸었고, 살짝 미소를 지으면서 고개를 끄덕거렸다. 그러자 마레스코 씨도 마치 손에 들고 있던 금덩이를 빼앗긴 수전노처럼 열 손가락을 벌린 채로 화를 내며 어쩔 수 없이 받아들였다. 그는 잔뜩 찌푸린 얼굴로 제르베즈가 절반을 부담한다는 조건으로 천장과 벽지를 고쳐 주겠다고 약속했다. 그런 뒤에는 더 이상 아무 말도 듣지 않으려 하면서 서둘러 자리를 떴다.

주인이 가고 나자 보슈가 허물없이 쿠포 내외의 어깨를 치면서 화통하게 말했다. 어때요? 멋지게 낚았죠? 나 아니었으면 벽지고 천장이고 하나도 못 얻어 냈지! 집주인이 나한테 어떻게 하면 좋겠냐고 눈짓 보내는 것 봤죠? 내가 미소 짓는 걸

보더니 바로 결정했고. 그러더니 보슈는 마치 속내를 털어놓듯 사실 자기가 건물의 진짜 주인인 셈이라고 했다. 사람을 내보낼 수도 있고, 맘에 드는 사람한테 세를 줄 수도 있고, 집세를 대신 받아서 보름 동안 서랍장에 보관하기도 한다고 했다.

그날 저녁 쿠포 부부는 보슈 부부에 대한 감사의 표시로 포도주 두 병을 가져다주었다. 그럴 만한 일이라고 생각했다.

다음 월요일부터 일꾼들이 일을 시작했다. 무엇보다 벽지를 사는 일이 중요했다. 제르베즈는 파란 꽃이 그려진 회색 벽지를 사서 벽을 환하고 화려하게 꾸미고 싶었다. 보슈가 같이 가겠다고 나섰다. 벽지를 고르는 건 제르베즈에게 하라고 했지만, 그는 한 묶음당 15수가 넘지 않도록 하라는 주인의 명을 받은 터였다. 가게에서 제르베즈는 한 시간이 넘도록 마음을 정하지 못했다. 18수짜리 페르시아 문양의 벽지가 맘에 들고 다른 건 눈에 들어오지도 않았다. 결국 보슈가 포기했다. 자기가 어떻게 해 보겠다고, 정 안 되면 한 묶음 더 산 걸로 계산해서 돈을 맞추겠다고 했다. 제르베즈는 돌아오는 길에 폴린이 먹을 과자를 샀다. 원래 제르베즈는 뭐든 미루지 않았다. 도움을 받았으니 감사의 표시를 해야 했다.

가게 준비를 나흘 안에 끝낼 예정이었다. 하지만 삼 주 동안 작업이 이어졌다. 처음에는 페인트칠된 곳을 그냥 깨끗이 닦기만 할 생각이었다. 하지만 포도주 찌꺼기 색깔이던 페인트가 너무 더럽고 칙칙해서 결국 제르베즈는 가게 정면 전체를 노란 줄이 간 연푸른색으로 칠하기로 했다. 그런데 준비가 끝없이 늘어졌다. 여전히 일을 시작하지 않은 쿠포는 아침 일찍부터 가게에 나와 있었다. 보슈도 단춧구멍을 손봐야 하는 프록코트와 바지를 던져 둔 채 나와서 일꾼들을 지켜보았다. 두 남자는 뒷짐을 지고 서서, 담배를 피우고 침을 뱉으며, 일꾼들의 붓질 하나하나에 참견을 했다. 못 하나 뽑을 때도 한없이 따지고 들었다. 결국 서글서글해 보이는 칠장이 두 명도 합세해서 수시로 사다리에서 내려왔고 시작한 지 얼마 되지도 않은 일을 몇 시간이고 바라보고 고개를 끄덕거리며 함께 서 있었다. 그나마 천장에 회칠을 하는 일은 금방 마무리되었는데, 페인트칠은 끝날 기미가 보이지 않았다. 칠이 잘 마르지도 않았다. 9시쯤 페인트 통을 들고 나타난 칠장이들은 구석에 연장을 내려놓고 주위를 한번 살핀 다음에 어디론가 나가서, 그러니까 점심을 먹으러 갔거나 바로 옆 미라 거리에 하던 일을 마무리하러 간 뒤로 다시 나타나지 않았다. 쿠포가 일꾼들을 모두 데리고 나가서 술을 산 적도 있었다. 보슈와 칠장이들, 그리고 지나가다 만난 쿠포의 친구들까지 어울려 마셨다. 그렇게 오후 시간을 날려 버렸다. 제르베즈는 피가 마르는 것 같았다. 그러다 갑자기 이틀 안에 전부 끝났다. 페인트칠, 벽지 바르기가 끝났고, 쓰레기도 모두 비웠다. 일꾼들은 사다리 위에서 휘파람을 불고 동네가 떠나갈 듯 큰 소리로 노래를 부르며 즐기듯이 금방 해치웠다.

곧바로 이사를 했다. 첫 며칠 동안 제르베즈는 밖에 나갔다 돌아올 때면 길을 건너면서 어린애처럼 좋아 어쩔 줄 몰랐다. 일부러 천천히 걸음을 옮기면서 가게를 향해 웃음을 지어 보였다. 멀리서 봐도 우중충한 가게들 틈에 화사하고 환한 세탁소가 눈에 띄었다. 간판은 연한 파란색 위에 노란색 대문자로 '고급 세탁소'라고 썼다. 진열장 안쪽에 모슬린 커튼을 달고, 깨끗해진 세탁물의 흰색이 돋보이도록 푸른색 종이를 발랐다. 그리고 안에 남자 셔츠들을 걸고, 턱 끈을 묶은 여자용 보닛 모자들을 철사에 걸어 두었다. 제르베즈는 하늘색으로 꾸며진 가게가 마음에 들었다. 가게 안도 온통 푸른빛이었다. 퐁파두르[84] 양식을 흉내 낸 벽지에는 메꽃 덩굴이 덮인 정자가 그려져 있었다. 가게의 3분의 2를 차지하는 커다란 작업대에는 두꺼운 덮개가 깔리고, 아래쪽을 가리도록 씌워 놓은 두꺼운 무명 헝겊에도 푸르스름한 꽃가지 무늬들이 있었다. 제르베즈는 등받이 없는 작은 의자에 앉아 만족의 한숨을 내쉬었다. 새로 산 도구들을 흐뭇한 시선으로 바라보면서, 새로운 청결이 더없이 행복했다. 하지만 매번 제일 처음 눈길이 가는 곳은 바로 화덕 옆쪽으로 경사진 열판을 달아 다리미를 한꺼번에 열 개나 덥힐 수 있게 만든 주물 다리미대였다. 제르베즈는 멍청한 견습 일꾼이 자꾸 화덕에 코크스[85]를 너무 많이 넣어, 혹시라도 주물이 터지지나 않을까 걱정이 돼서 무릎을 꿇고 살펴보곤 했다.

가게 뒤쪽에 거처로 사용하는 공간도 편안했다. 쿠포 부부는 음식도 만들고 식사도 하는 첫 번째 방에서 잤다. 반대쪽으로 난 문은 안마당으로 통했다. 나나의 침대는 오른쪽에 붙

---

84) 루이 15세의 애첩으로, 그 취향이 18세기 파리 사교계를 지배했다.
85) 석탄을 원료로 만든 것으로, 보일러나 난방의 연료로 사용되었다. '골탄' 또는 '해탄'이라고 한다.

은, 천장 가까이 조그만 둥근 창으로 햇빛이 들어오는 쪽방에 두었다. 에티엔은 늘 더러운 세탁감이 산더미처럼 쌓여 있는 왼쪽 방을 썼다. 한 가지 불편한 점으로는, 처음에는 인정하고 싶지 않았지만, 벽에 습기가 많이 차고 오후 3시면 이미 실내가 어둑어둑해졌다.

제르베즈가 가게를 열자 동네 사람들은 놀라움과 흥분을 감추지 못했다. 너무 무리해서 가게를 내고 돈이 모자라서 쩔쩔맨다고 흉보는 사람들도 있었다. 사실 구제한테 빌린 500프랑 중에 첫 보름 동안의 생활비를 남겨 두겠다는 애초 계획과 달리 제르베즈는 그 돈을 다 쓰고 말았다. 처음으로 집의 덧창을 열던 날 아침에 제르베즈의 지갑 속에는 정확히 6프랑이 남아 있었다. 그래도 그녀는 속상하지 않았다. 손님들이 오기 시작했고, 장사가 순조롭게 시작되었기 때문이다. 일주일 뒤 토요일에 잠자리에 들기 전, 제르베즈는 두 시간 동안 종이 쪽지에 계산을 했다. 그러고는 환한 얼굴로 쿠포를 깨우면서 계속 이렇게 꾸려 나가면 아주 많이 벌 수 있겠다고 말했다.

"나 원 참!" 그사이 로리외 부인은 구트도르 거리를 누비며 떠들어 댔다. "바보 같은 내 동생이 별일을 다 겪네요……! 절룩이야 아주 신이 났겠지요. 쩔룩이답잖아요. 안 그래요?"

로리외 부부는 이미 제르베즈와 돌이킬 수 없이 사이가 틀어진 상태였다. 가게 수리를 하는 동안에도 로리외 부부는 분노를 삭이지 못했다. 멀리 칠장이들의 모습만 보여도 건너편으로 지나갔고, 집으로 올라갈 때는 이를 악물었다. 저런 나부랭이 같은 여자가 푸른색 가게를 갖게 되다니, 착실하게 사는 사람들은 도대체 어쩌란 말인가! 게다가 가게를 열고 이틀째 되는 날 건물을 나서는 로리외 부인 쪽으로 견습 일꾼이 녹말풀 그릇을 들고 허공에 대고 비우자, 그녀는 올케가 일꾼을 시켜서 자기를 모욕했다고 온 동네에 떠들고 다녔다. 결국 모든 관계가 끊어졌고, 두 여자는 지나가다 만나도 서로 사나운 눈길을 던지고 말았다.

"그래요, 대단하잖아요!" 로리외 부인이 거듭 말했다. "그 꼴같잖은 가게를 무슨 돈으로 얻었는지 다 알죠. 대장장이한테서 얻었잖아요. 그쪽도 보통 인간이 아니라더군요. 아버지가 단두대에서 죽기 싫어서 칼로 자기 목을 그었다네요! 추잡스럽기 이를 데 없지!"

로리외 부인은 아예 노골적으로 제르베즈가 구제와 같이 자는 사이라고 소문을 냈다. 어느 날 밤에 샤펠 대로 벤치에 둘이 같이 있는 걸 본 적 있다는 거짓말도 했다. 그녀는 제르베즈와 구제의 관계를 생각하며, 제르베즈가 누렸을 쾌락을 생각하며, 미칠 듯한 분노를 삭이지 못했다. 말하자면 못생긴 여자들 특유의 정숙함이 발동한 셈이었다. 매일 그녀의 입술 위로 마음속의 절규가 새어 나왔다.

"도대체 남자들은 그 병신 어디가 좋은 거야! 나를 좀 그렇게 사랑해 보라지!"

로리외 부인은 그렇게 이웃 여자들을 붙잡고 끝없이 험담을 늘어놓았다. 그래요. 결혼식 날부터 표정이 이상하더라고요! 난 코가 귀신 같아서 앞으로 일어날 일을 다 냄새 맡거든요. 무슨 일이 일어날지 다 알았다고요! 세상에! 그런데 그 쩔룩이가 어찌나 다정하게 굴면서 착한 척하던지, 결국 쿠포 때문에 저하고 남편이 나나의 대부와 대모까지 되어 줬잖아요. 그런 식으로 세례를 받자면 돈이 얼마나 드는데……. 하지만 지금은 어림없죠! 그녀는 제르베즈가 죽어 가면서 물 한 컵만 달라고 해도 모른 척할 거라고, 자기는 뻔뻔스럽고 요사스러운 여자들, 방탕한 여자들은 딱 질색이라고 했다. 나나가 대부와 대모를 만나러 오는 건 괜찮아요. 엄마가 잘못했지 애는 아무 상관없으니까. 안 그래요? 그녀는 그러면서 쿠포한테는 조언도 필요 없다고, 다른 남자라면 그런 마누라는 엉덩이를 두 번 걷어차서 양동이에 처박아 버릴 거라고 했다. 어쩌겠어요. 내가 상관할 일 아니죠. 아무리 그래도 가족한테 도리는 지켜야지! 맙소사! 로리외 부인은 만일 남편이 자기가 다른 남자와 놀아나는 걸 봤으면 절대 가만있지 않았을 거라고, 자기 배에 가위를 꽂았을 거라고 했다.

하지만 이 건물에서 일어나는 모든 분쟁에 엄격한 심판관 역할을 하는 보슈 부부는 로리외 부부의 손을 들어 주지 않았다. 물론 로리외 부부는 문제를 일으키지 않는 조용한 사람들이고, 온종일 일하고 집세도 꼬박꼬박 냈다. 하지만 보슈 부부가 보기에, 솔직히 이 일에 대해서는 질투심 때문에 이성을 잃었다. 게다가 그들은 너무 인색했다. 지독한 구두쇠들이지! 포도주 한 잔 나눠 주는 게 싫어서 병을 감춰 들고 올라가잖아! 언젠가 제르베즈가 젤테르수와 카시스 술을 사 와서 함께 마시고 있는데, 지나가던 로리외 부인이 얼굴을 찌푸리며 관리실 문 앞에 침 뱉는 시늉을 했다. 그날 이후 보슈 부인은 매주 토요일 층계와 복도를 비질하면서 쓰레기를 로리외네 문 앞에 모아 두었다.

"짜증 나!" 로리외 부인이 악을 썼다. "그 절룩이 년이 저 아귀 같은 인간들한테 매일 먹을 걸 바쳐 대잖아! 그래서 그래! 다 똑같은 것들이지……! 그래도 그렇지, 날 이렇게 괴롭혀? 집주인한테 가서 말해 버리겠어……. 어제만 해도 음흉한 보슈가 고드롱 부인한테 추근대는 걸 내 눈으로 봤다고. 그 나이의 여자한테, 애가 여섯이나 되는 여자한테 달려들다니, 추잡스럽기도 해라! 한 번 더 그런 더러운 짓을 하면 내가 여편네한테 일러 버리고 말 테니 두고 봐. 두들겨 패 주라고 해야지……. 두고 보라고! 웃음거리가 되게 해 줄 테니까."

쿠포 마나님은 두 집을 다 드나들었다. 거슬리는 얘기는 하지 않으면서, 심지어 저녁 먹고 가라고 전보다 더 자주 붙잡히면서, 하루는 딸의 말을, 또 하루는 며느리의 말을 들어 주었다. 르라 부인은 쿠포네에 발을 끊었다. 알제리 보병 하나가 애인에게 면도칼을 휘둘러 코를 벤 사건 얘기를 하다가 그녀가 남자가 그런 건 사랑 때문이라고 역성을 들자 제르베즈가 반박했고, 결국 말다툼이 난 것이다. 르라 부인은 심지어 로리외 부인에게 절룩이가 소꼬리라고 부르고 다닌다고, 열다섯 명인가 스무 명이 모인 자리에서 거침없이 그렇게 불렀다고 말하면서 동생의 분노를 들쑤셨다. 세상에! 정말 그런다니까! 이제 보슈네와 이웃 전부가 널 소꼬리라고 부른다고!

그 모든 소란스러운 험담에도 제르베즈는 아랑곳하지 않았다. 늘 미소 띤 얼굴로 가게 문간에 서서 아는 사람이 지나갈 때마다 고개를 숙이며 정답게 인사를 했다. 그녀는 다림질 하나를 끝내고 다른 다림질을 시작하기 전에 늘 문간에 나와 거리를 향해 웃음을 지었다. 가게의 주인인 제르베즈는 가게 앞길이 자기 것이라도 되는 양 뿌듯했다. 구트도르 거리가, 옆의 다른 길들이, 동네 전체가 다 자기 것만 같았다. 제르베즈는 캐미솔 차림으로 소매를 걷어붙인 채로 금발을 날리면서 뜨거운 열기 속에서 일했다. 고개를 내밀어 왼쪽 또 오른쪽으로 돌려 가면서 지나가는 사람들, 건물들, 거리, 하늘을 바라보았다. 왼쪽으로는 구트도르 거리가 인적 없는 평화로운 시골길처럼 이어졌고, 여기저기 문간에서 여자들이 나지막하게 이야기를 나누었다. 오른쪽으로는 아주 가까운 푸아소니에 거리에서 마차들이 오가는 요란한 소리가 들렸다. 그와 함께 많은 사람이 지나다니면서 구트도르 거리는 서민들 무리가 마주치는 교차로가 되었다. 제르베즈는 이 거리가 좋았다. 운송 마차들이 길이 파여 울퉁불퉁한 곳을 지나며 덜컹거리는 모습, 좁은 인도 위에 군데군데 가파르게 쌓인 자갈 더미 때문에 사람들이 부딪히며 지나가는 모습도 좋았다. 가게 앞을 흐르는 3미터 정도의 도랑이 제르베즈에게는 큰 강이었다. 그녀는 건물에 사는 염색장이가 고마운 변덕을 부리면서 검은 진흙 가운데로 기기묘묘한 색깔의 물을 흘려보내는 그 기이하고 살아있는 강이 깨끗하기를 바랐다. 제르베즈는 상점들을 살펴보았다. 식료품점에는 눈금이 촘촘한 망 속에 담은 말린 과일들이 진열되어 있고, 노동자의 작업복과 모자를 파는 가게에서는 다리와 팔을 활짝 펴서 걸어 놓은 푸른색 바지와 작업복 상의

가 작은 바람결에도 하늘하늘 흔들렸다. 또 과일 가게와 내장 가게의 계산대 모서리에서 도도하게 가르랑거리는 예쁜 고양이들도 눈에 들어왔다. 제르베즈의 가게 바로 옆에 붙은 석탄 가게 문 앞에는 비구루 부인이 나와 서 있다가 제르베즈의 인사에 답례를 했다. 가무잡잡한 얼굴에 눈이 반짝거리는, 살이 찌고 자그마한 여자는 일은 안 하고 늘 문 앞에 나와 시골 별장처럼 포도주 찌꺼기 색 바탕에 장작더미를 복잡하게 그려 넣은 진열장 앞에 기대서서 남자들과 시시덕거렸다. 반대편 옆쪽으로 어머니 퀴도르주 부인과 딸 퀴도르주 부인이 하는 우산 가게가 있었는데, 두 여자 모두 거의 마주칠 수 없었다. 진열장은 늘 어두웠고, 진한 주홍색 도료가 두껍게 칠해진 작은 함석 우산 두 개가 장식된 문도 늘 닫혀 있었다. 제르베즈는 가게 안으로 들어서기 전에 언제나 맞은편의 커다란 흰색 벽을 살폈다. 그곳엔 창문도 없이 건물 출입문만 크게 나 있었다. 제르베즈는 문틈으로 화덕 불이 훨훨 타고 있는 마당에 가득 찬, 끌채가 허공을 향하는 짐수레들과 이륜마차들을 보았다. 벽에는 말발굽 모양의 부채꼴 안에 '제철장'이라는 글씨가 대문자로 쓰여 있었다. 그곳에서 온종일 모루를 때리는 쇠망치 소리가 울려 퍼졌고, 튀어 오르는 불꽃이 어둑어둑한 안마당을 밝혔다. 그 벽 아래쪽에, 고철상과 감자튀김 가게 사이로 옷장 하나 크기의 시계포가 있었다. 단정해 보이는 프록코트 차림의 남자가 작업대 앞에 앉아서 아주 작은 연장들로 시계를 만지고, 그 유리판 아래로 미세한 부품들이 잠들어 있었다. 뒤편에는 자그마한 뻐꾸기시계 이삼십 개가 걸려 있어서,

거리를 채운 칙칙한 가난과 제철장에서 박자 맞춘 소음 속에서 동시에 울리며 시간을 알리곤 했다.

동네에서 제르베즈는 친절한 사람이라는 평판을 얻었다. 물론 험담하는 사람들도 있었지만, 제르베즈의 눈이 크고, 하얀 치아가 가지런한 자그마한 입이 예쁘다는 건 모두 인정했다. 아름다운 금발 여인이라고, 다리만 아니었다면 아주 빼어난 인물이라고 했다. 제르베즈는 이제 스물여덟 살이고, 살이 좀 붙었다. 가녀리던 얼굴 윤곽이 통통해졌고, 움직임 역시 조금 여유롭고 편안해졌다. 종종 다리미가 달구어지기를 기다리는 동안에 의자에 걸터앉아, 맛있게 먹고 난 후의 흡족함에 젖은 잔잔한 미소를 띠고 멍하니 있기도 했다. 무엇보다 그녀는 맛있는 음식을 좋아했다. 사람들이 이구동성으로 말했다. 뭐, 그야 결점이라고 할 수 없죠. 절대 아니죠. 사람들은 제르베즈가 맛있는 걸 먹을 만큼 벌지 않느냐고, 그렇게 벌면서 감자 껍질만 먹고 사는 게 더 멍청한 짓이라고 옹호했다. 얼마나 열심히 일하는데요. 허리가 휘도록 일하는걸요! 급한 일감이 있으면 밤중에도 덧문을 닫아 놓고 며칠이고 직접 일한다니까요. 어쨌든 동네 사람들 말대로, 제르베즈는 일이 정말 잘 풀렸다. 탄탄대로를 걷는 듯했다. 구트도르 거리의 건물에 사는 사람들, 마디니에 씨, 르망주 양, 보슈네가 모두 그녀에게 빨래를 맡겼다. 심지어 옛 일터인 포코니에 부인의 단골이던 포부르푸아소니에르 거리의 파리 마나님들의 일감까지 가져왔다. 보름이 지나자 일꾼 두 명을 고용해야 했다. 퓌투아 부인, 그리고 이전에 7층에 살던 클레망스라는 키 큰 아가씨였다. 이제 사팔뜨기이고 못생긴 견습 일꾼 오귀스턴을 포함해서 일꾼이 전부 세 명이었다. 다른 사람 같았으면 정신을 차리지 못했을 정도의 행운인데, 일주일 내내 일하고 나서 월요일에 조금 잘 먹는다고 해서 흠이 될 리 없지 않은가. 정말이에요. 좀 그래야 해요. 맛있는 걸 먹어 주지 않으면, 안에서 먹고 싶어 근질근질하는 것들을 좀 넣어 주지 않으면, 맥이 빠져서 기운이 안 나요. 제르베즈는 만일 자기가 그것조차 할 수 없다면 눈앞에서 셔츠들이 저절로 다려진다 해도 싫을 것 같다고 했다.

그즈음 제르베즈는 전에 없이 상냥했다. 양털처럼 부드럽고 맛있는 빵처럼 다정했다. 자기 욕을 하고 다니는 로리외 부인만은 계속 소꼬리라고 불렀지만, 그 외에는 아무도 미워하지 않고 다 용서했다. 특히 식사 후 커피까지 마신 뒤에 맛있는 음식의 쾌감에 젖어 있는 동안에 그녀는 누구에게나 너그러웠다. 우린 서로 용서해야 해요. 안 그래요? 야만인처럼 살면 안 되잖아요. 이렇게 말했고, 착한 사람이라는 말을 들으면 웃어 보였다. 내가 심술궂기까지 하면 어쩌려고요. 제르베즈는 자기는 착한 게 아니라고, 착하다고 내세울 만한 것이 없다고 했다. 꿈이 이미 다 이루어졌잖아요. 살면서 더 바랄 것이 있을까요? 밖에 나가 서 있노라면 옛날 꿈꾸던 것들이 떠오른답니다. 일할 수 있고, 먹을 것이 있고, 몸 누일 자리가 있고, 아이들을 키우고, 매 맞지 않고, 자기 침대 위에 누워 죽는 것 말이에요. 그 꿈이 다 이루어졌어요. 모든 걸 가졌고, 바라던 것 이상을 얻었어요. 그러면서 제르베즈는 이제 자기 침대에 누워 죽는 일만 남았다고 농담조로 말하면서, 그날을 기다리고 있지만 그래도 가능한 한 늦게 오면 좋겠다고 덧붙였다.

제르베즈는 특히 쿠포에게는 한없이 상냥했다. 남편 등 뒤에서 나쁜 말이나 불평을 하는 일이 없었다. 쿠포도 마침내 일을 시작했다. 그런데 새 일터가 파리 반대쪽 끝에 있었고, 제르베즈는 매일 아침 쿠포가 출근할 때 점심 먹고 한잔 마시고 담배 사는 데 쓸 40수를 건넸다. 문제는 쿠포가 엿새 중 이틀은 일터로 가지 않고 도중에 그 40수로 친구들과 술을 마셨다는 것이다. 그럴 때면 점심때쯤 집으로 돌아와서 이런저런 핑계를 댔다. 멀리 가지도 않고 아예 샤펠 시문에 있는 술집 '카퓌생'[86]에서 메보트와 다른 서너 명 친구들을 불러서 달팽이 요리, 구운 고기, 마개가 봉인되어 있는 포도주로 고급 식사를 한 적도 있었다. 가지고 있던 40수로 모자라면 종업원에게 계산서를 건네주며 자기 아내에게 가져다주라고, 지금 남편이 저당 잡혀 있다고 전해 달라고 했다. 제르베즈는 웃으며 어깨를 으쓱거렸다. 그이가 좀 놀겠다는데 어쩌겠어요. 부부가 잘 살려면 남자를 너무 다그치면 안 된답니다. 매번 뭐라 해 봤자 싸움만 나죠……. 어쩌겠어요! 이해해 줘야죠. 그러면서 쿠포가 아직 다리가 아프다고, 옆에서 부추기면 바보 취급 안 당하려고 끌려가는 수밖에 없을 거라고도 했다. 그러면서 사실 큰일도 아니라고, 술 취해서 집에 돌아오면 바로 잠이 들고, 두 시간 뒤에는 멀쩡하게 깨어난다고 덧붙였다.

어느덧 무더위가 닥쳤다. 6월의 어느 날, 일이 잔뜩 쌓인 토

86) '성 프란체스코파 수도사'라는 뜻이다.

요일이었다. 제르베즈는 직접 화로에 코크스를 집어넣고 있었다. 열 개의 다리미가 달궈지는 화로의 관에서 요란한 소리가 났다. 햇볕이 가게 진열장을 비추는 시간이었다. 선반의 종이와 진열장의 유리에 반사된 강렬한 햇빛이 마치 고급 리넨으로 걸러 낸 것처럼 푸르스름한 빛으로 작업대 위까지 비추면 눈을 뜨기 힘들 정도였다. 작업대 주변은 숨이 막히도록 더웠다. 길 쪽으로 난 문을 열어 놓아도 바람 한 점 들어오지 않았다. 철사에 걸어 둔 세탁물이 김을 내뿜다가 사십오 분이면 벌써 대팻밥처럼 말라 버렸다. 찌는 듯한 더위에 달궈져 용광로로 변한 가게에는 정적이 흘렀다. 다리미질하는 소리마저 두툼한 옥양목 깔개에 삼켜졌다.

"아이고! 오늘 같으면 정말 녹아 버리겠네. 다 벗어 버려야 할까 봐!" 제르베즈가 말했다.

그녀는 바닥에 놓인 단지 앞에 쭈그리고 앉아서 세탁된 천들에 풀을 먹이고 있었다. 흰색 속치마 차림에 소매를 걷어 올린 캐미솔의 어깨가 흘러내려 팔과 목에 볼그스레한 맨살이 드러났다. 땀에 흠뻑 젖었고, 헝클어진 금발 머리 몇 가닥이 피부에 달라붙었다. 그래도 그녀는 우윳빛 풀물 속에 보닛, 남자 셔츠 앞판, 속치마, 여자 속바지 장식들을 조심스레 적셨다. 직접 적시지 않은 셔츠의 나머지 부분과 속바지 몸통 쪽은 풀물 단지 안에 손을 적신 뒤 흔들면서 풀기를 뿌려 주었다. 그러고 난 뒤에 모두 돌돌 말아 사각형 바구니에 담았다.

"자, 이제 퓌투아 부인이 하세요. 서둘러 주세요. 아셨죠? 바로 말라 버리기 때문에 한 시간만 지나도 다시 해야 해요."

몸집이 작고 마른 체격에 마흔다섯 살 난 퓌투아 부인은 낡은 밤색 웃옷을 단추까지 다 채운 채로 다림질을 하면서도 땀을 흘리지 않았다. 심지어 녹색 리본이 낡아서 누렇게 변색된 검은색 보닛도 그냥 쓰고 있었다. 퓌투아 부인의 키에는 작업대가 너무 높아 다림질을 하다 보면 인형극의 인형들처럼 팔꿈치가 위로 올라갔다. 그때였다. 갑자기 퓌투아 부인이 소리를 질렀다.

"세상에! 안 돼요. 클레망스 양. 캐미솔 다시 걸쳐요. 난 그렇게 정숙하지 못한 모습은 용납할 수 없어요. 그럴 바에야 다 벗고 있지 그래요? 벌써 가게 앞에 남자가 세 명이나 와 있잖아요!"

꺽다리 클레망스는 이를 갈며 멍청한 늙은이라고 혼잣말을 했다. 숨이 막혀 죽을 지경인데 편하게 있는 게 뭐가 나쁘냐고, 더위를 잘 타는 사람도 있지 않느냐고, 도대체 뭐가 보인다고 그러느냐고 투덜댔다. 그러면서 양팔을 들어 올리자, 아름다운 처녀의 탐스러운 가슴 때문에 속옷이 터져 버릴 듯했고 어깨에 걸린 짧은 소매가 찢어질 것 같았다. 클레망스는 서른도 안 된 나이인데 이미 멋대로 살았다. 진하게 즐긴 다음 날은 다리가 허공을 떠다니고 머리와 배에 넝마가 가득 찬 느낌으로 계속 졸면서 일했다. 하지만 클레망스만큼 남자 셔츠를 잘 다리는 사람이 없었기 때문에 제르베즈는 그녀를 내보내지 않았다. 정말로 클레망스는 남자 셔츠 다리는 데는 전문적인 기술이 있었다.

"내 맘이죠. 뭐가 어때서 그래요?" 클레망스가 가슴을 두드리며 단호하게 말했다. “피해를 주는 것도 아니고. 누굴 아프게 하는 것도 아니잖아요.”

“클레망스, 옷을 다시 입어요.” 제르베즈가 말했다. “퓌투아 부인 말이 맞아요. 그러고 있으면 안 돼요. 사람들이 우리 가게를 이상하게 보겠어요.”

결국 꺽다리 클레망스가 투덜거리면서 다시 옷을 입었다. 괜히 잘난 척이야! 지나가는 사람들이 여자 젖통 한번 구경 못해 봤대? 클레망스는 괜스레 옆에서 양말이나 손수건처럼 쉬운 다림질을 하고 있는 견습 일꾼 오귀스틴을 팔꿈치로 밀치며 화풀이를 했다. 하지만 오귀스틴 역시 만만찮은 아이였기에, 늘 해코지를 받아 온 사람 특유의 기괴한 심술로 아무도 안 볼 때 등 뒤에서 클레망스의 치마에 침을 뱉으며 복수를 했다.

그사이 제르베즈는 보슈 부인의 보닛을 정성스럽게 손질하고 있었다. 새것처럼 만들기 위해서 끓인 풀물도 준비해 두었다. 그녀는 양쪽 끝이 둥근 작은 폴로네 다리미[87]를 모자 속에 집어넣어 조심스레 움직였다. 그때 얼굴에 붉은 반점이 나 있고 광대뼈가 튀어나온 여자 하나가 치마가 흠뻑 젖은 채로 들어왔다. 구트도르 거리의 세탁장에서 세 명의 세탁부를 고용하고 있는 비자르 부인이었다.

“비자르 부인, 너무 일찍 왔어요.” 제르베즈가 큰 소리로 말했다. “오늘 저녁에 오시라고 했잖아요. 이 시간에 오면 세탁소

87) 작은 타원형으로 생겨서 섬세한 옷감을 손질할 때 쓰이는 다리미이다.

일에 방해가 되는데.”

하지만 비자르 부인은 저녁에 받으면 그날 다 담가 놓을 수가 없다며 사정을 하소연했고, 제르베즈는 결국 빨랫감을 내주기로 했다. 두 여자는 에티엔이 자는 왼쪽 방에 쌓아 둔 보따리를 양팔 가득 들고 나와 가게 구석 바닥에 옮겨 놓았다. 분류하는 데만도 삼십 분이 넘게 걸렸다. 제르베즈는 남자 셔츠, 여자 속옷, 손수건, 양말, 행주로 나누어 가며 빙 둘러 쌓아 나갔다. 새로 고객이 된 사람의 빨랫감이 보이면 알아보기 쉽게 빨간색 실로 십자 표시를 해 두었다. 후덥지근한 공기 속에 더러운 빨랫감을 펼쳐 놓고 뒤척이는 동안에 역겨운 악취가 퍼져 나갔다.

“세상에, 너무하네!” 클레망스가 코를 틀어막으며 말했다.

“당연하죠! 깨끗한 거라면 왜 우리한테 가져오겠어요?” 제르베즈가 침착하게 설명했다. “냄새 나는 게 당연해요……! 여자 속옷이 열네 벌이었죠? 맞죠, 비자르 부인? 열다섯, 열여섯, 열일곱…….”

제르베즈는 계속 큰 소리로 세어 나갔다. 그녀는 쓰레기 더미 같은 더러운 천에 워낙 익숙한 터라 거리낌이 없었다. 장밋빛 맨살이 드러난 팔을 온갖 때가 묻어 누렇게 된 셔츠들, 설거지물의 기름이 굳어 딱딱해진 행주들, 땀에 절어 악취가 나는 양말들 사이로 밀어 넣었다. 그런데 산더미 같은 빨래 더미 위로 숙인 제르베즈의 얼굴을 지독한 냄새가 때리는 바로 그 순간에, 알 수 없는 나른함이 제르베즈를 사로잡았다. 둥근 간이의자에 앉아서 두 손을 오른쪽, 왼쪽으로 천천히 움직이는 그녀의 얼굴이 마치 빨래의 악취에 취한 듯 희미한 미소를 띠었고, 눈빛이 흐릿했다. 아마도 바로 그 상황에서, 그러니까 더러운 빨랫감들 때문에 주위의 공기가 악취에 젖어 있을 때, 제르베즈가 처음으로 게을러지기 시작했을 것이다.

그렇게 오줌에 절어서 원래의 용도를 알기 힘들게 되어 버린 기저귀를 뒤적거리고 있을 때, 쿠포가 들어왔다.

"빌어먹을, 굉장해! 햇볕이 장난 아니야! 머리가 지끈거려!"

쿠포는 휘청거리며 작업대를 붙잡았다. 저렇게 많이 취한 것은 처음이었다. 지금까지는 그저 얼큰한 상태로 돌아왔다. 그런데 이번에는 친구들과 밀치다가 잘못해서 얻어맞기라도 했는지 눈두덩이까지 부어 있었다. 또 어느 지저분한 술집 뒷방에서 먼지를 뒤집어쓴 탓에 어느새 희끗거리기 시작한 곱슬머리에 목덜미 쪽으로 거미줄이 엉켜 있었다. 그래도 쿠포는 여전히 쾌활했다. 얼굴이 좀 초췌하게 늙고 아래턱이 조금 더 뾰족해졌지만, 그의 말에 따르면 여전히 착한 어린애 같은, 공작부인의 마음이라도 사로잡을 만큼 부드러운 남자였다.

"내가 다 설명할게." 쿠포가 제르베즈에게 말했다. "당신도 알지, 피에셀르리[88] 있잖아. 목발 짚고 다니는 놈……. 그놈이 고향으로 돌아간다면서 한턱 쏘겠다는 거야……. 제길! 이 뙤약볕만 아니었으면 모두 멀쩡했을 텐데! 길에 나가면 모두 병든 사람들 같아. 정말이야. 온 세상이 휘청댄다니까."

거리가 취해서 휘청댄다는 쿠포의 이야기에 클레망스가 재

---

88) '셀러리 줄기 토막'이라는 뜻이다.

미있어했고, 그러자 기분이 너무 좋아서 목이 멜 뻔한 쿠포가 계속 큰 소리로 떠벌였다.

"정말이야! 주정뱅이들이 넘쳐 난다고! 완전 웃긴다니까. 뭐 그들 잘못은 아니지. 저놈의 해 탓이야."

가게 안의 모두가, 술 취한 사람을 좋아하지 않는 퓌투아 부인까지 웃었다. 사팔뜨기 오귀스틴은 입을 벌리고 헐떡이며 암탉이 노래하듯 웃어 댔다. 하지만 제르베즈는 쿠포에게 집으로 바로 온 거 맞냐면서, 남편이 로리외네 집에서 한 시간쯤 머물면서 나쁜 충고를 듣고 온 게 아닌지 의심했다. 쿠포가 절대 아니라고 맹세하자 마음이 누그러진 제르베즈가 함께 웃었다. 하루를 날려 버린 것에 대해서는 한마디도 책망하지 않았다.

"왜 바보 같은 말만 할까." 제르베즈가 중얼거렸다. "어떻게 저런 어이없는 얘기만 해!"

그러더니 마치 아들을 상대하는 어머니 같은 목소리로 말했다.

"이제 들어가서 잘 거지? 보다시피 우린 굉장히 바빠. 일하는 데 방해돼. 손수건이 서른두 개였죠? 두 개 더 있으니까, 서른네 개……."

하지만 쿠포는 자러 갈 마음이 없었다. 계속 가게에 앉아 시계추처럼 양쪽으로 몸을 흔들면서 고집스럽고 짓궂게 장난을 계속했다. 제르베즈는 비자르 부인을 빨리 보내기 위해서 자기가 몇 개인지 적을 테니 클레망스에게 이쪽에 와서 세는 일을 하라고 했다. 하지만 키만 큰 말썽꾼 클레망스는 하나씩 셀 때마다 사설을 늘어놓았다. 찢어지게 가난한 집이라는 둥

침대에서 심하게 놀았다는 둥 노골적이고 더러운 말들을 떠벌렸고, 손에 잡힌 빨랫감에 구멍이 나거나 얼룩이 보이면 그때마다 세탁부다운 농담을 해 댔다. 오귀스틴은 다 이해하지 못하면서도 불량스러운 계집애들이 늘 그러듯이 귀를 쫑긋 세웠다. 퓌투아 부인은 쿠포도 있는데 어떻게 저런 말을 할 수 있는지 화를 참느라 입술을 깨물었다. 남자가 이런 걸 뭐하러 본단 말인가. 제대로 된 집에서는 어떻게든 피하는 일이었다. 정작 제르베즈는 하는 일에 열중해서 아무 소리도 듣지 못하는 것 같았다. 하나씩 적어 가면서 누구의 세탁물인지 확인하느라 자세히 살피고 있었다. 제르베즈는 절대 실수하는 법이 없었다. 냄새만 맡아도, 색깔만 봐도 누구 건지 알 수 있었다. 수건들은 구제네 것이다. 냄비 바닥을 닦는 데는 사용하지 않기 때문에 금방 알 수 있었다. 베갯잇은 보슈 부인의 포마드 냄새가 밴 것을 보면 보슈네 것이 분명하고, 마디니에 씨의 것도 워낙 피부에 기름기가 많아서 플란넬 조끼의 색이 변하기 때문에 냄새 맡을 필요도 없이 금방 알 수 있었다. 그 외에도 제르베즈는 여러 가지 특징을, 한 사람 한 사람이 얼마나 깨끗한지 그 청결의 비밀을, 실크 치마를 입고 거리를 돌아다니는 이웃 여자들의 속사정을, 그리고 그 여자들이 일주일 동안 양말과 손수건과 속옷을 몇 벌이나 더럽히는지 알고 있었다. 어떤 사람은 매번 같은 데를 찢어먹었다. 예를 들어 르망주 양의 슬립에 대해서는 정말 할 말이 많았다. 늘 위쪽이 많이 닳아 있었다. 어깨뼈가 튀어나온 게 분명해요. 더구나 보름이나 입는데도 더러운 적이 없잖아요. 그 나이가 되면 그 어떤 일에도 눈물 한 방울 나지 않는 목석이 되어 버리나 봐요. 이렇게 해서 빨랫감 하나를 분류할 때마다 구트도르의 모든 사람을 하나씩 벗겨 나갔다.

"뭐야, 이건 너무 심하네!" 클레망스가 새 꾸러미를 열면서 소리를 질렀다.

제르베즈도 갑자기 구역질이 날 것 같아서 뒤로 물러서며 말했다.

"고드롱 부인 거네요. 정말 이제 고드롱 부인 일은 맡고 싶지 않아요. 뭔가 핑계가 있어야 할 텐데……. 아니죠. 내가 뭐 그렇게 유난스러운 사람도 아니고, 그동안 더러운 빨랫감을 볼 만큼 봤는데요, 뭐. 하지만 이건 정말 힘드네요. 속이 다 뒤집힐 것 같아. 도대체 뭘 하길래 이렇게 되는지……."

제르베즈는 클레망스에게 서두르라고 말했다. 하지만 클레망스는 계속 미주알고주알 빨랫감에 대해 떠들어 댔고, 구멍이 보이면 손가락을 집어넣고 승리의 쓰레기 깃발처럼 흔들어 가며 무언가에 빗대어 이야기를 지어냈다. 그러는 사이 제르베즈 주위로 세탁물이 산처럼 쌓여 갔다. 여전히 간이의자에 걸터앉은 제르베즈의 모습이 서서히 셔츠와 속치마들에 가려졌다. 제르베즈 앞에는 시트, 바지, 식탁보 등 그야말로 더러운 빨랫감이 가득했다. 그녀는 점점 커지는 늪의 한가운데서 여전히 팔과 목의 맨살을 드러낸 채 앉아 있었다. 금발의 머리카락 몇 가닥이 관자놀이에 달라붙었고, 얼굴은 유난히 볼그레하고 수척해졌다. 제르베즈는 고드롱 부인의 빨랫감은 잊고 다시 침착해져서 미소를 띤 주의 깊고 신중한 주인의 모습으로 돌아왔다. 이제는 악취가 힘들지 않은지 한 손으로 빨래 더미를 헤치면서 착오가 없도록 열심히 확인했다. 다리미 화덕에 코크스를 넣기 좋아하는 사팔뜨기 오귀스틴이 막 한 무더기 쏟아부어 주물 철판이 벌겋게 달아올랐다. 해가 비스듬히 기울면서 세탁소 진열장으로 햇빛이 스며들어 가게 안은 이글거리다시피 했다. 지독한 열기에 더 취기가 오른 쿠포는 갑자기 애정이 솟구쳤다. 그는 흥분한 얼굴로 두 팔을 벌리며 제르베즈에게 다가갔다.

"당신은 정말 좋은 아내야. 내가 안아 줘야지." 쿠포가 더듬거렸다. 그리고 걸음을 옮기다가 속치마들이 발에 걸려 넘어질 뻔했다.

"왜 이렇게 귀찮게 해?" 이렇게 말하면서 제르베즈는 화를 내지는 않았다. "가만히 좀 있어 봐. 곧 끝날 거야."

하지만 쿠포는 제르베즈를 안고 싶다고, 너무 사랑하기 때문에 꼭 그래야겠다고 고집을 피웠다. 계속 더듬거렸고, 속치마 더미 주위를 맴돌고 셔츠 더미에 부딪히기도 했다. 그렇게 우기다가 결국 발이 꼬이면서 넘어져 행주 더미 한가운데 뻗어 버렸다. 제르베즈는 짜증이 나서 이러다 다 뒤섞이겠다고 소리를 지르며 쿠포를 밀쳐 냈다. 하지만 클레망스는, 심지어 퓌투아 부인마저도 그러지 말라고 했다. 좋은 분이라고, 아내를 안아 주고 싶어서 그러는데 그냥 안기라고 했다.

"행복하시겠어요, 쿠포 부인!" 술고래인 열쇠장이 남편이 매일 들어와서 죽도록 때리기만 한다는 비자르 부인이 말했다. "우리 남편이 취해 들어와서 저러면 난 좋아 죽겠네!"

마음이 진정된 제르베즈는 조금 전 화낸 것을 후회했고, 일어서는 쿠포를 부축해 준 뒤 웃으며 볼을 내밀었다. 하지만 쿠포는 사람들 눈도 아랑곳하지 않고 제르베즈의 가슴을 만졌다.

"그게 말이야, 당신 속옷에서 냄새가 나! 그래도 난 당신을 사랑해, 알지?"

"이러지 마! 간지럽잖아." 제르베즈가 크게 웃으며 외쳤다. "바보같이 왜 이래? 정말 바보 같아!"

쿠포는 제르베즈를 놓아주지 않았다. 제르베즈도 체념했다. 빨래 더미의 냄새에 가벼운 현기증이 일면서 머리가 멍해졌고, 술 냄새가 밴 쿠포의 숨결도 싫지 않았다. 직업상 주어진 더러움의 한가운데서 주고받은 그날의 깊숙한 키스야말로 두 사람의 삶이 서서히 무너지기 시작한 첫 추락이었다.

비자르 부인이 빨래 꾸러미를 묶으면서, 자기 딸 욀랄리는 두 살인데 벌써 철이 나서 혼자 두고 다닐 수 있다고, 절대 울지 않고 성냥으로 장난하지도 않는다고 했다. 마침내 비자르 부인이 빨래 보따리와 함께 밖으로 나섰다. 무거운 보따리를 드느라 얼굴이 보랏빛으로 울긋불긋하고 긴 허리가 휘어 버린 것 같았다.

"정말 못 참겠네. 이러다 익어 버리겠어." 제르베즈가 얼굴을 닦으며 말했다. 그런 뒤 다시 보슈 부인의 보닛을 손보기 시작했다.

그때 화덕이 새빨갛게 달아오른 것을 발견한 세탁부들이 오귀스틴을 좀 때려 줘야겠다고 말했다. 다리미들이 너무 많이 달궈졌네! 정말 저 애는 몸뚱이에 악마가 들어앉아 있나 봐!

잠시만 안 보고 있으면 사고를 치잖아. 다리미를 쓰려면 십오 분은 기다려야 했다. 제르베즈는 삽으로 두 번 재를 떠서 불 위에 얹었다. 문득 천장에 있는 철사에 시트 두 장을 걸어 놓으면 차양 대신 햇빛을 가릴 수 있겠다는 생각이 들었다. 그렇게 했더니 정말 훨씬 좋았다. 뜨거운 열기도 제법 누그러졌다. 늘어뜨린 시트 너머로 사람들이 바쁘게 지나다니는 소리가 들렸지만, 안에서는 세상과 멀리 떨어진 채로 마치 대낮에 침실에 틀어박힌 느낌이 들었다. 이제 마음대로 있어도 상관없겠다며 클레망스가 캐미솔을 벗었다. 쿠포가 여전히 자러 들어가지 않자 제르베즈가 가게에 있고 싶으면 얌전히 있겠다고 약속하라고, 가게가 조금 잘된다고 게으름을 피울 수는 없다고 말했다.

"이 고약한 것이 폴로네 다리미를 또 어디 둔 거야?" 제르베즈가 오귀스틴을 두고 중얼거렸다.

작은 다리미가 늘 없어지는 바람에 매번 찾아야 했고, 그때마다 이상한 곳에서 나왔다. 다들 말썽꾼 오귀스틴이 숨겨 놓는 게 분명하다고 말하곤 했다. 제르베즈는 보슈 부인의 보닛 안감부터 다렸다. 그런 뒤에 레이스를 손으로 당겨 정리한 뒤 살짝 다려 주었다. 밑단이 불룩한 주름으로 장식되고 사이사이 자수로 된 띠가 달린, 손이 많이 가는 모자였다. 제르베즈는 손잡이는 나무이고 달걀 모양의 쇠가 달린 폴로네 다리미로 정성을 다해 주름 리본과 수탉 자수 장식을 다렸다.

가게 안에 침묵이 흘렀다. 한동안 다림질 깔개 위를 움직이는 둔중한 소리 외에는 고요하기만 했다. 정사각형의 작업대 양쪽에 여주인과 일꾼 둘, 그리고 견습 일꾼이 서서 어깨를 굽히고 팔을 내밀었다 당겼다 하면서 일에 매달렸다. 각자의 오른쪽에, 뜨거운 열에 그을린 다리미용 벽돌이 놓여 있었다. 탁자 한가운데는 깨끗한 물속에 헝겊과 작은 솔이 하나씩 담긴 우묵한 접시가 있었다. 증류주로 버찌 술을 담갔던 병 안에 마치 궁궐 한구석의 정경인 듯 하얀 눈송이처럼 피어난 송이 큰 백합 한 다발도 꽂아 두었다. 조금 전 제르베즈가 바구니 속에 넣어 둔 일감을 꺼낸 퓌투아 부인은 수건과 바지, 캐미솔, 소매 커버를 다렸다. 오귀스틴은 양말과 행주들을 앞에 늘어놓은 채로 코를 쳐들고는 날아다니는 파리를 보느라 정신이 팔려 있었다. 꺽다리 클레망스는 아침부터 서른다섯 벌째 남자 셔츠를 다리는 중이었다.

"언제나 포도주만 마신다고! 독주는 절대 안 마셔!" 느닷없이 쿠포가 외쳤다. 이 얘기를 꼭 하고 싶었던 것이다. "독주는 취하게 만들어. 그래서 안 돼!"

클레망스는 철판과 가죽으로 만든 집게로 화덕의 다리미 하나를 들어 충분히 달궈졌는지 볼 가까이 가져다 대며 확인했다. 이어 다리미를 벽돌에 문지른 뒤, 허리띠에 달아 놓은 헝겊으로 닦았다. 그러고는 서른다섯 번째 셔츠를 어깻죽지와 소매부터 다리기 시작했다.

"애개, 쿠포 씨, 독주도 한 잔 정도 마시는 건 나쁘지 않아요." 곧이어 클레망스가 말했다. "난 한 잔 마시면 달아오르고 좋던데……. 그리고 빨리 취하면 더 재미있어요. 아! 난 환상 같은 거 없어요. 난 정말 오래 살지 못할 거예요."

"죽는 타령 지겹지도 않아요?" 슬픈 이야기를 좋아하지 않는 퓌투아 부인이 클레망스의 말을 가로막았다.

그사이 쿠포는 일어서 있었다. 그는 자기한테 독주를 왜 마시냐고 뭐라 하는 줄 알고 화를 냈다. 자기 머리를 걸고, 마누라와 아이의 머리를 걸고 말하는데, 지금 자기 핏속에 독주는 한 방울도 섞여 있지 않다고 했다. 그러면서 클레망스에게 다가가 한번 냄새를 맡아 보라며 얼굴에 대고 숨을 내쉬었다. 하지만 코앞에 클레망스의 어깨 맨살이 드러나자, 히죽거리기 시작했다. 한번 보고 싶었다. 클레망스는 셔츠의 등판을 접어 양쪽으로 가볍게 다림질을 한 다음 소매와 깃을 다리는 중이었는데, 쿠포가 자꾸 기대는 바람에 다린 선이 비뚤어졌다. 결국 움푹한 접시 옆에 있는 솔을 들어 다시 풀을 먹어야 했다.

"아, 부인! 쿠포 씨 좀 저리 가라고 해 주세요."

"클레망스 건들지 마." 제르베즈가 침착하지만 단호하게 말했다. "우린 지금 바쁘단 말이야! 바쁘다니까!"

다들 바쁘다고? 그러니 어쩌라는 말인가. 쿠포는 자기 잘못이 아니라고, 자기가 해를 끼친 게 있느냐고, 만지지도 않고 그냥 보기만 하는데 무슨 상관이냐고 항변했다. 하느님이 아름다운 것들을 만들어 놨는데 내가 쳐다보는 것도 안 돼? 우리 영악한 클레망스 아가씨의 팔이 얼마나 예쁜데! 그러면서 쿠포는 2수씩 내고 만지라고 해도 돈 아까워할 사람이 없을 거라고 했다. 클레망스는 더는 피하지 않았고, 술 취한 사람이 늘어놓는 노골적인 찬사를 들으며 웃고 심지어 같이 농담도 했다. 쿠포는 클레망스와 남자 셔츠를 두고 시시덕거렸다. 그러니까 언제나 남자 셔츠 속에서 사는 거로군. 정말 그래. 그 안에서 사는 거야. 아! 그래! 아주 잘 알겠네! 어떻게 생겼는지 다 알아! 저 손을 거쳐 간 셔츠가 수백 벌이 넘는 거잖아! 금발 남자 갈색 머리 남자 할 것 없이 동네 남자 모두 저 손이 만진 걸 몸에 걸치는 거야. 클레망스는 어깨가 들썩이도록 웃어 대는 중에도 일을 계속했다. 셔츠 가슴 쪽으로 다리미를 넣어 등판에 큰 주름 다섯 줄을 곧게 낸 다음 앞자락을 펴 놓고 똑같이 주름을 크게 냈다.

"이게 그 남자들의 깃발[89]이죠!" 이렇게 말하며 클레망스는 더 크게 웃었다.

사팔뜨기 오귀스틴도 클레망스가 사용한 단어가 재미있어서 웃음을 터뜨렸다. 그러다가 머리에 피도 안 마른 것이 무슨 말인지 알지도 못하면서 웃어 댄다며 핀잔을 들었다. 클레망스는 오귀스틴에게 다리미를 건네주었다. 다리미가 식어서 풀 먹인 빨랫감을 다릴 수 없게 되면 견습 일꾼이 받아서 행주와 양말을 다리는 식이었다. 그런데 오귀스틴이 받으면서 잘못해서 다리미에 데이는 바람에 손목에 긴 자국이 났다. 오귀스틴은 클레망스가 자기한테 일부러 화상을 입혔다고 훌쩍거렸다. 그사이 셔츠 앞판을 다릴 뜨거운 다리미를 가지러 간 클레망스가 계속 징징대면 손에 든 다리미로 양쪽 귀를 지져 버리겠다고 위협하자 겨우 조용해졌다. 클레망스는 셔츠 가슴판

89) 원어는 bannière로 '깃발', '군기(軍旗)'를 뜻하고, 속어로 잘 때 몸 위에 바로 걸치는 셔츠를 가리켰다.

밑에 모직 천을 깔고는 풀이 스며들고 마를 수 있도록 천천히 다리미질했다. 셔츠 앞판이 빳빳해지면서 풀 먹인 종이처럼 윤기가 나기 시작했다.

"빌어먹을!" 술 취한 사람다운 고집으로 클레망스 주위를 맴돌던 쿠포가 소리를 질렀다.

그는 발꿈치를 들고, 기름칠 안 한 도르래 같은 소리를 내며 웃었다. 클레망스는 소매를 걷고 팔꿈치를 들어 올린 채 작업대 위로 몸을 숙이고 열심히 다림질을 하고 있었다. 드러난 맨살이 부풀어 올랐고, 고운 피부 아래 어깨 근육이 천천히 움직이며 맥박쳤고, 가슴이 살짝 벌어진 셔츠의 장밋빛 그늘 안으로 땀에 젖은 가슴이 솟아올랐다. 쿠포가 손을 내밀었다. 만지려 한 것이다.

"부인, 부인!" 클레망스가 소리를 질렀다. "이러지 말라고 좀 해 주세요……! 계속 이러면 난 갈 거예요. 이런 모욕은 싫어요!"

제르베즈는 막 헝겊 씌운 모자걸이에 보슈 부인의 보닛을 걸고 폴로네 다리미로 조심스레 레이스 장식을 펴는 중이었다. 제르베즈가 고개를 드는데, 클레망스의 속옷을 헤집는 쿠포의 손이 눈에 들어왔다.

"당신 제정신이야?" 제르베즈가 흡사 잼을 빵에 바르지 않고 그냥 먹겠다고 떼를 쓰는 어린애를 나무라듯 짜증스럽게 외쳤다.

"그래요, 이제 들어가 주무세요, 쿠포 씨. 그게 낫겠어요." 퓌투아 부인이 단호하게 말했다.

“뭐, 그러죠!” 쿠포는 더듬거리며 계속 빈정댔다. “시시하게 왜 그래요? 장난도 못 쳐요? 내가 이래 봬도 여자를 잘 알아요. 여자들이 싫어할 짓은 단 한 번도 해 본 적 없다고요. 그냥 한번 꼬집어 볼 수도 있죠. 안 그래요? 뭘 더 어떻게 하겠다는 게 아니라고요. 그냥 여자들한테 경의를 표하자는 거지. 말 나온 김에 더하자면, 사람들한테 상품을 보여 준다는 건 골라 보라는 뜻 아닌가요? 안 그래요? 우리 키 큰 금발 아가씨가 왜 자기 걸 보여 줬겠어요? 이건 아니지…….”

이어 쿠포는 클레망스 쪽으로 고개를 돌리며 말했다.

“이봐, 예쁜 아가씨, 그렇게 잘난 척하지 마. 다른 사람들이 있어서 그런다면…….”

쿠포는 말을 이을 수가 없었다. 제르베즈가 거칠지는 않았지만 한 손으로 남편을 잡아당기며 다른 손으로 그 입을 막아 버렸기 때문이다. 제르베즈는 쿠포를 가게 구석으로, 방 쪽으로 밀어냈다. 쿠포는 가는 동안에도 계속 버둥거리며 장난을 쳤다. 제르베즈가 손을 떼자, 클레망스가 와서 자기 발을 좀 따뜻하게 보듬어 주면 조용히 자겠다고 했다. 잠시 후 제르베즈가 쿠포의 신발을 벗기는 소리가 들렸다. 그녀는 아이를 야단치는 엄마처럼 남편을 때려 가면서 옷을 벗겨 주었다. 제르베즈가 바지를 잡아당기자 쿠포는 저항 없이 몸을 내맡긴 채 침대 위에서 몸을 뒤집고 뒹굴며 미친 듯이 웃어 젖혔다. 발버둥을 치면서 간지럽다고도 했다. 마침내 제르베즈는 아이를 돌보듯 정성껏 이불을 덮어 주며 말했다. 괜찮지? 하지만 쿠포는 이 말에는 대답하지 않고 클레망스에게 소리를 질렀다.

"자, 예쁜 아가씨, 나 여기 있어. 기다릴게."

제르베즈가 다시 가게로 나오는데, 클레망스가 사팔뜨기 오귀스틴에게 정통으로 따귀를 날려 버렸다. 더러운 다리미 때문이었다. 퓌투아 부인이 화덕에 있던 다리미를 들고 무심코 다림질을 했는데, 어찌나 바닥이 지저분한지 캐미솔에 시꺼먼 얼룩이 져 버린 것이다. 사실 클레망스가 다리미를 쓰고 닦지 않고 가져다 둔 탓이었다. 하지만 그녀는 다리미 밑판에 눌러 붙은 풀 자국에도 불구하고 자기가 쓰던 게 아니라고 맹세하며 오귀스틴에게 뒤집어씌웠다. 오귀스틴은 터무니없는 누명을 쓴 게 너무 억울해서 클레망스의 치마에 침을 뱉었고, 이번에는 몰래 한 게 아니라 아예 앞에 대고 뱉어 버리면서 결국 제대로 한 대 얻어맞은 것이다. 오귀스틴은 눈물을 삼키며 다리미에 묻은 것을 긁어 내고 초에 문지른 다음 닦아 냈다. 하지만 클레망스 뒤쪽으로 지날 때마다 입안에 침을 모아 클레망스의 치마에 침을 뱉었고, 흘러내리는 자기 침을 보면서 고소해했다. 제르베즈는 다시 보닛의 레이스를 손보기 시작했다. 갑자기 조용해진 가게 안에는 뒷방에서 나는 쿠포의 굵은 목소리밖에 들리지 않았다. 그는 여전히 어린애처럼 혼자 웃어 대며 띄엄띄엄 아무 말이나 떠들었다.

"우리 마누라는 바보라니까! 나보고 잠을 자라네. 뭐야. 이런 대낮에 바보같이. 자장자장 할 시간도 아니잖아."

그러다가 한순간 코 고는 소리가 났다. 제르베즈는 안도의 한숨을 내쉬었다. 드디어 쿠포가 쉬고 있다는 게, 편안한 겹매트에 누워 술기운을 빼고 있다는 게 기뻤다. 그녀는 보닛 레이스 위를 오가는 작은 다리미를 계속 주시하면서 느릿느릿 말했다.

“어쩌겠어요. 제정신이 아닌걸. 화를 낼 수는 없죠. 괜히 윽박질러 봐야 도움이 될 것도 아니잖아요. 차라리 비위를 맞춰 주면서 재우는 게 낫답니다. 어쨌든 다 끝났고, 이제 괜찮아요. 원래 나쁜 사람은 아니에요. 날 사랑하죠. 조금 전에 봤죠? 무슨 수를 써서라도 나하고 키스하려고 하잖아요. 고마운 일이라고 생각해요. 술 마시면 여자 찾아가는 남자들도 많으니까요. 그이는 곧장 집으로 오죠. 여러분한테 자꾸 귀찮게 농담을 하지만 그 이상은 아니에요. 알겠죠, 클레망스? 속상해하지 말아요. 남자들이 술 취하면 어떤지 알잖아요. 자기 부모를 죽여 놓고 깨어나서는 기억도 못 하는 일까지 있는걸요. 난 얼마든지 용서해 줄 수 있어요. 우리 그이라고 별다를 순 없겠죠.”

쿠포가 툭하면 술을 마시고 들어오는 일에 이미 익숙해진 제르베즈는 이런 말들을 무기력하게, 열정 없이 늘어놓았다. 자기가 쿠포를 너그럽게 이해해 주는 이유를 설명했지만, 사실 그녀는 이미 남편이 가게에서 젊은 여자들의 엉덩이를 꼬집는 모습을 봐도 아무렇지도 않았다. 제르베즈가 입을 다물자 가게 안은 다시 조용해졌고, 한동안 침묵이 이어졌다. 퓌투아 부인은 무명천으로 가린 작업대 밑에 밀어 넣어 둔 바구니들을 끌어당겨 다림질감을 꺼냈고, 다 끝낸 것은 두 팔을 높이 뻗어 선반 위에 얹었다. 클레망스는 서른다섯 번째 남자 셔츠에 주름 잡기를 마무리하고 있었다. 일감이 산더미였다. 서둘러도 11시까지 꼬박 해야 할 양이었다. 다 같이 한눈 팔지 않고 땀 흘려 가며 열심히 일했다. 걷어붙인 팔들이 왔다 갔다 할 때 살의 장밋빛이 흰색의 다림질감을 비추었다. 화덕에 코크스도 채웠다. 걸어 놓은 시트들 사이로 햇빛이 스며들어 화덕 위로 쏟아져 내리면, 화덕에서 올라온 뜨거운 열기가 그 빛줄기 속으로 들어가며 그 순간 만들어진 눈에 보이지 않는 불꽃이 공기를 뒤흔들며 진동했다. 게다가 천장에 널어 놓고 말리는 치마와 식탁보 들까지 더해지면서 가게 안은 그야말로 숨 막히는 찜통이 되었다. 오귀스틴은 침이 마르는지 자꾸 혀 한쪽을 입술 끝에 가져다 댔다. 과열된 주물에서 나는 냄새, 시큼한 풀물 냄새, 다리미의 녹내가 합쳐지면서 목욕탕에서 나는 것 같은 미적지근하고 역겨운 냄새가 진동했고, 그 안에서 어깨를 드러내고 일하고 있는 네 여자의 땀에 흠뻑 젖은 머리칼과 목덜미에서는 더 심한 냄새가 났다. 빈 병 안에 이미 녹색으로 변한 물에 꽂아 둔 백합꽃만이 시들어 가면서도 다른 냄새와 섞이지 않는 강한 향기를 풍겼다. 다리미 움직이는 소리, 부젓가락으로 화덕을 휘젓는 소리 사이로 쿠포가 코 고는 소리가 규칙적으로 똑딱거리는 거대한 시계추처럼 작업장의 고된 노동에 리듬을 부여했다.

과음한 이튿날이면 쿠포는 늘 머리가 지끈거리며 아팠다. 온종일 머리카락이 까치집이고 입에서는 악취가 났으며 턱이 부어올라 일그러졌다. 그는 매번 느지막이 잠이 깨서 8시에야 기지개를 켰다. 그런 다음 일을 하러 나갈지 망설이느라 침을 뱉으며 가게 안을 서성거렸다. 그렇게 다시 하루를 날렸다. 오전 내내 쿠포는 다리가 솜방망이 같아서 힘을 못 쓰겠다고 죽는 소리를 했다. 이렇게 마셔 대다간 몸이 엉망이 될 텐데, 어쩌자고 자기가 자꾸 바보처럼 구는지 모르겠다고도 했다. 멍청이 자식들이 자꾸 팔을 잡아끌면서 놔주지를 않는 바람에 억지로 마시러 간 거라고, 여기저기 끌려다니다 보면 결국 그런 꼴이 된다고도 했다. 아! 정말 안 되겠어. 다신 안 그럴 거야. 한창 나이에 술집에서 객사할 수는 없잖아! 하지만 점심때가 지나 기운을 되찾으면 흠! 흠! 거리며 목청을 가다듬고는 사실 전날 그렇게 많이 마신 건 아니라고, 살짝 목만 축였다고 우기기 시작했다. 나 같은 사람이 또 어디 있겠어? 일도 끄떡없이 해내지, 팔목 힘도 엄청나지, 눈도 꿈쩍 않고 다 마실 수 있지. 그러면서 쿠포는 오후 내내 동네를 어슬렁거렸다. 세탁소에 남아 일꾼들을 귀찮게 할 때면 제르베즈가 20수를 주며 내보내기도 했다. 그러면 재빨리 나간 쿠포는 푸아소니에 거리의 '프티트시베트'[90]에서 담배를 샀고, 눈에 띄는 친구와 보통은 자두주를 마셨다. 그런 뒤에 구트도르 거리 모퉁이의 프랑수아네로 가서 맛있는 햇포도주로 목을 축이며 20수를 끝장내 버렸다. 프랑수아네는 옆에 붙은 연기 자욱한 방에서 간단히 식사도 할 수 있게 되어 있는, 어두컴컴하고 천장이 낮은 옛날식 술집이었다. 쿠포는 그곳에서 저녁까지 원판을 돌려 술을 따는 게임을 했다. 외상으로도 마시면서, 절대 장부를 마누라에게 보내지 않겠다는 약속도 받아 냈다. 안 그래?

90) '작은 사향고양이'라는 뜻이다.

어제 묵은 때를 벗겨 내려면 목을 좀 축여 줘야지. 해장술을 해야 숙취가 가시는 거라고. 더구나 난 좋은 사람이라 절대 여자들을 괴롭히지도 않는걸. 재미있게 노는 게 좋을 뿐이고, 그냥 한번 취해 보는 거야. 절대 심술부리지 않지! 쿠포는 그러면서 자기는 깨어 있는 꼴을 보기 힘들게 늘 술독에 빠져 있는 인간들과 다르다고, 아무리 술을 마셔도 언제나 방울새처럼 즐겁고 친절하다고 주장했다.

"당신 애인 왔었어?" 때로 쿠포는 제르베즈에게 짓궂은 농담을 던졌다. "요새 안 보이네. 내가 한번 찾아가 봐야겠는걸."

구제 얘기였다. 사실 구제는 제르베즈가 거북해할까 봐, 자칫 말이 날까 봐 자주 찾아오지 못했다. 하지만 빨랫감을 가져온다든지, 자꾸 가게 앞 인도를 지나간다든지, 아무튼 구실을 찾아내서 들르곤 했다. 그럴 때면 몇 시간이고 가게 한쪽 구석에 앉아 짧은 파이프 담배를 피우며 꼼짝도 하지 않았다. 열흘에 한 번 정도는 저녁 식사 후 용기를 내서 찾아오기도 했다. 하지만 구제는 워낙 말이 없었다. 그는 입을 꾹 다물고 제르베즈를 바라보기만 했다. 제르베즈가 뭔가 얘기를 하면 그때마다 파이프를 입에서 떼고 웃음을 지어 보이는 게 전부였다. 세탁소 일이 토요일 밤까지 이어질 때면 구제는 제르베즈가 일하는 모습을, 공연을 보러 간 것보다 더 흥미로운 눈으로 넋 놓고 지켜보았다. 다림질이 새벽 3시까지 끝나지 않을 때도 있었다. 천장에 철사로 매달린 등에서 강렬한 불빛이 등갓의 모양대로 원을 그리며 쏟아져 내리면 빨래들은 눈처럼 보드라운 흰빛을 띠었다. 오귀스틴이 덧창을 닫았지만, 7월의 밤이 워낙 뜨거워서 길 쪽으로 난 문은 열어 두어야 했다. 시간이 갈수록 가게 안의 여자들은 좀 더 편한 차림을 찾아 옷의 호크를 풀었다. 보드라운 피부들이 램프의 불빛 아래 황금빛이 되었다. 특히 살이 오른 제르베즈는 황금빛 어깨가 실크처럼 반들거렸다. 목에는 갓난아기 같은 잔주름이 있는데, 구제는 그것을 머릿속으로 그려 볼 수 있을 정도로 잘 알았다. 화덕의 열기와 다리미 아래에서 김을 내뿜는 옷감의 냄새에 취한 구제는 가벼운 현기증과 함께 머리가 멍해지기까지 했다. 그는 그렇게, 밤새도록 맨살을 드러내고 팔을 흔들며 일해서 동네 사람들이 말쑥한 옷을 입게 해 주는 여자들을 바라보았다. 세탁소 주위로 다른 집들은 모두 잠들어, 고요한 잠의 거대한 침묵이 서서히 내려앉고 있었다. 자정이 울렸고, 잠시 후 1시, 다시 2시였다. 마차도 없고 지나다니는 사람도 보이지 않았다. 인기척이 사라진 어두운 길에는 제르베즈의 세탁소에서 마치 바닥에 굴려 펼쳐 놓은 노란 헝겊처럼 새어 나온 빛줄기뿐이었다. 이따금 멀리서 발자국 소리를 내며 다가온 사람들은 문틈으로 새어 나오는 빛과 다림질 소리에 놀랐고, 가게 앞을 지나갈 때 목을 길게 빼고는 불그스레한 김이 자욱한 곳에서 가슴을 풀어 헤친 채 일하고 있는 여자들의 모습을 재빨리 훔쳐보곤 했다.

제르베즈가 에티엔 때문에 속상해하면서 쿠포한테 발길질 당하지 않기를 바라자, 구제가 아이를 자기가 일하는 볼트 공장에 데려가 풀무질을 하게 해 주었다. 못 만드는 일도 환경이 그다지 나을 건 없어요. 쇠를 다루는 화덕이 워낙 지저분하기도 하고, 같은 쇠붙이를 계속 두들기는 것도 굉장히 힘든 일이거든요. 그래도 하루에 10프랑에서 12프랑까지 벌 수 있으니 벌이로는 괜찮은 편이죠. 이제 열두 살이니까 앞으로 잘 적응만 하면 전망도 좋고요. 그렇게 에티엔은 제르베즈와 구제를 연결하는 또 하나의 끈이 되어 주었다. 일을 마치고 에티엔을 집에 데려다주면서 구제는 아이가 그날 얼마나 훌륭히 해냈는지 어머니에게 얘기해 주었다. 너도나도 구제가 제르베즈에게 마음이 있는 게 분명하다고 말했다. 제르베즈도 알고 있었다. 그런 말을 들으면 수줍은 아가씨라도 된 듯 잘 익은 사과처럼 얼굴이 발갛게 달아올랐다. 아! 정말 좋은 분이에요! 조금도 힘들게 하지 않죠. 단 한 번도 그런 얘기를 꺼낸 적도 없고요. 추근거리는 행동이나 짓궂은 말 같은 건 절대 안 해요. 보기 드물게 건실한 사람이죠. 제르베즈는 말은 안 했지만 구제가 자기를 성(聖) 처녀처럼 사랑해 준다는 사실이 기쁘기 그지없었다. 그녀는 골치 아픈 일이 일어날 때마다 구제를 떠올렸고, 그러면 위안이 되었다. 두 사람은 단둘이 있어도 조금도 거북하지 않았다. 서로 쳐다보며 미소를 지을 뿐, 굳이 마음속 생각을 말할 필요도 없었다. 천박한 일을 생각조차 하지 않는, 더없이 분별 있는 애정이었다. 가만히 있으면서 행복하게 해 준다면, 당연히 가만히 있는 게 낫지 않은가.

여름이 끝나 갈 무렵 나나가 건물 전체를 뒤집어 놓았다. 여섯 살이 된 나나는 이미 장난이 심했다. 나나가 계속 발밑을 돌아다니며 귀찮게 하자 제르베즈는 아이를 매일 조스 양이 포롱소 거리에서 운영하는 작은 기숙 학교에 보내기로 했다. 그런데 그곳에서 나나는 친구들의 옷을 뒤로 묶어 버리고, 선생님의 담배 쌈지에 재를 퍼 넣기도 하고, 차마 말로 옮기기 힘든 못된 짓들까지 했다. 조스 양은 나나를 두 번 내보냈지만, 매달 6프랑의 돈을 잃지 않기 위해서 다시 받아 주었다. 학교가 끝나면 나나는 갇혀 지낸 시간에 대해 분풀이를 하듯 정신없이 장난을 쳤다. 가게 안에서도 옆에서 귀가 아프도록 시끄럽게 떠들어 댔고, 나가 놀라고 내보내면 현관 아래 혹은 안마당에서 장난을 쳤다. 보슈네 딸 폴린, 제르베즈의 옛 주인 포코니에 부인의 아들 빅토르, 나나가 함께 놀았다. 빅토르는 열 살에도 어수룩해서 두 여자아이와 노는 것을 무척 좋아했다. 쿠포 부부와 여전히 사이좋게 지내는 포코니에 부인 쪽에서 먼저 아들을 보내기도 했다. 그 외에도 건물 안에는 늘 아이들이 북적댔다. 온종일 우르르 계단을 네 칸씩 건너뛰며 몰려다녔고, 안마당에 모여 마치 먹이를 찾는 참새 떼처럼 시끄럽게 떠들었다. 고드롱 부인만 해도 아이를 자그마치 아홉이나 낳았다. 금발도 있고 갈색 머리도 있지만, 하나같이 제대로 빗지 않아 머리카락이 헝클어졌다. 모두 코를 흘렸고, 반바지를 잔뜩 치켜올려 입었고, 양말은 신발 위로 흘러내렸고, 찢어진 웃옷 틈새로 때 묻은 흰 살이 드러났다. 또 다른 집, 그러니까 빵 배달을 하는 6층 여자도 아이를 일곱이나 낳았다. 결국 집집마다 가득한 아이들이 쏟아져 나왔다. 비라도 내려야만 땟국물을 벗을 수 있는, 얼굴이 볼그스레한 바글거리는 벌레 떼 같은 아이들 틈에는 짓궂어 보이는 큰 아이들, 이미 어른들처럼 배가 나온 뚱뚱한 아이들이 있고, 요람에서 갓 나온 듯 미처 몸을 제대로 가누지 못해서 급하면 아예 네 발로 기어가는 아이들도 있었다. 나나는 이 개구쟁이들 위에 군림했다. 자기보다 두 배 더 큰 여자아이들 틈에서도 늘 대장 노릇을 했고, 서로 비밀을 터놓고 늘 자기 뜻을 따라 주는 폴린과 빅토르에게만 권력을 조금 나눠 주었다. 이 골칫거리 말괄량이는 계속 엄마 놀이를 하자고 했다. 제일 어린 애들의 옷을 벗겼다 입혔다 하고 다른 애들의 몸을 여기저기 더듬고 주무르면서, 행실 나쁜 어른들이 하는 짓을 그야말로 폭군처럼 제멋대로 해 댔다. 나중에 어른들한테 매를 맞는 일은 모두 나나가 발단이었다. 아이들은 떼 지어 몰려다니면서 염색장에서 나온 물이 흐르는 알록달록한 도랑 속을 첨벙거렸고, 물 밖으로 나올 때면 다리가 무릎까지 파랗게 혹은 빨갛게 물들어 있었다. 그런 뒤에는 열쇠 만드는 곳으로 달려가 못과 쇠줄을 훔쳐 냈고, 목공소에 쌓여 있는 대팻밥에 뛰어들어 엉덩이가 보이든 말든 마음껏 뒹굴며 신나게 놀았다. 안마당은 아이들 차지였다. 작은 신발들이 마구 뛰어다니느라 바닥이 울리는 소리, 이리저리 옮겨 갈 때마다 찢어질 듯 외치는 목소리들이 마당을 가득 채웠다. 마당만으론 부족할 때도 있었다. 그런 날은 지하실로 달려 내려갔다가 계단을 기어 올라와서는 복도를 따라 달렸고, 이어 다시 지하실로 내려갔다가 또 계단으로 올라와 다른 복도로 뛰었다. 아이들은 그렇게 몇 시간이고 지치지 않고 악을 써 댔고, 해로운 짐승들을 풀어 놓기라도 한 듯, 사방에서 달려나와 건물 전체를 흔들어 놓았다.

“저 애새끼들은 정말 골칫덩이들이라니까!” 보슈 부인이 소리를 질렀다. “도대체 얼마나 할 일이 없으면 저렇게들 애를 많이 내질렀을까? 그래 놓고도 먹을 게 모자란다고 죽는 소리를 하지!”

보슈가 옆에서 아무리 가난해도 아이들은 퇴비 더미에서 버섯이 자라듯 알아서 자라는 법이라고 했다. 보슈 부인은 온종일 소리를 질렀고 빗자루를 들고 아이들을 위협했다. 나중에는 아예 지하실 문을 잠가 버렸다. 폴린을 때려 주다가, 아이들이 그 어두운 곳에 숨어 나나가 생각해 낸 의사 놀이를 한다는 얘기를 들었기 때문이다. 나나는 나쁜 장난을 끝없이 만들어 냈고, 치료한다면서 막대기를 휘두르기도 했다.

그러던 어느 날 오후에 끔찍한 일이 벌어졌다. 일어날 수밖에 없는 일이었다. 나나가 생각해 낸 재미있는 놀이 때문이었다. 나나는 보슈네 방 앞에서 보슈 부인의 나막신을 훔쳤고, 거기에 끈을 매달아 마차처럼 끌고 다녔다. 빅토르가 신발 안에 사과 껍질을 넣자고 했다. 그렇게 해서 행렬이 이루어졌다. 나나가 제일 앞에서 나막신을 끌고, 폴린과 빅토르가 각기 오른쪽과 왼쪽에 섰다. 그 뒤로 꼬맹이들이 모여들어, 큰 애들부터 앞에 서서 서로 밀치면서 행렬을 이루었다. 치마를 입고 아기 털모자를 쓴 인형처럼 작은 아기 하나가 제일 뒤에서 따라갔다. 아이들은 걸음을 옮기며 오! 아! 하고 슬픈 곡조를 내뱉었다. 나나가 장례식 놀이를 한다고 했기 때문이다. 사과 껍질이 죽은 것이다. 아이들은 마당을 한 바퀴 돌고 난 뒤 다시 돌기 시작했다. 모두 재미있는 놀이에 신이 났다.

“쟤들이 도대체 뭘 하는 거야?” 계속 미심쩍어하며 살피던 보슈 주인이 중얼거리며 마당으로 나왔다.

그리고 곧 상황을 파악했고, 화가 치밀어 올라 고함을 내질렀다.

"아니, 뭐야! 내 신발이잖아! 세상에! 이런 못된 것들!"

그녀는 아이들을 돌아가며 때려 주었다. 나나의 양쪽 뺨도 갈겼고, 자기 엄마 신발을 가져가는데도 아무 말도 못한 폴린에게는 발길질을 했다. 그런데 마침 수돗가에서 물을 받고 있던 제르베즈가 나나가 목이 메어 흐느끼는 것을, 하물며 코피까지 흘리는 것을 보았고, 화가 나서 보슈 부인의 머리채를 휘어잡을 뻔했다. 세상에, 소를 패듯이 아이를 때리면 어떻게 해요? 아무리 인정머리가 없어도 그렇지, 어떻게 사람이 이럴 수가 있어요? 당연히 보슈 부인이 되받아쳤다. 딸년이 저렇게 천방지축이면 문을 잠그기라도 해서 가둬 놔야지! 그때 보슈 씨까지 마당으로 나와서는, 상대할 가치도 없는 인간들한테 굳이 설명하느라 애쓸 필요 없다고 소리쳤다. 그렇게 두 집은 회복할 수 없이 사이가 틀어져 버렸다.

사실 보슈 부부와 쿠포 부부의 사이는 한 달 전부터 삐걱대기 시작했다. 원래 사람들에게 나눠 주는 것을 좋아하는 제르베즈는 일이 있을 때마다 포도주, 수프, 오렌지, 케이크 등을 보슈네에게 가져다주었다. 그날 저녁도 샐러드 그릇 바닥에 조금 남은 치커리와 사탕무를, 보슈 부인이 샐러드를 워낙 좋아해서 체면을 차리지 않는다는 것을 알고 있었기에, 다른 생각 없이 가져다주었다. 이튿날 르망주 양에게서 보슈 부인이 사람들이 보는 앞에서 치커리를 버렸다는 얘기를 전해 들은 제르베즈는 얼굴이 창백해졌다. 르망주 양은 보슈 부인이 불쾌해서 견딜 수 없다는 표정으로 했다는 말도 전했다. 다행이죠! 우린 다른 사람들이 휘저은 음식을 먹을 정도로 궁핍하지는 않아요! 그날 이후 제르베즈는 보슈네에 그 어떤 것도 들고 가지 않았다. 포도주, 수프, 오렌지, 케이크, 다 끊었다. 보슈 부부는 죽상이 되었다! 마치 제르베즈한테 자기들 것을 도둑질당한 기분이 들었다. 제르베즈는 자신의 잘못을 깨달았다. 그동안 바보같이 이것저것 가져다주지 않았더라면 그들은 당연하게 받아 챙기는 나쁜 습관이 들지 않았을 테고, 오히려 자기한테 계속 친절하게 대하지 않았겠는가. 이제 보슈 부인은 제르베즈에 대해 온갖 험담을 퍼뜨리고 다녔다. 10월 말에 제르베즈가 집세 내는 것을 하루 미루자, 집주인 마레스코 씨에게 그녀가 가진 돈을 다 맛있는 거 먹는 데 써 버린다고 흉을 보았다. 마레스코 씨 역시 별로 예의 바른 사람이 아니었기에 모자도 벗지 않은 채로 제르베즈의 가게로 들어가 돈을 요구했고, 제르베즈는 그 자리에서 집세를 냈다. 그리고 당연히, 보슈 부부는 로리외 부부에게 손을 내밀었다. 이제 보슈 부부와 로리외 부부가 관리실 안에서 함께 먹고 즐기면서 화해한 것을 기뻐했다. 그 쩔룩이만 아니었다면 우리 사이가 이렇게 틀어질 일이 없었죠. 바윗덩어리들도 싸움 붙여 놓고 말 여자라니까요! 그러면 보슈 부부는 아! 이제야 어떤 여자인지 알 것 같네요. 그러면서 그들은 그동안 로리외 부부가 얼마나 고생했을지 이해가 간다고 말했다. 그들은 제르베즈가 지나가면 같이 문 쪽을 쳐다보며 히죽거리는 척하기도 했다.

그러다 어느 날 제르베즈가 로리외네 집으로 찾아가게 되었다. 예순일곱 살이 된 쿠포 마나님 때문이었다. 노인은 눈이 완전히 어두워지고 다리도 제대로 쓰지 못하게 되어, 결국 마지막까지 이어 온 가정부 일도 그만둘 수밖에 없었다. 이제 도움을 받지 못하면 굶어 죽을 형편이었다. 제르베즈가 보기에 자식을 셋이나 둔 노인네가 하늘에서도 땅에서도 버림받은 채로 살아간다는 것은 있을 수 없는 일이었다. 쿠포더러 누이 집에 올라가서 한번 말해 보라고 했지만, 쿠포는 싫다면서 제르베즈한테 직접 가 보라고 했다. 그렇게 화가 치민 제르베즈가 흥분한 상태로 로리외네로 들이닥치고 말았다.

제르베즈는 노크도 없이 마치 폭풍이 몰아치듯 로리외네로 들어갔다. 저녁에 찾아가서 시큰둥한 대접을 받았던 첫 방문 이후로 로리외의 집은 달라진 게 하나도 없었다. 뱀장어가 살기 좋을 만한 좁고 긴 실내는 여전히 색바랜 누더기 모직 천으로 방과 작업장이 나뉘어 있었다. 안쪽에는 로리외가 작업대 앞에 고개를 파묻고 앉아서 콜론 사슬의 고리를 하나씩 집어 들고 있고, 로리외 부인은 바이스 앞에 서서 쇠줄 만드는 기계로 금줄을 잡아당기고 있었다. 대낮의 햇빛 아래 조그만 화덕이 발그레하게 빛났다.

"네, 저예요." 제르베즈가 말했다. "서로 못 잡아먹어 안달이면서 이렇게 찾아왔으니 놀라시겠죠. 하지만 우리 문제 때문에 온 게 아니에요. 어머님 때문에 왔어요. 그래요. 어머님이 계속 다른 사람이 동정심으로 빵을 던져 주길 기다리며 살아야 하는지, 그 얘길 하러 왔어요."

"그것참, 거창하기도 하네." 로리외 부인이 중얼거렸다. "어떻게 저렇게 뻔뻔스러울 수가 있지?"

로리외 부인은 그런 뒤에는 돌아서서 마치 올케가 와 있다는 것 자체를 모르는 사람처럼 금줄만 잡아당겼다. 하지만 그 남편이 창백한 얼굴을 들어 제르베즈를 쳐다보며 물었다.

"방금 뭐라고 했죠?"

그러더니, 이미 상황을 다 알고 있는지라, 곧바로 말을 이었다.

"또 이러쿵저러쿵 난리가 났군! 우리 장모님은 참 고맙기도 하지! 비참하게 살고 있다고 동네방네 떠들고 다니시니 말이야! 그저께만 해도 우리 집에서 같이 드셨으면서! 이봐요, 우리도 할 수 있는 걸 다 하고 있어요. 우리가 뭐 집에다 돈다발을 쌓아 둔 것도 아니잖아요? 계속 그렇게 다른 집에 가서 떠들어 대실 거면 아예 거기 들어가서 살라고 해요. 우리 집에 첩자가 들락거리는 건 싫으니까."

그런 뒤에 그 역시 등을 보이면서 금줄 만드는 일을 시작하면서, 마지못해 한마디 덧붙였다.

"모두 한 달에 100수씩 내기로 한다면 우리도 100수씩 내겠소."

빈정거리는 로리외 내외의 차가운 얼굴을 대하는 동안에 제르베즈의 흥분이 가라앉았다. 그녀는 이상하게 로리외의 집에만 오면 늘 무언가가 불편했다. 제르베즈는 바닥에 깔아 둔 마름모꼴 나무 발 사이에 떨어진 금 부스러기들을 바라보면서 찬찬히 설명했다. 어머님은 자식이 셋이에요. 각자 100수씩 낸다면 겨우 15프랑인데, 그것으로는 부족하죠. 도저히 살 수 없는 돈이잖아요. 적어도 세 배씩은 내야 해요. 그러자 로리외가 소리를 질렀다. 나더러 한 달에 15프랑씩 어디 가서 훔쳐 오기라도 하라고? 정말 이해할 수가 없군. 집에 금이 있다고 우리가 부자인 줄 아나? 그러면서 로리외는 장모를 욕하기 시작했다. 어머니는 왜 아침마다 커피를 마셔야 하는 거야? 간간이 술도 한 모금씩 필요하고? 돈 많은 마나님들처럼 까다롭게 구시다니……. 아무렴, 편하게 먹고사는 게 싫은 사람이 어디 있겠어? 아무리 그래도, 돈 한 푼 모아 두지 못했으면 다른 사람들처럼 허리띠를 졸라매는 수밖에 없지! 게다가 아직 일을 못 할 나이도 아닌데……. 접시 안에 놓인 맛있는 건 잘도 집어 드시더니 말이야. 로리외는 교활한 노인네가 편히 놀고먹으려 한다고, 자기는 설령 돈이 있다 해도 그렇게 게으름 피우려는 사람을 도울 생각은 없다고 말했다.

제르베즈는 굴하지 않고 그의 말이 어디가 잘못되었는지 차근차근 설명했다. 타협점을 끌어내려고, 로리외 내외의 마음을 누그러뜨려 보려고 계속 애썼다. 하지만 로리외는 더 이상 대꾸하지 않았고, 로리외 부인은 화덕 앞에서 금줄 한쪽 끝을 초산이 가득 담긴 긴 손잡이의 구리 냄비에 넣고 닦느라 여념이 없었다. 일부러 계속 등을 돌리고 있는 그녀는 마치 100리 밖에 가 있는 사람 같았다. 제르베즈는 시커먼 먼지가 가득 찬 작업장에서 고집스레 일감에 매달려 있는 로리외 내외를 바라보며 계속 말해 보았지만, 기름때 묻고 여기저기 기운 옷을 입고 몸을 굽혀 같은 일을 기계적으로 되풀이하는 로리외 부부는 마치 낡은 연장처럼 아둔하고 완고했다. 결국 다시 화가 치민 제르베즈가 버럭 소리 지르고 말았다.

"그래요, 그렇게 해요. 돈은 됐어요……. 제가 어머님을 맡을게요. 이제 됐죠? 고양이도 거둔 적이 있는데, 당신네 어머니도 거둬들이죠, 뭐. 이제 어머니는 부족함 없이 사실 수 있을 거예요. 커피도 술도 다 드실 수 있고요. 세상에! 이런 가족이 어디 있담!"

로리외 부인이 홱 돌아섰다. 손잡이 달린 냄비를 흔들며, 마치 초산을 올케의 얼굴에 부어 버릴 것 같은 기세였다. 그러더니 황급히 말을 쏟아냈다.

"당장 꺼져! 아니면 내가 뭔 일을 내고 말 거니까! 100수는 기대도 하지 마! 땡전 한 푼 안 줄 거니까! 한 푼도 없어……! 그래, 좋아. 물론이지! 100수는 꿈도 꾸지 마! 엄마가 그 집에 가서 식모살이를 하고 너희가 내 돈 100수로 먹고 마시는 꼴을 내가 왜 보겠어? 엄마한테 전해. 만일 그 집으로 가면 이제 엄마가 굶게 되도 난 절대 물 한 잔 안 가져다줄 거라고. 알았지? 이제 꺼져! 당장 나가!"

"세상에, 악귀가 따로 없네!" 제르베즈도 문을 꽝 닫으며 말했다.

이튿날 제르베즈는 시어머니를 집으로 데려왔다. 천장 가까이 둥근 천창으로 햇빛이 드는 나나의 방에 침대를 넣었다. 이사는 금방 끝났다. 세간이라고 해 봐야 침대를 빼면 오래된 호두나무 옷장, 탁자와 의자 두 개가 전부였다. 옷장은 빨랫감을 쌓아 두는 방에 두기로 했고, 탁자는 팔아 버렸고, 의자는 짚을 갈아 넣었다. 노인네는 궁지를 벗어난 게 좋아서, 제르베즈의 집으로 옮겨 온 그날 저녁부터 쓸모 있는 존재가 되기 위해 비질을 하고 설거지도 하면서 집안일을 도왔다. 안 그래도 속이 뒤집힐 것 같던 로리외 부부는 르라 부인까지 쿠포와 화해하자 분을 삭이지 못했다. 조화공인 언니와 금줄을 만드는 동생, 두 자매가 제르베즈 문제로 서로 따귀를 때리며 싸우기까지 했다. 제르베즈가 그렇게 어머니를 맡아 준 건 잘한 일이라는 르라 부인의 말이 화근이었다. 그녀는 동생이 화를 참지 못하고 씩씩거리자 놀려 주려고 제르베즈의 눈이 너무 예쁘다고, 종이를 가져다 대면 불이 붙을 것 같다고 말했다. 결국 자매는 서로 따귀를 날렸고, 절대로 다시 보지 않겠다고 맹세했다. 이제 르라 부인은 저녁이면 제르베즈의 가게로 와서 클레망스가 늘어놓는 음담패설을 즐겼다.

그렇게 삼 년이 흘렀다. 그들은 다시 싸우고 화해하기를 되풀이했다. 제르베즈는 로리외 부부와 보슈 부부, 그리고 자기와 생각이 다른 사람들에게는 그다지 신경 쓰지 않았다. 맘에 들지 않으면 자기들이 알아서 하겠죠. 안 그래요? 난 필요한 만큼 벌어요. 그게 중요하죠. 이제 제르베즈는 동네 사람들의 인정을 받았다. 사실 제르베즈만큼 계산이 정확한, 악착같이 흥정하려 들지 않고 인색하게 굴지도 않는 거래처는 드물었다. 그녀는 푸아소니에 거리의 쿠들루 부인의 가게에서 빵을 샀고, 포롱소 거리의 뚱보 샤를네에서 고기를 샀으며, 다른 식료품들은 구트도르 거리에서 세탁소 맞은편의 르옹그르네서 샀다. 포도주는 길모퉁이의 프랑수아네에서 50리터씩 바구니로 배달해 주었다. 또 바로 옆에 있는, 아내가 남자들한테 하도 많이 꼬집혀서 엉덩이에 멍이 들었을 게 분명한 비구루 씨의 탄 가게에서 '콩파니뒤가즈'[91]의 가격 그대로 코크스를 살 수 있었다. 제르베즈에게 물건을 파는 사람들은 모두 친절했고, 그녀와의 거래가 결국 이득이 되는 일임을 잘 알았기에 하나같이 정직하게 대했다. 제르베즈가 모자도 안 쓴 채로 실내화를 끌고 동네에 나가면 너도나도 인사를 했다. 온 동네가 그녀의 집이나 다름없었다. 문을 열고 나가면 인도 앞에 펼쳐진 거리 전체가 그녀의 집에 딸린 공간 같았다. 이제 제르베즈는 일을 보러 나갔다가 아는 사람들을 만나 얘기하는 게 좋아서 지체하기도 했다. 밥때가 되어 먹을거리가 마땅치 않은 날에는 만들어 놓은 음식을 사러 건물 입구의 반대편 쪽 먼지 낀 창문 사이로 안쪽 마당에서 흐린 빛이 들어오는 널찍한 음식 가게에 가서 수다를 떨기도 했다. 혹은 접시나 사발을 양손에 든 채로 1층의 어느 창문 앞에 걸음을 멈추고 수다를 떨기도 했다. 그러면서 구두 수선집 안을 슬쩍 들여다보기도 했는데, 그곳에는 침대 위에 널브러진 이불 외에도 바닥 여기저기 누더기가 뒹굴었고, 다리가 짝짝이인 아기 요람, 그리고 검은 수지가 가득 담긴 그릇이 있었다. 제르베즈가 특별히 좋게 생각하는 이웃은 세탁소 바로 맞은편의 시계포 주인이었다. 프록코트 차림에 단정해 보이는 그 남자는 늘 앙증맞을 정도로 조

91) '가스 회사'라는 뜻이다. 1855년 설립되어 석탄 가스와 코크스를 생산했다.

그만 도구를 손에 들고 시계 속을 헤집고 있었다. 때로 제르베즈는 일부러 길을 건너가 인사를 하기도 했다. 그러다가 옷장 크기밖에 안 되는 작은 가게 안에서 조그만 뻐꾸기시계들이 정신없이 추를 흔들며 제시간도 아닐 때 시간을 울리면 그 모습을 바라보면서 환한 웃음을 지었다.

6장

가을의 어느 날 해 질 무렵에 제르베즈는 포르트블랑슈 거리의 고객에게 세탁물을 가져다주고 돌아오는 길에 푸아소니에 거리로 들어섰다.[92] 아침에 비가 온 후 날씨는 따뜻해졌고, 질퍽거리는 인도에서는 냄새가 났다. 바구니가 너무 커서 거추장스럽기도 했고, 힘들어서 숨이 조금 찼다. 걸음이 늦어지면서 몸이 처졌다. 피로 때문에 오히려 몸속에서 흐릿한 관능적 욕망이 일렁였다. 뭔가 맛있는 걸 먹고 싶었다. 고개를 드는데, 마르카데 거리의 표지판이 눈에 들어왔다. 불현듯 구제가 일하는 공장에 가 보고 싶다는 생각이 들었다. 쇠 다루는

---

92) 시문을 사이에 두고 파리 시내의 포부르푸아소니에르 거리와 이어진, 구트도르 지역의 중심 거리인 푸아소니에 거리는 반대편인 북쪽으로는 마르카테 거리, 포르트블랑슈 거리와 만난다.

모습을 보고 싶거든 한번 들르라고 구제가 몇 번이나 얘기하기도 했다. 가서는 에티엔을 찾고, 그러면 사람들은 자기가 구제와 상관없이 아이를 보러 온 줄 알 터였다.

볼트와 큰 못을 만드는 철공소가 마르카데 거리의 끝에 있는 것은 분명한데, 정확히 어디인지 알 수가 없었다. 군데군데 공터가 있는 길을 따라 이어진 허름한 건물들에는 번지수가 표시되지 않은 곳이 많았다. 제르베즈로서는 천만금을 준다 해도 절대 살고 싶지 않은 동네였다. 넓고 지저분한 길은 가까운 공장에서 나오는 석탄 연기 때문에 시커멨고, 군데군데 포석이 갈라지고 마차 바퀴 때문에 파인 곳에는 물이 고여 있었다. 거리 양쪽으로 창고들, 창유리가 있는 작업장, 짓다 만 것처럼 벽돌과 뼈대가 드러난 우중충한 건물들이 있고, 아무렇게나 늘어선 위태로운 벽돌집들 사이 들판으로 빠지는 작은 길들에는 허접한 셋방과 싸구려 식당 들이 있었다. 제르베즈는 구제가 일하는 곳이 넝마와 고철이 가득 늘어서 한 고물상 옆이라는 것밖에 아는 게 없었다. 구제에 따르면 땅 위의 하수구라 할 만한 그 고물상에 최소한 수십만 프랑이 잠들어 있었다. 공장들에서 나오는 시끄러운 소리를 들으면서 제르베즈는 어디로 가야 할지 고민했다. 지붕 위 가느다란 굴뚝이 세차게 연기를 내뿜었고, 제재소에서는 광목천을 쫙쫙 찢는 것처럼 날카롭게 긁히는 소리가 났다. 단추 공장의 기계는 어찌나 요란스럽게 덜거덕거리며 돌아가는지 땅이 흔들릴 것 같았다. 더 가야 할지 망설이며 몽마르트르 쪽을 바라보는데, 바람이 높다란 굴뚝에서 나온 그을음을 거리 가득 실어 왔다. 제르베즈는 숨이 막힐 것 같아 눈을 감아 버렸다. 바로 그때 규칙적인 망치 소리가 들렸다. 어쩌다 보니 구제의 공장 앞까지 온 것이다. 바로 옆에 넝마가 가득 쌓여 있는 것을 보니 분명했다.

하지만 제르베즈는 입구를 알 수 없었다. 부서진 목책 쪽 통로로 들어가 보니 마치 철거 현장의 잔해 같은 깊숙한 곳으로 이어졌다. 중간에 진창이 고인 웅덩이에 길이 가로막힌 제르베즈는 그 위에 얹어 둔 널빤지 두 개를 조심스럽게 밟고 지나갔고, 이어 왼쪽으로 돌았다. 그러자 손잡이를 공중으로 쳐든 고물 짐수레들과 부서져서 앙상한 뼈대만 남은 허름한 집들이 마치 숲을 이루듯 한가득 펼쳐졌다. 그리고 더 안쪽으로 석양의 어둠을 뚫고 타오른 시뻘건 불길이 보였다. 망치 소리는 끊겼다. 제르베즈는 불빛이 있는 쪽으로 조심스레 다가갔고, 그때 얼굴에 시커멓게 석탄을 묻히고 염소수염이 헝클어진 남자가 창백한 눈길로 제르베르를 힐끗거리며 지나갔다.

"저기요. 여기에 에티엔이라는 아이가 일하고 있나요? 제 아들이거든요."

"에티엔, 에티엔이라……." 남자는 몸을 흔들며 에티엔의 이름을 되뇌었다. "에티엔이라. 아뇨. 모르겠는데."

남자의 입에서 오래 묵은 화주 통 마개를 열었을 때와 비슷한 냄새가 풍겼다. 그가 어두컴컴한 곳에서 마주친 여자에게 희롱을 걸 것 같자, 제르베즈는 뒤로 물러서며 작은 소리로 물었다.

"그럼 구제 씨는 여기서 일하지 않나요?"

"아! 구제요, 구제야 알죠." 남자가 말했다. "구제를 보러 왔군요. 안으로 들어가 봐요."

남자는 돌아서서 갈라진 쇳소리로 구제를 불렀다.

"이봐, 필도르. 여기 여자분이 찾아왔어!"

하지만 그 목소리는 쇠 두드리는 소리에 묻혀 버렸다. 제르베즈는 더 들어갔다. 문이 나왔고, 제르베즈는 그곳에서 목을 빼고 안을 들여다보았다. 작업장은 굉장히 넓었다. 하지만 처음에는 뭐가 뭔지 하나도 알아볼 수 없었다. 화덕의 불이 꺼졌는지 한구석에 보이는 별빛처럼 희미한, 그래도 덕분에 작업장 안이 완전히 깜깜하지는 않게 해 주는 불빛만 보였다. 그렇게 커다란 그림자들이 떠다녔고, 이따금 시커먼 형체들이 이곳을 밝혀 주는 마지막 빛을 가리면서 불 앞을 지나갈 때면 그림자의 손과 발이 거대해졌다. 제르베즈는 안으로 들어설 엄두를 내지 못하고 문간에 서서 살며시 구제를 불렀다.

"구제 씨, 구제 씨……."

그때 갑자기, 풀무가 덜컹대는 소리와 함께 하얀 불꽃이 솟아오르며 작업장 안이 환해졌다. 이제 다 보였다. 작업장은 칸막이 판을 듬성듬성하게 둘러 세우고 모서리는 벽돌담으로 받쳐 놓은 헛간 같은 형태였다. 석탄 가루가 날아다녀 온통 잿빛 그을음이 가득했다. 들보에는 거미줄이 마치 말리려고 널어 놓은 넝마처럼 치렁치렁 매달려 있고, 그 위로 몇 년 동안 내려앉은 듯한 먼지가 쌓여 있었다. 각종 고철, 부서진 연장들, 엄청나게 큰 기구들, 모두 깨지고 윤기 없고 단단해 보이는 것들이 선반에 올려져 있거나 못에 걸려 있거나 어두컴컴한 모퉁이에 그대로 널브러져 있었다. 흰색의 불길이 활활 타오르면서 수없이 발에 밟혀서 단단해진 땅바닥 위로 마치 내리쬐는 해처럼 눈부신 빛을 쏟아 냈고, 모루 받침에 끼워 넣은 네 개의 강철 심이 그 아래에서 금박 입힌 은처럼 반짝거렸다.

그때 화덕 앞에 서 있는 노란 수염의 구제가 보였다. 에티엔은 풀무질을 하고 있고, 다른 대장장이들 두 명도 같이 있었다. 제르베즈의 눈에는 구제밖에 보이지 않았다. 그녀는 걸음을 옮겨 구제가 있는 쪽으로 다가갔다.

"어? 제르베즈 부인! 어쩐 일이에요!" 놀란 구제의 얼굴이 환해졌다. 하지만 옆에서 동료들이 야릇한 눈길을 보내자 곧바로 에티엔을 엄마 쪽으로 밀었다.

"아이를 보러 오셨군요. 아주 잘하고 있습니다. 힘도 붙기 시작했고요."

"다행이네요." 제르베즈가 대답했다. "그러데 여긴 찾아오기 참 힘드네요. 세상 끝에 온 줄 알았어요."

제르베즈는 자기가 어떻게 여기까지 찾아왔는지 얘기했다. 그리고 왜 사람들이 에티엔 이름을 모르느냐고 물었다. 그러자 구제가 웃으며 대답했다. 에티엔 머리가 꼭 알제리 보병처럼 짧아서 모두 꼬마 주주[93]라고 부른다는 것이다. 제르베즈와 구제가 얘기를 나누는 동안 에티엔은 풀무질을 쉬었다. 화덕의 불꽃이 약해지고 불그레한 빛이 줄어들면서, 작업장 안

---

93) 알제리인으로 구성된 프랑스 보병대를 가리키는 '주아브(zouave)'의 앞 음절을 딴 애칭이다.

은 다시 어두워졌다. 희미한 불빛 속에서 구제는 미소를 띤 제르베즈의 얼굴이 싱그럽게 빛나는 것을 보며 가슴이 뭉클했다. 두 사람은 한동안 어둠 속에서 말없이 서로 바라보기만 했다. 뭔가 생각이 떠오른 듯 구제가 침묵을 깨며 말했다.

"죄송하지만 하던 일을 마쳐야 할 것 같아요. 여기서 기다릴 수 있죠? 전혀 방해되지 않으니까 괜찮아요."

그러기로 했다. 에티엔은 이미 풀무질을 다시 시작했고, 화덕의 불이 불꽃을 내뿜으며 타오르기 시작했다. 아이는 자기가 얼마나 힘이 센지 어머니에게 보여 주고 싶어서 그야말로 폭풍 같은 풀무질을 했다. 집게를 든 구제는 쇠막대가 달궈지기를 지켜보면서 기다리고 있었다. 눈부시게 밝은 빛을 그늘 한 점 없이 그대로 받고 선 구제는 작업복 소매를 걷어 올리고 깃을 벌린 탓에 팔과 가슴의 맨살이 드러났다. 금빛 털이 곱슬거리는 여자처럼 뽀얀 살이 눈에 띄었다. 구제는 울퉁불퉁한 근육질의 어깨 사이로 고개를 조금 숙인 자세로 정말 눈 한번 깜박거리지 않으면서 옅은 눈길로 불길을 주시했고, 그 모습은 마치 스스로의 힘을 알고 있기에 아무 걱정도 없이 휴식을 취하는 거인 같았다. 구제는 하얗게 변한 쇠막대를 집게로 들어 올려 모루 위에 놓고는 일정한 길이로 잘라 나갔다. 마치 유리를 부수듯 가볍게 내리친 뒤, 잘린 쇠토막들을 불에 대고 하나씩 모양을 만들었다. 6면 리벳[94]을 만드는 중이었다. 쇠토막들을 못 제조기에 넣고 한쪽 끝을 눌러 머리 부분

94) 철판을 연결하는 데 사용되는, 머리 부분이 두툼한 굵은 못이다.

을 만들고, 그런 뒤에 여섯 개의 면을 평평하게 다듬어야 했다. 그는 완성된 리벳들을 벌겋게 달아오른 그대로 밑으로 던졌고, 붉은 반점처럼 떨어져 내린 리벳들은 바닥에서 식어 갔다. 구제는 오른손으로 2.5킬로그램짜리 망치를 흔들면서 내리치길 계속했고, 두드릴 때마다 쇠를 뒤집고 다듬어 가면서 구석구석 완성했다. 그는 워낙 능숙했기 때문에 일을 하면서도 계속 말을 하고 사람들을 바라볼 수 있었다. 모루에서는 은이 울리는 소리가 났다. 구제는 힘들어 보이지 않았다. 집에서 그림을 오릴 때처럼 순박한 얼굴로, 땀 한 방울 흘리지 않고 망치질을 했다.

"아! 이건 작은 리벳이에요. 20밀리미터짜리죠." 제르베즈의 질문에 구제가 대답했다. "이런 건 하루에 300개까지 만들 수 있어요. 하지만 일이 몸에 배어야 가능하죠. 아니면 금방 팔이 아파서 못 해요."

제르베즈는 온종일 그렇게 일하면 팔목이 아프지 않으냐고 물었다. 구제가 웃으며 대답했다. 내가 무슨 아가씨인가요? 이 손목으로 벌써 십오 년째 온갖 힘든 일들을 다 해 온걸요. 이제 쇳덩이나 다름 없죠. 연장을 얼마나 많이 다뤘는데요. 사실 옳은 말이에요. 리벳이나 볼트를 만들어 본 적이 없는 사람이 2.5킬로짜리 망치를 들고 휘젓다가는 두 시간만 지나도 삭신이 쑤실 겁니다. 별것 아닌 것처럼 보이지만 아주 건장한 남자들도 몇 년이면 나가떨어지죠. 옆에서 다른 직공들도 망치질을 하면서, 커다란 그림자들이 불빛 속에서 함께 춤을 추었다. 화로에서 꺼내는 쇠붙이의 시뻘건 광채가 어둠을 가로

질렀고, 쇠망치가 철심에 닿을 때 불꽃이 일며 햇빛처럼 번쩍거렸다. 제르베즈는 이글대는 화덕의 불길 속에서 기분이 좋아 꼼짝하지 않고 서 있었다. 그러고는 손을 델까 봐 조심하면서 에티엔이 있는 곳으로 다가가려고 멀리 돌아갔다. 그러다가 들어올 때 안마당에서 만났던 수염을 기른 지저분한 남자와 마주쳤다.

"만났죠?" 남자는 얼근히 취한 것 같았다. "이봐, 괼도르, 알아? 내가 이분한테 자네가 어디 있는지 알려 줬어."

벡살레[95] 혹은 부아상수아프[96]라고 불리는 남자는 허풍쟁이이지만 볼트 만드는 솜씨가 뛰어났다. 매일 싸구려 독주를 1리터씩 털어 넣는 술꾼이기도 했다. 지금도 6시까지 기다리기 힘들어서 일단 목에 기름 좀 쳐야겠다며 나갔다 온 것이다. 주주의 이름이 에티엔이라니, 남자는 시커먼 이빨을 드러내면서 웃었다. 또 제르베즈가 누구인지 알고 나더니 자기가 바로 전날 밤에 쿠포와 한잔했다고 했다. 쿠포한테 가서 벡살레, 그러니까 부아상수아프 얘기를 해 보십쇼. 그 친구 아주 물건이라고 바로 말할 테니까. 그러면서 그는 쿠포가 사람 좋은 친구라고, 무엇보다 술 사는 걸 좋아하는 친구라고 덧붙였다.

"쿠포의 부인을 만나다니 기쁘네요. 아름다운 부인하고 살 만한 친구죠. 그렇죠? 이봐, 괼도르. 정말 아름다운 분이잖아."

남자는 괜히 친절한 척하며 제르베즈 곁으로 다가왔다. 제

---

95) '짠 음식을 좋아하는 입', '갈증이 난 입'이라는 뜻으로, 술꾼을 뜻한다.
96) '목이 마르지 않아도 늘 마시는 사람'이라는 뜻으로, 술꾼을 뜻하던 속어이다.

르베즈는 바구니를 다시 찾아 들고 남자가 가까이 오지 못하도록 앞쪽으로 들고 있었다. 구제는 벡살레가 제르베즈와 자기 사이를 놀리고 있음을 깨닫고 당황해서 큰 소리로 말했다.

"이봐, 게으름뱅이! 40밀리미터짜리는 언제 만들 거야? 이제 배도 채웠을 테니 시작하지? 엉터리 주정뱅이!"

두 사람이 같이 모루 작업을 해야 하는 대형 볼트 주문 얘기였다.

"알았어, 지금 시작할 거야. 징징거리지 좀 마." 벡살레가 대답했다. "맨날 아기처럼 손가락 빨더니 이제 어른인 척하는군. 넌 덩치만 컸지 아무 소용없어. 너 같은 녀석 여럿 눕혀 버린 적도 있지."

"좋아. 당장 해 보는 거야. 이리 와. 같이 해 보자고."

"좋아, 멍청한 친구!"

두 남자는 제르베즈 앞이라 더욱 허세를 부리며 달려들었다. 구제는 미리 잘라 놓은 쇠붙이를 불에 넣었다. 그러고는 철심 위에 구경이 큰 못 주물 틀을 설치했다. 벡살레가 벽에 걸어 놓은 10킬로그램짜리 망치들을 가져왔다. 이 작업장을 대표하는 가장 큰 망치들로, '피핀'과 '데델'이라는 여자 이름으로 불렸다. 벡살레는 계속 허세를 부리며, 덩케르크[97]의 등대에 사용된 리벳 여섯 다스를 바로 자기가 만들었다고 했다. 박물관에 보관할 만한 보물들이지. 기가 막히게 잘 만들었거든. 그래! 내가 너 따위와 겨루는 걸 겁낼 줄 알아? 벡살레는

---

97) 북해 연안에 면한 프랑스 북단의 항구 도시이다.

파리 시내 공장들을 다 뒤져도 자기 같은 실력은 찾기 힘들 거라고도 했다. 그러면서 재미있겠다고, 본때를 보여 주겠다고 덧붙였다.

"저기 부인이 판단하실 테지만." 그가 제르베즈 쪽을 돌아보며 말했다.

"이제 말은 그만해!" 구제가 외쳤다. "주주! 기운을 내! 불이 뜨거워야지!"

하지만 벡살레는 다시 질문을 던졌다.

"둘이 같이 두드리지?"

"아니! 각자 자기 볼트를 만드는 거야!"

구제의 말에 갑자기 분위기가 얼어붙었다. 시끄럽게 떠들던 벡살레는 입이 바짝 마르는 것 같았다. 아무도 40밀리미터짜리 볼트를 혼자 만들어 보지 못했다. 볼트의 머리를 둥글게 만들어야 해서 더욱 힘들었다. 완성된다면 그야말로 걸작품이 될 만큼 어려운 작업이었다. 동료 세 명이 하던 일을 멈추고 구경하러 왔다. 키가 크고 비쩍 마른 남자는 구제가 진다는 쪽에 술 한 병을 걸었다. 구제와 벡살레는 눈을 감고 망치를 골랐다. 피핀이 데델보다 4분의 1킬로그램 더 무거웠기 때문이다. 부아상수아프라고도 불리는 벡살레가 운좋게 데델을 쥐었다. 꾈도르는 피핀을 잡았다. 쇠붙이가 달궈지는 동안 다시 허풍스러워진 벡살레가 모루 앞에 서서 제르베즈 쪽을 힐끔거리며 은근한 눈빛을 보냈다. 결투를 앞둔 사람처럼 발을 구르면서 힘껏 휘두르는 시늉도 했다. 좋았어! 굉장하겠는걸! 아주 좋아! 벡살레는 자기는 방돔 광장의 원주 탑도 납작하게 만들 수 있다고 허풍을 떨었다.

"자, 시작하지." 구제가 여자아이 손목 굵기의 쇠붙이를 주물 틀에 얹어 놓으며 말했다.

벡살레는 상체를 젖힌 뒤 두 손으로 데델을 휘둘렀다. 키가 작고 비쩍 마른 몸에 제대로 빗지 않아 머리카락이 헝클어진 그는 염소수염을 하고 늑대 눈을 번득였다. 쇠망치를 휘두를 때마다 허리가 휘어질 듯 흔들거리면서 그 힘의 반동으로 몸이 솟구쳤다. 마치 쇠가 너무 단단해서 화가 난 상태로 격렬한 싸움을 벌이는 것 같았다. 제대로 맞혔다 싶으면 으르렁대기도 했다. 술을 마시면 팔 힘을 못 쓴다고들 하지만, 난 말이야, 핏줄 속에 피가 아니라 술이 흘러야 기운이 나는 사람이야. 조금 전에 한잔했더니 몸속이 가마솥처럼 끓어오르는군. 보일러가 된 것 같아. 오늘 저녁엔 쇠가 날 무서워할 거야. 씹는 담배처럼 녹진녹진하게 두들겨 줄 테니 잘 봐. 데델이 춤추는 거 잘 지켜보라고! 데델은 엘리제 몽마르트르[98]에서 두 발을 허공에 띄워 속옷을 너풀대며 춤추는 여자들처럼 앙트르샤[99]를 추었다. 우물쭈물하면 안 돼. 쇠라는 놈은 약아빠져서 금방 식어 버리거든. 망치 붙잡고 용써 봐야 헛일인 거지. 벡살레는 서른 번 정도를 두드려 볼트의 머리를 만들었다. 숨이 찼고 눈알이 튀어나올 만큼 힘들었다. 팔에서 우두둑 소리가 나자 버럭 화가 치밀어 올랐다. 흥분한 벡살레는 춤추듯 움직

98) 몽마르트르 구역에 있는 카페콩세르. 공연을 보면서 식사를 할 수 있는 곳이다.

99) 공중에서 양발을 엇갈리는 발레 동작이다.

이며, 소리를 지르며, 오로지 자기의 고통에 대한 앙갚음으로 두 번을 더 내리쳤다. 볼트를 꺼내 보니 머리가 일그러져 곱사등처럼 튀어나와 있었다.

"자! 훌륭하죠?" 그는 제르베즈에게 볼트를 보여 주면서 천연덕스럽게 물었다.

"전 잘 몰라요." 제르베즈가 조심스럽게 대답했다.

하지만 그녀는 볼트에 마지막 두 번의 망치질 흔적이 남은 것을 보았다. 제르베즈는 구제가 유리하리라 생각하며 기뻤다. 웃음이 나오는 걸 참느라 입술을 깨물어야 했다.

굍도르의 차례가 왔다. 시작하기 전 구제는 제르베즈를 향해 자신감 넘치는 다정한 눈길을 보냈다. 그런 다음 서두르지 않고 뒤로 물러서서는 망치를 높이 들어 크게 휘두르며 규칙적으로 내리쳤다. 교과서적이고 정확하면서도 균형감 있고 유연한 동작이었다. 그가 두 손으로 쥔 피핀의 움직임은 싸구려 댄스홀에서 추는 소란스럽고 난잡한 춤이 아니었다. 박자에 맞춰 올라갔다 떨어지는 모습이 귀부인이 정숙한 동작으로 추는 미뉴에트 같았다. 피핀의 발뒤꿈치는 장중하게 박자를 맞추었고, 정교한 기술로 볼트의 머리를 내리치며 달구어진 쇠 속에 파고들었다. 그러니까 금속의 가운데부터 내리치고, 이어 박자에 맞추어 여러 차례 연달아 때리면서 모양을 다듬었다. 당연히 굍도르의 핏줄 속에는 독주가 아니라 피가 흘렀다! 순수한 피의 박동이 망치에까지 전해지며 구제의 작업을 다스렸다. 구제가 일하는 모습은 진정 아름다웠다! 화덕의 불길이 정면에서 비추자 그 불빛에 이마 아래쪽으로 흘러내린 짧은 곱슬머리와 고리 모양으로 멋지게 늘어진 노란 수염까지, 황금 실로 새긴 듯한 얼굴 전체가 드러났다. 거짓말 안 보태고 그의 온 얼굴이 황금으로 된 것 같았다. 갓난아기 목덜미처럼 뽀얀 목이 기둥처럼 버티고 서 있고, 가슴은 여자 한 명이 옆으로 누울 수 있을 만큼 널찍하며, 조각으로 새긴 듯한 어깨와 팔은 미술관에 있는 거인들의 것을 그대로 옮겨 놓은 듯했다. 망치를 휘두르느라 몸을 젖힐 때면, 피부 아래 산 같은 살들이 움직이며 단단해져 근육이 불끈했고, 어깨와 가슴과 목까지 모두 부풀어 올랐다. 그렇게 몸 주위로 빛이 퍼져 나갈 때 구제는 아름답고 전능한 신이 되었다. 그는 이미 피핀을 스무 번 휘둘렀다. 여전히 흔들림 없는 눈길로 쇠를 바라보았고, 내리치는 리듬에 맞춰 숨을 몰아쉬었다. 관자놀이로 커다란 땀방울 두 줄기가 흘러내릴 뿐이었다. 그는 계속 세어 나갔다. 스물하나, 스물둘, 스물셋. 피핀은 침착하게 귀부인의 인사를 이어 갔다.

"잘난 척하기는!" 벡살레가 나지막하게 빈정거렸다.

제르베즈는 괼도르 앞에서 다정한 미소를 지으며 쳐다보았다. 맙소사! 남자들은 왜 이리 어리석을까! 그러니까 두 남자는 제르베즈에게 잘 보이려고 볼트를 두드려 댄 것이다! 아! 작은 흰 암탉 앞에서 시뻘건 수탉 두 마리가 허세를 부리며 맞서듯이, 그들은 망치질로 싸움을 벌였다. 너무도 우습지 않은가! 하지만 사람의 마음이란 때로 기이한 방식으로 표현되는 법이다. 그렇다. 데델과 피핀이 모루를 때린 것은 제르베즈 때문이었다. 바로 제르베즈 때문에 이 작은 철공소에 불길이 타오르고 사방에 불꽃이 튀었다. 구제와 벡살레는 쇳덩이가 아니라 사랑을 벼렸다. 사랑을 서로 얻으려고 싸운 것이다. 제르베즈는 내심 싫지 않았다. 여자들은 늘 칭송을 좋아하는 법이다. 필도르의 망치질은 제르베즈의 마음속을 때렸다. 망치가 모루에 닿으면서 맑은 음악 같은 소리가 울릴 때, 제르베즈의 가슴도 같은 소리를 내며 두근거렸다. 남자들이 어리석어 보이긴 했지만, 그러면서도 뭔가가, 뭔가 단단한 것이, 볼트의 쇠 같은 것이 제르베즈의 가슴속에 박히는 것 같았다. 이곳에 오기 전 해 질 무렵에 습기 찬 거리를 걸으며 느꼈던 것, 알 수 없는 욕망, 맛있는 걸 먹고 싶은 욕구가 이제 충족되었다. 필도르의 망치질이 그녀에게 먹을 것을 주기라도 한 것 같았다. 아! 제르베즈가 보기에도 분명 필도르가 이겼다. 그러니까 그녀는 필도르의 것이었다. 지저분한 작업복 차림으로 우리에서 빠져나온 원숭이처럼 펄쩍거리는 벡살레, 일명 부아상수아프는 추해 보였다. 제르베즈는 가마솥 같은 열기 속에서 얼굴이 붉게 달아오르면서도 행복했다. 마무리를 위해 연달아 내려치는 피핀의 움직임 때문에 온몸이 머리부터 발끝까지 흔들리는 동안에도 즐거웠다.

구제는 계속 세고 있었다.

"스물여덟!" 드디어 그가 망치를 내려놓으면서 말했다. "다 됐습니다. 한번 보세요."

구제의 볼트는 머리가 반지르르하게 윤이 흐르고 상처 하나 없이 말끔했다. 세공된 보석 같고 주물 틀에 넣어 만든 공처럼 동글동글했다. 다들 구제의 리벳을 보면서 고개를 끄덕였다. 뭐, 따져 볼 것도 없군. 무릎 꿇고 우러러볼 정도야. 벡살레는 옆에서 뭔가 농담을 해 보려다가 이내 얼버무렸고, 결국 시무룩해져서 자기 모루로 돌아갔다. 제르베즈는 볼트를 자세히 들여다보려는 듯 바짝 다가섰다. 에티엔이 풀무를 내려놓자 화덕은 마치 붉은 태양이 한순간 짙은 밤 속으로 내려앉듯이 다시 어두워졌다. 구제와 제르베즈는 그을음과 쇳가루와 고철 냄새가 가득 찬 공장 안에서 마치 그곳의 어둠에 감싸인 듯한 감미로움을 느꼈다. 꼭 단둘이 있는 것 같았다. 설사 뱅센 숲에서 약속을 하고 숲 모퉁이에서 둘이서만 만났다 해도 느끼지 못했을 감정이었다. 구제는 제르베즈를 쟁취했다는 듯 손을 잡아끌었다.

밖으로 나온 뒤 두 사람은 아무 말도 하지 않았다. 마땅한 얘깃거리를 찾지 못한 구제는 제르베즈가 온 김에 에티엔을 데려가면 좋겠지만, 아직 삼십 분 더 있어야 끝난다고 했다. 제르베즈는 이제 그만 가야겠다고 했고, 구제는 그녀를 조금 더 붙잡아 두고 싶었다.

"이쪽으로 와 봐요. 구경할 게 더 있어요……. 정말이지, 아주 재미있을 겁니다."

구제는 공장주가 기계를 설치 중인 오른쪽의 다른 작업장으로 제르베즈를 데려갔다. 하지만 제르베즈는 그곳의 입구에서 알 수 없는 두려움에 사로잡혀 머뭇거렸다. 본능적인 공포심이 밀려왔다. 넓은 작업장은 기계가 돌아가는 진동으로 흔들렸고, 마치 얼룩처럼 어른대는 붉은 불빛 속으로 커다란 그림자들이 떠다녔다. 구제가 옆에서 웃음 띤 얼굴로 걱정하지 말라고, 치마가 톱니 장치에 너무 가까이 가지 않도록 조심하면 된다고 안심시켰다. 구제가 앞장서고 제르베즈가 따라갔다. 쉭쉭거리는 소리, 우르릉거리는 소리, 귀가 멍할 정도의 요란한 소리들이 뒤섞여 있었다. 바쁘게 오가는 시커먼 사람들과 팔을 휘젓는 기계들까지, 연기 속에서 희미한 형체들이 움직이는데, 제르베즈는 뭐가 뭔지 전혀 알 수 없었다. 무척 좁은 통로에서 자꾸 발에 걸리는 것들을 넘어가야 했고, 구덩이처럼 팬 곳을 피하고 부딪치지 않도록 옆으로 비켜서야 했다. 들리는 말소리도 없고, 여전히 아무것도 보이지 않았다. 그냥 모든 것이 춤추듯 흔들리기만 했다. 그 순간 제르베즈는 머리 위로 커다란 날개가 움직이는 것 같은 느낌이 들어서 고개를 들었다. 그리고 너무 놀라서 멍하니 쳐다보기만 했다. 리본처럼 긴 띠들이 끝없이 실을 잣는 거대한 거미줄처럼 천장에 펼쳐져 있었다. 증기 모터는 한쪽 구석의 작은 벽돌담 뒤에 가려져 있어서, 마치 벨트가 저절로 풀려서 어둠 속으로 진동을 옮기는 것 같았다. 벨트는 야행성 새가 날아가듯 지속적이고 규칙적이고 부드럽게 미끄러져 나아갔다. 흙이 다져진 바닥에는 가지처럼 뻗어 나간 송풍관이 기계들 옆의 작은 화덕들에 강한 바람을 불어넣었다. 제르베즈는 송풍관에 걸려 넘어질 뻔했다. 구제가 제르베즈에게 보여 주려고 화덕에 바람을 보내자, 그 순간 큼직한 불길이 부채꼴을 그리며 퍼져 나갔다. 아주 살짝 래커 칠을 한 듯 번들거리는 톱니 모양의 눈부신 불꽃이 타오르자, 그 빛이 너무 강해서 직공들이 가진 작은 램프들은 햇빛 속에 군데군데 놓인 그림자 방울들처럼 보였다.

구제가 목소리를 높여 기계들에 대해 설명했다. 저건 금속 절단기예요. 쇠막대기를 집어삼켜서는 이빨로 잘라서 한 조각씩 저쪽으로 뱉어 내죠. 저기 높고 복잡하게 생긴 건 볼트와 리벳을 만드는 기계예요. 강력한 나사로 한 번 누르면 볼트의 머리가 만들어지죠. 저건 다듬는 기계인데, 주철로 된 제동기가 달려 있어서 볼트 하나하나 남아 있는 혹을 깎아 낼 때마다 저렇게 시끄러운 소리를 내요. 저기 여자들이 작동하고 있는 건 홈을 파는 기계예요. 기름으로 번쩍거리는 강철 기어가 양쪽으로 움직이면서 볼트와 너트에 나선을 파는 거죠. 그렇게 제르베즈는 벽에 세워 둔 쇠막대기가 볼트와 리벳으로 만들어지고 상자에 담겨 구석에 쌓일 때까지의 전 과정을 지켜보았다.
이제 다 알 것 같아요. 그녀는 고개를 끄덕이면서 미소를 지어 보였다. 하지만 거칠기 이를 데 없는 일을 해내는 금속 노동자들 사이에서 자기 혼자만 작고 약하다는 생각에 문득 불안해졌다. 이따금 금속을 다듬는 기계가 귀가 멍해질 정도로 시끄러운 소리를 낼 때면, 온몸의 피가 얼어붙는 느낌에 뒤를 돌아보기도 했다. 눈이 어둠에 익숙해지면서, 구석에 버티고 서서 제동기의 헐떡거리는 춤을 조종하는 남자들이 보였다. 갑자기 화덕 하나에서 불꽃이 솟구쳤다. 제르베즈는 자기도 모르게 천장을 쳐다보았다. 벨트가 하늘을 날듯 유연하게 미끄러지는 곳, 기계들의 생명이자 피인 그곳으로, 희미한 어둠이 깔린 공장을 지탱하는 골조 사이로, 소리 없는 거대한 힘이 지나갔다.

그사이 구제는 리벳 제조기 앞에 가 있었다. 고개를 숙이고 응시하는 모습이 마치 꿈을 꾸는 것 같았다. 기계는 거인처럼 버티고 서서 조금도 힘들이지 않고 40밀리미터짜리 리벳을 만들어 냈다. 사실 더없이 간단한 일이었다. 화부가 화로에서 쇠토막을 꺼내고, 철공이 그것을 강철이 무르지 않도록 물줄기를 계속 흘려 주는 제조기에 집어넣기만 하면 끝이었다. 나사가 내려오고, 둥근 머리가 달린 볼트가 마치 주물 틀에서 흘러나오듯 바닥으로 떨어졌다. 이놈의 기계는 열두 시간이면 수백 킬로그램의 리벳을 만들 수 있죠. 구제는 심술궂은 사람은 아니었지만, 때로 피핀을 들고 이 쇳덩이를 부숴 버리고 싶다고 했다. 그는 이 기계의 팔이 자기 팔보다 더 단단하다는 것 때문에 참을 수 없이 화가 났다. 사람의 살이 쇠와 싸울 수는 없다고 스스로 타이르면서도 화를 삭일 수가 없었다. 그러면서 언젠가 기계가 노동자를 죽이고 말 거라는 생각을 했다. 하루 12프랑이던 임금이 이미 9프랑으로 떨어졌고, 더 낮아진다는 말도 돌았다. 커다란 짐승처럼 버티고 서 있는 기계들, 소시지를 만들듯 리벳과 볼트를 만들어 내는 기계들은 어디 하나 유쾌한 게 없었다. 구제는 삼 분 동안 말없이 리벳 제조기를 응시했다. 잔뜩 찌푸린 눈썹에, 멋진 노란 수염이 위협적으로 곤두섰다. 하지만 이내 체념한 듯 표정이 조금씩 부드러워졌다. 구제는 자기한테 바짝 기대 서 있는 제르베즈 쪽으로 고개를 돌리면서 서글픈 미소를 지었다.

"그래요. 이놈이 우릴 쫓아내게 될 겁니다. 뭐, 더 시간이 가면 모든 사람의 행복에 기여할지도 모르죠."

제르베즈는 모든 사람의 행복 따위는 아무래도 좋았다. 그녀의 눈에 기계가 만든 볼트는 형편없었다.

"내 말 들어 봐요!" 흥분한 제르베즈가 소리 지르듯 말했다. "이건 지나치게 잘 만들었어요. 전 구제 씨가 만든 게 더 좋아요. 예술가의 손길이 느껴지잖아요."

제르베즈의 말에 구제는 더없이 기뻤다. 제르베즈가 기계를 보고 나서 혹시 자기를 무시하지는 않을까 걱정했기 때문이다. 어쩌겠는가! 구제는 분명 벡살레보다 셌지만, 저 기계들은 구제보다 더 셌다! 마지막에 안마당에서 제르베즈와 헤어질 때 구제는 기쁨에 취해 그녀의 손목을 으스러지도록 꽉 쥐었다.

제르베즈는 토요일마다 구제네 세탁물을 가져다주었다. 구제 모자는 여전히 뇌브 거리에 살았다. 첫해에는 빌린 500프랑에 대해 매달 20프랑씩 갚아 나갔다. 셈이 복잡해지지 않도록 월말에 몰아서 계산했는데, 매달 7프랑이나 8프랑을 넘지 않는 구제 모자의 세탁비에 더해서 20프랑을 맞추었다. 그렇게 빌린 돈의 절반가량을 갚았을 때였다. 약속을 지키지 않은 거래 손님 때문에 집세를 제때 내기 어려워진 제르베즈가 구제네로 달려가 다시 돈을 빌렸다. 일꾼들 급료를 주기 위해서도 두 번 부탁했다. 결국 빚은 다시 450프랑이 되었다. 그리고 이제는 한 푼도 더 갚지 못한 채 세탁비로만 빚을 제하는 중이었다. 하지만 이 모든 것이 제르베즈가 일을 덜한다거나 가게가 잘 안 돼서 그런 것은 아니었다. 정반대였다. 그런데도 밑 빠진 독에 물을 붓듯이, 돈이 저절로 녹아 없어지는 것 같았다. 제르베즈는 당장 쓸 돈만 있으면 만족했다. 어쩌겠는가! 먹고살 수 있으면 그만이지, 굳이 불평할 필요는 없지 않은가.

살 수 있으면 된 거지. 너무 불평할 필요는 없잖아? 이즈음 제르베즈는 살이 쪘다. 미래를 생각하면서 두려워할 힘을 잃어버린 그녀는 몸에 조금씩 붙기 시작하는 살을 매번 대수롭지 않게 받아들였다. 할 수 없지! 돈이란 원래 있다가 없다가 하는 거야! 괜히 쌓아 두면 녹슬어 버릴걸. 구제 부인은 제르베즈에게 여전히 어머니처럼 다정하게 대해 주며 이따금 부드럽게 타이르기도 했다. 돈을 빌려줬기 때문이 아니라 제르베즈를 사랑해서 그 삶이 망가지는 것을 보고 싶지 않았기 때문이었다. 돈 문제는 무척 조심스러워하면서 얘기를 꺼내지도 않았다.

제르베즈가 구제의 공장에 찾아간 이튿날이 바로 그달의 마지막 토요일이었다. 구제네 세탁물은 늘 제르베즈가 직접 들고 갔다. 그날은 바구니가 너무 무거워서 팔이 빠질 것 같았다. 구제네 앞까지 왔을 때는 이 분 정도 숨도 쉴 수 없을 지경이었다. 사람들은 잘 모르지만, 특히 침대 시트가 들어 있는 세탁물은 너무 무거웠다.

"다 가져왔나요?" 구제 부인이 물었다.

이 문제에 있어서 구제 부인은 굉장히 꼼꼼했다. 그녀는 세탁물이 한 장도 빠지지 않아야 한다고, 그래야 생활이 질서 있게 정돈된다고 했다. 또 한 가지, 세탁물을 꼭 정해진 날 같은 시간에 가져다 달라고, 시간을 뺏기고 싶지 않다고 했다.

"네, 다 가져왔어요." 제르베즈가 희미하게 웃음을 지으며 대답했다. "절대 빠뜨리지 않는다는 것 아시잖아요."

"맞아요. 약속을 못 지킬 때가 있지만, 아직 이 문제는 정확하죠."

제르베즈가 바구니에서 꺼내 침대에 내려놓는 세탁물을 보면서 구제 부인이 칭찬을 했다. 세탁물이 타거나 찢어지게 하는 다른 세탁소들과 달리 절대 그런 일이 없다고, 다림질하는 중에 단추를 떨어뜨리는 일도 없어서 좋다고 말했다. 다만 표백제를 너무 많이 쓰고, 셔츠 앞판에 풀을 좀 세게 먹이는 것 같다고 했다.

"이것 봐요, 꼭 마분지 같잖아요." 구제 부인은 셔츠 앞판을 소리 나게 두드려 보였다. "아들은 아무 말 안 하지만, 잘못하면 목이 벨 것 같아요……. 내일 뱅센 갔다 돌아올 때면 목에 피가 나지 않으려나……."

"아니에요." 제르베즈는 속이 상했다. "제대로 차려입으려면 셔츠가 조금 빳빳해야 해요. 흐물흐물하면 추레해 보이거든요. 다른 남자들 입은 것 한번 보세요. 이 댁 것은 다 제가 직접 한답니다. 절대 다른 사람이 손대지 않고 제가 직접 정성껏 해요. 정말이에요. 필요하면 열 번이라도 다시 할 수 있고요. 이 댁의 일이니까요. 아시죠?"

얼굴이 살짝 붉어진 제르베즈가 말끝을 흐렸다. 구제의 셔츠를 직접 다리는 걸 좋아한다는 티를 낸 것 같아 걱정된 것이다. 물론 추한 생각은 전혀 없었다. 그래도 조금 부끄러웠다.

"아! 일을 못한다는 말이 아니에요. 해 오는 일은 늘 완벽하죠. 나도 알아요." 구제 부인이 대답했다. "예를 들어 이 보닛은 아주 훌륭해요. 수 장식을 이렇게 잘 살려 낼 수 있는 사람은 없을 거예요. 둥근 단도 가지런하고! 금방 솜씨를 알아볼 수 있죠. 행주 한 장이라도 다른 사람 시킨 것은 다 표가 나요. 그냥 풀만 조금 덜 먹여 줘요. 구제는 꼭 신사들처럼 차려입으려 하지 않으니까요."

이미 장부를 펼쳐 든 구제 부인은 펜으로 하나하나에 줄을 그어 가며 세탁물을 확인했다. 빠진 게 없었다. 이어 그녀는 세탁비를 계산하면서 제르베즈가 보닛을 6수로 셈한 것을 알게 되었다. 처음에는 놀랐지만, 결국 시세에 비해 비싼 것이 아님을 인정할 수밖에 없었다. 정말이에요, 남자 셔츠 5수, 여자 바지 4수, 베갯잇 1.5수, 앞치마 1수, 전부 다 비싼 거 아니에요. 다른 세탁소에선 전부 2리야르[100] 아니면 1수씩 더 받아요. 이어 제르베즈가 받아 갈 빨랫감을 하나씩 부르며 바구니에 넣는 동안 구제 부인이 수첩에 적었다. 그런데 다 끝난 뒤에도 제르베즈는 뭔가 곤란한 부탁이 있는지 난처한 표정을 지으며 계속 머뭇거렸다.

"저, 구제 부인." 드디어 제르베즈가 입을 열었다. "괜찮으시다면 이번 달은 세탁비를 주실 수 없을까요?"

마침 이번 달은 액수가 좀 컸다. 조금 전 두 사람이 함께 살펴본 바에 따르면 전부 10프랑 7수였다. 구제 부인이 한동안 진지한 얼굴로 제르베즈를 바라보다가 말했다.

"그러죠, 원한다면 그렇게 해요. 돈이 필요한데 내가 그 돈을 안 줄 수는 없죠. 그래도 이 말은 해야겠어요. 그런 식으로는 절대 빌린 돈을 갚기 어려워요. 이게 다 잘되라고 하는 말

100) 0.25수에 해당하는 동전이다.

인 거 알죠? 정말 정신 차려야 해요."

제르베즈는 고개를 숙이고 설교를 들으며 더듬더듬 대답을 했다. 석탄 가게에 써 준 어음을 갚아야 하는데 10프랑이 모자라서 그래요. 하지만 어음이라는 말에 구제 부인은 표정이 더 심각해졌다. 그러면서 자기가 어떻게 살림을 꾸리고 있는지 얘기했다. 12프랑이던 구제의 일당이 9프랑으로 내려가면서, 지출을 줄이고 있다고 했다. 젊을 때 지혜롭게 처신하지 않으면 늙어서 배를 곯게 돼요. 사실 그녀는 제르베즈가 빚을 갚게 해 주려고 자기가 일부러 빨랫감을 맡긴다는 말은 끝까지 하지 않았다. 옛날에는 다 직접 빨았고, 지금이라도 그만한 돈을 자기 주머니에서 꺼내 줘야 한다면 분명 직접 빨 수 있었다. 제르베즈는 10프랑 7수를 받아 든 뒤 고맙다는 인사를 하고 서둘러 빠져나왔다. 드디어 근심거리를 해결하고 나니 층계참에서 춤이라도 추고 싶었다. 돈 문제에 시달리며 번거롭고 추한 일을 겪는 데 이미 익숙해진 그녀에게는 조금 전 구제 부인 앞에서 보낸 어색한 시간 중에서 일단 눈앞의 문제를 해결했다는 기쁨만 남았다.

바로 그 토요일에 구제네를 나와 계단을 내려오던 제르베즈는 뜻밖의 사람을 만났다. 모자도 안 쓴 키 큰 여자 하나가 아가미에 피가 흐르는 싱싱한 고등어 한 마리가 담긴 바구니를 들고 계단을 올라오길래 난간 쪽으로 비켜 주었는데, 그 여자가 바로 오래전에 세탁장에서 치마를 걷어 올려 주었던 비르지니였다. 두 여자는 한동안 서로를 쳐다보았다. 제르베즈는 눈을 감았다. 고등어를 꺼내 자기 얼굴을 후려칠지도 모른다는 생각이 들었다. 하지만 예상과 달리 비르지니의 얼굴엔 오히려 희미한 웃음이 번졌다. 제르베즈는 자기 바구니가 계단을 가로막고 있으니 인사를 해야 할 것 같아서 입을 열었다.

"미안합니다."

"천만에요. 괜찮아요." 피부가 가무잡잡한 비르지니가 대답했다.

단숨에 화해가 이루어진 듯 두 여자는 계단 한가운데 서서 이야기를 시작했다. 둘 다 지난 일은 들먹이지 않았다. 스물아홉 살이 된 비르지니는 몸매가 늘씬한 멋진 여자가 되어 있었고, 가운데 가르마를 탄 짙은 머리카락을 양쪽으로 가지런히 띠처럼 붙인 탓에 얼굴이 조금 길어 보였다. 비르지니는 혹시나 상대가 자기를 얕잡아 보지 못하도록 바로 얘기를 시작했다. 난 결혼했어요. 봄에 했죠. 원래 가구 세공을 하던 사람인데, 이제 군에서 제대하고 파리에서 순경 자리를 찾고 있어요. 정해진 직업이 있으면 좀 더 확실하고 또 번듯하니까요. 그러면서 비르지니는 남편을 위해서 고등어를 사 오는 길이라고 했다.

"고등어를 굉장히 좋아하거든요. 남자들이란 위해 줘야 하잖아요. 잠깐 올라와 봐요. 우리 집도 한번 구경하고요. 바람이 아주 잘 통한답니다."

제르베즈는 자기도 결혼을 했다고, 이전에 바로 저 집에서 살았고 딸도 저기서 낳았다고 말했다. 그러자 비르지니는 그렇다면 꼭 올라가 봐야 한다고 재촉했다. 행복하게 지내던 곳을 다시 본다는 건 늘 즐거운 일이잖아요. 그녀는 지난 오 년 동안 강 건너편의 그로카유라는 곳에서 살았고, 거기서 군인이던 남편을 만났다고 했다. 하지만 그곳에서 살기 싫었다고, 구트도르르로 돌아오는 게 꿈이었다고 했다. 이곳에 오면 전부 다 아는 사람이잖아요. 비르지니는 그렇게 두 주 전에 구제네 맞은편으로 이사를 왔다고, 뭐! 물건들은 아직 엉망진창이지만, 하나씩 정리될 거라고 했다.

잠시 뒤 층계참에서 제르베즈와 비르지니가 마침내 상대의 이름을 불렀다.

"쿠포 부인."

"푸아송 부인."

그때부터 줄곧 두 여자는 상대를 이렇게 거창하게 불렀다. 그 이유는 오직 하나, 정상적이지 않은 상황에서 만났던 옛일을 잊고 귀부인들처럼 구는 게 즐거웠기 때문이다. 하지만 제르베즈는 마음속으로 여전히 비르지니를 믿지 못했다. 저 꺽다리가 친절한 척하지만 사실은 세탁장에서 엉덩이를 두들겨 맞은 걸 복수하려 할지도 모른다고 생각했다. 제르베즈는 절대 경계심을 늦추지 않으리라 다짐했다. 어쨌든 십오 분 내내 비르지니가 너무나 상냥했기 때문에 제르베즈도 상냥하게 대할 수밖에 없었다.

계단을 올라가서 안으로 들어가니, 비르지니의 남편 푸아송이 창가의 탁자 앞에 앉아 일하고 있었다. 그는 서른다섯 살로, 핏기 없는 얼굴에 코 밑과 턱에 수염을 길렀다. 작은 상자들을 만들고 있는데, 연장이라고는 자그마한 칼, 손톱 가는 줄만 한 톱, 아교가 든 단지가 전부였다. 나무는 헌 담배 상자와 다듬지 않은 얇은 마호가니 판을 사용해서 그 위에 오려 붙이고 아기자기하게 꾸몄다. 그렇게 푸아송은 일 년 내내 온종일 가로 8센티미터에 세로 6센티미터짜리의 똑같은 상자를 만들었다. 상감 세공을 하거나 뚜껑의 모양을 바꾸거나 상자 안에 칸을 만드는 정도의 차이밖에 없었다. 순경 자리가 나길 기다리는 동안 시간을 보내느라 재미 삼아 하는 일이라고 했다. 이전에 직업이던 가구 세공 일에서 오직 작은 상자를 만드는 정열만이 남은 것이다. 그는 그렇게 만든 상자들을 아는 사람들에게 선물로 주었다.

푸아송은 일어서서 아내가 옛 친구라고 소개한 제르베즈에게 인사를 했다. 하지만 말하기를 즐기는 사람이 아니었기에, 이내 다시 작은 톱을 잡아 들었다. 이따금 서랍장 끝에 얹어 놓은 고등어를 힐끗거리기도 했다. 제르베즈는 살던 집에 다시 와 본 것이 무척 기뻤다. 자기는 가구를 어떻게 놓고 지냈는지, 바닥에서 아이를 낳은 게 어느 자리인지 얘기했다. 어떻게 이런 일이 있을까! 오래전 소식이 끊겼을 때는 이렇게 다시 만나게 되리라는 생각은 꿈에도 해 본 적이 없었다. 더구나 한 사람이 살던 바로 그 집에서 다른 사람이 살게 되었다니! 비르지니는 자기가 그동안 어떻게 살았는지, 남편이 어떤 사람인지에 대해 시시콜콜 이야기했다. 남편은 숙모의 유산을 받았답니다. 언젠가는 내가 그 돈으로 가게를 차릴 생각이지만, 지금은 그냥 여기저기서 옷을 받아 바느질을 하고 있어요. 그렇게 삼십 분이 지났다. 제르베즈는 그만 가야겠다고 일어섰고, 푸아송은 인사를 하는 둥 마는 둥 했다. 비르지니는 배웅을 하면서 자기도 꼭 한번 제르베즈의 가게에 들르겠다고 했다. 또 세탁물도 맡기기로 했다. 하지만 그런 뒤에도 비르지니는 층계참에서 계속 제르베즈를 놓아주지 않아다. 제르베즈는 문득 상대가 아델과 랑티에에 대해 할 말이 있을지도 모른다는 생각이 들었다. 그러자 마음이 흔들리면서 속이 뒤집힐 것 같았다. 하지만 두 여자는 그런 곤란한 문제에 대해서는 한마디도 꺼내지 않은 채 다정하게 인사를 주고받으며 헤어졌다.

"안녕히 가세요, 쿠포 부인."

"안녕히 계세요, 푸아송 부인."

그렇게 든든한 우정이 시작되었다. 일주일 뒤에는 비르지니가 제르베즈의 가게 앞을 지날 때마다 들어왔고, 들어온 뒤에는 두 시간이고 세 시간이고 가게에 앉아 수다를 떠는 사이가 되었다. 집에서 기다리던 남편이 혹시 사고가 난 게 아닌지 사색이 돼서 찾으러 올 정도였다. 이렇게 매일 비르지니를 만나면서 제르베즈에게는 이상한 일이 일어났다. 그러니까 상대가 뭔가 말하려 할 때마다 꼭 랑티에 얘기가 나올 것만 같았다. 결국 그녀는 비르지니와 있는 내내 랑티에 생각을 피할 수가 없었다. 실로 어처구니없는 일이었다. 랑티에와 아델은 이미 아무 상관없는 사람이었고, 둘이 어떻게 살든 관심조차 없었다. 제르베즈는 끝내 먼저 묻지 않았다. 소식을 알고 싶은 마음조차 없었다. 그랬다. 정말로 그 생각은 의지와 아무런 상관없이 그녀를 사로잡았다. 아무리 안 그러려고 해도 저절로, 같은 노래의 후렴구를 흥얼거릴 때처럼, 머릿속에 랑티에와 아델 생각이 떠나지 않았다. 비르지니에 대해서는 아무런 원망도 남아 있지 않았다. 분명 비르지니의 잘못은 아니었다. 제르베즈는 비르지니와 함께 있는 게 좋았고, 그래서 이제 가야겠다고 일어서는 비르지니를 몇 번이나 붙잡곤 했다.

그러는 동안 겨울이 왔다. 쿠포네가 구트도르 거리에서 보내는 네 번째 겨울이었다. 그해 12월과 1월은 유난히 추웠다. 사방이 얼어붙어 돌들이 갈라질 정도였다. 정초가 지난 후 삼 주 뒤까지 거리의 눈이 녹지 않았다. 물론 장사에는 문제가 없었다. 오히려 겨울은 다림질집의 대목이었다. 가게는 그야말로 문전성시였다! 맞은편 식료품점이나 양품점처럼 유리에 성에가 낄 틈이 없었다. 코크스를 잔뜩 넣은 화덕 때문에 실내는 늘 따뜻한 욕조 같고, 세탁물에서 김이 솟아오르면 오히려 한여름처럼 느껴졌다. 거기다 문까지 닫아 놓으면 가게 구석구석이 따뜻해서 눈을 뜬 채로 잠이 들 정도였다. 제르베즈는 웃으면서 시골에 와 있는 것 같다고 했다. 사실 쌓인 눈 때문에 지나다니는 마차 바퀴 소리도 크게 들리지 않았고, 행인들도 거의 오가지 않았다. 추위로 얼어붙은 거리는 적막했고, 간간이 제철장의 배수구를 따라 아예 커다란 썰매장을 만들어 놓고 얼음을 지치는 아이들 소리가 전부였다. 제르베즈는 가끔 유리창에 다가가서 김을 문지른 뒤 지독한 추위로 얼어붙은 거리를 바라보았다. 눈을 뒤집어쓴 동네는 흡사 웅크려 앉은 고양이 같았다. 다른 가게들에서도 아무도 얼굴을 내밀지 않았다. 바로 옆 석탄 가게 여자와 가볍게 목례를 주고받는 게 전부였다. 그 여자만큼은 온 세상이 얼어붙고 난 뒤에도 입이 귀에 걸릴 정도로 신이 나서 모자도 쓰지 않고 여기저기 오갔다.

그 정도로 지독한 추위에는 특히 점심때 따뜻한 커피를 마시는 시간이 좋았다. 제르베즈의 세탁부들은 불평할 거리가 없었다. 주인이 치커리 차를 섞지 않은 진한 커피를 만들어 준 것이다. 포코니에 부인이 주던 멀건 수프 같은 커피와 전혀 달랐다. 단지 쿠포 마나님이 커피를 내리는 날은 노인네가 도중에 주전자 앞에서 잠들어 버리는 바람에 하염없이 기다려야 했다. 그럴 때는 점심을 먹고 난 뒤 다림질을 하면서 커피가 다 되기를 기다렸다.

공현 축일[101] 다음 날에도 12시 30분까지 커피가 준비되지 않았다. 커피가 도무지 걸러지지 않았다. 쿠포 마나님이 작은 스푼으로 필터를 가볍게 쳐 보았지만 여전히 한 방울씩 느리게 흘러내렸다.

"그냥 두세요. 자꾸 치면 커피가 탁해져요." 꺽다리 클레망스가 말했다. "오늘은 마시기도 하고 떠먹기도 해야겠네."

클레망스는 남자 셔츠 한 장을 놓고 손톱으로 주름을 펴 가며 손질했다. 그런데 아주 지독한 감기에 걸린 탓에, 퉁퉁 부은 눈으로 허리가 꺾일 정도로 심하게 기침할 때마다 목구멍에 불이 붙는 것 같았다. 그런데도 클레망스는 목도리도 두르지 않은 채로 18수짜리 싸구려 모직 옷을 입고 떨었다. 옆에서는 플란넬 옷을 귀까지 뒤집어쓴 퓌투아 부인이 속치마를 다리고 있었다. 그녀는 치마용 다리미판 한쪽을 의자 등받

101) 교회력에서 동방 박사가 아기 예수를 참배하러 온 것을 기념하는 날로, 십이 일간의 성탄 주일 이후 첫날인 1월 6일로 정해져 있다.

이에 걸쳐 놓고는 속치마를 돌려 가면서 다렸고, 혹시 다림질감이 밑에 쓸리더라도 더러워지지 않도록 바닥에 시트 한 장을 깔아 놓았다. 제르베즈는 작업대의 절반을 차지하는 자수 장식 모슬린 커튼을 펴 놓고 주름이 구겨지지 않도록 팔을 길게 뻗어 한 번에 다려 나갔다. 그때 갑자기 커피가 내려가기 시작했고, 그 시끄러운 소리 때문에 제르베즈는 고개를 들었다. 오귀스틴이 필터에 스푼을 찔러 넣어 한가운데 구멍을 낸 것이다.

"그냥 둬!" 제르베즈가 소리를 질렀다. "도대체 네 몸에는 뭐가 들은 거니? 오늘 아주 진흙탕 커피를 마시겠구나."

쿠포 마나님은 작업대 구석 빈자리에 잔 다섯 개를 나란히 준비해 두었다. 모두 하던 일을 내려놓았다. 늘 그러듯이 제르베즈가 잔마다 설탕 두 조각을 넣은 다음 커피를 직접 따라 주었다. 세탁부들이 하루 중 가장 기다리는 시간이었다. 각자 커피잔을 들고 화덕 앞에 등받이 없는 긴 의자에 웅크리고 앉는데, 문이 열리면서 비르지니가 들어왔다. 비르지니는 덜덜 떨었다.

"아. 세상에. 정말 살을 에는 것 같아요. 귀가 얼얼해서 아무 느낌이 없네요. 징글맞게 춥네."

"어머나, 푸아송 부인!" 제르베즈가 큰 소리로 불렀다. "때맞춰 오셨네요. 와서 커피 한잔 같이해요."

"정말이지 거절할 수가 없네요. 길 하나 건너왔는데 뼛속까지 한기가 들다니요."

다행히도 커피가 남아 있었다. 쿠포 마나님이 잔을 하나 더 가져왔고, 제르베즈는 비르지니에게 설탕을 마음대로 넣으라고 친절을 베풀었다. 불가에 있던 여자들이 일어서며 자리를 내주었다. 코가 새빨개져서 오들오들 떨던 비르지니는 뻣뻣해진 두 손을 녹이기 위해 잔을 감싸 들었다. 식품점에서 오는 길인데 치즈 사느라 겨우 십오 분 기다리는 동안 온몸이 얼어붙었다고 했다. 그런데 이 가게는 너무 따뜻하네요! 정말이에요. 화덕 안에 들어앉은 기분이에요. 온몸의 피부가 기분 좋게 간질간질하니, 죽었던 사람도 다시 깨어나겠어요. 잠시 후 몸이 다 녹은 비르지니가 긴 다리를 뻗었다. 다림질감에서 피어오른 습기가 가득 찬 가게 안에서 여섯 여자가 하던 일을 내려 두고 커피를 홀짝거렸다. 쿠포 마나님과 비르지니만 제대로 의자에 앉았고, 나머지 넷은 작은 나무판 의자에 앉은 모습이 얼핏 보면 맨바닥에 앉은 것처럼 보였다. 심지어 사팔뜨기 오귀스틴은 시트를 끌어당겨 속치마 밑에 깔고는 다리를 쭉 뻗었다. 모두 커피 잔에 코를 박은 채로 말이 없었다.

"그래도 맛있네." 클레망스가 진지하게 말했다.

하지만 이내 갑자기 기침이 나는 바람에 숨이 막힐 뻔했다. 그녀는 머리를 벽에 기대고서 더 세게 기침을 했다.

"아주 지독하게 걸렸네요. 어쩌다 그랬어요?" 비르지니가 물었다.

"그야 모르죠!" 클레망스가 소매로 얼굴을 닦으며 대답했다. "며칠 전 저녁에 걸렸을 거예요. 그랑발콩 문 앞에서 여자 둘이 싸우고 있길래, 눈을 맞으면서 구경했거든요. 아! 글쎄 여자 둘이 붙잡고 뒹구는데 웃겨서 죽는 줄 알았다니까요. 하나는 코를 뜯겨서 피가 줄줄 흘렀어요. 또 하나는 저처럼 전봇대만 한 여자였는데, 피를 보더니 후다닥 도망가더라니까요. 그러고는 밤에 기침이 시작됐어요. 게다가 남자들이란 얼마나 어리석은지, 여자하고 잘 때면 꼭 밤새도록 옷을 제대로 못 입게 한다니까요."

"행실머리하고는……." 퓌투아 부인이 중얼거리듯 말했다. "그러다 몸이 엉망이 될 텐데 조심해요."

"아무리 죽도록 피곤해도 재미있는 걸 어떡해요. 그래야 인생도 좀 즐겁죠. 겨우 55수 벌겠다고 온종일 뼈 빠지게 일하잖아요 아침부터 저녁까지 화덕 앞에서 온몸이 익을 정도로 땀 흘려 일하죠. 난 정말 싫어요. 진절머리가 난다고요. 이놈의 감기가 날 죽이진 못하겠죠. 그냥 이렇게 왔다가 또 가 버릴 거예요."

잠시 아무도 입을 열지 않았다. 싸구려 댄스홀에만 가면 마구 날뛰며 춤을 추는 날라리 클레망스는 일터에서는 늘 죽는 얘기를 꺼내서 사람들을 울적하게 만들었다. 그녀를 익히 알고 있는 제르베즈는 그냥 한마디 하고 말았다.

"신나게 놀고 난 이튿날은 어째서 늘 기분이 안 좋은지 모르겠네."

사실 제르베즈는 여자들의 싸움이 화제가 되는 게 싫었다. 세탁장에서 비르지니의 엉덩이를 두들겨 팬 일 때문에, 나막신을 신고 다리에 발길질을 했다느니 따귀를 갈겼다느니 하는 말을 비르지니와 함께 듣기 거북했다. 역시나 비르지니가 그녀를 바라보며 빙그레 웃었다. 그리고 중얼거렸다.

"뭐! 난 어제 여자들이 머리채 잡고 싸우는 것도 봤는걸요. 서로 잡아먹을 기세더라고요."

"누가요?" 퓌투아 부인이 물었다.

"이 길 끝에 사는 산파하고 그 하녀였어요. 왜, 아세요? 그 여자애, 작고 금발인데, 아주 보통이 아니었어요. 악을 박박 쓰더군요. 맞잖아, 당신이 과일 가게 여자의 애를 지워 줬잖아. 돈을 안 주면 아예 경찰서로 가 버릴 거야. 그러면서 독설을 퍼부어 대는데, 정말 굉장했어요. 결국 산파가 따귀를 날렸죠. 얼굴에 정통으로 맞았고요. 그랬더니, 기가 막혀서, 그 계집애가 글쎄 자기 주인 얼굴에 달려들어서 할퀴고 머리칼을 잡아 뜯고 난리도 그런 난리가 없었죠. 정말 굉장했어요. 돼지고기 가공품 집에서 주인이 나와서 간신히 떼 놓았다니까요."

여자들이 모두 흐뭇한 표정으로 웃었다. 그리고 게걸스러운 표정으로 커피를 한 모금 마셨다.

"그런데 정말 그 산파가 애를 지워 줬을까요?" 클레망스가 물었다.

"당연하지! 온 동네에 소문이 퍼졌잖아요." 비르지니가 대답했다. "물론 내가 직접 본 건 아니지만요. 원래 산파들이 그런 일을 해요. 전부 애를 지워 주죠."

"세상에! 어떻게 산파한테 그런 일을 맡길 수가 있죠? 그러다 몸을 망치면 어쩌려고." 퓌투아 부인이 말했다. "그런데 혹시 알고 있어요? 제일 좋은 방법이 있어요. 저녁마다 성수를 한잔 마시고 배 위에 엄지손가락으로 십자가를 세 번 그리는 거예요. 그러면 애가 순식간에 바람처럼 사라진대요."

잠든 줄 알았던 쿠포 마나님이 그렇지 않다면서 고개를 저었다. 자기가 진짜 확실한 방법을 알고 있다고, 두 시간마다 삶은 달걀을 하나 먹고 허리에 시금치 잎을 붙여 두면 된다고 했다. 네 여자가 모두 진지하게 듣고 있는데, 어디에선가 아무도 이유는 모르지만 늘 즐거운 사팔뜨기 오귀스틴이 암탉처럼 킥킥거렸다. 모두 견습 일꾼을 잊고 있었던 것이다. 제르베즈가 옆에 있던 속치마를 들추자 오귀스틴이 바닥에 깐 시트 위에서 새끼 돼지처럼 다리를 허공에 들어 올린 채로 뒹굴고 있었다. 제르베즈가 끌어내어 한 대 갈기면서 일으켜 세웠다. 도대체 이 멍청한 애는 뭐가 그렇게 우스운 거야? 누가 어른들이 하는 얘기를 다 듣고 있으래? 제르베즈는 르라 부인의 친구가 맡긴 세탁물을 당장 바티뇰로 가져다주고 오라고 시키며, 어린 견습 일꾼의 팔에 바구니를 들려서 문밖으로 밀어냈다. 오귀스틴은 시무룩한 얼굴로 훌쩍거리며 밖으로 나가서는 눈 속에서 발을 질질 끌며 걸어갔다.

그동안 쿠포 마나님과 퓌투아 부인, 그리고 클레망스는 삶은 달걀과 시금치가 효과가 있네 없네 얘기를 이어 갔다. 그런데 멍하니 앉아 있던 비르지니가 커피 잔을 손에 들고 나지막한 소리로 말했다.

"그렇지, 뭐! 치고받고 싸우고, 그러다 또 서로 안아 주고. 착한 사람들은 원래 다 그래요."

그러고는 제르베즈 쪽으로 몸을 숙이며 웃음 띤 얼굴로 나지막하게 말했다.

"난 정말로 원망 같은 것 없어요. 세탁장 사건 기억하죠?"

제르베즈는 당혹스러웠다. 걱정하던 일이 벌어진 것이다. 머지않아 랑티에와 아델 얘기가 나올 것 같았다. 화덕이 웅웅거렸고, 붉은색 관에서 나오는 열기는 더 거세졌다. 나른해진 여자들은 다시 일을 시작하는 순간을 최대한 늦추기 위해서 커피를 조금씩 아껴 마시면서, 식탐 가득하고 노곤한 얼굴로 거리에 쌓인 눈을 바라보았다. 그러다가 마음속 얘기를 꺼내기 시작했다. 여자들은 만일 1만 프랑의 연금이 생긴다면 무엇을 할지 얘기했다. 아무것도 안 하고 오후 내내 이렇게 따뜻하게 틀어박혀 있어야지! 일 따위 거들떠보지도 않고! 그런데 갑자기 비르지니가 자기 말이 다른 사람들한테는 들리지 않도록 제르베즈에게 바짝 다가왔다. 그 순간 제르베즈는 온몸이 흐물거리며 기운이 빠져 버렸다. 화제를 바꿀 힘도 없었다. 오히려, 말을 못 할 뿐, 마음을 휘젓는 알 수 있는 진한 감정에 휩싸인 채로 비르지니의 말을 기다렸다

"나 때문에 힘든 건 아니죠?" 비르지니가 말했다. "몇 번이나 말하려 했는데 못 했어요. 이런 얘기가 나온 김에……. 그냥 말하라는 뜻 아니겠어요? 아! 물론 난 지난 일에 대해서 아무 감정 없어요. 맹세해요! 나쁜 감정 조금도 없어요."

비르지니는 바닥에 깔린 설탕을 다 먹기 위해 남은 커피를 저은 다음 쪽쪽 소리를 내며 세 모금을 마셨다. 제르베즈는 목이 멘 상태로 기다렸다. 그런데 한순간 비르지니가 정말로 자기한테 엉덩이를 맞은 일을 다 잊었을까 의구심이 일었다. 상대의 눈에서 잠시 노란 불꽃이 튀는 것을 보았기 때문이다. 제르베즈는 어쩌면 꺽다리 비르지니가 악마처럼 원한을 주머

니에 넣고 그 위에 손수건을 덮어 가려 놓았을지도 모른다는 생각을 했다.

"부인으로선 그럴 만한 이유가 있었죠." 비르지니가 말했다. "정말 추잡하고 가증스러운 일을 당한 거니까요. 오! 나도 옳고 그른 건 구분해요! 나라면 칼을 집어 들었을지도 몰라요."

비르지니는 찻잔 가장자리에 입술을 대고 소리를 내면서 다시 세 모금을 마셨다. 그러더니 더 이상 나른한 목소리가 아니라 재빠른 말투로 단숨에 말을 쏟아 냈다.

"그래 놓고 어떻게 행복할 수 있겠어요. 아! 말도 안 되죠! 행복이라니 어림도 없지……! 그 두 인간은 글라시에르 쪽에, 무릎까지 진창에 빠지는 더러운 거리에 살림을 차렸어요. 내가 이틀 뒤에 그 집에 밥을 먹으러 갔는데, 승합 마차를 타고 가도 가도 끝이 없더라고요. 그런데 막상 가서 보니, 둘이 벌써 서로 못 잡아먹어 난리였죠. 진짜예요. 내가 들어서는데 둘이서 서로 때리고 있었어요. 세상에, 무슨 연인이 그래요? 뭐, 아시겠지만 아델은 목을 매달아 버리고 싶어도 밧줄이 아까운 애죠. 내 동생이긴 하지만 돼먹지 못한 년이거든요. 나한테도 정말 말도 안 되는 나쁜 짓을 많이 했어요. 다 얘기하자면 끝이 없으니까 관두죠. 어차피 나와 그 애 사이에 해결할 일이니까요. 참, 하지만 랑티에도 굉장하더군요! 뭐, 잘 아시겠지만, 좋은 인간이 아니긴 마찬가지잖아요. 정말 형편없는 남자죠. 안 그래요? 이래도 난리 저래도 난리, 심지어 여자를 때리면서도 주먹을 꽉 쥐는 남자라니! 정말로 둘이서 제대로 치고받고 싸워 댔어요. 계단을 올라가는데 악을 쓰고 때리는 소리가 밖에까지 들렸어요. 경찰이 온 적도 있었죠. 랑티에가 왜 남쪽 지방에서 먹는다는 그 맛대가리 없는 올리브 오일 수프를 해 달라고 했다나요. 아델이 그렇게 냄새나는 걸 왜 먹느냐고 했고, 결국 서로 얼굴에다 기름병, 냄비, 수프 접시, 다 던졌답니다. 난리가 난 거죠. 온 동네가 발칵 뒤집어졌고요."

비르지니는 랑티에와 아델이 죽자고 싸워 댄 다른 얘기들도 들려주었다. 두 사람에 대한 이야기는 끝없이 이어졌고, 정말 머리카락이 곤두설 만한 것들도 있었다. 파리한 얼굴로 말없이 듣고 있던 제르베즈의 입가에 얼핏 미소처럼 보이는 신경질적인 주름이 나타났다. 랑티에 소식을 못 들은 지 칠 년째였다. 누가 자기 귀에 대고 그의 이름을 속삭이는 날이 올 줄은, 그 이름을 들으며 배 속에 불덩이가 이는 날이 오게 될 줄은 몰랐다. 정말 그랬다. 제르베즈는 자기를 함부로 취급한 한심한 인간이 어떻게 살고 있든 아무런 관심도 없었다. 아델을 질투하지도 않았다. 하지만 비르지니의 말을 듣는 동안 마음속으로, 자기도 모르게, 지독하게 싸워 댔다는 두 인간을 비웃었다. 시퍼런 멍투성이가 되었을 아델의 몸을 떠올리면 복수를 한 것 같고 기분이 좋았다. 내일 아침까지 앉아서 비르지니의 얘기를 들어 줄 수 있을 것 같았다.

제르베즈는 관심을 갖는 것처럼 보일까 봐 아무것도 묻지 않았다. 그녀의 삶에 뚫려 있던 구멍이 갑자기 메워졌다. 과거가 현재와 직접 이어진 것이다.

비르지니는 아예 잔 속에 코를 박고서 눈을 지그시 감으며 설탕을 빨았다. 뭔가 할 말이 더 있는 게 분명했다. 제르베즈는 관심 없는 척하면서 물었다.

"그래서 아직도 글라시에르에 살아요?"

"아뇨! 내가 아직 말 안 했나요? 헤어진 지 벌써 일주일 넘었어요. 아델이 어느 날 아침에 짐을 챙겨 나가 버렸죠. 랑티에는 따라가지 않은 게 분명하고요."

"헤어졌다고요?" 제르베즈의 목소리가 저절로 높아졌다.

"누가요?" 클레망스가 쿠포 마나님, 퓌투아 부인과 얘기하다 말고 물었다.

"아무도 아니에요. 말해도 모를 거예요." 비르지니가 대답했다.

비르지니는 제르베즈를 살폈고, 상대가 상당히 흥분했음을 눈치챘다. 그녀는 가까이 다가가서 이야기를 이어 갔다. 이 짓궂은 일에 기쁨을 느끼는 게 분명했다. 그리고 마침내 질문을 던졌다. 만일 랑티에가 다시 나타나서 주변을 맴돌면 어떻게 할 거예요? 남자들이란 아주 우스운 인간들이거든요. 그는 분명 첫사랑을 찾아 돌아올 수 있는 사람이에요. 그러자 제르베즈는 몸을 똑바로 세우면서 분명하고 의연한 자세를 취했다. 자기는 이미 결혼했다고, 랑티에가 나타나면 쫓아낼 거라고, 그 사람과의 사이에는 아무것도 없다고 말했다. 그리고 악수도 안 할 거라고, 설령 그를 마주 보는 날이 온다 해도 아무 느낌도 없을 거라고 덧붙였다.

"그래요. 에티엔은 그 사람 자식이죠. 그건 내 맘대로 끊을 수 없는 인연이라는 거 알아요. 혹시 에티엔을 보고 싶어 한다면 애를 보낼 수는 있어요. 아버지가 아들을 사랑하는 걸 막을 수는 없으니까요. 하지만 푸아송 부인. 전 말이에요. 그 인간이 내 몸에 털끝 하나 손대는 날이 온다면 차라리 혀를 깨물고 죽어 버리겠어요. 다 끝난 일이에요."

이 마지막 말을 하면서 제르베즈는 마치 자기의 맹세를 영원히 봉인하려는 듯 허공에 대고 십자가를 그었다. 그리고 그만 이야기를 끝내기 위해서 마치 졸다가 갑자기 깨어난 사람처럼 갑자기 큰 소리로 말했다.

"뭐 하는 거예요. 손놓고 구경만 해도 저절로 다림질이 되나요? 자, 이제 게으름 그만 피우고 일하죠!"

하지만 두 팔을 치마 위로 늘어뜨린 채로 축 처진 세탁부들은 찌꺼기만 남은 커피잔을 계속 손에 들고 서두르는 기색 없이 얘기를 이어 갔다.

"셀레스틴이 그랬어요." 클레망스가 말했다. "내가 알던 애인데, 고양이 털 때문에 제정신이 아니었어요. 사방에 고양이 털만 보이는 거예요. 늘 이렇게 혀를 돌리면서, 자기 입안 가득 고양이 털이 있어서 그런 거래요."

"내 친구 하나도 배 속에 벌레가 있대요." 퓌투아 부인이 말했다. "그 벌레란 놈들이 얼마나 변덕스러운지, 닭고기를 주지 않으면 배 속을 완전 꼬아 버린다는군요. 그러니까 남편이 7프랑을 벌어도 그 벌레 먹이는 데 다 들어가는 거죠."

"나라면 금방 낫게 해 줄 수 있을 텐데." 쿠포 마나님이 말했다. "별로 대단한 일도 아닌데, 뭘! 쥐 한 마리 구워 먹으면 돼. 순식간에 다 없애 버리지."

결국 제르베즈도 다시 나른하게 퍼졌다. 하지만 이내 고개를 흔들며 일어섰다. 자! 오후 내내 빈둥거릴 거예요? 이러고 있는데 저절로 지갑이 채워지진 않죠. 그녀가 제일 먼저 커튼을 다리기 시작했다. 하지만 커튼에 커피가 묻어 있어서, 다림질을 하기 전에 젖은 헝겊으로 커피 자국부터 지워야 했다. 여자들은 모두 화덕 앞에서 기지개를 켜면서 시무룩한 표정으로 다리미를 들었다. 클레망스는 움직이자마자 혓바닥까지 빠져나올 것 같은 심한 기침을 했다. 그러면서도 남자 셔츠 다림질을 끝내고 소매와 깃에 핀을 꽂았다. 퓌투아 부인은 다시 속치마를 다렸다.

"자. 난 그만 갈게요." 비르지니가 말했다. "치즈 한 토막 사러 나왔는데, 남편이 내가 길에서 얼어 죽은 줄 알겠어요."

하지만 비르지니는 서너 걸음 뒤에 되돌아와 문을 열었고, 큰 소리로 오귀스틴이 저기 길 끝에서 아이들과 함께 미끄럼질을 치고 있다고 했다. 그러고 보니 말썽꾸러기를 심부름 보낸 지 두 시간째였다. 오귀스틴은 틀어 올린 머리카락이 눈 뭉치에 범벅이 된 채 바구니를 팔에 끼고 헐떡거리며 달려왔다. 야단을 맞으면서도 속내를 알 수 없는 얼굴로 얼음 때문에 걸을 수가 없었다고 우겨 댔다. 한 시간쯤 지나자, 짓궂은 놈들이 장난으로 오귀스틴의 주머니에 얼음 조각들을 집어넣었는지, 마치 깔때기로 내리는 것처럼 물이 흘러내렸다.

오후는 늘 그런 식으로 지나갔다. 제르베즈의 가게는 추위에 시달리는 동네 사람들의 피난처였다. 그곳이 따뜻하다는 건 구트도르 거리의 누구나 다 아는 사실이었다. 제르베즈의 가게에서는 늘 여자들이 화덕 앞에 모여서 치마를 무릎까지 걷어 올리고 불기운을 쬐며 수다를 떨었다. 따뜻한 가게는 제르베즈의 자랑거리였다. 로리외네와 보슈네는 제르베즈가 왜 사람들을 다 끌어들이는지 모르겠다고, 자기네가 사교계 살롱이나 된 줄 안다고 흉을 보았다. 하지만 사실 제르베즈는 늘 친절했고 사람들에게 도움을 주었다. 거리에서 떨고 있는 가난한 사람들도 들어오게 했다. 특히 예전에 칠장이 일을 했고 지금은 같은 건물의 지붕 밑 다락방에 살면서 배고픔과 추위에 떨고 있는 일흔 살 노인에게 잘해 주었다. 크리미아 전쟁에서 세 아들을 잃은 노인은 이 년 전 일을 할 수 없게 된 뒤로 비참하게 살아가고 있었다. 영감이 꽁꽁 언 몸을 녹이려고 눈 위에서 발을 구르면 그 모습을 본 제르베즈가 들어오라고 불러서 난롯가에 자리를 마련해 주었다. 빵에 치즈를 넣어 억지로 쥐여 주기도 했다. 등이 굽고 흰 수염이 난 브뤼 영감의 얼굴은 시든 사과처럼 쭈글쭈글했다. 그는 몇 시간 동안 말없이 코크스가 타는 소리만 듣고 있었다. 아마도 사다리 위에서 보낸 오십 년 세월을, 파리의 방방곡곡을 다니며 문에 페인트칠을 하고 천장에 회칠을 하며 살아온 반세기를 되돌아보는 중이었을 것이다.

"브뤼 영감님, 무슨 생각 하세요?" 이따금 제르베즈가 질문을 던졌다.

"아무것도 아니에요. 이것저것 다 생각하죠." 영감은 넋 나간 사람처럼 대답했다.

세탁부들은 영감님이 사랑앓이를 하고 있다고 농담처럼 말했다. 하지만 정작 브뤼 영감은 그 말도 들리지 않는 듯 생각에 잠긴 음울한 얼굴로 다시 조용해졌다.

이 시기부터 비르지니가 랑티에 얘기를 자주 꺼냈다. 제르베즈에게 옛 남자를 떠올리게 하고 이런저런 추측으로 당혹스럽게 만들면서 즐기는 것 같았다. 그러다가 어느 날 드디어 자기가 랑티에를 만났다고 했다. 제르베즈가 말이 없자, 비르지니도 더 이상 아무 말도 하지 않았다. 다음 날이 되어서야 다시 얘기를 꺼냈다. 부인 얘기를 한참 하던데, 아주 애틋해 보였어요. 제르베즈는 가게 구석에서 비르지니와 나지막한 목소리로 그런 얘기를 나누며 마음이 너무 복잡했다. 랑티에가 그녀의 살갗 밑에 무엇인가를 남겨 놓기라도 한 것처럼, 그 이름을 들을 때마다 명치끝이 타는 것 같았다. 물론 제르베즈는 스스로 강한 사람이라고 믿었고, 올바르게 살고 싶었다. 그것만으로도 행복의 절반을 이룬 셈 아닌가. 그녀는 그래서 랑티에와 관련해서 쿠포 생각을 전혀 하지 않았다. 남편에게 비난받을 일은 마음으로라도 단 한 번도 해 본 적이 없었으니까! 반면 구제를 생각하면 늘 머뭇거려지고 마음이 아팠다. 랑티에의 기억이 되살아나고 조금씩 그 일에 사로잡히면서 제르베즈는 자신이 구제를, 단 한 번도 겉으로 드러내지 못한 사랑을, 달콤한 우정을 배반하는 것만 같았다. 소중한 벗에게 죄를 짓고 있다는 생각 때문에 슬펐다. 남편과의 관계 외에는 마음속에 오직 한 사람 구제에게 자리를 내주고 싶었다. 그것은 아주 높은 곳에서, 그러니까 비르지니가 제르베즈의 얼굴을 살피며 기대하는 추잡한 감정들보다 높은 곳에 있는 감정이었다.

봄이 오자 제르베즈는 구제를 피난처로 삼기로 했다. 의자에 앉아 뭔가 생각하려고만 하면 곧바로 랑티에가 떠오르곤 했기 때문이다. 그가 아델과 헤어지고, 이전에 들고 나간 가방에 옷을 챙겨 넣고, 바로 그 가방을 마차에 싣고 돌아올 것 같았다. 거리를 지나다가 불현듯 어처구니없는 두려움에 사로잡히곤 했다. 뒤에서 랑티에의 발소리가 들리는 것 같고, 그러면 너무 떨려서 차마 돌아볼 수도 없었다. 랑티에의 손이 불쑥 허리를 감싸 쥘 것 같고, 그가 어디선가 엿보고 있을 것만 같았다. 어느 날 오후 불쑥 그와 마주치게 되리라 생각하면 식은땀이 흘렀다. 옛날에 장난칠 때처럼 분명 귀에다 키스를 할 텐데, 제르베즈는 그 키스가 두려웠다. 아직 받지도 않은 키스로 인해 제르베즈의 귀는 이미 아무 소리도 듣지 못했다. 알 수 없는 소리가 윙윙거려서, 그녀는 세차게 고동치는 자기 심장 소리마저 분간해 내지 못했다. 그런 공포 속에서 구제가 유일한 피난처였다. 구제의 울타리 안에 있으면 마음이 편해지고 저절로 미소가 떠올랐다. 그의 세찬 망치 소리가 악몽을 물리쳐 주었다.

그해 봄은 정말 행복했다. 제르베즈는 포르트블랑슈 거리의 고객에게 직접 세탁물을 가져다준다는 핑계로 금요일마다 마르카데 거리의 철공소에 들렀다. 마르카데 거리로 접어들면 곧바로 마음이 가벼워지고 즐거웠다. 을씨년스러운 건물들이 늘어선 공터가 마치 소풍 나온 들판 같았고, 석탄으로 시커메진 굴뚝과 지붕 위로 뿜어나오는 연기가 한적한 교외의 숲속 초록 덤불들 사이 이끼 낀 오솔길만큼 좋았다. 희끄무레한 지평선 위에 공장의 굴뚝들이 줄지어 높이 서 있는 것도, 하늘 가득 규칙적으로 창문이 늘어선 몽마르트르 언덕의 하얀 집들도 좋았다. 철공소까지 오면 걸음을 늦춰 물웅덩이를 건너뛰었고, 건축 폐자재가 쌓여 있는 틈새 구석구석을 지날 때도 기뻤다. 깊숙이 들어앉은 공장은 한낮에도 불을 밝혀야 했다. 망치 소리가 들리면 그 소리에 맞춰 제르베즈의 심장도 거세게 고동치기 시작했다. 그녀는 마치 약속 자리에 나온 여자처럼 상기된 얼굴로 목덜미에서 잔 머리카락을 황금빛으로 휘날리며 안으로 들어섰다. 그럴 때면 기다리고 있던 구제가 그녀가 멀리서도 알아볼 수 있도록 소매를 걷어붙이고 가슴을 드러낸 채 더욱 세차게 모루를 내려쳤다. 제르베즈의 모습이 보이면 노란 수염의 구제의 얼굴에 말없이 미소가 번졌다. 제르베즈는 방해하지 않으려고 그냥 계속 일하라고 했다. 사실 힘줄이 뿔뚝 솟아오른 굵은 팔로 망치를 휘두르는 구제의 모습을 더 보고 싶었다. 그녀는 풀무질에 여념이 없는 에티엔에게 다가가 뺨을 살짝 만져 준 뒤, 한 시간 동안 볼트 만드는 작업을 바라보았다. 제르베즈와 구제는 채 열 마디도 주고받지 않았다. 하지만 문을 걸어 잠근 밀폐된 방 안에 들어가 있다 한들 더할 수 없을 만큼 다정했다. 부아상수아프라고도 불리는 벡살레가 옆에서 이죽거려도 정작 두 사람은 아무렇지도 않았다. 그들의 귀에는 아예 벡살레의 말소리가 들리지 않았다. 십오 분쯤 지나면 제르베즈는 숨이 막혔다. 더운 열기, 강한 냄새, 여기저기 솟아오르는 연기 때문에 정신을 차릴 수 없었고, 귀가 멍할 정도로 시끄러운 소리들 때문에 머리부터 발끝까지 흔들렸다. 그럴 때 제르베즈는, 더 이상 바랄 게 없이, 더없이 기뻤다. 설사 구제의 품에 안긴다 해도 더 흥분되지는 않을 것 같았다. 제르베즈는 망치를 휘두를 때 옆에서 이는 바람이 뺨에 와 닿도록, 내리치는 망치질을 온전히 느낄 수 있도록, 구제 쪽으로 다가갔다. 보드라운 손 위로 불꽃이 튀어도 움츠리지 않았다. 오히려 불꽃이 비처럼 쏟아져 피부에 와 닿는 게 좋았다. 구제도 제르베즈가 행복해한다는 것을 알고 있었다. 그래서 금요일에 일부러 힘든 일을 했다. 힘과 기술을 다 동원해서 제르베즈의 마음을 사로잡고 싶었던 것이다. 구제는 몸을 사리지 않고 가쁜 숨을 몰아쉬며 허리를 뒤틀고 모루가 쪼개지도록 세게 내리치며 제르베즈에게 기쁨을 주었다. 그렇게 폭풍처럼 요란하게, 두 사람의 사랑이 봄 동안 철공소를 가득 채웠다. 석탄이 타오르고 시커멓게 그을린 골조가 삐걱거리는 작업장에서 피어난 거인의 순정 같은 것이었다. 빨간 밀랍처럼 달구고 눌러 놓은 쇳덩이들에는 두 사람의 애정의 거친 흔적이 새겨졌다. 매주 금요일 제르베즈는 구트도르 거리를 나섰고, 흡족스럽고 나른한, 몸과 마음이 모두 편안한 상태로 천천히 푸아소니에 거리를 걸어 올라갔다. 조금씩 랑티에에 대한 두려움도 사라졌다. 이 시기 제르베즈는 쿠포만 없었다면 완전히 행복했을 것이다. 쿠포는 완전히 망가져 버렸다. 어느 날 철공소에서 돌아오는 길에 제르베즈는 콜롱브 영감의 술집에 있는 쿠포를 보았다. 메보트, 비비라그리야드, 벡살레한테 싸구려 독주를 돌리는 것 같았다. 제르베즈는 괜히 감시하는 것처럼 보일까 봐 재빨리 지나쳤다. 하지만 결국 뒤를 돌아본 그녀는 쿠포가 익숙한 솜씨로 독주를 털어넣는 모습을 보고 말았다. 그러니까 쿠포는 거짓말을 하고 있었다. 그는 독주를 마셨다! 집으로 들어가는 동안 제르베즈의 마음은 절망에 휩싸였다. 독주에 대해 가지고 있던 공포가 다시 엄습했다. 포도주라면 노동자들에게 힘을 줄 수 있으니까 용서할 수 있다. 하지만 독주는 오히려 식욕을 빼앗아 가는 쓰레기고 독약이 아닌가! 아! 그렇게 나쁜 걸 만들지 못하게 왜 나라에서 나서지 않는 걸까? 제르베즈가 구트도르 거리에 왔을 때 건물 전체가 어수선했다. 세탁부들도 작업대를 비워 두고 모두 안마당에 나가서 위쪽을 올려다보고 있었다. 제르베즈는 클레망스에게 무슨 일이냐고 물었다.

"비자르 영감이 아내를 때리고 있어요. 고주망태 상태로 문 앞에서 아줌마가 세탁장에서 돌아오길 기다렸대요. 보자마자 주먹을 휘두르며 끌고 올라가서 지금 두들겨 패고 있어요. 봐요, 비명 들리죠?"

제르베즈가 뛰어 올라갔다. 비자르 부인은 용기 있는 여자이고, 제르베즈의 세탁소 일도 받아 하는 가까운 사이였다. 제르베즈는 싸움을 말릴 생각이었다. 7층에 올라가니 방문이 열려 있었다. 같은 층의 이웃 몇 명이 복도에 나와 서 있고, 보슈 부인이 문 앞에서 소리를 지르고 있었다.

"이제 좀 그만하지 그래요? 순경을 부를 거예요. 알아들어요?"

아무도 안으로 들어갈 엄두를 내지 못했다. 비자르가 술에 취하면 사나운 짐승이 된다는 사실을 모두 알았기 때문이다. 사실 그는 늘 술에 취해 있었다. 일하는 날도 많지 않지만, 어쩌다 일을 해도 도저히 참을 수가 없어서 열쇠장이 바이스 옆에 늘 독주 병을 두고서 삼십 분에 한 번씩 들이켜곤 했다. 만일 그의 입에 성냥을 들이댄다면 횃불처럼 불길이 솟아오를지도 몰랐다.

"저렇게 죽게 둘 수는 없어요." 제르베즈가 몸을 떨면서 소리를 질렀다.

그리고 안으로 들어섰다. 천장이 기울어진 아주 깨끗한 다락방은 변변한 가구 하나 없이 냉기가 돌았다. 침대의 시트까지 들고 나가 술을 마셔 대는 남편의 주벽 때문에 아무것도 남아나지 않은 것이다. 소동 중에 탁자가 창가까지 굴러갔고, 의자 두 개는 다리가 위쪽으로 뒤집힌 채 나뒹굴고 있었다. 방 가운데 바닥에 쓰러진 비자르 부인은 산발을 하고 세탁장에서 젖은 치마가 미처 마르지 않아 허벅지에 달라붙은 채로 온통 피투성이가 되어 있었다. 비자르가 발길질을 해 댈 때마다 아! 아! 하고 긴 신음을 내뱉으며 거친 숨을 몰아쉬었다. 비자르는 처음에는 주먹으로 때리다가 아예 발로 짓이기고 있었다.

"아! 나쁜 년! 아! 나쁜 년! 아! 나쁜 년!" 발길질을 할 때마다 그의 숨이 가빠졌다. 그리고 목이 막힐수록 점점 아내를 더 세게 때렸다.

결국 목소리가 더는 나오지 않자, 누더기 같은 바지와 작업복 차림의 뻣뻣해진 몸으로 아예 말도 없이 그야말로 미친 듯이 때리기만 했다. 수염이 지저분하고 퍼렇게 뜬 얼굴에는 커다란 붉은 반점이 있었다. 복도에서 이웃 사람들이 아내가 아침마다 20수를 줄 수 없다고 해서 저런다고 수근댔다. 층계 아래에서 보슈가 아내에게 소리쳤다.

"그냥 내려와! 둘 다 죽든 말든 알아서 하라고 해! 쓰레기 치우는 거지, 뭘!"

브뤼 영감도 제르베즈를 따라 방에 들어와 있었다. 두 사람은 비자르를 설득하며 문으로 밀어내려 했다. 하지만 비자르는 말없이 입에 거품을 물고 돌아보았고, 그의 창백한 눈 속에서 알코올이 불타오르고 살인의 불꽃이 이글거렸다. 제르베즈는 손목을 심하게 다쳤고, 브뤼 영감은 탁자 위로 쓰러졌다. 비자르 부인은 입을 크게 벌리고 바닥에 늘어져 있었다. 눈은 감겨 있고, 몰아쉬는 숨결이 더 뜸해졌다. 이제 비자르는 제대로 때리지도 못했다. 하지만 악착같이 달려들어 미친 짐승처럼 매질을 했고, 허공에 주먹을 휘두르다 자기 몸에 맞기도 했다. 제르베즈는 방구석에 있는 어린 랄리[102]를 보았다. 네 살 난 어린 계집아이는 어머니를 죽일 듯이 때리는 아버지를 바라보면서 바로 전날 젖을 뗀 어린 동생 앙리에트를 지키려는 듯 껴안고 있었다. 옥양목 머리쓰개를 동여맨 아이는 핏기 하나 없이 굳은 얼굴이었다. 눈물 자국이 없는 검은 눈은 무언가 생각이 가득해 보였다.

마침내 비자르는 의자에 걸려 바닥에 널브러지더니 그대로 코를 골았다. 비자르 부인은 브뤼 영감과 제르베즈가 부축해서 일으키자 통곡하듯 흐느꼈다. 랄리가 다가와서 이미 익숙해진 일에 체념한 듯한 얼굴로 우는 어머니를 바라보았다. 다시 조용해진 뒤 계단을 내려와 가게로 향하는 동안 제르베즈

102) '욀랄리'의 애칭이다.

는 머릿속으로 네 살 난 랄리의 눈길, 어른의 눈길 같은 진지하고 용기 있는 그 눈길이 떨쳐지지 않았다.

"쿠포 씨가 맞은편 보도에 있어요." 제르베즈가 들어서자마자 클레망스가 소리를 질렀다. "굉장히 취했던데요!"

쿠포는 길을 건너오는 중이었다. 가게로 들어서면서는 어깨로 유리를 깨뜨릴 뻔했다. 인사불성이 된 쿠포는 이를 악물고 코도 잔뜩 찌푸렸다. 제르베즈는 피부를 창백하게 만드는 그의 중독된 피 속에서 아소무아르의 독주를 알아보았다. 그녀는 남편이 포도주를 마시고 들어왔을 때와 다름없이 웃으며 자리에 눕게 해 주려고 했지만, 쿠포는 이를 악문 채 아내를 밀쳤다. 그러더니 혼자 침대로 걸어가면서 제르베즈에게 주먹을 들어 보였다. 저 위에 아내를 두들겨 패다 지쳐서 코를 골며 쓰러진 남자를 닮은 모습이었다. 제르베즈는 온몸에 싸늘한 냉기가 흐르는 것을 느꼈다. 절대 행복할 수 없으리라는 절망감이 엄습하면서 심장을 도려내는 듯이 아팠고, 남자들을, 남편과 구제를, 그리고 랑티에를 떠올렸다.

7장

제르베즈의 영명 축일은 6월 19일이었다. 쿠포 가족은 축일마다 한 상 가득 차려 먹었다. 그렇게 푸짐하게 먹고 나면 배가 불룩해져 공처럼 굴러다닐 것 같고 일주일 동안 굶어도 될 것 같았다. 매번 돈을 남김없이 긁어모아 아낌없이 썼다. 사실 집안에 4수만 있어도 먹어 치웠다. 심지어 있지도 않은 성자의 축일을 만들어 내서 차려 먹기도 했다. 제르베즈가 이렇게 걸신들린 듯이 먹어 치우는 것을 보면서 비르지니는 남편이 술 마시느라 다 써 버리느니 차라리 먹는 데 쓰는 게 낫다고 했다. 어차피 살림이 술로 거덜 나기 전에 위장이라도 채워 놓을 수 있으면 다행이잖아요! 흔적 없이 사라질 돈이라면 술집 주인한테 가나 고깃집 주인한테 가나 뭐가 다르겠어요! 이미 식탐에 빠져 버린 제르베즈 또한 이 논리로 자기 행동을 합리

화했다. 할 수 없지. 우리가 땡전 한 푼 못 모으는 건 모두 그 이 때문이야! 제르베즈는 이미 몸이 상당히 불었고, 그럴수록 다리를 더 많이 절었다. 그녀의 다리는 굵어지는 만큼 더 짧아 보였다.

그해에는 한 달 전부터 이미 축일 잔치가 화젯거리였다. 다들 무슨 요리를 먹을까 궁리하면서 입맛을 다셨다. 가게에서도 모두 먹을 것 생각뿐이었다. 미치도록 좋은 거, 평범하지 않고 훌륭한 걸로 해요! 날마나 오는 기회가 아니잖아요! 제르베즈의 가장 큰 고민은 누구를 초대할까 하는 것이었다. 그녀는 식탁에 더도 덜도 말고 딱 열두 명을 앉히고 싶었다. 자기와 쿠포, 시어머니, 르라 부인, 이렇게 가족만 해도 네 명이었다. 거기다 구제 모자와 푸아송 부부를 초대해야 했다. 퓌투아 부인과 클레망스는 세탁부들과 너무 허물없는 사이가 되면 안 좋을 것 같아서 부르지 않을 생각이었는데, 매일 앞에 놓고 잔치 얘기를 하다 보면 그때마다 두 여자가 샐쭉거리는 바람에 결국 초대하기로 했다. 네 명에 또 네 명이면 여덟 명, 거기에 다시 둘을 더해서 열 명이었다. 제르베즈는 열두 명을 채우고 싶었다. 그래서 보름 전부터 가까이서 맴돌고 있는 로리외 내외와 다시 잘 지내기로 했다. 일단 로리외 내외가 그날 내려와서 함께 식사하고 나서 함께 잔을 들고 화해할 생각이었다. 식구끼리 계속 으르렁거릴 수도 없지 않은가. 잔치 생각에 마음이 누그러지기도 했다. 피하기 힘든 기회였다. 문제는 두 집의 화해 소식을 들은 보슈 내외 역시 상냥한 미소와 친절한 모습으로 다시 제르베즈에게 접근했다는 것이다. 그들도 초대할 수밖에 없었다. 이제 더는 안 된다! 애들을 빼고도 이미 열네 명이었다. 지금껏 이런 식사 자리를 마련한 적은 없었다. 제르베즈는 덜컥 겁이 나면서도 영광스러웠다.

6월 19일은 월요일이었다. 다행이었다. 일요일 저녁부터 준비를 시작할 수 있었다. 토요일에는 서둘러 다림질을 마치고 한참 동안 수다를 떨었다. 모두 어떤 음식을 먹게 될지 궁금해했다. 단 한 가지, 살찐 거위구이만 삼 주 전에 이미 정해진 상태였다. 음식 얘기를 하는 동안 모두의 눈에 식탐이 어른거렸다. 거위 고기는 이미 사 놓았다. 쿠포 마나님이 들고 나와서 클레망스와 퓌투아 부인에게 얼마나 무거운지 한번 들어 보라고 했다. 두 여자가 함께 탄성을 내질렀다. 질긴 껍질에 노란 기름이 밴 거위는 정말로 엄청나게 컸다.

"이거 먹기 전에 포토프부터 먹어야겠죠?" 제르베즈가 말했다. "수프와 삶은 소고기는 언제 먹어도 좋잖아요. 그러고 나서 소스 얹은 요리도 하나 있어야겠네요."

꺽다리 클레망스가 토끼 고기가 어떠냐고 물었다. 하지만 모두 토끼 고기는 늘 먹는 거라서 지겹다고 했다. 제르베즈는 좀 더 희귀한 것을 원했다. 퓌투아 부인이 소스 양념한 송아지 스튜는 어떠냐고 물었고, 그 순간 두 여자의 시선이 마주치며 입가에 미소가 번졌다. 좋은 생각이었다. 송아지 스튜만큼 연회 분위기를 내기 좋은 음식은 없었다.

"그것 말고도 소스 들어간 요리가 하나 더 필요해요." 제르베즈가 다시 말했다.

쿠포 마나님이 생선이 어떠냐고 했다. 하지만 모두 얼굴을 찡그리고 일부러 쿵쿵 소리를 내며 다리미질을 하면서 생선은 배는 안 부르고 가시만 많다고, 아무도 좋아하지 않는다고 했다. 사팔뜨기 오귀스틴이 자기는 가오리를 좋아한다고 말했다가 옆에서 클레망스가 쥐어박자 입을 다물었다. 결국 제르베즈가 생각해 낸 감자 곁들인 돼지고기 등심으로 결정되었다. 모두 얼굴이 환해졌다. 그때 비르지니가 상기된 얼굴로 허겁지겁 들어왔다.

"마침 잘 왔어요." 제르베즈가 말했다. "어머니, 조금 전 거위 좀 보여 주세요."

쿠포 마나님은 다시 한번 거위를 들고 나와 비르지니의 팔에 넘겨주었다. "세상에! 어떻게 이렇게 무겁담!" 비르지니가 탄성을 내질렀다. 하지만 그녀는 곧바로 거위를 작업대 위 속치마와 셔츠 더미 사이에 내려놓았다. 머릿속에 다른 생각이 가득 차 있었던 것이다. 비르지니는 제르베즈를 방으로 데려갔다. 그러고는 나지막한 목소리로 빠르게 내뱉었다.

"세상에, 해 줄 말이 있어요……. 길 끝에서 내가 누굴 만났는지 알아요? 랑티에가 있었어요. 어슬렁거리면서 살피고 있더라고요……. 그래서 곧바로 달려왔죠. 부인 생각을 하니까 정신이 없어서……."

제르베즈의 얼굴이 하얗게 질렸다. 도대체 그 인간은 뭘 어쩌려는 걸까? 하필이면 잔치 준비가 한창일 때 나타났을까? 제르베즈는 자기는 지지리도 운이 없다고, 마음 편히 놀지도 못한다고 한탄했다. 그러자 비르지니는 왜 그렇게 착하냐고, 그렇게 속상해할 게 뭐 있느냐고 했다. 랑티에가 쫓아다니거든 순경을 불러서 유치장에 처넣어요! 당연히 그래야죠! 한 달 전 남편이 드디어 순경 자리를 얻은 그녀는 허세를 부리면서 걸핏하면 잡아가는 얘기를 했다. 차라리 길거리에서 한번 맞부딪혔으면 좋겠다고, 그러면 자기가 직접 파출소에 끌고 가서 남편한테 넘겨 버리겠다고 목소리를 높였다. 제르베즈가 가게에서 다 듣겠다고, 제발 조용히 하라고 손짓을 했다. 잠시 뒤 그녀는 비르지니를 데리고 가게로 돌아와서 아무렇지도 않은 척 다시 음식 얘기를 했다.

"이제 야채도 정해야죠?"

"야채요?" 비르지니가 말했다. "돼지 비계 넣은 콩은 어때요? 난 아주 좋아하는데."

"그거 좋네요. 돼지 비계 넣은 콩!" 모두 찬성했고, 신이 난 오귀스틴은 부지깽이로 화로를 세차게 뒤적거렸다.

이튿날 일요일 3시에 쿠포 마나님은 화덕 두 개에 불을 지폈고, 보슈네에게 흙 화덕을 하나 더 빌려 왔다. 3시 30분에, 집의 냄비들이 너무 작아 옆 식당에서 빌려 온 커다란 냄비에서 포토프가 끓기 시작했다. 송아지 스튜와 돼지고기 등심 요리는 다시 데워 먹어야 더 맛있는 음식이니까 미리 준비해 두고, 먹을 때 소스만 섞기로 했다. 그래도 월요일 당일에 수프, 돼지 비계 넣은 콩, 거위 구이 등 해야 할 일이 너무 많았다. 안쪽 방에서 세 개의 화덕이 활활 타올랐다. 작은 냄비에 버터를 두르고 밀가루를 풀자 가루 때문에 요란한 연기가 나면서 버터 타는 냄새가 진동했다. 큰 냄비는 마치 보일러가 끓는 것처럼 육중한 소리와 함께 옆구리를 흔들며 김을 내뿜었다.

흰 앞치마 끈을 앞으로 묶어 두른 제르베즈와 쿠포 마나님이 방안을 바쁘게 오가면서 파슬리 껍질을 벗기고, 소금과 후추를 찾고, 나무 주걱으로 고기를 뒤집었다. 쿠포는 비좁아 방해된다고 나가 있으라고 했다. 하지만 어차피 오후 내내 사람들이 들락거렸다. 건물 전체에 맛있는 냄새가 퍼졌기 때문에 이웃들이 도대체 어떤 요리를 하는지 기웃거리다 이런저런 핑계를 대면서 번갈아 들어와서, 제르베즈가 음식 뚜껑을 열어 볼 때를 기다리며 버티고 서 있었다. 5시가 되자 비르지니가 나타났다. 랑티에를 또 봤다고 했다. 이젠 나가기만 하면 랑티에가 눈에 띄네요. 보슈 부인이 자기도 조금 전 길 끝에서 랑티에를 보았다고, 그 사람이 음흉한 얼굴로 고개를 내밀고 있더라고 했다. 포토프에 넣을 구운 양파가 모자라서 사러 가려던 제르베즈는 갑자기 온몸이 떨려서 엄두가 나지 않았다. 보슈 부인과 비르지니가 옷 속에 칼과 권총을 감추고 여자를 기다렸다는 남자 얘기를 꺼내는 바람에 더 무서웠다. 정말이에요! 매일 신문에 나잖아요! 파렴치하게도 행복하게 잘 살고 있는 옛 여자를 찾아다니는 남자도 있다네요. 제정신이 아니니 뭐든 못 할 짓이 없죠. 비르지니는 친절하게도 자기가 뛰어가서 양파를 사 오겠다고 했다. 여자들끼리 서로 도와야죠. 그런 남자한테 당한다는 건 말도 안 되잖아요. 나갔다 돌아온 비르지니는 랑티에가 보이지 않았다고, 들킨 걸 알고 도망간 게 분명하다고 했다. 그렇게 화덕 옆에 모여 저녁까지 랑티에 얘기가 이어졌다. 보슈 부인이 쿠포한테 알리라고 하자, 제르베즈는 질겁하며 제발 입도 떼지 말라고 했다. 아! 그건 절대 안 돼요! 어쩌면 그이도 이미 눈치를 챈 것 같아요. 며칠 전부터 잠자리에 들기 전에 벽에다 대고 주먹질을 하더라고요. 제르베즈는 두 남자가 자기 때문에 싸우는 생각을 하면 손이 덜덜 떨렸다. 난 남편을 알아요. 질투심이 강한 사람이라 함석 가위를 들고 랑티에한테 달려들지도 몰라요. 네 여자가 이렇게 드라마 속으로 빠져들고 있는 동안, 재를 덮은 화덕의 은근한 불 위에서 소스가 익어 갔다. 쿠포 마나님이 뚜껑을 열어 보니 송아지 스튜와 돼지고기 등심 요리가 보글보글 끓고 있었다. 포토프가 끓는 소리는 마치 커다란 배를 내밀고 햇볕 아래 잠든 성가대 독창자의 코 고는 소리 같았다. 여자들은 국물 맛을 보기 위해 각자 잔에 국물을 떠서 빵 조각을 찍어 먹어 보았다.

마침내 월요일이 왔다. 열네 명이 앉을 수 있을지 걱정스러웠다. 결국 식탁을 가게에 차리기로 했다. 그런 뒤에는 식탁을 어느 방향으로 놓을지 정하느라 제르베즈는 아침부터 자를 들고 이리저리 재 보았다. 빨랫감을 치워 놓고 작업대를 분해하기로 했다. 작업대 판을 다른 받침대에 얹어서 식탁으로 사용하기로 한 것이다. 그렇게 난리를 치는 중에 손님 하나가 찾아와서 금요일부터 세탁물을 기다리고 있는데 어떻게 된 거냐고 화를 냈다. 자기를 무시하느냐면서 당장 세탁물을 내놓으라고 했다. 제르베즈는 미안하다고 사과하며 태연스레 거짓말을 했다. 그건 우리 잘못이 아니에요. 오늘은 가게를 청소하는 날이기 때문에 세탁부들이 내일이 돼야 나오거든요. 제르베즈는 내일 제일 먼저 그 일부터 끝내겠다는 약속으로 손님을 달래서 보냈다. 하지만 손님이 나가자마자 기다렸다는 듯이 투덜거리기 시작했다. 정말이야. 손님들 말 다 들어주다가는 밥 먹을 시간도 없어. 손님들 비위 맞추자고 평생을 다 바칠 수는 없지. 우리가 뭐 목에 끈 매달아 묶어 놓은 개도 아니고 말이야. 정말이야! 튀르키예의 임금님이 직접 옷의 목깃을 가져와서 10만 프랑을 준다고 해도 난 이번 월요일에는 다림질 안 할 거야. 제르베즈는 이제 자기도 즐길 땐 즐기겠다고 큰소리쳤다.

오전 내내 제르베즈는 장 보러 다니느라 정신이 없었다. 세 번 밖으로 나갔다가 노새처럼 이것저것 가득 들고 돌아왔다. 그런데 마지막으로 포도주를 사러 나서면서 돈이 모자란다는 것을 깨달았다. 포도주야 외상으로 살 수 있겠지만, 문제는 앞으로도 예상 밖의 지출이 사소하게 많을 테니 돈이 필요했다. 제르베즈와 쿠포 마나님은 속이 상해서 계산을 해 보았고, 적어도 20프랑이 더 필요하다는 결론을 얻었다. 그 돈을, 그러니까 100수짜리 동전 네 개를 어디서 구한단 말인가. 이전에 바티뇰에 사는 삼류 여배우의 가정부 일을 했던 쿠포 마나님이 먼저 전당포 얘기를 꺼냈다. 제르베즈가 안도의 미소를 지어 보였다. 이렇게 바보 같을 수가! 그 생각을 못 하다니! 제르베즈는 재빨리 실크 드레스를 보자기에 싸서 핀으로 잠그고 쿠포 마나님의 앞치마 아래에 숨겨 주면서 배에 꼭 붙이고 가라고, 괜히 이웃들이 알아서 좋을 건 없다고 했다. 그러고는 혹시 시어머니를 따라가는 사람이 없는지 문 앞에 나가 지켜보았다. 그러다가 쿠포 마나님이 미처 석탄 가게까지 가기도 전에 제르베즈가 다시 불렀다.

"어머니! 어머니!"

그녀는 시어머니를 다시 가게 안으로 불러들이고는 손가락에 끼고 있던 결혼 반지를 빼주면서 말했다.

"자, 이것도 같이 넣으세요. 그럼 좀 더 받을 수 있을 거예요."

시어머니가 25프랑을 받아오자 제르베즈는 날아갈 듯이 기뻤다. 그 돈으로 거위구이와 같이 먹을 고급 포도주 여섯 병을 샀다. 로리외 내외의 코를 납작하게 해 줄 수 있으리라.

로리외 내외의 코를 납작하게 해 주기, 그것이 바로 보름 전부터 제르베즈와 쿠포 마나님의 꿈이었다. 정말로 내외가 모두 얼마나 음흉한지, 기가 막히게 잘 어울리는 한 쌍이잖아요! 실제로 로리외 부부는 맛있는 걸 먹을 때도 꼭 훔쳐 온 것처럼 집 안에 틀어박혀서 먹었다. 그랬다. 그들은 누가 보고 올라올까 봐 빛이 새 나가지 않도록 창문을 담요로 가려 놓고 잠든 척하면서, 자기들끼리도 한마디도 주고받지 않으면서, 후다닥 먹어 치웠다. 심지어 자기들이 전날 뭘 먹었는지 사람들이 아는 게 싫어서 먹고 난 뒤에 남은 뼈도 이튿날 제대로 내다 버리지 않았다. 쓰레기에 버리지 않고, 아내가 길 끝까지 들고 나가서 하수구 입구에 버렸다. 그런데 어느 날 아침에 제르베즈가 바로 그곳에서 로리외 부인이 바구니에 가득 담긴 굴 껍데기를 버리는 것을 보고 말았다. 아! 저 구두쇠 같은 인간들, 어쩌면 저렇게 인색할까! 돈 있는 티 안 내려고 정말 온갖 수를 다 쓰네. 좋아! 내가 한번 가르쳐 줄 거야. 인간은 개와 다르다는 것을 보여 줘야지. 제르베즈는 그럴 수만 있다면 길 한가운데 식탁을 차려 놓고 지나가는 사람들 모두를 먹이고 싶었다. 그녀는 돈이란 건 곰팡내 나도록 쌓아 두라고 만든 게 아니라고 믿었다. 돈은 햇빛을 보고 새것처럼 반짝일 때 아름답지 않은가. 그녀는 로리외 부부와 정반대였다. 수중에 20수가 있으면 겉으로 40수가 있는 것처럼 살았다.

쿠포 마나님과 제르베즈는 3시부터 로리외 부부에 대해 이러쿵저러쿵 얘기하면서 식탁을 차렸다. 유리 진열장에 커다란 커튼을 쳐 놓긴 했지만 날씨가 더워서 문을 열어 놓았기 때문에 결국 길 가는 사람 모두가 식탁 앞을 지나다니는 셈이었다. 두 여자는 물병이든 술병이든 혹은 소금 통이든 식탁에 놓을 때마다 어떻게 하면 로리외 내외가 제일 괴로울지 궁리했다. 그들이 식탁에 앉았을 때 멋지게 차려진 식기들이 눈에 잘 들어올 수 있도록 배치했고, 도자기 접시를 보면 얼마나 충격을 받을지 알았기 때문에 제일 좋은 접시들을 일부러 그들 자리에 놓았다.

"아네요, 어머니." 제르베즈가 큰 소리로 불렀다. "그 냅킨으로 놓지 마세요. 다마스크[103] 냅킨 두 개 준비해 놨어요."

"아, 그렇구나." 노인네가 중얼거렸다. "둘 다 기가 팍 죽겠구나. 분명해."

두 여자는 널찍한 흰색 식탁 양 끝에 서서 서로에게 미소를

---

103) 실크를 자카드 조직으로 제작한 천으로, 중국과 인도 등의 견직물이 시리아의 다마스쿠스를 통해 유럽에 들어와서 붙은 명칭이다. 식탁보나 커튼 등에 많이 쓰인다.

지어 보였다. 식탁 위에 늘어선 열네 벌의 식기를 보면서 가슴이 뿌듯했다. 흡사 제단을 차려 놓은 듯했다.

"정말로 형님네는 왜 그렇게 인색할까요? 지난달에 형님이 일한 거 가져다주는 길에 금줄 하나를 잃어버렸다고 동네방네 떠들고 다녔잖아요. 아시죠? 그럴 리 없죠. 절대 뭘 잃어버리는 사람이 아니잖아요. 분명 자기네들 형편이 어렵다고 징징거려서 어머니한테 100수를 안 드리려고 그러는 거예요."

"그 100수 준다는 거, 난 아직 두 번밖에 구경 못 했다." 쿠포 마나님이 말했다.

"뻔해요. 다음 달에는 또 다른 핑계를 찾아내겠죠. 토끼 고기를 먹을 때마다 창문을 가리는 것도 그래서 그런 거예요. 안 그래요? 이제 어머님이 당당하게 말해야 해요. 토끼 고기도 먹고 사니까 100수를 다오, 이렇게요. 정말 나쁜 사람들이에요. 제가 모셔 오지 않았더라면 어쩌실 뻔했어요?"

쿠포 마나님은 고개를 끄덕거렸다. 쿠포네가 잔치를 여는 날이면 노인네는 무조건 제르베즈 편이었다. 그녀는 음식 만들기를 좋아했고, 냄비 옆에 둘러앉아 수다를 떠는 것도 좋아했다. 무엇보다 한 상 가득 음식을 차리느라 집 안이 법석거리는 게 좋았다. 거의 대부분 며느리와 마음이 잘 맞기도 했다. 하지만 어느 집이나 그렇듯이 이따금 두 사람 사이가 틀어질 때도 있었다. 그럴 때면 쿠포 마나님은 몹시 불행했다. 어쩌다가 자신이 며느리 눈치나 보며 사는 신세가 되었는지 한탄스러웠다. 무엇보다 쿠포 마나님의 마음속 깊은 곳에는 로리외 부인에 대한 애정이 있었다. 어쨌든 딸이 아닌가.

"안 그래요?" 제르베즈가 계속 같은 얘기를 했다. "그 집에 계셨더라면 지금처럼 살이 찌지도 않으셨을걸요? 커피도 담배도 끝이고요. 더구나 어머니 침대에 매트를 두 개 깔아 주기나 했겠어요?"

"당연히 아니지." 쿠포 마나님이 대답했다. "그것들이 들어올 때는 내가 문 앞에 버티고 서서 코빼기를 한번 구경해 봐야겠다."

이렇게 로리외 부부의 코는 나타나기도 전에 제르베즈와 쿠포 마나님에게 즐거움을 주었다. 하지만 계속 넋 놓고 식탁만 바라보고 있을 수는 없었다. 점심은 이미 느지막이 1시쯤 먹어 두었다. 음식 준비로 화덕 세 개를 다 써야 했고 그릇들도 저녁에 쓰려고 다 씻어 놓은 터라, 익힐 필요 없는 햄 조각으로 점심을 때웠다. 4시가 되자 발등에 불이 떨어졌다. 창문을 열어 놓고 그 옆 벽 쪽으로 커다란 조개처럼 생긴 구이용 기구를 바닥에 놓고 거위를 굽기 시작했다. 거위가 어찌나 큰지 억지로 쑤셔 넣어야 했다. 사팔뜨기 오귀스틴이 타는 듯한 뜨거운 열기를 그대로 맞으며 짐짓 엄숙한 모습으로 등받이 없는 작은 흰색 의자에 앉아서, 국자 모양의 긴 숟가락으로 고기에 국물을 끼얹어 주었다. 제르베즈는 돼지 비계를 곁들인 콩을 준비했다. 쿠포 마나님은 이 모든 요리들을 앞에 놓고 넋이 나간 듯 우왕좌왕하면서 송아지 스튜와 돼지고기 등심을 데울 때를 기다렸다. 5시쯤 되자 손님들이 하나씩 나타났다. 제일 먼저 클레망스와 퓌투아 부인이 각기 푸른색과 검은색으로 차려입고 들어왔다. 클레망스는 제라늄을, 퓌투아 부인은 향초를 가져왔다. 제르베즈는 두 손이 밀가루 범벅이라 뒷짐을 지고 환영의 키스를 해야 했다. 곧바로 비르지니가 길 하나 건너오는데도 무늬가 들어간 모슬린 드레스에 숄을 두르고 모자를 쓴 귀부인 차림으로 나타났다. 그녀는 붉은 카네이션을 가져왔고, 커다란 팔을 벌려 제르베즈를 힘껏 껴안았다. 그다음 보슈가 제비꽃을, 보슈 부인이 물푸레나무 화분을 들고 왔다. 르라 부인은 레몬 향 허브를 가져왔는데, 그 흙 때문에 입고 있는 보라색 메리노 양모 치마가 더러워졌다. 달아오른 세 개의 화덕과 거위 구이 때문에 숨쉬기도 힘들게 뜨거워진 가게 안에서 모두 반갑게 인사를 했다. 팬에서 기름이 튀는 소리 때문에 말소리가 잘 들리지 않을 정도였다. 누군가의 드레스가 구이 기구에 가까이 닿는 바람에 법석이 일기도 했다. 거위 고기 냄새가 진동하자 모두 코를 벌름거렸다. 제르베즈는 한 사람 한 사람에게 예쁜 꽃 선물 감사하다며 상냥하게 인사를 하면서도 움푹한 접시에 송아지 스튜를 내놓을 준비를 이어 갔다. 화분들은 포장용 흰 주름 종이를 벗기지 않은 채로 탁자 끝에 놓였다. 은은한 꽃향기가 음식 냄새와 섞였다.

"도와줄까요?" 비르지니가 말했다. "이걸 다 준비하느라 사흘 전부터 내내 일한 거잖아요. 순식간에 먹어 치울 텐데!"

"그야 그렇죠!" 제르베즈가 말했다. "어차피 누군가는 해야 하잖아요. 괜찮아요. 괜히 손에 묻히지 말아요. 보다시피 다 됐어요. 이제 수프만 마무리하면 돼요."

모두 편하게 있기로 했다. 여자들은 숄과 모자를 벗어 침대 위에 얹어 놓고 치마가 더러워지지 않도록 끝을 올려 핀으로 고정했다. 보슈는 식사가 시작될 때까지 관리인 방을 지키고 있으라고 아내를 내보내자마자 클레망스에게 다가가서 화덕 쪽으로 밀치며 간지럼을 잘 타는지 물었다. 클레망스는 몸을 잔뜩 움츠리고 가슴에 힘을 주는 바람에 앞깃이 터질 듯했다. 간지럼 생각만 해도 벌써 온몸에 소름이 돋아서, 그녀는 계속 숨을 몰아쉬며 몸을 꼬았다. 다른 여자들은 음식 준비에 방해되지 않도록 가게로 나가 벽에 기대서서 식탁을 바라보았다. 하지만 열려 있는 문을 사이에 두고 계속 제르베즈와 얘기를 주고받았고, 그러다가 잘 들리지 않으면 안쪽 방으로 몰려가서 왁자지껄 떠들곤 했다. 제르베즈는 김이 나는 스푼을 손에 든 채 이리저리 대꾸하느라 정신이 없었다. 그때 여자들이 웃음을 터뜨리며 그야말로 신나게 웃어 댔다. 비르지니가 자기는 배 속을 비우느라 이틀 전부터 아무것도 안 먹었다고 했기 때문이다. 입담 좋은 클레망스는 한술 더 떠서 자기는 영국 사람들처럼 아침에 관장을 했다고 했다. 그러자 보슈가 먹고 나서 곧바로 소화시키는 좋은 방법을 알고 있다면서, 음식 한 가지를 먹을 때마다 문으로 가서 문짝으로 몸을 눌러 주면 된다고, 그것도 영국 사람들이 쓰는 방법이라고, 그렇게 하면 열두 시간 동안 배탈 안 나고 계속 먹을 수 있다고 했다. 식사에 초대받았으면 신나게 먹는 게 예의 아니겠어? 이 집 주인이 송아지, 돼지, 거위 고기를 고양이들 먹으라고 차린 건 아니잖아. 조금도 걱정하실 필요 없습니다. 우리가 아주 깨끗하게 청소해 드릴 테니까요. 내일 설거지할 필요도 없을걸요? 일행은 식욕을 돋우려는 듯이 다 같이 냄비와 구이 기구가 있는 쪽으로 다가갔다. 여자들은 어린 계집애들처럼 서로 밀치며 장난을 쳤고, 바닥이 울리도록 이 방 저 방 뛰어다니며 펄럭이는 속치마로 음식 냄새를 휘저었다. 그러느라 가게 안은 귀가 멍할 정도로 시끄러웠다. 사람들의 웃음소리가 돼지 비계를 다지는 쿠포 마나님의 칼질 소리와 섞여 퍼져 나갔다.

그렇게 모두 소리 지르면서 돌아다니고 장난치고 있을 때 구제가 왔다. 그는 수줍은 듯 들어서지 못하고 머뭇거렸다. 아름다운 백장미 나무를 들고 있었는데, 줄기가 구제의 얼굴까지 올라가서 노란 수염 사이로 꽃송이들이 보였다. 화덕의 열기 때문에 볼이 달아오른 제르베즈가 달려 나갔고, 구제가 화분을 들고 어쩔 줄 몰라 하자 그녀가 금방 받아 들었다. 구제는 쭈뼛거리면서 키스를 하지 못했다. 제르베즈가 어깨를 으쓱하고는 뒤꿈치를 세워 그의 입술에 뺨을 가져다 댔고, 구제는 당황한 나머지 입술을 제르베즈의 눈에, 그나마도 제르베즈의 눈이 아플 정도로 거칠게 가져다 댔다. 두 사람은 모두 한동안 떨리는 마음을 주체하지 못했다.

"아! 구제 씨, 정말 예쁘네요." 제르베즈는 이렇게 말하면서 구제가 가져온 장미를 다른 꽃들 옆에 놓았다. 장미가 제일 커서 깃털처럼 뻗어 나간 잎새들이 다른 꽃들 위로 솟아올랐다.

"뭘요, 뭘요." 구제는 무슨 말을 해야 할지 몰랐다.

마음이 진정된 구제는 깊이 숨을 내쉬면서 어머니는 좌골신경통 때문에 못 온다고 했다. 제르베즈는 애석해하면서, 구제 부인이 드실 수 있도록 거위 구이를 한 조각 따로 덜어 놓겠다고 했다. 이제 손님은 다 왔다. 쿠포는 점심 먹은 뒤 푸아송을 데리러 갔으니, 지금쯤 두 남자가 함께 동네를 어슬렁거리고 있을 터였다. 6시 저녁 시간을 꼭 지키겠다고 약속했으니 나타날 때가 되었다. 수프도 다 익었고, 제르베즈는 르라 부인에게 로리외 내외를 불러야 할 시간이 됐다고 말했다. 그러자 르라 부인이 짐짓 진지한 표정을 지었다. 사실 이번에 쿠포 부부와 로리외 부부 사이에 화해의 기회가 마련된 건 르라 부인이 나선 덕분이었다. 숄을 걸치고 보닛을 다시 쓴 뒤 뭔가 중요한 일을 하러 가는 사람처럼 계단을 오르는 그녀의 치마 속 발걸음이 무거웠다. 제르베즈는 말없이 이탈리아 파스타를 넣은 수프를 저었다. 일행은 갑자기 심각해졌고, 기다리는 동안 분위기가 숙연하기까지 했다. 르라 부인이 먼저 나타났다. 사실 그녀는 두 집의 화해를 좀 더 거창하게 만들기 위해서 일부러 건물 밖으로 나가 거리 쪽으로 들어왔다. 르라 부인이 한 손으로 활짝 열린 가게 문을 잡고 있는 동안 실크 드레스를 입은 로리외 부인이 나타났다. 손님들이 모두 자리에서 일어섰고, 제르베즈가 다가가서 미리 약속된 대로 시누이의 볼에 입술을 가져다 대며 말했다.

"어서 오세요. 이제 다 끝났어요. 그렇죠? 이제 사이좋게 지내요."

그러자 로리외 부인이 대답했다. "나도 앞으로 잘 지냈으면 해."

아내가 들어온 다음 남편이 나타났다. 그 역시 문턱에서 기다렸다가 볼에 인사를 받고 나서 안으로 들어섰다. 남편도 아내도 꽃을 들고 있지 않았다. 첫날부터 꽃까지 들고 가면 쩔룩이한테 너무 굽히고 들어가는 것처럼 보일 수 있다고 생각하고 그냥 가기로 한 것이다. 제르베즈가 오귀스틴에게 포도주를 두 병 가져오라고 외쳤고, 이내 탁자 끝에 서서 포도주를 따르면서 모두 이쪽으로 오라고 불렀다. 각자 잔을 들고 가족의 건강을 위해 건배했다. 마시는 동안 잠시 침묵이 흘렀다. 여자들은 팔꿈치를 들어 올리며 단숨에 마지막 한 방울까지 마셨다.

"포토프 전에는 이렇게 한잔 마시는 게 제일이죠." 보슈가 입맛을 다시며 말했다. "엉덩이를 걷어차 밀어 주는 것보다 이게 낫지."

로리외네가 들어올 때 표정을 보기 위해 입구 정면에 서 있던 쿠포 마나님이 제르베즈의 치마를 잡아당기면서 안쪽 방으로 데려갔다. 두 여자는 수프 위로 고개를 숙인 채로 속삭이듯 말했다.

"세상에! 그 얼굴 봤냐? 그쪽에선 안 보였겠지만, 난 똑똑히 봤다. 식탁 차린 걸 보더니 아주 죽상이더구나. 입꼬리가 삐죽이 올라갔지. 그 남편 되는 인간은 누가 목이라도 조르는지 기침을 해 대고. 지금 가서 한번 보려무나. 아예 침이 다 말라 버렸는지 입술을 깨물고 있을 테니까."

"속상한가 봐요. 정말 왜 저렇게 샘이 많은지 모르겠어요." 제르베즈가 나지막하게 말했다.

로리외 내외는 정말 표정이 가관이었다. 물론 기죽는 게 좋은 사람이 어디 있겠는가. 특히 한 집안에서 누군가가 성공하면 다른 사람들은 배가 아프기 마련이고, 그건 당연한 일이다. 하지만 아무리 그래도 그냥 속으로 삭이는 법이다. 누가 저렇게까지 드러내겠는가. 그렇다. 로리외 부부는 참을 수가 없었다. 도저히 감출 수가 없었다. 두 사람은 곁눈질을 하면서 입을 삐죽거렸다. 그 모습이 너무 노골적이라 결국 옆에 있던 사람들이 어디 불편하냐고 물을 정도였다. 두 사람은 열네 명의 식기가 차려진 식탁을, 흰색 식탁보가 깔려 있고 미리 잘라 놓은 빵이 놓인 식탁을 도저히 받아들일 수가 없었다. 마치 대로들의 식당 같지 않은가. 로리외 부인은 가게 안을 이리저리 둘러보았다. 꽃이 놓여 있는 쪽은 일부러 보지 않기 위해 고개를 숙였다. 그러다가 슬그머니 커다란 식탁보를 만졌다. 이 식탁보도 새것이라는 생각을 하니 속이 뒤집힐 것 같았다.

"다 됐어요!" 제르베즈가 다시 웃는 얼굴로 나타났다. 소매를 걷어 올렸고, 금발의 머리카락이 관자놀이 위로 흩날렸다.

손님들이 모두 식탁 주위에서 서성거렸다. 모두 배가 고팠다. 조금 따분해하면서 살짝 하품을 하기도 했다.

"이제 그이만 오면 시작할 수 있어요." 제르베즈가 말했다.

"그래? 수프 다 식겠군. 쿠포는 시간 약속 매번 잊잖아. 나가게 두지 말았어야지." 로리외 부인이 말했다.

이미 6시 30분이었다. 음식들이 눌어붙기 시작했다. 계속 두면 거위도 너무 많이 익어 버릴 터였다. 제르베즈는 속이 상했다. 아무래도 누가 동네 술집들에 가서 쿠포를 못 봤는지 물어봐야겠어요. 그러자 구제가 나섰고, 제르베즈도 같이 가기로 했다. 쿠포와 함께 나간 남편이 걱정된 비르지니도 따라나섰다. 세 사람은 모자도 쓰지 않고 옆으로 나란히 서서 걸어갔다. 왼쪽으로 제르베즈, 오른쪽으로 비르지니가 프록코트 차림의 구제의 팔짱을 꼈다. 구제는 자기가 양쪽에 손잡이가 달린 바구니처럼 두 여자를 끼고 걷는다고 했다. 그 말이 어찌나 재미있던지 세 사람은 웃느라 걸음을 옮기기 힘들었다. 그리고 돼지고기 가게의 거울에 비친 자기들 모습을 보고는 더 크게 웃었다. 비르지니는 분홍색 꽃다발 무늬가 그려진 모슬린 옷을 입었고, 제르베즈는 파란 콩 모양의 물방울 무늬에 손목이 드러나는 저지 드레스 차림에 목에 회색 실크 스카프를 둘렀다. 검은색으로 차려입은 구제의 양쪽에 선 두 여자의 모습이 흡사 얼룩 반점이 있는 암탉들 같았다. 후덥지근한 6월의 평일 저녁에 정장을 차려입은 이들이 사람들을 밀치면서 즐겁고 생기발랄하게 푸아소니에 거리를 활보하자 지나가던 사람들이 돌아보곤 했다. 하지만 계속 시시덕거릴 수는 없었다. 세 사람은 술집마다 들여다보면서 카운터 앞을 살폈다. 쿠포는 도대체 왜 이렇게 속을 썩이는 걸까? 아예 개선문까지 술 마시러 나간 걸까? 길 위에까지 올라오며 이미 갈 만한 곳은 모두 둘러보았다. 자두주가 유명한 프티트시베트에도, 오를레앙 포도주를 8수에 파는 바케 할멈 가게에도, 다루기 힘든 인간들인 마부들이 모이는 파피용[104]에도 가 보았지만 쿠포는 없었다. 그러다가 대로 쪽으로 내려갈 때, 제르베즈가 길모퉁이 프랑수아네 가게 앞에서 작은 비명을 질렀다.

"왜 그래요?" 구제가 물었다.

---

104) '나비'라는 뜻이다.

제르베즈는 웃음을 멈추었다. 얼굴이 하얗게 질리면서 그대로 쓰러질 뻔했다. 비르지니는 금방 알아차렸다. 프랑수아네 가게 안을 들여다보니 랑티에가 조용히 식사를 하고 있었다. 두 여자는 구제를 잡아당겼다.

"다리가 삐끗했어요." 정신을 차린 제르베즈가 말했다.

그들은 마침내 길 아래쪽 콜롱브 영감의 술집에서 쿠포와 푸아송을 찾아냈다. 두 남자는 북적거리는 사람들 틈에 서 있었다. 흰색 작업복을 입은 쿠포는 뭔가 화가 난 듯 격앙된 동작으로 카운터를 내리치며 떠들고, 비번인 푸아송은 몸이 꽉 끼는 낡은 밤색 외투를 입고 붉은 턱수염과 콧수염을 곤두세운 생기 없는 얼굴로 얘기를 듣고 있었다. 구제는 여자들을 길에 세워 두고 안으로 들어가 쿠포의 어깨에 손을 얹었다. 하지만 문밖에 서 있는 제르베즈와 비르지니를 본 쿠포가 버럭 화를 냈다. 도대체 누가 저 여편네들을 데려온 거야? 이제 속치마 입은 것들이 성가시게 따라다닌단 말이지? 좋아. 난 꼼짝도 안 하겠어. 그 잘난 저녁 식사는 알아서 하라고 해. 구제는 쿠포를 진정시키기느라 같이 한잔 마실 수밖에 없었다. 그런 뒤에도 쿠포는 심술을 부리며 오 분 넘게 질질 끌었다. 그리고 마침내 밖으로 나와서 아내에게 말했다.

"맘에 안 들어. 난 내가 볼일 있는 곳에 내 맘대로 있을 거야. 내 말 알아들어?"

제르베즈는 대답하지 않았다. 그녀는 조금 전까지 비르지니와 함께 랑티에 얘기를 했는지 몸을 떨고 있었다. 비르지니가 남편과 구제에게 앞장서라며 앞으로 밀었다. 그리고 쿠포가 다른 데 신경 쓰고 주위를 돌아보지 못하도록 두 여자가 그의 양쪽에 하나씩 서서 걸음을 옮겼다. 쿠포는 취하지 않았다. 술 때문이 아니라 워낙 떠들어 댔기 때문에 정신이 멍할 뿐이었다. 그는 두 여자가 왼쪽 인도로 가려 하자 짓궂게 밀쳐 내면서 일부러 오른쪽으로 갔다. 여자들이 질겁하며 프랑수아네 가게 문을 가리려고 애썼다. 하지만 쿠포는 이미 랑티에가 그곳에 있다는 사실을 아는 게 분명했다. 쿠포가 웅얼거리는 말을 들으며 제르베즈는 정신이 멍해졌다.

"그래, 여보. 저기 우리가 아는 놈이 있잖아. 날 얼간이 취급하면 안 되지. 아직도 곁눈질하면서 돌아다니게 놔둘 것 같아?"

그러면서 쿠포는 상소리를 해 댔다. 당신이 낯짝에 분을 처바르고 팔꿈치를 드러낸 채 찾아다닌 건 내가 아니라 바로 옛 서방이잖아! 그러더니 갑자기 미친 듯이 랑티에 욕을 쏟아 내기 시작했다. 아! 날강도 같은 놈! 쓰레기 같은 새끼! 둘 중 하나가 토끼처럼 창자가 터져서 길바닥에 뻗어야 끝나겠지! 정작 랑티에는 아무것도 모르는 듯, 참소리쟁이 풀을 곁들인 송아지 고기를 천천히 삼키고 있었다. 사람들이 모여들기 시작했다. 비르지니가 쿠포를 끌고 갔다. 쿠포는 길모퉁이를 돌아서자 돌연 마음이 진정된 것 같았다. 어쨌든 즐겁게 나갔던 것과 달리 돌아올 때는 모두 기분이 가라앉았다.

식탁에 둘러앉은 손님들 역시 표정이 어두웠다. 쿠포는 여자들 앞을 건들거리고 지나가며 악수를 했다. 잔뜩 심기가 상한 제르베즈가 나지막한 목소리로 손님들 자리를 정해 주었다. 그러다 문득 구제 부인이 오지 않는 바람에 로리외 부인 옆에 한 자리가 빈다는 것을 깨달았다.

"열세 명이네." 제르베즈는 불길한 징조라는 생각에 당황한 목소리로 말했다. 얼마 전부터 자기를 위협하고 있는 불행이 실현되리라는 또 다른 증거인 것만 같았다.

이미 자리를 잡고 앉은 여자들이 초조하고 짜증 난 얼굴로 다시 일어섰다. 퓌투아 부인이 자기는 가야겠다고 했다. 이렇게는 마음 놓고 즐길 수 없어요. 어차피 난 이 음식들 못 먹어요. 좋을 리가 없잖아요. 하지만 보슈는 자기는 열네 명보다 열세 명이 더 좋다고, 먹을 게 많아지지 않느냐고 빈정거렸다.

"기다려요! 방법이 있어요." 제르베즈가 말했다.

그녀는 거리로 나가 때마침 길을 지나던 브뤼 영감을 불렀다. 몸이 뻣뻣하고 허리가 굽은 늙은 노동자의 얼굴에는 아무런 표정도 읽을 수 없었다.

"여기 앉으세요. 같이 식사하실 수 있죠?" 제르베즈가 물었다.

브뤼 영감은 고개를 끄덕였다. 그러자고, 자기는 다 좋다고 했다.

"어차피 누군가 와야 한다면 영감님이 오는 게 좋죠." 제르베즈가 풀죽은 목소리로 말했다. "배가 주려도 못 드시기도 하잖아요. 이렇게라도 포식해 보세요. 우리도 빈자리 채워서 좋고요."

구제는 눈가가 촉촉해졌다. 얼마나 감동적인 장면인가. 다른 사람들도 불쌍한 영감이라며 좋은 일이라고, 복받을 일이라고도 했다. 하지만 브뤼 영감 옆자리에 앉게 된 로리외 부인은 내키지 않았다. 몸을 멀리 빼고 앉아서 영감의 뻣뻣한 손과 색바래고 너덜너덜한 작업복을 혐오스러운 눈길로 힐끗거렸다. 브뤼 영감은 고개를 숙였다. 바로 눈앞 접시 위에 접어 놓은 커다란 냅킨이 자꾸 거슬렸다. 결국 그것을 손에 든 노인은 무릎 위에 펼칠 생각은 못 하고 식탁 끝에 살짝 내려놓았다.

마침내 제르베즈가 이탈리아 파스타를 곁들인 수프를 내왔다. 손님들이 모두 스푼을 드는데 비르지니가 쿠포가 또 없어졌다고 했다. 다시 콜롱브 영감네 술집으로 간 것 같았다. 일행은 모두 짜증이 났다. 이번에는 할 수 없어! 또 찾아다닐 수는 없잖아. 배 안 고프면 그냥 돌아다니라고 해. 하지만 스푼이 막 접시 바닥에 닿으려는 찰나 쿠포가 나타났다. 그는 꽃무와 봉선화 화분을 양팔에 하나씩 끼고 있었다. 모두 박수를 쳤다. 쿠포는 정중한 태도로 제르베즈에게 다가가서 잔 양쪽에 화분을 하나씩 놓았다. 그런 다음 고개를 숙여 아내에게 키스를 했다.

"내가 당신을 잊고 있었지? 오늘 같은 날이면 어때. 그래도 사랑할 건 해야지."

"오늘 저녁 쿠포 씨가 아주 멋지네요." 클레망스가 보슈의 귀에다 대고 속삭였다. "나무랄 데가 없어요. 아주 훌륭해요."

주인이 예의를 갖추자 가라앉았던 분위기도 되살아났다. 마음의 안정을 되찾은 제르베즈의 얼굴에 다시 미소가 번졌다. 수프가 다 끝났다. 이어 포토프의 파스타를 소화시키기 위해 고급 포도주 첫 잔을 마셨다. 그때 옆방에서 아이들이 싸우는 소리가 들렸다. 따로 상을 차려 주면서 에티엔, 나나, 폴린, 그리고 꼬마 빅토르 포코니에게 얌전히 먹으라고 당부해 놓은 터였다. 사팔뜨기 오귀스틴은 화덕을 살피면서 무릎에 음식을 얹어 놓고 먹어야 했다.

"엄마! 엄마!" 갑자기 나나가 소리를 질렀다. "오귀스틴이 고기에 빵 떨어뜨렸어요."

제르베즈가 달려갔다. 오귀스틴은 끓고 있는 거위 기름에 찍은 빵을 급하게 삼키려다 목구멍을 덴 것 같았다. 심지어 몰래 먹다 들키고서도 계속 아니라고 우겼고, 결국 제르베즈한테 한 대 맞았다.

이어 소고기 포토프가 나왔고, 이제 송아지 고기 스튜 차례였다. 담을 만한 큰 접시가 없어서 샐러드 접시에 나오는 바람에 모두 한바탕 웃었다.

"장난 아닌데!" 과묵한 푸아송이 말했다.

7시 30분이었다. 동네 사람들이 기웃거리지 못하도록 가게 문은 닫아 놓았다. 특히 맞은편 시계포에서 눈을 개구리처럼 크게 뜬 키 작은 남자가 이쪽에서 입에 넣는 음식을 빼앗아 먹기라도 할 기세로 바라보는 바람에 거북해서 진열창 커튼도 늘어뜨렸다. 그러자 빛이 식탁 전체를 그늘진 데 없이 고르게 비추며, 대칭으로 정연하게 놓인 식기들과 키 큰 주름 종이에 쌓인 화분들 쪽으로 퍼져 나갔다. 서서히 짙어 가는 흐릿한 석양빛이 가게 안에 모인 사람들에게 알 수 없는 기품을 부여했다. 적당한 말을 찾던 비르지니는 문을 닫고 모슬린 천을 늘어뜨린 가게 안을 둘러보면서 참 매력적이라고 했다. 물론 밖에서 짐마차가 지나가느라 식탁 위의 컵들이 흔들릴 때는 여자들도 남자들 못지않게 큰 소리를 내질렀다. 하지만 모두 말을 아끼면서 조신하고 예의 바른 척했다. 쿠포 혼자만 작업복 차림이었다. 그는 서로 친한 사이인데 굳이 체면을 차릴 필요는 없지 않느냐고 했고, 노동자한테는 작업복이 정장이라고도 했다.

여자들은 모두 가슴이 죄는 옷을 입었고, 가운데 가르마를 타서 양쪽으로 넘기고 포마드를 바른 머리 위로 불빛이 반짝거렸다. 남자들은 프록코트에 음식이 묻지 않도록 식탁에서 물러나 앉아 가슴을 내밀고 팔꿈치를 벌렸다.

아! 이럴 수가! 고기 스튜가 순식간에 사라졌다! 다들 정신없이 먹어 대느라 말 한마디 없이 조용했다. 샐러드 그릇이 금방 바닥을 드러냈고, 젤리처럼 흐물거리는, 진하고 맛있는 노르스름한 소스 안에 스푼 하나만 덩그러니 놓여 있었다. 그래도 아직 고기가 남았다면서 너도 나도 소스 안의 조각들까지 골라 먹었다. 샐러드 그릇도 이 손 저 손으로 옮겨 갔다. 다들 고개를 숙이고 버섯을 찾았다. 손님들 뒤로 벽 쪽에 가져다 놓은 큰 빵들이 눈 녹듯 흔적 없이 사라졌다. 한 입 삼킬 때마다 사이사이 잔을 식탁 위에 내려놓는 소리가 났다. 그런데 소스가 너무 짰기 때문에, 크림처럼 술술 넘어간 뒤 스튜가 배 속에서 불을 지피자 희석하기 위해 포도주 네 병을 비워야 했다. 이어 미처 숨 쉴 틈도 없이 돼지고기 등심이 나왔다. 크고 둥근 감자를 곁들여 움푹한 접시에 담긴 고기에서 김이 모락모락 피어올랐다. 모두 탄성을 질렀다. 좋아! 바로 이 거야! 다들 좋아하는 음식이었다. 이제 다시 신나게 먹을 때가 왔군! 모두 접시를 힐끗거리면서 나이프를 빵에 비벼 닦아 내며 먹을 태세를 갖추었다. 잠시 후 음식을 덜었고, 그다음에는 서로 팔꿈치를 밀치면서 입안 가득 음식을 넣었다. 오호라, 이 등심 정말 굉장한데? 연하면서도 실한 고기가 위장을 따라 발끝까지 내려가는 기분이야. 감자는 거의 설탕 같네. 짜지도 않아. 하지만 바로 그 감자 때문에 계속 속을 적셔 주어야 했다. 포도주 네 병을 더 땄다. 모두 접시를 워낙 깨끗하게 비운지라 비계 곁들인 콩에 그대로 사용할 수 있을 정도였다. 오! 채소는 얼마든지 먹어도 탈이 안 난다지! 다들 신이 나서 스푼 가득 콩을 덜었다. 마치 귀부인들을 위해 준비된 요리처럼 너무나 맛있었다. 특히 딱 알맞게 구워져서 말발굽 냄새가 나는 비계가 일품이었다. 이번엔 곁들이는 술이 두 병으로 충분했다.

"엄마! 엄마!" 그때 갑자기 나나가 소리를 질렀다. "오귀스틴이 내 접시에 있는 거 먹어요!"

"귀찮게 하지 마. 네가 그냥 한 대 때려 줘." 제르베즈가 한입 가득 콩을 넣은 채로 대답했다.

아이들을 위한 식탁이 차려진 옆방에서는 나나가 주인 역할을 했다. 자기는 빅토르 옆에 앉고 오빠 에티엔을 폴린 옆자리에 앉혔다. 엄마 아빠 놀이야. 부부끼리 재미있게 노는 거야. 나나는 처음에는 어른처럼 웃는 얼굴로 친절하게 손님들을 대접했다. 하지만 조금 전 좋아하는 비계가 나오자 혼자 먹겠다며 다 차지하려 했다. 말없이 엿보면서 아이들 주위를 맴돌던 오귀스틴이 그때를 노려 같이 나눠 먹어야 한다며 비계를 한 줌 쥐어 들었고, 나나가 화가 나서 오귀스틴의 손목을 물어 버렸다.

"아! 두고 봐." 오귀스틴이 나지막하게 말했다. "스튜 먹고 나서 네가 빅토르한테 키스해 달라고 말한 거 네 엄마한테 다 이를 거야."

다시 조용해졌고, 제르베즈와 쿠포 마나님이 거위를 꺼내러 갔다. 커다란 식탁에 둘러앉은 사람들은 의자 등받이 쪽으로 몸을 젖히고 숨을 몰아쉬었다. 남자들은 조끼의 단추를 풀었고, 여자들은 냅킨으로 얼굴을 닦았다. 잠시 식사가 중단되고, 몇 사람만 우물거리며 거의 무의식적으로 빵을 씹었다. 다들 먹은 음식이 내려가길 기다렸다. 조금씩 어두워졌고, 그러자 커튼 너머 석양빛이 점점 짙은 잿빛으로 변했다. 오귀스틴이 불붙인 램프를 식탁 양 끝에 하나씩 가져다 놓았다. 램프의 밝은 빛 아래 어수선한 식탁이 드러났다. 접시와 포크에 잔뜩 기름이 묻어 있고, 냅킨에는 빵부스러기와 포도주 흘린 자국이 가득했다. 냄새도 많이 나서 숨이 막힐 것 같았다. 하지만 사람들의 코는 뜨거운 김이 흘러나오는 부엌을 향하고 있었다.

"좀 도와줄까요?" 비르지니가 큰 소리로 물었다.

그러고는 자리에서 일어나 옆방으로 갔다. 여자들이 하나씩 따라갔다. 모두 구이 기구를 둘러싸고, 제르베즈와 쿠포 마나님이 거위 고기를 꼬치에서 빼는 모습에서 잠시도 눈을 떼지 못했다. 잠시 후 탄성이 터졌다. 흥분한 목소리, 아이들이 신이 나서 날뛰는 소리가 섞여 있었다. 그리고 개선 부대가 식탁으로 돌아왔다. 땀에 젖은 얼굴로 두 팔에 잔뜩 힘을 주어 거위를 든 제르베즈가 소리 없이 환하게 웃었다. 그 뒤로 똑같은 웃음을 띤 여자들이 걸어왔다. 제일 뒤에서는 눈을 왕방울만 하게 뜬 나나가 자기도 끼어 보겠다며 발꿈치를 세워 들고 거위 고기를 쳐다보려 애썼다. 국물이 흐르는 거대한 황금빛 거위가 식탁에 놓였다. 아무도 먹을 엄두를 내지 못했다. 모두 놀라고 감탄스러워서 말문이 막혀 버린 채, 눈만 깜박이며 턱을 흔들었다. 굉장해! 놀라워! 저 넓적다리하고 배 좀 봐!

"기가 막히게 살이 쪘군!" 보슈가 말했다.

그렇게 거위 고기 얘기가 시작되었다. 우선 제르베즈가 자세하게 말해 주었다. 포부르푸아소니에르 거리의 가금류 고깃점에서 제일 좋은 걸로 샀어요. 석탄 가게의 저울에 달아 봤더니 12.5리브르가 나가더라고요. 이걸 익히느라 탄을 한 부아소[105] 다 썼고, 받아 낸 기름이 세 그릇이나 된답니다. 그때 비르지니가 끼어들면서 자기는 저 고기를 처음 사 왔을 때부터 봤다고 자랑했다. 껍질이 어찌나 부드럽고 뽀얗던지, 꼭 금발 여자의 피부 같았죠! 그대로 먹으래도 먹겠더라고요. 남자들은 음탕한 식욕이 동하는지 입술을 벌름거리며 웃었다. 하지만 로리외 내외는 이런 거위 고기가 쩔룩이의 식탁 위에 오른다는 사실을 받아들일 수 없어서 얼굴이 일그러졌다.

"자! 어쩌죠? 이대로 통으로 먹을 순 없잖아요." 제르베즈가 말

---

105) 곡물 등을 재던 단위. 약 13킬로그램에 해당한다.

했다. "누가 자르실래요? 전 못 하겠어요. 너무 커서 무서워요."

쿠포가 나섰다. 이게 뭐 힘들다고 그래. 다리를 움켜쥐고 잡아당기면 되지. 어차피 맛있으면 그만이잖아. 하지만 사람들이 안 된다고 소리를 지르며 그가 들고 있는 칼을 빼앗아 버렸다. 쿠포가 잘랐다간 접시 안이 공동 묘지가 될 거야. 잠시 남자 중 하나가 자진해서 나서길 기다렸다. 그때 르라 부인이 상냥하게 말했다.

"어때요? 푸아송 씨가……. 그렇죠, 푸아송 씨가 하셔야죠?"

아무도 그 이유를 알아차리지 못하는 것 같자 르라 부인은 좀 더 노골적으로 푸아송의 비위를 맞추며 설명했다.

"당연히 푸아송 씨는 무기를 잘 다루시잖아요."

그러면서 손에 들고 있던 칼을 순경인 푸아송에게 넘겨주었다. 식탁에 앉은 사람들 모두가 웃으면서 맞는 말이라고 했다. 푸아송은 군대식으로 절도 있게 고개를 숙이고 거위 고기를 붙잡았다. 마음 놓고 팔꿈치를 움직일 수 있도록 옆자리의 제르베즈와 보슈 부인이 비켜앉았다. 푸아송은 눈길로 고기를 접시에 못 박아 버리기라도 할 기세로 뚫어져라 바라보면서 큰 동작으로 천천히 잘라 나갔다. 그러다가 뼈대에 칼을 쑤셔 넣자 뼈가 으스러지는 소리가 났고, 그 순간 로리외는 애국심이 솟아나는지 큰 소리로 말했다.

"자! 이놈이 코사크 기병[106]이라면 좋겠군!"

---

106) 지금의 우크라이나 지역 유목민인 코사크족은 용맹스럽기로 명성이 높아 독자적인 용병으로 싸웠지만, 근대에 이르러 차르의 군대에 편입되어 흔히 '러시아 기병'의 의미로 불린다.

"푸아송 씨, 코사크 기병하고 싸워 보셨어요?" 보슈 부인이 물었다.

"아닙니다. 베두인족하고 싸웠죠." 푸아송이 날개를 떼어 내면서 말했다. "이제 코사크 기병은 없습니다."

아무도 입을 열지 않았다. 다들 고개를 빼고 눈으로 칼의 움직임을 따라갔다. 푸아송은 사람들을 놀라게 해 주려고 묘기를 부렸다. 제대로 일격을 가하자 잘려 나간 뒷부분이 꽁무니를 위쪽으로 향하면서 흡사 주교의 모자 같은 모습으로 세워진 것이다. 모두 탄성을 내질렀다. 역시나 군인 출신이 있어야 연회가 제대로 돌아간다니까! 그러는 사이 잘린 거위 고기 꽁무니에서 즙이 쏟아져 나왔다.

"누가 저렇게 내 입에다 오줌을 누면 좋겠네." 보슈가 히죽거리며 말했다.

"세상에, 망측해라! 어쩌자고 저런 추잡한 얘기를!" 여자들이 소리를 질렀다.

"정말 더럽기도 하네." 특히 보슈 부인이 제일 많이 화를 냈다. "제발 그 입 좀 다물어요. 알았어? 군인들도 정떨어져서 못 먹겠네. 이래 놓고 자기 혼자 다 먹으려는 심보지?"

시끄러운 틈에도 클레망스가 푸아송에게 졸랐다.

"푸아송 씨? 여기요. 푸아송 씨? 꽁무니 쪽은 저한테 주세요."

"그래요. 꽁무니 쪽은 클레망스가 먹어요." 옆에서 르라 부인이 은밀하게 음탕한 표정으로 말했다.

마침내 거위 고기가 조각났다. 푸아송이 주교 모자처럼 서 있는 꽁무니 부분을 잠시 감상하게 한 다음 몸통을 조각내서 접시 가장자리에 늘어놓았다. 이제 각자 덜어서 드세요. 여자들은 드레스의 후크를 열면서 더워 죽겠다고 했다. 그러자 쿠포가 소리를 질렀다. 여긴 우리 집이잖아. 왜 우리가 빌어먹을 동네 사람들 눈치를 봐야 하지? 그러면서 그는 길 쪽으로 난 문을 활짝 열었다. 그렇게 마차가 지나가고 인도 위에 사람들이 오가는 가운데서 다시 신나게 먹기 시작했다. 턱도 잠시 씹기를 쉬었겠다, 위장에도 다시 빈자리가 생겼겠다, 이제 너도 나도 다시 음식을 집어넣기 시작했다. 모두 미친 듯이 거위에 달려들었다. 거위가 나오길 기다리고 자르는 것까지 보는 사이에 스튜와 등심이 장딴지까지 내려갔네. 익살스러운 보슈가 다시 농담을 했다.

정말 꾸역꾸역 많이도 먹었다. 일행 중 그 누구도 위장 속에 이만큼 음식을 집어넣어 본 적이 없었다. 살이 많이 찐 제르베즈는 식탁에 팔꿈치를 괴고 한 조각도 놓치지 않기 위해 말없이 크고 흰 고기를 삼켰다. 구제가 보는 데서 게걸스럽게 먹기 조금 창피하지만, 먹느라 볼그스레해지는 제르베즈를 쳐다보면서 구제 역시 많이 먹었다. 저렇게 정신없이 먹고 있지만 친절하고 착한 여자가 아닌가! 사실 제르베즈는 말은 안 했지만 브뤼 영감한테 신경을 쓰며 살펴 주고 있었다. 계속 접시에 맛있는 것을 덜어 주었고, 심지어 거위 날개를 뜯어서 자기 입에 넣지 않고 브뤼 영감에게 주는 모습은 감동적이기까지 했다. 그동안 빵 맛도 제대로 못 보고 지내다가 갑자기 많은 음식을 먹게 되어 넋이 나간 브뤼 영감은 고개를 푹 숙인 채로 꾸역꾸역 삼켰다. 로리외 내외는 치밀어 오르는 분노를 거위 고기에 쏟아 내며 사흘치 양을 쑤셔 넣었다. 쩔룩이를 망하게 할 수만 있다면 접시까지, 식탁까지, 가게까지 다 먹어 치울 수 있을 것 같았다. 여자들은 모두 뼈에 붙은 고기를 탐내며, 원래 뼈 부분은 여자들이 먹는 거라고 했다. 르라 부인과 보슈 부인, 그리고 퓌투아 부인이 뼈에 붙은 고기를 뜯어 먹었고, 목 부위를 좋아하는 쿠포 마나님도 마지막 남은 치아 두 개로 끝까지 발라먹었다. 노릇노릇하게 구운 껍질은 그 부위를 좋아하는 비르지니에게 주었다. 푸아송이 옆에서 사나운 눈초리로 이제 됐다고 그만 먹으라고 아내를 책망했다. 그러면서 자기 아내는 거위 구이를 잔뜩 먹고 나서 배가 산만해져서 보름 동안 앓아누운 적도 있다고 했다. 그러자 쿠포가 화를 내면서 넓적다리 위쪽 살을 비르지니에게 건네주었다. 이것도 다 못 먹으면 여자가 아니죠. 거위 먹고 탈 난 사람 봤습니까? 오히려 비장이 안 좋을 때 오리고기가 도움이 된다잖아요. 빵 없이 그냥 후식으로 먹기도 해요. 난 밤새도록 먹어도 아무렇지도 않을 것 같은데. 그러면서 쿠포는 보란 듯이 다리 하나를 통째로 입에 밀어 넣었다. 거위 꽁무니를 다 먹은 클레망스는 옆에서 보슈가 속삭이는 음탕한 농담에 웃음을 터뜨리며, 몸을 꼬고 킥킥거리면서도 고기를 쪽쪽 빨아 댔다. 아! 정말! 정말 배 터지겠네! 먹을 수 있을 때 실컷 먹어야지, 안 그래요? 이렇게 신나게 먹을 기회가 자주 있는 것도 아니잖아요. 얼간이가 아닌 다음에야 귓구멍에라도 처넣어야지. 그랬다. 모두 배가 불룩해졌다. 여자들은 꼭 임신한 것 같았다. 아귀처럼 먹어 댄 남자들은 뱃가죽이 터질 것 같았다. 모두 입을 벌리고 턱이 기름으로 번

질거리는 모습이 얼굴이라기보다는 엉덩이, 그것도 나날이 호사스러워지는 삶에 짓눌린 부자들의 엉덩이 같았다.

포도주란! 센강이 흐르듯이 식탁 주위를 흘러야지! 메마른 땅을 적시는 진정한 개울물! 쿠포는 붉은 술이 잔 속에 떨어질 때 거품이 일도록 일부러 병을 높이 올려 술을 따랐다. 병이 비면 거꾸로 세워서 소젖 짜는 여자들 흉내를 내며 장난을 쳤다. 자, 늘씬한 우리 아가씨 하나 더 해치웠군! 그렇게 가게 구석에 포도주병이 쌓여 갔고, 죽어 버린 아가씨들의 묘지 위에 식탁에서 나온 온갖 쓰레기까지 던져졌다. 퓌투아 부인이 물을 좀 달라고 하자 쿠포가 화를 내며 물병을 치워 버렸다. 어디 제대로 된 사람들이 이럴 때 물을 마십니까? 배 속에 개구리라도 키우려고요? 다 같이 술을 한입에 털어 넣었고, 단숨에 들이켠 술이 폭풍우 치는 날 홈통을 타고 흘러내리는 빗물 소리를 내며 목구멍으로 떨어졌다. 막포도주가 그야말로 비처럼 쏟아져 내렸다! 처음엔 낡은 술통 맛이 났지만, 익숙해지니까 개암나무 냄새 같았다. 이런, 이런! 예수회 인간들이 뭐라 떠들어 대든 포도 넝쿨에서 나오는 즙은 아주 대단한 발명품이라니까! 일행은 모두 맞는 말이라고 맞장구를 쳤다. 노동자는 포도주 없이 살 수 없지. 노아 영감[107]이 함석공, 재단공, 대장장이를 위해 포도나무를 심은 게 분명해요. 포도주가 노동의 때를 벗겨 내고 휴식을 가져다주잖아요. 물론 게으른

---

107) 「창세기」의 노아를 말한다. 노아는 홍수가 끝나고 방주에서 나온 뒤 포도나무를 심어 경작을 시작했다.

놈들의 배 속에 불을 붙여 버리지만. 그리고 어릿광대처럼 온갖 장난을 치다니. 까짓것, 왕도 부럽지 않아요. 온 파리가 다 우리 거니까! 돈 한 푼 없이 부르주아들의 멸시를 받으며 허리가 휘도록 일하던 노동자도 술이 있으면 신나게 즐거울 수 있잖아요. 그저 장밋빛 인생을 한번 맛보려고 가끔 취하는 건데 그걸 두고 뭘 그렇게 이러쿵저러쿵하는지! 까짓것! 요즈음은 황제도 우습게 아는 세상인데……. 어쩌면 황제께서도 취해 있을지 모르지! 무슨 상관이랍니까. 아무도 신경 쓰지 않아요. 더 거나하게 취하고 한 번 더 신나게 놀아 보자고요. 빌어먹을 귀족 나부랭이들! 쿠포는 모두 싸잡아 신나게 욕을 했다. 그리고 왠지 여자들이 예뻐 보였다. 겨우 3수가 짤랑거리는 주머니를 치면서 마치 100수가 가득 들어 있는 기분이었다. 평소에 그토록 술을 멀리하던 구제마저도 취했다. 보슈는 눈이 작아졌고, 로리외의 눈은 창백해졌다. 푸아송은 군인 출신의 구릿빛 얼굴로 번득이던 눈길이 점점 근엄해졌다. 모두 떡이 되도록 마셨다. 여자들도 취기가 돌았다. 술 때문에 볼이 발그레해지고, 입고 있는 옷이 거추장스러워 숄을 벗었다. 클레망스는 몸을 제대로 가누지 못할 정도로 취해 버렸다. 그 순간 제르베즈는 거위 고기와 함께 내오려고 준비해 놓고 잊어버린 좋은 포도주 여섯 병을 떠올렸다. 그녀가 다시 포도주를 내오자 다들 잔을 채웠다. 푸아송이 일어서서 잔을 들고 말했다.

"안주인의 건강을 위해서 건배합시다."

모두 요란스럽게 의자를 밀쳐 내면서 일어섰다. 손을 뻗고 잔을 부딪치며 왁자지껄 외쳤다.

"앞으로 오십 년 더!" 비르지니가 외쳤다.

"아니에요. 아니에요." 가슴이 뭉클해진 제르베즈가 미소 띤 얼굴로 말했다. "그땐 너무 늙었을 거예요. 그래요. 때가 되면 기쁜 마음으로 떠나야죠."

그러는 동안 활짝 열어 놓은 문으로 동네 사람들이 기웃거리고 있었다. 지나가다가 인도 위로 넓게 퍼져 나온 빛에 끌려 멈춰 선 사람들은 안에서 흥청거리는 것을 보며 신이 나서 같이 웃었다. 마차에 앉은 마부들은 말에 채찍질을 하면서 힐끗거렸고, 그러다가 농담을 던졌다. 이봐, 공짜로 노는 거야? 이런, 거기 뚱뚱이 아줌마, 산파 불러 줄까? 거위 냄새가 퍼져 나가면서 길 전체가 즐겁게 활짝 피어났다. 길 건너편 식품점 일꾼들은 자기들이 거위를 먹는 것 같았고, 과일 가게 여자와 내장 가게 여자는 수시로 다가와서 코를 킁킁거리며 입맛을 다셨다. 거리 전체가 배 터지도록 먹는 셈이었다. 평소에 거의 볼 수 없던 우산 가게의 어머니 퀴도르주 부인과 딸 퀴도르주 부인도 막 크레이프[108]를 부치다 나온 사람처럼 벌겋게 달아오른 얼굴로 앞뒤로 서서 길을 건너왔다. 자그마한 시계포 남자 역시 작업대에 앉아는 있지만 도무지 일손이 잡히지 않아 보였다. 그는 즐겁게 노래하는 뻐꾸기들 틈에서 몸이 달아올랐고, 저쪽에 술병이 몇 개나 쌓이는지 세기만 하는데도 자기가 취하는 것 같았다. 그래, 이웃 사람들은 열받겠죠! 쿠포가 큰 소리로 말했다. 하지만 우리가 뭣 때문에 숨어서 먹어야 한

---

108) 밀가루, 우유, 달걀을 반죽해서 부친 빵이다.

답니까? 흥이 오른 일행은 이제 남들이 보든 말든 창피하지 않았다. 오히려 사람들이 음식 욕심에 멍하니 입을 벌리고 모여드는 모습에 기분이 좋아지고 으쓱하기도 했다. 그들은 진열장을 밀어 버리고 차도까지 식탁을 밀어내고 싶었다. 들썩대는 길 위에서 사람들이 코앞에서 지켜보는 가운데 후식을 먹고 싶었다. 뭐, 역겨운 모습도 아니잖아? 꼭꼭 숨어서 먹는 게 더 이기적이지! 쿠포는 한 모금 마시고 싶어 애가 탄 건너편 시계포 남자를 향해 술병을 들어 올려 보였다. 상대가 고개를 끄덕이자 그는 병과 잔을 들고 나갔다. 이제 거리는 모두 한 가족처럼 화기애애했다. 누군가 지나갈 때마다 그 사람을 위해 건배를 했다. 맘에 드는 사람은 불러 세웠다. 그렇게 판이 커지면서 계속 번져 나갔다. 결국 구트도르 사람들 모두가 음식 냄새를 맡았고, 흥청망청 마시고 노는 소란스러움 속에서 배를 움켜쥐었다.

얼마 전부터 석탄 가게의 비구루 부인이 문 앞을 왔다 갔다 했다.

"어! 비구루 부인! 비구루 부인!" 모두 큰 소리로 불렀다.

말쑥한 얼굴의 비구루 부인이 멍청한 웃음을 지으며 들어서는데, 어디를 만져도 뼈가 잡히지 않는다며 남자들이 장난으로 꼬집어 대는 여자답게 너무 뚱뚱해서 옷이 터질 것 같았다. 보슈가 나서서 자기 옆에 앉으라고 했다. 그러더니 어느새 식탁 밑에 슬그머니 손을 넣어 비구루 부인의 무릎을 만졌다. 비구루 부인은 이미 이런 일에 익숙한 듯 아무렇지도 않게 포도주잔을 비웠고, 그러면서 동네 사람들이 다 창가에 나와 있다고, 같은 건물에 사는 사람들이 좀 짜증이 난 것 같다고 말했다.

"그래요? 그건 우리 담당이로군요." 보슈 부인이 대답했다. "우리가 이 아파트 관리인이잖아요. 시끄러운 일이 안 생기게 하는 게 우리 일이죠. 불만이 있으면 와서 얘기하라고 하세요. 제대로 맞아 줄 테니까."

안쪽 방에서는 나나와 오귀스틴이 거위 고기를 구웠던 그릇을 서로 닦겠다며 한바탕 싸움을 벌이느라 구이 기구가 낡은 프라이팬 소리를 내며 십오 분 동안 바닥 위를 굴러다녔다. 이제 나나는 거위 뼈가 목에 걸린 빅토르를 치료한다며 턱 아래를 손가락으로 찔러 댔고, 큰 설탕 조각들을 약이라고 주면서 빨리 먹으라고 다그쳤다. 그러면서도 나나는 밖의 큰 식탁을 살피는 것도 잊지 않았다. 수시로 나가서 에티엔과 폴린 줄 거라고 포도주를 달라고 했고, 빵과 고기를 달라고 했다.

"세상에! 배 터지겠다!" 제르베즈가 말했다. "이제 그만!"

아이들은 배가 불러 더 이상 아무것도 삼킬 수 없는 상태에서도 성가 가락에 맞춰 포크로 흥을 돋우어 가며 계속 먹어 댔다.

이렇게 소란한 틈에도 브뤼 영감과 쿠포 마나님은 얘기에 빠져 있었다. 너무 많이 먹고 마셔서 얼굴이 창백해진 브뤼 영감이 크리미아 전쟁에서 죽은 아들들 얘기를 했다. 아! 그 애들이 살아 있다면 밥걱정은 안 해도 될 텐데 말이에요. 그러자 혀가 약간 꼬부라진 쿠포 마나님이 고개를 숙이며 말했다.

"아이들이 많으면 힘든 일도 그만큼 많죠! 내가 지금 행복해 보이나요? 하지만 나도 울 때가 많은걸요. 그러니 자식들이 있었으면 좋겠다는 생각은 버리세요."

브뤼 영감이 고개를 끄덕이며 중얼거렸다.

"아무 데서도 써 주지 않아서 일을 할 수가 없어요. 너무 늙었으니까. 작업장에 들어서면 젊은이들이 혹시 내가 앙리 4세[109]의 구두에 에나멜 칠을 한 사람이냐고 빈정거리죠. 그래도 작년까진 다리에 칠하면서 하루 30수는 벌었어요. 등 아래 강물이 흐르고, 그렇게 누워서 위쪽을 보며 칠했죠. 그때 이후로 기침이 시작됐어요. 이제 다 끝난걸요. 어디서도 날 받아 주지 않아요."

브뤼 영감이 뻣뻣하고 초라한 자기 손을 쳐다보면서 덧붙였다.

"어찌 보면 당연한 일이죠. 내가 할 수 있는 일이 없으니까요. 어쩌겠어요. 나라도 그럴 것 같아요. 그런데 말입니다. 불행히도 내가 죽지 않고 살아 있어요. 그래요. 내 잘못이에요. 더 이상 일할 수가 없을 땐 그냥 누워서 죽어야 하는데……."

"어째서 운신을 못 하는 노동자들을 정부가 도와주지 않을까요?" 옆에서 듣고 있던 로리외가 끼어들었다. "언젠가 신문에서 읽은 적이 있는데……."

푸아송은 자기라도 나서서 정부의 입장을 옹호해야 한다고 생각했는지 단호하게 말했다.

---

109) 앙리 4세는 16세기 말의 왕이다.

"노동자가 군인은 아니니까요. 앵발리드[110]는 군인들을 위한 겁니다. 불가능한 것을 요구하면 안 되죠."

그러는 동안 후식이 나왔다. 신전 모양의 사부아 달걀 케이크가 식탁 가운데 놓였다. 멜론으로 장식한 돔 지붕이 장미 조화로 장식되어 있고, 그 옆에 철사 끝에 매단 은색 나비가 하늘거리고, 꽃송이 가운데는 고무로 만든 방울 두 개가 이슬처럼 달려 있었다. 케이크 왼쪽에는 움푹한 접시에 흐물흐물한 프로마주 블랑[111]이 있고, 오른쪽에도 접시 안에 뭉그러진 듯 국물이 흐르는 커다란 딸기가 가득 담겨 있었다. 게다가 기름 묻힌 상추 샐러드도 남아 있었다.

"자, 보슈 부인. 샐러드 좀 더 드세요." 제르베즈가 상냥하게 말했다. "샐러드 제일 좋아하시잖아요."

"아니에요, 정말 꽉 찼어요." 보슈 부인이 대답했다.

제르베즈는 비르지니 쪽으로 고개를 돌렸다. 비르지니는 목구멍까지 음식이 차서 손에 닿는다는 걸 보여 주려는 듯 입안에 손가락을 찔러 넣으며 말했다.

"정말이에요. 꽉 찼어요. 더는 들어갈 자리가 없어요. 한 입도 더 못 먹겠어요."

"그래도! 조금만 더 먹어 봐요." 제르베즈가 살짝 웃으며 말

110) 파리의 앵발리드는 보통 명사로는 '운신을 못 하는 사람들', '불구가 된 사람들'이라는 뜻이다. 처음에는 전쟁에서 다친 병사들을 치료하는 곳이었다. 앞에서 보슈가 invalides, 즉 '운신을 못 하는' 노동자들 얘기를 하자 군인 출신인 푸아송이 '앵발리드' 얘기를 꺼낸 것이다.

111) '흰 치즈'라는 뜻. 지방분이 적어서 액체에 가까운 치즈이다.

했다. “먹다 보면 또 들어갈 자리가 있답니다. 샐러드야 아무리 많이 먹어도 계속 먹을 수 있죠. 설마 이 상추를 버리게 두려고요?”

“내일 절여서 먹으면 돼. 그래도 맛이 괜찮아.” 르라 부인이 말했다.

여자들은 샐러드 그릇을 쳐다보며 아쉬운 표정으로 한숨을 내쉬었다. 클레망스가 자기는 점심 식사 때 냉이 세 단을 먹은 적이 있다고 했다. 퓌투아 부인은 그 정도야 대단할 거 없다고, 자기는 상추 대가리를 벗겨 내지도 않고 다 먹어 봤다고 했다. 그냥 소금 양념만 하면 돼요. 여자들은 누구나 샐러드로 살죠. 아예 상자로 사 오는 게 나아요. 결국 여자들은 이런 얘기를 주고받으며 남은 샐러드를 다 먹어 치웠다.

“난 아예 풀밭을 기어다닐 것 같아요.” 보슈 부인이 한입 가득 샐러드를 삼키며 말했다.

이어 후식을 앞에 놓고 너도나도 히죽거렸다. 후식은 별거 아니지. 조금 늦게 왔지만, 그래도 살살 사랑해 줘야지. 우리 배가 폭탄처럼 터져 버린다 한들 딸기나 케이크 정도 가지고 쩔쩔맬 수는 없잖아. 급할 것도 없고. 밤새 먹지 뭐. 그러면서 접시에 딸기와 프로마주 블랑을 덜었다. 남자들은 파이프 담배를 피웠다. 포도주 병이 다 비자 다시 새 병을 찾아서 마시면서 계속 피웠다. 모두 제르베즈가 케이크를 자르기를 기다렸다. 푸아송이 정중한 모습으로 일어서더니 케이크에서 장미를 뽑아 제르베즈에게 바쳤다. 사람들이 박수를 치면서 장미를 꽂으라고 하자, 제르베즈가 왼쪽 가슴 심장 가까이에 핀을 꽂아 장미를 달았다. 몸을 움직일 때마다 나비가 흔들거렸다.

"어럽쇼! 이 집 작업대를 식탁 삼아 먹고 있는 거네?" 새로운 사실을 발견한 로리외가 말했다. "맙소사! 이 작업대 생긴 이래 우리가 제일 많이 일했군."

이 짓궂은 농담은 큰 성공을 거두었다. 재치 있는 암시들이 빗발치듯 쏟아졌다. 클레망스는 딸기를 먹을 때마다 다림질하는 시늉을 했고, 르라 부인은 프로마주 블랑에서 옷감에 먹이는 풀 냄새가 난다고 했다. 로리외 부인은 이 판 위에서 일을 해 가며 힘들게 번 돈으로 이렇게 쉽게 먹어 날리다니 정말 잘하는 짓이라고 구시렁거렸다.

그때 우렁찬 목소리가 울려 퍼지는 바람에 모두 입을 다물었다. 보슈가 일어서서 노래를 부르기 시작한 것이다. 그는 방탕하고 불량한 태도로 「사랑의 화산 혹은 매력꾼 병사」를 불렀다.

나는야 블라뱅, 아름다운 아가씨들 마음을 사로잡네.

1절을 마치자 우레와 같은 찬사가 터져 나왔다. 그래, 그래, 노래합시다! 돌아가면서 다 부르는 거야. 아주 재미있겠네. 사람들은 식탁에 팔을 괴기도 하고, 몸을 젖혀 의자 등받이에 기대기도 했다. 멋진 대목에서는 턱을 끄덕거렸고, 후렴구에서는 한 잔씩 마셨다. 보슈는 익살스러운 노래들을 정말 많이 알았다. 모자를 젖혀 쓰고 손가락을 벌린 채로 뻔뻔한 군인 흉내를 낼 때면 제아무리 목석이라도 웃지 않고 배길 수 없었다. 보슈는 「사랑의 화산」에 이어 십팔번 중 하나인 「폴비슈 남작 부인」도 불렀다. 3절을 시작하면서는 클레망스 쪽으로 고개를 돌린 채로 달콤한 목소리로 느릿느릿 나지막하게 노래를 불렀다.

> 남작 부인 곁에는 사람이 많아
> 네 자매가 함께 있다네.
> 셋은 갈색 머리 하나는 금발
> 황홀하게 아름다운 여덟 개의 눈이라네.

모두 열광하며 후렴을 같이 불렀다. 남자들은 박자에 맞춰 발을 구르고, 여자들은 나이프를 들고 리듬에 맞춰 유리잔을 두드렸다. 모두 목청을 높였다.

> 까짓! 누가 술을 살까
> 수, 수, 수…….
> 까짓! 누가 술을 살까
> 수, 수색대한테!

가게의 유리가 흔들릴 것 같고, 고래고래 내뱉는 숨결 때문에 모슬린 커튼이 펄럭였다. 그사이 비르지니는 두 번이나 나갔다 들어와 제르베즈의 귀에 대고 무언가 속닥거렸다. 세 번째 나갔다 와서는 소란한 틈을 타서 그냥 말해 버렸다.

"어떡해요. 아직도 프랑수아네 가게에 있네. 신문 읽고 있는 척하지만, 무슨 꿍꿍이가 있는 게 분명해요."

랑티에 얘기였다. 비르지니는 랑티에를 살피러 나갔던 것이다. 비르지니가 와서 새로운 소식을 전할 때마다 제르베즈의 얼굴이 점점 어두워졌다.

"술 취한 것 같아요?" 제르베즈가 물었다.

"아뇨. 멀쩡해 보여요. 그래서 더 불안해요. 도대체 그 술집에 왜 계속 죽치고 있는 걸까요? 어쩜 좋아, 어쩜 좋아, 아무 일이 없어야 할 텐데······."

제르베즈는 불안해하며 비르지니에게 제발 조용히 해 달라고 했다. 그때 갑자기 실내가 조용해졌다. 퓌투아 부인이 일어서서 「돌격하라!」를 부르기 시작한 것이다. 모두 뭔가 깊은 생각에 빠진 듯 말없이 퓌투아 부인을 바라보았다. 푸아송까지도 파이프를 식탁 가장자리에 내려놓고 노래에 귀를 기울였다. 자그마하지만 열정적인 퓌투아 부인은 핏기 없는 얼굴에 검은색 보닛을 쓰고 꼿꼿하게 서서, 작은 몸집에 어울리지 않는 굵은 목소리로, 확신에 찬 태도로 왼쪽 주먹을 내밀며 노래를 불렀다.

무모한 해적이
바람을 타고 우리를 쫓는구나.
무법자에게 불행 있기를!
가차 없이 무찌르자!
그대들, 포문을 열라!
넘치도록 럼주를 따르라!

해적이든 무법자든

닻줄에 걸린 밥이 되리라!

오, 상당한걸. 정말 굉장해! 아주 생생하잖아. 항해 경험이 있는 푸아송은 하나하나가 다 정확하다며 고개를 끄덕였다. 다른 사람들도 노래가 퓌투아 부인과 잘 어울린다고 생각했다.

쿠포가 몸을 꾸부정하게 내밀며, 언젠가 저녁에 퓌투아 부인이 풀레 거리에서 치근덕거리는 남자 네 명한테 따귀를 날린 얘기를 했다.

제르베즈는 쿠포 마나님과 함께 커피를 내왔다. 아직 사부아 케이크도 남아 있었다. 제르베즈가 자리에 앉으려 하자 모두 안 된다고, 이제 제르베즈 차례라고 큰 소리로 외쳤다. 제르베즈는 거위 고기 먹은 게 체한 것 아니냐는 질문을 받을 정도로 하얗게 질린 얼굴로 극구 사양했다. 하지만 결국 가늘고 부드러운 목소리로 「아, 잠을 자련다」를 부르기 시작했다. 후렴에 이르렀을 때, 그러니까 잠에 빠져들어 아름다운 꿈을 꾸고 싶다는 가사를 부를 때, 제르베즈의 눈이 살짝 감겼다. 그녀의 멍한 눈길은 시커먼 거리 쪽을 정처 없이 떠다녔다. 뒤이어 푸아송이 불쑥 여자들에게 고개 숙여 인사를 한 뒤 권주가 「프랑스의 포도주」를 부르기 시작했다. 하지만 음정이 엉망이었고, 마지막에 애국심을 부추기는 대목에서야 겨우 호응을 얻었다. 그는 프랑스의 삼색기가 등장할 때 잔을 높이 들어 이리저리 흔들다가 마지막에 입을 크게 벌리고 털어 넣었다. 이어 사랑 노래들이 이어졌다. 보슈 부인의 바르카롤에는 베네치아와 곤돌라가, 로리외 부인의 볼레로에는 세비야와 안달루시아가 등장했다.[112] 로리외가 부른 무희 파트마의 사랑 노래에는 아라비아 향수들까지 등장했다. 기름진 식탁을 가운데 두고, 먹은 걸 다 소화시키지 못한 채 내뿜는 숨결들 때문에 탁해진 공기 속으로, 황금빛 지평선이 펼쳐졌다. 상아처럼 뽀얀 목덜미, 흑단 같은 머리카락, 달빛 아래에서 기타 선율에 젖은 키스, 발아래 진주와 보석을 뿌리는 인도의 무희가 지나갔다. 남자들은 멍한 얼굴로 파이프 담배를 물었고, 흥에 겨운 여자들의 얼굴에는 저절로 미소가 번졌다. 모두 딴 세상의 향기를 맡는 것 같았다. 그때 클레망스가 목청을 높여 「둥지를 만드세요」를 불렀다. 굉장히 즐거운 노래였다. 눈앞에 들판이 펼쳐지고 자그마한 새들의 노랫소리가 들려왔다. 나뭇잎 아래에서 춤추는 사람들, 꽃받침에 꿀을 가득 담은 꽃송이들이 눈에 아른거렸고, 뱅센 숲으로 토끼 잡으러 가던 날 보았던 정경이 그대로 그려졌다. 이어 비르지니가 「땅꼬마」를 부르며 흥을 되살렸다. 그녀는 팔꿈치를 구부려 한 손을 허리에 대고서 군인들에게 술을 파는 여자 흉내를 냈고, 다른 손으로는 공중에서 손목을 돌려 가며 술 따르는 모양을 했다. 분위기가 고조되면서 쿠포 마나님한테 「생쥐」를 불러 보라고 졸랐다. 쿠포 마나님은 그렇게 야한 노래는 할 줄 모른다며 거절했지만, 결국 갈라진 가냘픈 목소리로 노래를 시작했다. 노인네

---

112) '바르카롤'은 베네치아 곤돌라 사공들이 부르는 노래이고, '볼레로'는 캐스터네츠에 맞춰 추는 스페인 춤곡이다.

는 주름 가득하지만 반짝거리는 눈빛으로 생쥐 때문에 겁에 질린 아가씨 리즈가 치맛자락을 움츠리는 모습을 잘 표현했다. 식탁에서 웃음이 터졌다. 웃음을 참지 못한 여자들이 눈을 반짝거리며 옆자리 남자들을 힐끔거렸다. 뭐, 별로 추잡하지 않네. 야한 말도 없고. 하지만 보슈는 이미 생쥐가 되어 석탄 가게 비구루 부인의 종아리를 더듬고 있었다. 제르베즈가 보낸 눈짓에 구제가 「아브델카데르[113]의 작별 인사」를 불러 다시 조용하고 진지한 분위기를 만들지 않았더라면 추태가 벌어질 만했다. 풍성한 노란 수염에서 나오는 구제의 목소리는 마치 구리 나팔에서 나오는 소리 같았다. 그가 "오 나의 고귀한 동반자여!"라며 전사의 검은 암말을 노래할 때 모두 가슴이 벅차올랐고, 노래가 끝나기도 전에 박수갈채가 터졌다. 구제는 진정 힘차게 노래를 불렀다.

"자, 이제 브뤼 영감님 차례네요!" 쿠포 마나님이 말했다. "좋아하는 노래 해 보세요. 옛날 노래들이 제일 좋죠. 자, 어서요!"

모두 브뤼 영감을 바라보며 어서 하라고 재촉했다. 노인은 표정 없이 그을린 잿빛 얼굴로 영문을 모르겠다는 듯 사람들을 멍하니 응시했다. 「다섯 가지 모음」이라는 노래를 아느냐고 묻자 브뤼 영감은 고개를 숙이며 다 잊어버렸다고 했다. 옛날 좋던 시절의 노래들은 머릿속에서 다 뒤죽박죽이죠. 결국 노래 듣기를 포기하려는 찰나, 영감이 불현듯 기억을 되찾은 듯

---

113) 왕정복고 시기 프랑스가 알제리를 침공했을 때 끝까지 저항한, 북서부 도시 마스카라의 수장이던 아브델카데르를 말한다.

굵고 낮은 목소리로 더듬거리기 시작했다.

트루 라 라, 트루 라 라
트루 라, 트루 라, 트루 라 라

이 후렴을 부르면서 옛날 즐거웠던 시절이 떠올랐는지, 그의 얼굴에 생기가 돌았다. 브뤼 영감은 아이처럼 기뻐하며 점점 작아지는 자기 목소리에 귀를 기울이며 혼자 음미했다.

트루 라 라, 트루 라 라
트루 라, 트루 라, 트루 라 라

"알아요?" 비르지니가 다가와 제르베즈의 귀에 대고 속삭였다. "방금 나갔다 왔어요. 자꾸 신경이 쓰여서요. 어쩌죠? 랑티에가 프랑수아네서 나왔어요."

"그 사람이 혹시 부인을 본 거 아니에요?"

"아니에요. 빨리 걸었거든요. 고개도 한 번 안 돌리고요."

그러면서 고개를 들던 비르지니가 돌연 말을 멈추고 나지막하게 한숨을 쉬었다.

"아! 어쩌면 좋아! 여기 왔네요. 길 건너편에 서 있어요. 이쪽을 보고 있어요."

새파랗게 질린 제르베즈가 용기를 내어 밖을 쳐다보았다. 길에는 사람들이 모여 노래를 듣고 있었다. 식품점 일꾼들, 내장 가게 여자, 시계포의 키 작은 남자가 마치 공연을 관람하듯 이쪽을 바라보고 있었다. 프록코트 차림의 신사들도 있고, 대여섯 살 난 여자아이 셋은 감탄한 듯이 서로 손을 잡고 진지한 표정으로 쳐다보고 있었다. 랑티에는 제일 앞줄에서 태연스레 노래를 듣고 있었다. 어떻게 저렇게 뻔뻔스러울 수가 있단 말인가. 제르베즈는 다리부터 심장까지 섬뜩한 한기를 느꼈다. 그야말로 꼼짝도 할 수 없었다. 그러는 동안 브뤼 영감은 노래를 계속했다.

트루 라 라, 트루 라 라
트루 라, 트루 라, 트루 라 라

"아! 영감님. 이제 됐어요!" 쿠포가 말했다. "노래 다 아시는 거 맞아요? 다음번에 불러 주세요. 다음에 우리가 신날 때 말이에요."

여기저기서 웃음소리가 들렸다. 브뤼 영감은 어쩔 줄 몰라 하며 창백한 눈으로 식탁을 한 바퀴 둘러보더니 원래의 음침하고 멍청한 모습으로 되돌아갔다. 그사이 다들 커피를 마셨고, 쿠포는 술을 더 가져오라고 했다. 클레망스는 조금 전부터 딸기를 먹고 있었다. 사람들은 잠시 노래를 멈추고 그날 아침 옆 건물에서 목매달아 죽은 여자 얘기를 했다. 이제는 르라 부인의 차례였다. 하지만 그녀는 준비가 필요했다. 르라 부인은 너무 덥다며 냅킨 끝을 물잔에 적셔 관자놀이에 가져다 댔다. 그런 다음 화주를 한 모금 달라고 해서 마시고는 오랫동안 입술을 적시면서 중얼거렸다.

"「선하신 하느님의 아이」 맞죠? 「선하신 하느님의 아이」?"

드디어 코뼈가 앙상하고 헌병처럼 각진 어깨를 가진, 덩치가 크고 남자 같은 르라 부인이 노래를 시작했다.

어머니에게 버림받은 아들이
성소에서 피난처를 찾네.
하느님이 보시고 지켜 주시니
그 아들이 선하신 하느님의 아이로다.

몇몇 구절에서 르라 부인은 목소리를 떨면서 울음 섞인 음조를 길게 늘였다. 눈꼬리를 허공으로 치켜올리고 오른손을 가슴 앞쪽으로 흔들다가 감정이 북받친 듯 가슴에 가져다 댔다. 랑티에 때문에 괴롭던 제르베즈는 노래가 마치 자기의 고통을 말해 주는 것 같아서 눈물을 참을 수가 없었다. 버려져 길잃은 아이, 하느님이 보살펴 줄 아이가 바로 자기인 것 같았다. 술 취한 클레망스도 덜컥 울음을 터뜨리면서, 식탁 끝에 고개를 떨군 채 냅킨을 부둥켜안고 흐느꼈다. 침묵 속에서 모두의 몸에 전율이 흘렀다. 여자들은 감정이 북받쳐 초점을 잃은 눈으로 손수건을 꺼내 눈물을 닦았고, 고개를 살짝 숙이고 멍하니 앞쪽을 응시하는 남자들의 눈꺼풀도 떨렸다. 푸아송은 목이 메는지 담배 피우는 동안 이를 꽉 물었고, 파이프 끝을 두 번이나 짓씹어 바닥에 뱉기도 했다. 그동안 비구루 부인의 무릎 위에 손을 얹고 꼬집어 대던 보슈마저 알 수 없는 후회와 경외감에 사로잡혀 손놀림을 멈추었고, 두 뺨 위 어느

새 눈물이 흘러내렸다. 술에 취해 흥청거리던 사람들은 모두 양심의 가책을 느끼며 어린 양처럼 순해졌다. 모두의 눈에서 술이 흘러내렸다! 다시 후렴구가 시작되자 노래는 더 느려지고 흐느낌이 더 많아졌다. 너도나도 마음을 감추지 못하고 접시에 쓰러져 엉엉 울었다. 애틋한 마음을 주체하지 못하고 결국 마음의 빗장을 열어 버린 것이다.

그런 와중에도 제르베즈와 비르지니는 아무리 안 그러려고 해도 자꾸 길 맞은편으로 눈길이 갔다. 보슈 부인도 랑티에를 발견하고는 흐느끼는 중간에 조그맣게 비명을 질렀다. 세 여자 모두 불안한 얼굴로 고갯짓을 주고받았다. 세상에! 쿠포가 고개를 돌리게 되면, 저 사람을 보게 되면! 서로 죽일 듯이 싸울 텐데! 생각만 해도 끔찍하지 않은가! 결국 여자들의 이상한 낌새를 눈치챈 쿠포가 물었다.

"도대체 뭘 보고 그래요?"

그러면서 이리저리 돌아보던 쿠포가 마침내 랑티에를 발견했다.

"이럴 수가! 어떻게!" 쿠포가 중얼거렸다. "나쁜 자식! 저 나쁜 자식! 말도 안 돼. 끝장을 봐야겠군."

쿠포가 으르렁대며 일어서자 제르베즈가 조그마한 소리로 애원했다.

"그러지 마. 부탁이야. 그 나이프 내려놔. 가만있어. 제발 문제 일으키지 말고."

비르지니가 나서서 쿠포가 식탁 위에서 주워 든 나이프를 빼앗았다. 하지만 밖으로 나가 랑티에 쪽으로 가는 것은 막지 못했다. 다른 사람들은 점점 더 고조된 흥분에 휩싸여 아무것도 보지 못했다. 르라 부인이 가슴이 찢어질 듯 슬프게 노래를 부르는 동안 모두 목 놓아 울었다.

그 아이는 버려졌다네.
그 목소리를 들어 주는 건
커다란 나무와 바람뿐이라네.

마지막 구절은 폭풍이 몰아치듯 비통한 숨결이었다. 술을 마시던 퓌투아 부인은 감동에 겨워 하다가 식탁보 위에 포도주를 쏟았다. 제르베즈는 자기도 모르게 소리가 새어 나오지 않도록 움켜쥔 주먹으로 입을 막은 채 얼어붙어 있었다. 겁에 질려 눈을 깜박거리며, 두 남자 중 하나가 저 길 한가운데 쓰러지게 될까 봐 전전긍긍했다. 비르지니와 보슈 부인도 잔뜩 궁금해하며 밖을 쳐다보았다. 갑자기 바깥 공기를 쐰 쿠포는 랑티에한테 달려들다가 제풀에 넘어졌다. 랑티에는 양손을 주머니에 넣은 채로 살짝 옆으로 비켜서기만 했고, 쿠포는 도랑에 빠질 뻔했다. 두 남자는 서로 소리를 질러 댔다. 특히 쿠포는 랑티에한테 병든 돼지 새끼라면서 내장을 다 먹어 주겠다고 욕을 퍼부었다. 고래고래 소리 지르는 목소리가 들렸고, 화가 나서 격하게 움직이는 모습이 보였다. 금방이라도 두 남자가 치고받고 손목을 꺾어 버릴 것만 같았다. 서로 코를 물어뜯을 수 있을 정도로 가까이 얼굴을 맞대고 선 두 남자의 싸움이 이어지자, 제르베즈는 온몸에 힘이 하나도 없었다. 아예 눈을 감아 버렸다. 잠시 후 아무 소리가 들리지 않아 다시 눈을 떴다. 그런데 그녀의 눈에 조용히 이야기를 나누는 쿠포와 랑티에의 모습이 보였다. 제르베즈는 어리둥절했다.

르라 부인은 서글픈 속삭임 같은 목소리를 점점 높여 가며 다음 절을 시작했다.

> 이튿날 사람들이 죽어 가는 그 아이를,
> 불쌍한 아이를 거두었다네.

다들 르라 부인의 노래를 칭찬하고 있는데, 로리외 부인이 말했다. "그래 봐야, 행실이 더러운 여자들도 있지!"

제르베즈는 보슈 부인 그리고 비르지니와 눈빛을 주고받았다. 잘 해결된 걸까? 쿠포와 랑티에는 아직도 길에 서서 얘기를 하고 있었다. 여전히 거친 말들을 주고받았지만 친한 친구 사이처럼 다정해 보였다. 서로 정감 있게 '몹쓸 친구'라고 불렀다. 그러다가 사람들이 그들을 쳐다보자, 나란히 서서 열 걸음 거어 오다 다시 돌아서곤 했다. 이어 열띤 대화가 오갔다. 쿠포가 갑자기 화를 내고 랑티에는 계속 사양하는 것 같았다. 결국 쿠포가 랑티에를 밀어서 억지로 길을 건너게 하고 가게 안으로 들어왔다.

"난 정말 진심이라니까!" 쿠포가 큰 소리로 말했다. "와서 한잔해요. 남자 대 남자로. 우리끼리 이해하지 못할 게 뭐 있다고 그럽니까?"

르라 부인이 마지막 후렴을 마쳤다. 여자들이 손수건을 돌리면서 후렴을 반복했다.

　버려진 아이는 하느님의 아이였다네.

노래를 마친 르라 부인이 지친 기색으로 자리에 앉자 모두 칭찬을 아끼지 않았다. 르라 부인은 노래하는 동안 감정을 너무 힘들게 많이 쏟았다고, 자기는 늘 기력이 다 빠질까 봐 걱정이라고 했다. 하지만 모두의 시선은 랑티에를 향하고 있었다. 랑티에는 아무렇지도 않은 듯 쿠포 옆에 앉아서 마지막 남은 사부아 케이크를 포도주에 적셔 먹고 있었다. 비르지니와 보슈 부인 외에는 랑티에를 아는 사람이 없었다. 로리외 부부는 뭔가가 있다는 냄새를 맡았지만, 분명히 알 수가 없어서 계속 못마땅한 얼굴이었다. 구제 역시 제르베즈가 동요하고 있음을 알아차리고, 식탁에 새로 합류한 인물을 곁눈질로 쳐다보았다. 어색한 침묵이 흘렀다.

"친굽니다." 쿠포는 이 말밖에 하지 않았다.

그런 다음 아내에게 말했다.

"뭐 하는 거야, 빨리 움직이지 않고! 아직 따뜻한 커피가 있을 거 아냐?"

제르베즈는 멍한 얼굴로 말없이 두 남자를 쳐다보았다. 남편이 자기 옛 남자를 가게 안으로 데리고 들어온 순간 그녀는 폭풍우가 몰아치는 날 천둥소리가 날 때마다 본능적으로 손이 움직이듯 두 주먹으로 머리를 움켜쥐었다. 있을 수 없는 일이었다. 벽이 그대로 내려앉아 모두를 파묻어 버릴 것 같았다. 하지만 두 남자가 함께 식탁에 앉아 있는데도 모슬린 커튼조차 움직이지 않자, 제르베즈는 문득 이 모든 것이 자연스럽게 느껴졌다. 너무 많이 먹은 거위 고기 탓에 배 속이 거북하고 제대로 생각할 수도 없었다. 오히려 노곤하게 편안해지면서 무감각해졌다. 그녀는 식탁에 웅크린 채 곤란한 일이 생기지 않기만을 바랐다. 뭐 어때! 다른 사람들은 아무 관심도 없는데 나 혼자 속 태워서 뭐 하겠어? 어차피 좋게 좋게 끝나서 모두 즐겁게 놀면 되지. 제르베즈는 커피가 남아 있는지 보려고 자리에서 일어났다.

아이들은 안쪽 방에서 잠들어 있었다. 오귀스틴은 후식을 먹는 내내 아이들을 겁주면서 딸기를 빼앗았지만, 지금은 얼굴이 하얗게 질려 말없이 작은 의자 위에 웅크린 채로 조금 아파 보였다. 에티엔은 탁자 모서리에서 잠들어 있고, 통통한 폴린이 그 어깨 위로 고개를 떨구었다. 나나는 침대 바닥 깔개에 앉아서 한쪽 팔로 빅토르의 목을 감싸 안았고, 졸음 가득한 눈을 감은 채로 계속 조그맣게 중얼거렸다.

"아, 엄마, 나 아파요. 엄마, 나 아파요."

"그럴 만도 하지!" 옆에서 오귀스틴이 머리를 어깨 속에 파묻은 채 중얼거렸다. "재들 취했어요. 어른들 노래도 다 따라 불렀고요."

에티엔을 보는 순간 제르베즈는 다시 가슴이 철렁 내려앉았다. 이 아이의 아버지가 지금 와 있고, 가게에서 케이크를 먹고 있다. 그런데 아이를 한번 안아 주고 싶다는 말도 없다니. 당장이라도 에티엔을 깨워서 안아 보라고 말하고 싶었다. 하지만 곧 모든 일이 이렇게 조용히 정리되는 게 다행이라는 생각이 들었다. 다 끝나 가는 잔치를 망칠 필요는 없지 않은가. 제르베즈는 커피 주전자를 들고 가서 랑티에에게 따라 주었다. 랑티에는 제르베즈에게 전혀 신경 쓰지 않는 것 같았다.

"자, 이제 내 차례이지." 혀가 꼬인 쿠포가 더듬거렸다. "뭐야! 마지막을 장식하라고 내 노래를 남겨 뒀군. 좋아. 「이런 돼지 같은 놈」을 부르겠어!"

"좋아! 좋아! 「이런 돼지 같은 놈!」" 모두 한목소리로 외쳤다.

다시 주위가 시끌벅적해지면서 랑티에는 잊혔다. 여자들은 후렴구에 박자를 맞추려고 잔과 나이프를 준비했다. 불량배 같은 자세로 선 쿠포의 모습 때문에 노래가 시작되기도 전에 모두 웃음을 터뜨렸다. 쿠포는 늙은 여자같이 쉰 목소리로 노래를 시작했다.

매일 아침 일어나면
　마음이 심란해.
싸구려 술 하나 사 오라고
　그레브 광장에 보내 놓으면
이리저리 사오십 분
　길에서 헤매고
내 술을 반이나 먹어 치우니
　이런 돼지 같은 놈

여자들은 잔을 두드리면서 합창을 하듯이 신이 나서 노래를 불렀다.

이런 돼지 같은 놈
이런 돼지 같은 놈

구트도르 거리 전체가 함께 노래를 불렀다. 동네 사람들 모두 「이런 돼지 같은 놈」을 불렀다. 길 건너편에서 시계포 남자, 식품점 일꾼들, 내장 가게 여자, 과일 가게 여자 할 것 없이 노래를 아는 사람 모두 후렴을 따라 부르며 치고받고 장난을 쳤다. 거리 전체가 취했다. 쿠포네 집에서 흘러나오는 만찬의 냄새만으로 모두 향연에 취해 버린 것이다. 제르베즈의 식탁에 앉은 사람들은 두말할 것 없이 모두 인사불성이었다. 처음에 수프로 시작해서 고급 포도주를 입에 댄 이후 조금씩 올라온 취기가 막바지에 이르렀다. 그을음 낀 두 개의 램프에서 불그스름한 안개처럼 흩어지는 빛 속에 배가 터질 듯한 상태로 앉아 너도 나도 정신없이 떠들었다. 그렇게 흥청망청 노는 소리로 온 동네가 시끌벅적해서 마차 소리마저 들리지 않을 정도였다. 순사 두 명이 폭동이 난 줄 알고 달려왔지만, 푸아송을 보더니 슬그머니 인사를 하고는 시커멓게 늘어선 건물들을 따라 멀어져 갔다.

쿠포는 여전히 노래를 불렀다.

일요일 더위가 가시고
　나는 프티트빌레트로
티네트[114] 아저씨를 보러 가네.

---

114) 보통 명사로 '분뇨 통'을 가리킨다.

똥 푸는 아저씨
우리 함께 돌아오는 길
지지리도 운이 없지.
아저씨가 똥통에 구르네.
이런 돼지 같은 놈
이런 돼지 같은 놈.

집이 무너질 것 같았다. 고요하고 미적지근한 밤공기 속으로 함성이 퍼져 갔다. 다들 그 누구도 이렇게 크게 소리를 지르지는 못할 거라며 신이 났다.

그날 그 자리가 어떻게 끝났는지 아무도 기억하지 못했다. 한 가지만 분명했다. 거리에 고양이 한 마리도 눈에 띄지 않는 굉장히 늦은 시간이었다. 모두 손을 잡고 식탁 주위를 돌며 춤을 춘 것도 같았다. 사방에 노란 안개가 퍼졌고, 양쪽 귀밑까지 입을 쩍 벌리고 붉게 달아오른 얼굴들이 여기저기 튀어 올랐다. 마지막에 포도주에 설탕을 넣어 마신 것도 같고, 누군가 장난으로 잔에 소금을 넣은 것도 같았다. 아이들은 자기들끼리 옷을 벗고 잠이 들었다. 다음 날 보슈 부인은 자기 남편이 구석에서 비구루 부인하고 하도 달라붙어 있길래 다가가서 두 번 갈겨 줬다고 떠벌렸다. 하지만 아무것도 기억하지 못하는 보슈는 그 말을 농담 취급했다. 모두가 입을 모아 욕한 것은 바로 클레망스였다. 행동거지를 보면 절대 그런 자리에 초대해서는 안 될 여자라고 했다. 클레망스는 마지막에 그야말로 적나라한 모습을 보였고, 심지어 모슬린 커튼에 대고 토하기까지 했다. 그나마 남자들은 밖으로 나가서 토했다. 특히 로리외와 푸아송은 속이 메슥거리자 바로 달려나가 돼지고기 가공품점 앞까지 가서 토했다. 점잖은 사람들은 어디가 달라도 달랐다. 퓌투아 부인과 르라 부인, 그리고 비르지니는 너무 더워서 참기 힘들어지자 뒷방으로 가서 코르셋을 벗고 왔다. 비르지니는 속이 더 안 좋아질 것 같다며 잠시 자리에 눕기도 했다. 그러다가 결국 뿔뿔이 흩어졌다. 로리외 부부가 격한 말다툼을 벌였고, 브뤼 영감은 음산한 「트루라라 트루라라」를 고집스레 불러 댔다. 그렇게 마지막까지 시끌벅적하게 어두운 거리로 흩어졌다. 제르베즈는 구제가 떠날 때 울음을 터뜨린 것 같았다. 쿠포는 계속 노래를 불렀고, 랑티에는 마지막까지 남아 있었다. 제르베즈는 분명 자기 머릿결 위로 다가오는 숨결을 느꼈지만, 그것이 랑티에의 숨결이었는지 무더운 밤의 숨결이었는지 알 수 없었다.

이런 시간에 바티뇰까지 돌아갈 수 없다는 르라 부인을 위해 식탁을 밀어내고 침대 매트를 가게 구석 바닥에 깔아 주었다. 르라 부인은 그렇게 지난 밤 잔치의 찌꺼기가 널린 한가운데서 잠을 잤다. 쿠포 내외가 피로로 곯아떨어져 있는 동안 열린 창문으로 이웃 고양이 한 마리가 들어와서는 날카로운 이빨로 밤새 거위의 뼈를 씹어 흔적 없이 끝내 버렸다.

(2권에 계속)

세계문학전집 441

아소무아르 1

1판 1쇄 찍음 2024년 4월 22일
1판 1쇄 펴냄 2024년 4월 29일

지은이 에밀 졸라
옮긴이 윤진
발행인 박근섭, 박상준
펴낸곳 (주)민음사

출판등록 1966. 5. 19. (제 16-490호)
서울특별시 강남구 도산대로1길 62(신사동) 강남출판문화센터 5층 (우편번호 06027)
대표전화 02-515-2000 팩시밀리 02-515-2007
www.minumsa.com

ISBN 978-89-374-6441-6 04800
ISBN 978-89-374-6000-5 (세트)

세계문학전집 목록

51·52 내 이름은 빨강 파묵·이난아 옮김 노벨 문학상 수상 작가
53 오셀로 셰익스피어·최종철 옮김 서울대 권장도서 100선
54 조서 르 클레지오·김윤진 옮김 노벨 문학상 수상 작가
55 모래의 여자 아베 코보·김난주 옮김
56·57 부덴브로크 가의 사람들 토마스 만·홍성광 옮김 노벨 문학상 수상 작가
58 싯다르타 헤세·박병덕 옮김 노벨 문학상 수상 작가
59·60 아들과 연인 로렌스·정상준 옮김 《뉴스위크》 선정 100대 명저
61 설국 가와바타 야스나리·유숙자 옮김 노벨 문학상 수상 작가 | 서울대 권장도서 100선
62 벨킨 이야기·스페이드 여왕 푸슈킨·최선 옮김
63·64 넙치 그라스·김재혁 옮김 노벨 문학상 수상 작가
65 소망 없는 불행 한트케·윤용호 옮김 노벨 문학상 수상 작가
66 나르치스와 골드문트 헤세·임홍배 옮김 노벨 문학상 수상 작가
67 황야의 이리 헤세·김누리 옮김 노벨 문학상 수상 작가
68 페테르부르크 이야기 고골·조주관 옮김
69 밤으로의 긴 여로 오닐·민승남 옮김 노벨 문학상 수상 작가 | 미국대학위원회 선정 SAT 추천도서
70 체호프 단편선 체호프·박현섭 옮김
71 버스 정류장 가오싱젠·오수경 옮김 노벨 문학상 수상 작가
72 구운몽 김만중·송성욱 옮김 서울대 권장도서 100선 | 국립중앙도서관 선정 청소년 권장도서
73 대머리 여가수 이오네스코·오세곤 옮김
74 이솝 우화집 이솝·유종호 옮김 논술 및 수능에 출제된 책(1998~2005)
75 위대한 개츠비 피츠제럴드·김욱동 옮김 《타임》 선정 현대 100대 영문소설
76 푸른 꽃 노발리스·김재혁 옮김
77 1984 오웰·정회성 옮김 《타임》 선정 현대 100대 영문소설 | 《뉴스위크》 선정 100대 명저
78·79 영혼의 집 아옌데·권미선 옮김
80 첫사랑 투르게네프·이항재 옮김
81 내가 죽어 누워 있을 때 포크너·김명주 옮김 노벨 문학상 수상 작가
82 런던 스케치 레싱·서숙 옮김 노벨 문학상 수상 작가
83 팡세 파스칼·이환 옮김
84 질투 로브그리예·박이문, 박희원 옮김
85·86 채털리 부인의 연인 로렌스·이인규 옮김
87 그 후 나쓰메 소세키·윤상인 옮김
88 오만과 편견 오스틴·윤지관, 전승희 옮김 미국대학위원회 선정 SAT 추천도서
89·90 부활 톨스토이·연진희 옮김 논술 및 수능에 출제된 책(1998~2005)
91 방드르디, 태평양의 끝 투르니에·김화영 옮김
92 미겔 스트리트 나이폴·이상옥 옮김 노벨 문학상 수상 작가
93 페드로 파라모 룰포·정창 옮김
94 차라투스트라는 이렇게 말했다 니체·장희창 옮김 국립중앙도서관 선정 청소년 권장도서
95·96 적과 흑 스탕달·이동렬 옮김 국립중앙도서관 선정 청소년 권장도서
97·98 콜레라 시대의 사랑 마르케스·송병선 옮김 노벨 문학상 수상 작가 | BBC 선정 꼭 읽어야 할 책
99 맥베스 셰익스피어·최종철 옮김 서울대 권장도서 100선 | 미국대학위원회 선정 SAT 추천도서
100 춘향전 작자 미상·송성욱 풀어 옮김 서울대 권장도서 100선
101 페르디두르케 곰브로비치·윤진 옮김
102 포르노그라피아 곰브로비치·임미경 옮김
103 인간 실격 다자이 오사무·김춘미 옮김
104 네루다의 우편배달부 스카르메타·우석균 옮김

105·106 **이탈리아 기행** 괴테·박찬기 외 옮김
107 **나무 위의 남작** 칼비노·이현경 옮김
108 **달콤 쌉싸름한 초콜릿** 에스키벨·권미선 옮김
109·110 **제인 에어** C. 브론테·유종호 옮김 BBC 선정 꼭 읽어야 할 책
111 **크눌프** 헤세·이노은 옮김 노벨 문학상 수상 작가
112 **시계태엽 오렌지** 버지스·박시영 옮김 《타임》 선정 현대 100대 영문소설 | 《뉴스위크》 선정 100대 명저
113·114 **파리의 노트르담** 위고·정기수 옮김 미국대학위원회 선정 SAT 추천도서
115 **새로운 인생** 단테·박우수 옮김
116·117 **로드 짐** 콘래드·이상옥 옮김 《뉴스위크》 선정 100대 명저
118 **폭풍의 언덕** E. 브론테·김종길 옮김 미국대학위원회 선정 SAT 추천도서
119 **텔크테에서의 만남** 그라스·안삼환 옮김 노벨 문학상 수상 작가
120 **검찰관** 고골·조주관 옮김
121 **안개** 우나무노·조민현 옮김
122 **나사의 회전** 제임스·최경도 옮김 미국대학위원회 선정 SAT 추천도서
123 **피츠제럴드 단편선 1** 피츠제럴드·김욱동 옮김
124 **목화밭의 고독 속에서** 콜테스·임수현 옮김
125 **돼지꿈** 황석영
126 **라셀라스** 존슨·이인규 옮김
127 **리어 왕** 셰익스피어·최종철 옮김 서울대 권장도서 100선 | 《뉴스위크》 선정 100대 명저
128·129 **쿠오 바디스** 시엔키에비치·최성은 옮김 노벨 문학상 수상 작가
130 **자기만의 방·3기니** 울프·이미애 옮김
131 **시르트의 바닷가** 그라크·송진석 옮김
132 **이성과 감성** 오스틴·윤지관 옮김
133 **바덴바덴에서의 여름** 치프킨·이장욱 옮김
134 **새로운 인생** 파묵·이난아 옮김 노벨 문학상 수상 작가
135·136 **무지개** 로렌스·김정매 옮김
137 **인생의 베일** 서머싯 몸·황소연 옮김
138 **보이지 않는 도시들** 칼비노·이현경 옮김
139·140·141 **연초 도매상** 바스·이운경 옮김 《타임》 선정 현대 100대 영문소설
142·143 **플로스 강의 물방앗간** 엘리엇·한애경, 이봉지 옮김 미국대학위원회 선정 SAT 추천도서
144 **연인** 뒤라스·김인환 옮김
145·146 **이름 없는 주드** 하디·정종화 옮김
147 **제49호 품목의 경매** 핀천·김성곤 옮김 《타임》 선정 현대 100대 영문소설
148 **성역** 포크너·이진준 옮김 노벨 문학상 수상 작가 | 퓰리처상 수상 작가
149 **무진기행** 김승옥
150·151·152 **신곡(지옥편·연옥편·천국편)** 단테·박상진 옮김 《뉴스위크》 선정 100대 명저
153 **구덩이** 플라토노프·정보라 옮김
154·155·156 **카라마조프가의 형제들** 도스토옙스키·김연경 옮김
157 **지상의 양식** 지드·김화영 옮김 노벨 문학상 수상 작가
158 **밤의 군대들** 메일러·권택영 옮김 퓰리처상 수상 작가
159 **주홍 글자** 호손·김욱동 옮김 서울대 권장도서 100선 | 미국대학위원회 선정 SAT 추천도서
160 **깊은 강** 엔도 슈사쿠·유숙자 옮김
161 **욕망이라는 이름의 전차** 윌리엄스·김소임 옮김
162 **마사 퀘스트** 레싱·나영균 옮김 노벨 문학상 수상 작가
163·164 **운명의 딸** 아옌데·권미선 옮김

165 **모렐의 발명** 비오이 카사레스 · 송병선 옮김
166 **삼국유사** 일연 · 김원중 옮김 서울대 권장도서 100선
167 **풀잎은 노래한다** 레싱 · 이태동 옮김 노벨 문학상 수상 작가
168 **파리의 우울** 보들레르 · 윤영애 옮김
169 **포스트맨은 벨을 두 번 울린다** 케인 · 이만식 옮김
170 **썩은 잎** 마르케스 · 송병선 옮김 노벨 문학상 수상 작가
171 **모든 것이 산산이 부서지다** 아체베 · 조규형 옮김 《타임》 선정 현대 100대 영문소설
172 **한여름 밤의 꿈** 셰익스피어 · 최종철 옮김 미국대학위원회 선정 SAT 추천도서
173 **로미오와 줄리엣** 셰익스피어 · 최종철 옮김 미국대학위원회 선정 SAT 추천도서
174·175 **분노의 포도** 스타인벡 · 김승욱 옮김 노벨 문학상 수상 작가 | 《타임》 선정 현대 100대 영문소설
176·177 **괴테와의 대화** 에커만 · 장희창 옮김
178 **그물을 헤치고** 머독 · 유종호 옮김 《타임》 선정 현대 100대 영문소설
179 **브람스를 좋아하세요...** 사강 · 김남주 옮김
180 **카타리나 블룸의 잃어버린 명예** 하인리히 뵐 · 김연수 옮김 노벨 문학상 수상 작가
181·182 **에덴의 동쪽** 스타인벡 · 정회성 옮김 노벨 문학상 수상 작가
183 **순수의 시대** 워튼 · 송은주 옮김 《뉴스위크》 선정 100대 명저 | 퓰리처상 수상작
184 **도둑 일기** 주네 · 박형섭 옮김
185 **나자** 브르통 · 오생근 옮김
186·187 **캐치-22** 헬러 · 안정효 옮김 《타임》 선정 현대 100대 영문소설
188 **숄로호프 단편선** 숄로호프 · 이항재 옮김 노벨 문학상 수상 작가
189 **말** 사르트르 · 정명환 옮김
190·191 **보이지 않는 인간** 엘리슨 · 조영환 옮김 《타임》 선정 현대 100대 영문소설
192 **왑샷 가문 연대기** 치버 · 김승욱 옮김 퓰리처상 수상 작가
193 **왑샷 가문 몰락기** 치버 · 김승욱 옮김 퓰리처상 수상 작가
194 **필립과 다른 사람들** 노터봄 · 지명숙 옮김
195·196 **하드리아누스 황제의 회상록** 유르스나르 · 곽광수 옮김
197·198 **소피의 선택** 스타이런 · 한정아 옮김 퓰리처상 수상 작가
199 **피츠제럴드 단편선 2** 피츠제럴드 · 한은경 옮김
200 **홍길동전** 허균 · 김탁환 옮김
201 **요술 부지깽이** 쿠버 · 양윤희 옮김
202 **북호텔** 다비 · 원윤수 옮김
203 **톰 소여의 모험** 트웨인 · 김욱동 옮김
204 **금오신화** 김시습 · 이지하 옮김
205·206 **테스** 하디 · 정종화 옮김 미국대학위원회 선정 SAT 추천도서 | BBC 선정 꼭 읽어야 할 책
207 **브루스터플레이스의 여자들** 네일러 · 이소영 옮김
208 **더 이상 평안은 없다** 아체베 · 이소영 옮김
209 **그레인지 코플랜드의 세 번째 인생** 워커 · 김시현 옮김 퓰리처상 수상 작가
210 **어느 시골 신부의 일기** 베르나노스 · 정영란 옮김
211 **타라스 불바** 고골 · 조주관 옮김
212·213 **위대한 유산** 디킨스 · 이인규 옮김 서울대 권장도서 100선 | BBC 선정 꼭 읽어야 할 책
214 **면도날** 서머싯 몸 · 안진환 옮김
215·216 **성채** 크로닌 · 이은정 옮김
217 **오이디푸스 왕** 소포클레스 · 강대진 옮김 서울대 권장도서 100선
218 **세일즈맨의 죽음** 밀러 · 강유나 옮김
219·220·221 **안나 카레니나** 톨스토이 · 연진희 옮김 서울대 권장도서 100선

222 **오스카 와일드 작품선** 와일드 · 정영목 옮김
223 **벨아미** 모파상 · 송덕호 옮김
224 **파스쿠알 두아르테 가족** 호세 셀라 · 정동섭 옮김 노벨 문학상 수상 작가
225 **시칠리아에서의 대화** 비토리니 · 김운찬 옮김
226·227 **길 위에서** 케루악 · 이만식 옮김 《타임》 선정 현대 100대 영문소설 | 《뉴스위크》 선정 100대 명저
228 **우리 시대의 영웅** 레르몬토프 · 오정미 옮김
229 **아우라** 푸엔테스 · 송상기 옮김
230 **클링조어의 마지막 여름** 헤세 · 황승환 옮김 노벨 문학상 수상 작가
231 **리스본의 겨울** 무뇨스 몰리나 · 나송주 옮김
232 **뻐꾸기 둥지 위로 날아간 새** 키지 · 정회성 옮김 《타임》 선정 현대 100대 영문소설
233 **페널티킥 앞에 선 골키퍼의 불안** 한트케 · 윤용호 옮김 노벨 문학상 수상 작가
234 **참을 수 없는 존재의 가벼움** 쿤데라 · 이재룡 옮김
235·236 **바다여, 바다여** 머독 · 최옥영 옮김
237 **한 줌의 먼지** 에벌린 워 · 안진환 옮김 《타임》 선정 현대 100대 영문소설
238 **뜨거운 양철 지붕 위의 고양이 · 유리 동물원** 윌리엄스 · 김소임 옮김 퓰리처상 수상작
239 **지하로부터의 수기** 도스토옙스키 · 김연경 옮김
240 **키메라** 바스 · 이운경 옮김
241 **반쪼가리 자작** 칼비노 · 이현경 옮김
242 **벌집** 호세 셀라 · 남진희 옮김 노벨 문학상 수상 작가
243 **불멸** 쿤데라 · 김병욱 옮김
244·245 **파우스트 박사** 토마스 만 · 임홍배, 박병덕 옮김 노벨 문학상 수상 작가
246 **사랑할 때와 죽을 때** 레마르크 · 장희창 옮김
247 **누가 버지니아 울프를 두려워하랴?** 올비 · 강유나 옮김
248 **인형의 집** 입센 · 안미란 옮김
249 **위폐범들** 지드 · 원윤수 옮김 노벨 문학상 수상 작가
250 **무정** 이광수 · 정영훈 책임 편집 서울대 권장도서 100선
251·252 **의지와 운명** 푸엔테스 · 김현철 옮김
253 **폭력적인 삶** 파솔리니 · 이승수 옮김
254 **거장과 마르가리타** 불가코프 · 정보라 옮김
255·256 **경이로운 도시** 멘도사 · 김현철 옮김
257 **야콥을 둘러싼 추측들** 욘존 · 손대영 옮김
258 **왕자와 거지** 트웨인 · 김욱동 옮김
259 **존재하지 않는 기사** 칼비노 · 이현경 옮김
260·261 **눈먼 암살자** 애트우드 · 차은정 옮김 《타임》 선정 현대 100대 영문소설
262 **베니스의 상인** 셰익스피어 · 최종철 옮김
263 **말리나** 바흐만 · 남정애 옮김
264 **사볼타 사건의 진실** 멘도사 · 권미선 옮김
265 **뒤렌마트 희곡선** 뒤렌마트 · 김혜숙 옮김
266 **이방인** 카뮈 · 김화영 옮김 노벨 문학상 수상 작가 | 미국대학위원회 선정 SAT 추천도서
267 **페스트** 카뮈 · 김화영 옮김 노벨 문학상 수상 작가 | 국립중앙도서관 선정 청소년 권장도서
268 **검은 튤립** 뒤마 · 송진석 옮김
269·270 **베를린 알렉산더 광장** 되블린 · 김재혁 옮김
271 **하얀 성** 파묵 · 이난아 옮김 노벨 문학상 수상 작가
272 **푸슈킨 선집** 푸슈킨 · 최선 옮김
273·274 **유리알 유희** 헤세 · 이영임 옮김 노벨 문학상 수상 작가

275 픽션들 보르헤스·송병선 옮김 서울대 권장도서 100선
276 신의 화살 아체베·이소영 옮김
277 빌헬름 텔·간계와 사랑 실러·홍성광 옮김
278 노인과 바다 헤밍웨이·김욱동 옮김 노벨 문학상 수상 작가 | 퓰리처상 수상작
279 무기여 잘 있어라 헤밍웨이·김욱동 옮김 미국대학위원회 선정 SAT 추천도서
280 태양은 다시 떠오른다 헤밍웨이·김욱동 옮김 《타임》 선정 현대 100대 영문 소설
281 알레프 보르헤스·송병선 옮김
282 일곱 박공의 집 호손·정소영 옮김
283 에마 오스틴·윤지관, 김영희 옮김
284·285 죄와 벌 도스토옙스키·김연경 옮김 미국대학위원회 선정 SAT 추천도서
286 시련 밀러·최영 옮김
287 모두가 나의 아들 밀러·최영 옮김
288·289 누구를 위하여 종은 울리나 헤밍웨이·김욱동 옮김 노벨 문학상 수상 작가
290 구르브 연락 없다 멘도사·정창 옮김
291·292·293 데카메론 보카치오·박상진 옮김
294 나누어진 하늘 볼프·전영애 옮김
295·296 제브데트 씨와 아들들 파묵·이난아 옮김 노벨 문학상 수상 작가
297·298 여인의 초상 제임스·최경도 옮김 미국대학위원회 선정 SAT 추천도서
299 압살롬, 압살롬! 포크너·이태동 옮김 노벨 문학상 수상 작가
300 이상 소설 전집 이상·권영민 책임 편집
301·302·303·304·305 레 미제라블 위고·정기수 옮김
306 관객모독 한트케·윤용호 옮김 노벨 문학상 수상 작가
307 더블린 사람들 조이스·이종일 옮김
308 에드거 앨런 포 단편선 앨런 포·전승희 옮김 미국대학위원회 선정 SAT 추천도서
309 보이체크·당통의 죽음 뷔히너·홍성광 옮김
310 노르웨이의 숲 무라카미 하루키·양억관 옮김
311 운명론자 자크와 그의 주인 디드로·김희영 옮김
312·313 헤밍웨이 단편선 헤밍웨이·김욱동 옮김 노벨 문학상 수상 작가
314 피라미드 골딩·안지현 옮김 노벨 문학상 수상 작가
315 닫힌 방·악마와 선한 신 사르트르·지영래 옮김
316 등대로 울프·이미애 옮김 《타임》 선정 현대 100대 영문소설 | 《뉴스위크》 선정 100대 명저
317·318 한국 희곡선 송영 외·양승국 엮음
319 여자의 일생 모파상·이동렬 옮김
320 의식 노터봄·김영중 옮김
321 육체의 악마 라디게·원윤수 옮김
322·323 감정 교육 플로베르·지영화 옮김
324 불타는 평원 룰포·정창 옮김
325 위대한 몬느 알랭푸르니에·박영근 옮김
326 라쇼몬 아쿠타가와 류노스케·서은혜 옮김
327 반바지 당나귀 보스코·정영란 옮김
328 정복자들 말로·최윤주 옮김
329·330 우리 동네 아이들 마흐푸즈·배혜경 옮김 노벨 문학상 수상 작가
331·332 개선문 레마르크·장희창 옮김
333 사바나의 개미 언덕 아체베·이소영 옮김
334 게걸음으로 그라스·장희창 옮김 노벨 문학상 수상 작가

335 **코스모스** 곰브로비치 · 최성은 옮김
336 **좁은 문 · 전원교향곡 · 배덕자** 지드 · 동성식 옮김 노벨 문학상 수상 작가
337·338 **암 병동** 솔제니친 · 이영의 옮김 노벨 문학상 수상 작가
339 **피의 꽃잎들** 응구기 와 시옹오 · 왕은철 옮김
340 **운명** 케르테스 · 유진일 옮김 노벨 문학상 수상 작가
341·342 **벌거벗은 자와 죽은 자** 메일러 · 이운경 옮김 퓰리처상 수상 작가
343 **시지프 신화** 카뮈 · 김화영 옮김 노벨 문학상 수상 작가
344 **뇌우** 차오위 · 오수경 옮김
345 **모옌 중단편선** 모옌 · 심규호, 유소영 옮김 노벨 문학상 수상 작가
346 **일야서** 한사오궁 · 심규호, 유소영 옮김
347 **상속자들** 골딩 · 안지현 옮김 노벨 문학상 수상 작가
348 **설득** 오스틴 · 전승희 옮김
349 **히로시마 내 사랑** 뒤라스 · 방미경 옮김
350 **오 헨리 단편선** 오 헨리 · 김희용 옮김
351·352 **올리버 트위스트** 디킨스 · 이인규 옮김
353·354·355·356 **전쟁과 평화** 톨스토이 · 연진희 옮김
357 **다시 찾은 브라이즈헤드** 에벌린 워 · 백지민 옮김
358 **아무도 대령에게 편지하지 않다** 마르케스 · 송병선 옮김
359 **사양** 다자이 오사무 · 유숙자 옮김
360 **좌절** 케르테스 · 한경민 옮김 노벨 문학상 수상 작가
361·362 **닥터 지바고** 파스테르나크 · 김연경 옮김 노벨 문학상 수상 작가
363 **노생거 사원** 오스틴 · 윤지관 옮김
364 **개구리** 모옌 · 심규호, 유소영 옮김 노벨 문학상 수상 작가
365 **마왕** 투르니에 · 이원복 옮김 공쿠르상 수상 작가
366 **맨스필드 파크** 오스틴 · 김영희 옮김
367 **이선 프롬** 이디스 워튼 · 김욱동 옮김 퓰리처상 수상 작가
368 **여름** 이디스 워튼 · 김욱동 옮김 퓰리처상 수상 작가
369·370·371 **나는 고백한다** 자우메 카브레 · 권가람 옮김
372·373·374 **태엽 감는 새 연대기** 무라카미 하루키 · 김난주 옮김
375·376 **대사들** 제임스 · 정소영 옮김
377 **족장의 가을** 마르케스 · 송병선 옮김 노벨 문학상 수상 작가
378 **핏빛 자오선** 매카시 · 김시현 옮김
379 **모두 다 예쁜 말들** 매카시 · 김시현 옮김
380 **국경을 넘어** 매카시 · 김시현 옮김
381 **평원의 도시들** 매카시 · 김시현 옮김
382 **만년** 다자이 오사무 · 유숙자 옮김
383 **반항하는 인간** 카뮈 · 김화영 옮김 노벨 문학상 수상 작가
384·385·386 **악령** 도스토옙스키 · 김연경 옮김
387 **태평양을 막는 제방** 뒤라스 · 윤진 옮김
388 **남아 있는 나날** 가즈오 이시구로 · 송은경 옮김
389 **앙리 브륄라르의 생애** 스탕달 · 원윤수 옮김
390 **찻집** 라오서 · 오수경 옮김
391 **태어나지 않은 아이를 위한 기도** 케르테스 · 이상동 옮김 노벨 문학상 수상 작가
392·393 **서머싯 몸 단편선** 서머싯 몸 · 황소연 옮김
394 **케이크와 맥주** 서머싯 몸 · 황소연 옮김

395 **월든** 소로 · 정회성 옮김
396 **모래 사나이** E. T. A. 호프만 · 신동화 옮김
397·398 **검은 책** 오르한 파묵 · 이난아 옮김 노벨 문학상 수상 작가
399 **방랑자들** 올가 토카르추크 · 최성은 옮김 노벨 문학상 수상 작가
400 **시여, 침을 뱉어라** 김수영 · 이영준 엮음
401·402 **환락의 집** 이디스 워튼 · 전승희 옮김
403 **달려라 메로스** 다자이 오사무 · 유숙자 옮김
404 **아버지와 자식** 투르게네프 · 연진희 옮김
405 **청부 살인자의 성모** 바예호 · 송병선 옮김
406 **세피아빛 초상** 아옌데 · 조영실 옮김
407·408·409·410 **사기 열전** 사마천 · 김원중 옮김 서울대 권장도서 100선
411 **이상 시 전집** 이상 · 권영민 책임 편집
412 **어둠 속의 사건** 발자크 · 이동렬 옮김
413 **태평천하** 채만식 · 권영민 책임 편집
414·415 **노스트로모** 콘래드 · 이미애 옮김
416·417 **제르미날** 졸라 · 강충권 옮김
418 **명인** 가와바타 야스나리 · 유숙자 옮김 노벨 문학상 수상 작가
419 **핀처 마틴** 골딩 · 백지민 옮김 노벨 문학상 수상 작가
420 **사라진 · 샤베르 대령** 발자크 · 선영아 옮김
421 **빅 서** 케루악 · 김재성 옮김
422 **코뿔소** 이오네스코 · 박형섭 옮김
423 **블랙박스** 오즈 · 윤성덕, 김영화 옮김
424·425 **고양이 눈** 애트우드 · 차은정 옮김
426·427 **도둑 신부** 애트우드 · 이은선 옮김
428 **슈니츨러 작품선** 슈니츨러 · 신동화 옮김
429·430 **세계의 끝과 하드보일드 원더랜드** 무라카미 하루키 · 김난주 옮김
431 **멜랑콜리아 I–II** 욘 포세 · 손화수 옮김 노벨 문학상 수상 작가
432 **도적들** 실러 · 홍성광 옮김
433 **예브게니 오네긴 · 대위의 딸** 푸시킨 · 최선 옮김
434·435 **초대받은 여자** 보부아르 · 강초롱 옮김
436·437 **미들마치** 엘리엇 · 이미애 옮김
438 **이반 일리치의 죽음** 톨스토이 · 김연경 옮김
439·440 **캔터베리 이야기** 제프리 초서 · 이동일, 이동춘 옮김
441·442 **아소무아르** 에밀 졸라 · 윤진 옮김

세계문학전집은 계속 간행됩니다.